ELIZABETH GEORGE

Née aux États-Unis dans l'Ohio, Elizabeth George est diplômée de littérature anglaise et de psychopédagogie. Elle a enseigné l'anglais pendant treize ans avant de publier *Enquête dans le brouillard,* qui a obtenu le grand prix de Littérature policière en 1990 et l'a imposée d'emblée comme un grand nom du roman « à l'anglaise ». Dans ce premier livre apparaît le duo explosif composé du très aristocratique Thomas Lynley, éminent membre de Scotland Yard, et de son acolyte Barbara Havers, qui évoluera au fil d'une quinzaine d'ouvrages ultérieurs, parmi lesquels *Sans l'ombre d'un témoin* (2005), *Anatomie d'un crime* (2007), *Le Rouge du péché* (2008), *Le Cortège de la mort* (2010) ou *La Ronde des mensonges* (2012), tous parus aux Presses de la Cité. En 2009, elle a publié un recueil de nouvelles, *Mortels péchés*. En 2013 paraît *Saratoga Woods*, premier livre de la série *The Edge of nowhere* mettant en scène la jeune Becca King, suivi de *L'Île de Nera* (2013) et des *Flammes de Whidbey* (2015). Dans *Juste une mauvaise action* (Presses de la Cité, 2014), Elizabeth George renoue avec les enquêtes de Thomas Lynley et Barbara Havers. Ont paru en 2016 *Une avalanche de conséquences*, publié aux Presses de la Cité, et *L'Étrange Talent de Janet Shore* aux éditions Ombres noires.

Retrouvez toute l'actualité de l'auteur sur :
www.elizabethgeorgeonline.com

LES FLAMMES DE WHIDBEY

DU MÊME AUTEUR
CHEZ POCKET

LES ENQUÊTES DE BARBARA HAVERS & THOMAS LYNLEY

ENQUÊTE DANS LE BROUILLARD
LE LIEU DU CRIME
CÉRÉMONIES BARBARES
UNE DOUCE VENGEANCE
POUR SOLDE DE TOUT COMPTE
MAL D'ENFANT
UN GOÛT DE CENDRES
LE VISAGE DE L'ENNEMI
LE MEURTRE DE LA FALAISE
UNE PATIENCE D'ANGE
MÉMOIRE INFIDÈLE
SANS L'OMBRE D'UN TÉMOIN
ANATOMIE D'UN CRIME
LE ROUGE DU PÉCHÉ
LE CORTÈGE DE LA MORT
LA RONDE DES MENSONGES
JUSTE UNE MAUVAISE ACTION

LES ENQUÊTES DE SIMON & DEBORAH SAINT-JAMES

UN NID DE MENSONGES

LES ENQUÊTES DE BECCA KING

SARATOGA WOODS
L'ÎLE DE NERA
LES FLAMMES DE WHIDBEY

NOUVELLES

UN PETIT RECONSTITUANT

ELIZABETH GEORGE PRÉSENTE

LES REINES DU CRIME
MORTELS PÉCHÉS

ELIZABETH GEORGE

LES FLAMMES DE WHIDBEY

ROMAN

Traduit de l'anglais (États-Unis)
par Alice Delarbre

PRESSES DE LA CITÉ

Titre original :
THE EDGE OF THE SHADOWS

MIXTE
Papier issu de sources responsables
FSC® C003309

Pocket, une marque d'Univers Poche,
est un éditeur qui s'engage pour la préservation
de son environnement et qui utilise du papier fabriqué
à partir de bois provenant de forêts gérées
de manière responsable.

ISBN 978-2-266-27093-9

En souvenir d'Iver Olson,
insulaire jusqu'au bout des ongles

« Que vois-tu d'autre
Dans le tréfonds obscur de ce temps révolu ? »

William SHAKESPEARE, *La Tempête*[1]

1. Traduction de Victor Bourgy, Robert Laffont, 1995. *(Toutes les notes sont de la traductrice.)*

PREMIÈRE PARTIE

La fête foraine

1

Le troisième incendie, qui eut lieu à la fête foraine en août, fut le premier à retenir vraiment l'attention. Les deux précédents n'avaient pas été assez importants. Le premier feu avait touché une benne à ordures près d'une supérette à Bailey's Corner, un endroit boisé perdu au milieu de nulle part, et personne n'en avait fait grand cas. Une blague idiote, sans doute motivée par un cierge magique rescapé du 4-Juillet. Lorsque le deuxième incendie s'était déclaré le long de la nationale, juste à côté d'un petit marché fermier en difficulté, presque tout le monde s'était accordé à dire que c'était le fait d'un imbécile qui, en pleine sécheresse estivale, avait jeté une cigarette allumée par la vitre baissée de sa voiture.

Le troisième était différent, pourtant. Non seulement parce qu'il avait débuté à quelques mètres du collège et à moins de cinq cents mètres de la ville de Langley, mais aussi parce que les flammes avaient fait leur apparition pendant la fête foraine, alors que des centaines de personnes se pressaient autour des attractions.

Une fille du nom de Becca King se trouvait parmi elles, accompagnée de son petit copain et de sa meilleure amie : Derric Mathieson et Jenn McDaniels. A eux trois ils formaient un tableau des plus contrastés : Becca avait les cheveux blond foncé, une silhouette affinée par plusieurs mois de vélo, des lunettes à grosse monture et un maquillage appliqué en couches si épaisses qu'on aurait pu croire qu'elle allait passer une audition pour figurer dans un hommage à l'extravagant groupe de rock Kiss ; à côté d'elle, Derric, d'origine africaine, grand, musclé, le crâne rasé et sublime ; et enfin Jenn, tout en nerfs et provocation, avec sa coupe courte à la garçonne et son beau bronzage dû à un été ponctué d'entraînements de foot. Tous les trois étaient assis sur des gradins, face à une scène extérieure sur laquelle un groupe, les Time Benders, s'apprêtait à se produire.

Le samedi soir, la fête foraine était plus fréquentée que jamais, car les spectacles proposés « donnaient plutôt moins envie de se suicider que les autres », pour reprendre les termes de Jenn. Les jours précédents, ils avaient eu droit à des danseurs de claquettes, des yodlers, des magiciens, des violoneux et à un homme-orchestre. Ce soir, il y avait eu un imitateur d'Elvis, et maintenant c'était au tour des Time Benders, censés être le clou de la manifestation.

Pour Becca King, qui avait toujours habité à San Diego et vivait dans l'estuaire du Puget depuis un an à peine, cette fête foraine ressemblait, comme tout sur l'île de Whidbey, à une version miniature de ce qu'elle connaissait. Les baraques rouges, classiques, étaient minuscules en comparaison de celles, gigantesques, du circuit automobile de Del Mar, où avait lieu la fête foraine de San Diego. C'était également vrai des étables qui accueillaient chevaux, moutons, vaches, alpagas et chèvres. Et encore plus de la piste où l'on montrait des chiens savants et montait des chevaux. La nourriture, elle, était la même que partout ailleurs. Tandis que les Time Benders se préparaient à monter sur scène après le salut final d'Elvis – pendant lequel il avait bien failli perdre sa perruque –, Becca, Derric et Jenn s'empiffraient de churros et de pop-corn.

Les spectateurs, qui revenaient voir les Time Benders année après année, étaient tout excités. Peu importait que la représentation fût la même qu'en août précédent. Les Time Benders savaient séduire leur public, a fortiori le public du coin, lequel devait prendre un ferry pour rejoindre le centre commercial le plus proche et pour qui les films en exclusivité étaient pour ainsi dire une réalité inconnue. Voilà pourquoi ce groupe, qui incarnait tour à tour différentes époques de l'histoire du rock en changeant de perruques et de costumes et en jouant les titres les plus célèbres des années cinquante à nos jours, avait à peu près le même impact qu'une apparition mystique de Kurt Cobain, surtout pour ceux dotés d'une bonne imagination.

Jenn était de mauvais poil. Assister à un concert des Time Benders constituait déjà une punition en soi. Y assister tout en tenant la chandelle pour un couple d'amoureuuuux était pire.

Becca souriait, l'ignorant. Jenn adorait bouder.

— Alors, c'est qui, ces Time Benders ? demanda-t-elle tout en plongeant la main dans le pop-corn et en se blottissant contre Derric.

— A ton avis ? lui répondit Jenn. Dans les autres fêtes, on voit des has been venir rendre leur dernier soupir avant de raccrocher. Eh bien, ici, on a des artistes inconnus qui reprennent des has been. Bienvenue à

Whidbey ! Et tu pourrais pas arrêter de la peloter, Derric ?

— Je lui tiens juste la main, Jenn. Mais si tu veux que je te fasse une démonstration de pelotage…

Becca lui décocha un coup de coude taquin dans un éclat de rire.

— Je déteste quand vous êtes comme ça, pesta Jenn. J'aurais dû rester chez moi.

— Des tas de trucs vont par trois, observa Becca.

— Comme quoi ?

— Eh bien… les roues de tricycle.

— Les triplés, ajouta Derric.

— Les poussettes à trois roues qu'utilisent les joggers pour emmener leur bébé, poursuivit Becca.

— Et les oiseaux ont trois doigts, compléta Derric en se tournant vers Becca. Je ne me trompe pas, si ?

— Super, lâcha Jenn en enfournant un churro, je suis un doigt d'oiseau ! Vite, faut que je poste ça sur Twitter !

C'était, bien entendu, la dernière chose qu'elle pouvait faire étant donné que, d'eux trois, Derric était le seul à posséder un appareil qui appartenait plus ou moins à la famille de la technologie moderne. Jenn n'avait ni ordinateur, ni iPhone, ni iPad, ses parents étant trop pauvres pour acheter autre chose qu'un téléviseur couleur de troisième main et de la taille d'une jeep – que la boutique d'occasion en ville leur avait quasiment donné. Quant à Becca… Eh bien, elle avait des tas de raisons de garder ses distances avec les moyens de communication récents, et toutes ces raisons étaient liées à la nécessité de faire profil bas, voire de se rendre invisible.

Les Time Benders firent leur entrée, grimpant sur scène à côté d'enceintes qui évoquaient des chambres fortes. Les perruques, pantalons à pinces, socquettes blanches et jupes amples indiquaient qu'ils débuteraient, comme l'an passé, par les années cinquante. Les Time Benders ne remontaient jamais le temps. Contrairement à ce que leur nom suggérait, ils n'avaient pas une approche très flexible de la temporalité.

La foule manifesta son contentement – le spectacle commençait –, électrisée par l'ambiance de la fête foraine, avec ses jeux et ses attractions grinçantes. Le meilleur des années cinquante se mit à résonner, volume à fond. Jenn dut crier pour couvrir le vacarme :

— Hé, Becca ! Tu n'as pas besoin de ce truc !

« Ce truc » était un appareil auditif qui ressemblait à un iPod pourvu d'un unique écouteur. Contrairement à ce que pensait Jenn, Becca ne l'utilisait pas pour résoudre des problèmes d'audition. En tout cas, pas au sens où la jeune fille l'entendait. Comme tout le monde, Jenn croyait que cette machine aidait Becca à comprendre ses interlocuteurs en l'isolant du bruit de fond que son cerveau ne parvenait pas à ignorer. Elle pensait qu'elle avait en permanence la sensation d'être au restaurant, cernée de tables, et qu'elle ne réussissait pas à se couper des conversations voisines. C'était en tout cas l'explication servie par Becca. En réalité, son aide auditive lui permettait de brouiller non pas le brouhaha ambiant, mais celui qui résonnait dans le crâne des gens autour d'elle : sans cet objet, elle était assaillie en permanence par les pensées des autres. Certes, cela pouvait avoir certains avantages, mais Becca ne parvenait pas toujours à identifier leur auteur. Voilà pourquoi, depuis l'enfance, cet appareil lui permettait de « gérer son hypoacousie », terme que sa mère lui avait appris très tôt. Une chance que personne ne lui ait jamais posé de questions sur son fonctionnement précis…

— Tu as raison, répondit-elle à Jenn, je vais le couper.

Elle fit mine de s'exécuter. Sur scène, les Time Benders se trémoussaient sur *Rock Around the Clock*, bientôt imités par les membres du public les plus âgés, qui dansaient comme au bon vieux temps.

Ce fut à ce moment-là qu'un panache de fumée se déploya au-dessus des têtes. Au début, personne ne s'alarma : il semblait provenir des baraques qui vendaient des hamburgers de bison et des frites torsadées et tournaient toutes à plein régime. Le public des Times Benders n'y prêta donc pas réellement attention. Puis, à l'occasion d'une pause entre deux morceaux, alors que les musiciens se préparaient à passer aux années soixante avec changement de costumes et de perruques, ils entendirent les sirènes qui hurlaient sur la route longeant la fête foraine.

L'odeur de fumée devint de plus en plus âcre. Les gens s'agitèrent. Le murmure dans la foule laissa place à des cris, puis des hurlements. Le présentateur de la soirée prit le micro pour annoncer qu'un « petit feu » s'était déclaré à l'extrémité du terrain, mais qu'il n'y avait aucune raison de s'inquiéter puisque les pompiers étaient arrivés et que, « jusqu'à preuve du contraire », tous les animaux étaient en sécurité.

Cette dernière précision constituait une grave erreur. Car il y avait beaucoup d'animaux à la fête, des canards au veau nourri au biberon avec amour, en passant par les poules de races ornementales, les alpagas, les chats de concours, les moutons qui valaient leur pesant de laine et assez de chevaux pour remplir une étable. Et parmi les spectateurs des Time Benders, il y avait les propriétaires de ces bêtes, qui commencèrent à jouer des coudes pour rejoindre les bâtiments où celles-ci étaient abritées.

En un rien de temps, une mêlée se forma. Derric empoigna Becca, qui empoigna Jenn, et ils se cramponnèrent tous les trois alors que la foule fuyait la scène. Ils longèrent en courant une grange où des artisans exposaient leur travail. Ils déboulèrent dans un vaste espace dégagé, donnant sur la piste de démonstration.

Les étables n'étaient pas menacées. L'incendie s'était déclaré à l'opposé, du côté de la route qui conduisait en ville. En revanche, les chiens, chats, poules, canards et lapins se trouvaient dans des baraques délabrées, dont la peinture blanche s'écaillait : l'une d'entre elles, la plus distante, était dévorée par les flammes, qui léchaient les murs et le toit.

La caserne des pompiers était située juste en face de la fête foraine, ce qui permit aux hommes d'atteindre le feu rapidement. Pour autant, la construction était vieille, et on n'avait pas vu une goutte de pluie en neuf semaines – du quasi jamais-vu dans la région. Pour couronner le tout, des bottes de foin étaient alignées le long de la façade septentrionale. Les pompiers concentrèrent donc d'abord leurs efforts à circonscrire l'incendie, laissant se consumer la baraque atteinte afin d'éviter que le feu ne gagne les autres.

Cette décision ne fut guère appréciée du public. Des poules et des lapins étaient à l'intérieur. Des dizaines d'enfants voulurent voler à leur secours, et l'information selon laquelle quelqu'un avait libéré les bêtes durant l'incendie ne fit qu'attiser la frénésie de la foule, prête à tout pour les rattraper avant qu'elles ne soient piétinées. Le chaos généralisé incita Derric,

Jenn et Becca à se diriger vers les étables, à quelques dizaines de mètres de là. En sécurité.

— Il va y avoir des blessés, observa Becca.

— Pas parmi nous, rétorqua Derric. Suivez-moi.

Il les prit par la main, Jenn et elle, et ils rejoignirent la pente boisée d'une colline, où des maisons se nichaient entre les arbres. De là, ils pourraient suivre l'évolution de la situation. Tandis qu'ils couraient, Becca retira son écouteur et épongea son visage brûlant.

Elle eut aussitôt accès aux pensées de ses compagnons : celles de Jenn, grossières comme toujours, et celles de Derric, mesurées. Au milieu du flot d'insultes imagées de Jenn et des interrogations de Derric – il s'inquiétait de la sécurité des gamins malgré la présence de leurs parents –, Becca entendit très distinctement : *Allez, allez… pourquoi tu ne veux pas piger ?* Aussi distinctement que si on lui avait glissé cette phrase à l'oreille.

Elle fit volte-face, mais l'obscurité la cernait de tous côtés, créée par les immenses sapins qui les dominaient et les cèdres aux lourdes branches ployant vers le sol. Son mouvement attira l'attention de Derric.

— Quoi ? lança-t-il, scrutant les arbres à son tour.

— Il y a quelqu'un ? s'inquiéta Jenn.

— Alors, Becca ? insista Derric.

Dégage vite avant qu'ils… Oui, il y avait bien quelqu'un, comprit Becca.

2

Hayley Cartwright cherchait des yeux sa sœur Brooke. Celle-ci s'était absentée de l'étal familial au marché fermier de Bayview juste le temps, avait-elle promis, de faire un saut aux toilettes. Elle avait menti. Elle était partie depuis trente minutes, laissant Hayley et leur mère seules, quand il fallait au moins trois personnes pour tenir le stand. Brooke se chargeait de peser les légumes et de les emballer, Hayley envelop-pait les fleurs et plaçait les bijoux dans de petits écrins, alors que leur mère encaissait les clients et rendait la monnaie. Sans Brooke, Hayley se retrouvait à courir d'une extrémité du stand à l'autre tout en s'efforçant de garder un œil sur tout, plus particulièrement les bijoux, façonnés à partir de morceaux de verre polis ramassés sur la plage – leur confection était délicate et ils représentaient sa principale source d'argent de poche.

Non que les Cartwright soient souvent victimes de vol à l'étalage, en tout cas pas de la part des gens qui les connaissaient. Cela serait revenu à vider leur compte en banque tant ils étaient pauvres, et aucun habitant de la pointe sud de l'île ne l'ignorait.

Les clients patientaient donc tranquillement le temps de payer les fleurs et légumes provenant de la ferme de Smugglers Cove. Ils bavardaient sous le chaud soleil de ce début septembre, caressaient la myriade de chiens qui accompagnaient leurs maîtres pour cette promenade parmi les étals colorés, tout en écoutant la musique jouée chaque semaine par l'un ou l'autre des groupes de marimba de l'île.

Aujourd'hui, cependant, une fille que Hayley n'avait jamais vue manipulait ses colliers, bracelets, boucles d'oreilles et barrettes depuis dix minutes au moins. Elle ne s'était d'ailleurs pas gênée pour les essayer. Très jolie, elle avait de larges épaules de nageuse, des bras et des jambes musclés, que sa tenue – short et débardeur – permettait d'admirer. Elle arborait une étrange coupe à la Cléopâtre – enfin si Cléopâtre avait été d'un blond très clair –, et sa frange lui tombait presque dans les yeux, d'un bleu myosotis si vif qu'il ne pouvait être dû qu'à des lentilles de couleur.

Elle remarqua soudain que Hayley l'étudiait alors qu'elle passait un troisième collier autour de sa gorge ivoire. Elle avait déjà quatre bracelets à son poignet et elle s'apprêtait à ajouter une paire de boucles d'oreilles très travaillées. Elle ne voyait visiblement aucun problème à se transformer en sapin de Noël.

Elle engagea la conversation :

— J'arrive jamais à me décider quand je suis toute seule. Je te laisse imaginer la cata quand je veux acheter des fringues. Mamie est dans le coin…

Elle promena un regard distrait autour d'elle.

— Je pourrais lui demander son avis, reprit-elle, si elle n'avait pas aussi mauvais goût… Enfin, ce n'est pas très étonnant pour quelqu'un qui gagne sa vie en taillant du bois. Note, j'ai rien contre les gens qui taillent du bois, je tiens à le préciser. Je m'appelle Isis Martin, au fait. C'est égyptien. Mon prénom, je veux dire. Isis était la déesse de je ne sais plus quoi… J'espère que c'était de l'amour fou, parce que j'ai un mec ultra-canon qui m'attend chez moi. Enfin, bref ! Ils sont en quoi, ces bijoux ? Et lequel me va le mieux, d'après toi ?

Tout en parlant, elle avait ajouté un quatrième collier. C'était d'autant plus étrange qu'elle en possédait déjà un, une chaîne en or à mailles forçat, qui disparaissait dans le décolleté de son débardeur et avait dû lui coûter une petite fortune. Elle s'étudiait dans le miroir en pied que Hayley avait installé à côté du stand. Elle s'interrompit le temps de mettre du rouge à lèvres, exhumé d'un sac à main en osier. Hayley le trouvait ravissant, mais ne dit rien, craignant que la fille ne se relance dans un monologue interminable. Elle se contenta de répondre à sa question :

— C'est moi qui les fabrique, j'utilise des morceaux de verre polis.

— Des morceaux de verre ? Polis par quoi ? La mer ? Alors tu vas les récupérer… je… tu plonges ? J'ai voulu apprendre. Mon ex, le type avec qui je sortais avant, il venait d'une famille dingue de plongée. Ils m'ont emmenée à la pointe de Baja pour les vacances de printemps, une fois. Ça a été un désastre… Je suis complètement claustro !

— Je les ramasse sur la plage, glissa Hayley, profitant d'un moment où Isis reprenait son souffle.

Brooke n'était toujours pas dans les parages. Zut ! Hayley allait devoir retourner s'occuper des légumes.

La file de clients s'allongeait et sa mère, contrainte de les servir, lui jeta un regard las et implorant.

— Sur la plage ? Trop cool ! lâcha Isis en s'emparant d'un cinquième collier. J'adore la plage. On pourrait y aller ensemble un jour ? J'ai une caisse. Mes parents ont bien été obligés de me filer un truc pour que j'accepte de venir ici. Je préfère te prévenir tout de suite, je ne te serai d'aucune aide pour dénicher des bouts de verre. Je suis quasiment aveugle sans mes lentilles et j'évite en général de les mettre pour aller à la plage, j'ai pas envie de me prendre du sable en pleine tronche, si tu vois ce que je veux dire.

— C'est juste après Port Townsend. Je fais les meilleures récoltes en hiver, après les tempêtes.

— Qu'est-ce qui est après Port Townsend ? s'enquit Isis en scrutant son reflet. Ah, mais bien sûr ! éclata-t-elle de rire. Tu parles de la plage ! Je suis grave, je n'arrive jamais à suivre le fil d'une conversation. C'est où, Port Townsend ? Ça vaut le coup d'y aller ? Il y a de bonnes boutiques ?

Elle tendit à Hayley un sixième collier, qu'elle n'avait pas essayé. Elle ajouta un des bracelets qu'elle avait à son poignet ainsi qu'une paire de boucles d'oreilles à laquelle elle n'avait accordé aucune attention jusqu'à présent et une barrette qui jurait avec le reste.

— Je crois que ça ira. Tu m'as dit comment tu t'appelais ? J'ai déjà oublié. Une vraie blonde !

Elle entreprit de démêler les colliers autour de son cou pendant que Hayley lui disait son nom et l'informait que Port Townsend possédait des magasins très chouettes pour qui avait les moyens. Ce qui n'était pas son cas, même si elle garda cette précision pour elle. Elle prépara un reçu pour les bijoux, puis aida

Isis à se dépêtrer des derniers. Elle annonça le prix à sa cliente, qui sortit un épais portefeuille de son sac à main. Il contenait toutes sortes de documents – articles de journaux, morceaux de papier recouverts de griffonnages, cartes de fidélité de chaînes de café, photos – et de l'argent. Beaucoup d'argent. Isis tendit nonchalamment une liasse de billets et précisa :

— Tu peux… prendre ce qu'il te faut ?

Elle s'esclaffa avant d'enchaîner :

— Je veux dire : prendre ce que je te dois !

Elle accrocha le nouveau collier autour de son cou et attacha une partie de ses cheveux avec la barrette. Elle exécuta ce dernier geste avec une adresse évidente. Elle avait peut-être une cervelle de moineau, elle savait très bien ce qu'elle faisait dès qu'il était question de son apparence.

Hayley préleva la somme nécessaire et lui rendit le reste des billets. Isis était en train d'admirer la barrette. Le collier qu'elle avait choisi lui allait à merveille, assorti à la couleur de ses yeux. Isis fourra l'argent dans son portefeuille, qui menaçait d'exploser tant il renfermait de photos.

— Oh, il faut que tu le voies ! s'exclama-t-elle en le rouvrant. Alors, il est canon, hein ?

Elle montra à Hayley une photo d'un gars aux cheveux dressés sur le crâne – on aurait dit un personnage de dessin animé après électrocution.

— Euh… Il est…

Aucun adjectif ne venait à l'esprit de Hayley. Isis gloussa de plaisir.

— Il ne se ressemble pas vraiment, là. Il s'est coiffé comme ça pour énerver ses parents.

Elle rangea le portefeuille.

— Hé, ça te dirait d'aller manger un lump… machin chose ? J'ai oublié le nom, mais il y a une dame qui en vend par là-bas. Ça m'a l'air ultra-mauvais pour la ligne. Et c'est d'ailleurs pour cette raison que j'ai l'intention d'en avaler deux ou trois. Tu vois de quoi je parle ?

Hayley rit malgré elle. Cette Isis Martin avait quelque chose d'irrésistible.

— Des loempias ? suggéra-t-elle.

— Exact ! J'ai l'impression que je vais avoir besoin de ton aide pour me repérer sur cette île mystérieuse. Je suis ici depuis juin. Je te l'ai déjà dit ? Moi et mon frangin…

Elle leva les yeux au ciel de façon théâtrale et rectifia :

— Mon frangin et moi. Mamie devient dingue chaque fois que je commence mes phrases par « moi ». Du coup, ça m'arrive de le faire exprès. Elle croit que je ne sais pas qu'il faut dire « moi » en dernier. Je suis peut-être débile, mais j'ai été à l'école, mince alors. Alors, tu veux un loempia ? Ou deux ? Ou six ?

— Désolée, je ne peux pas me libérer, répondit Hayley avec un large geste du bras. Le stand… Ma sœur est censée être là, mais elle s'est volatilisée.

— Ah, toi aussi tu connais cette plaie… Une autre fois, peut-être ?

— Vas-y, Hayley, intervint sa mère, qui avait suivi leur échange. Je peux me débrouiller toute seule, et Brooke ne tardera pas à revenir.

— Aucun problème, maman, je ne…

— Vas-y, ma chérie, décréta sa mère d'un ton sans appel.

Hayley savait bien pourquoi elle agissait ainsi. Pour

une fois que sa fille avait une occasion d'être une « adolescente normale », Julie Cartwright ne voulait pas l'en priver.

Brooke finit par pointer le bout de son nez alors qu'elles démontaient le stand et se préparaient à aller déposer les invendus à la banque alimentaire la plus proche. La plupart des touristes ignoraient l'existence de la pauvreté sur l'île. Ils venaient là pour s'imprégner de ses paysages, de son atmosphère : les falaises découpées, qui tombaient à pic sur des plages incrustées de coquillages et parsemées de bois flotté, les eaux limpides où les casiers pouvaient se remplir en deux heures d'une quinzaine de crabes, les forêts profondes avec leurs sentiers de randonnée ombrés, les villages pittoresques au charme côtier et aux constructions en bardeaux. Quant aux sans-abri et aux familles dans le besoin… Les visiteurs ne les voyaient pas. Les résidents de l'île, eux, n'avaient pas besoin de chercher très loin pour trouver des démunis : beaucoup en avaient pour voisins. Voilà pourquoi, lorsque Brooke se mit à rouspéter – « c'est complètement débile de donner de la nourriture alors qu'on pourrait la vendre » –, sa mère lui dit, en l'observant dans le rétroviseur :

— Certaines personnes sont encore moins bien loties que nous, ma chérie.

— Ah ouais ? Et qui ?

Dernièrement, Brooke se montrait insolente. Pour sa mère, « elle traversait une phase ». « Souviens-toi de tes années collège », avait-elle dit à Hayley, qui n'avait pourtant jamais employé ce ton, même à treize ans. Cette dernière était convaincue que l'attitude de Brooke n'avait pas le moindre rapport avec son âge.

Et qu'elle avait, en revanche, tout à voir avec le Grand Sujet que personne ne voulait aborder dans la famille.

Leur père, Bill Cartwright, se désagrégeait sous leurs yeux. Cette lente dégradation, qui avait commencé par les chevilles, avait à présent gagné ses jambes, qui ne lui répondaient plus. A une époque, il se serait rendu au marché lui aussi, pour tenir l'étal avec elles. A une époque, il aurait mis la main à la pâte pour faire tourner l'exploitation familiale. Son épouse aurait continué à élever les chevaux qu'elle avait délaissés et à s'occuper des fleurs, pendant qu'il se serait chargé des chèvres et de l'immense potager. De leur côté, les filles auraient veillé sur les poules. Mais cette époque était révolue, et aujourd'hui la ferme reposait entièrement sur les capacités de la gent féminine, à l'exclusion de la petite dernière, Cassidy, qui pouvait seulement ramasser les œufs. Ce que les femmes Cartwright n'étaient pas en mesure de faire restait tout bonnement en plan, et personne n'en parlait. Pas plus qu'on n'évoquait la possibilité de prendre une décision pour sortir de ce pétrin. C'était, du point de vue de Hayley, une façon très malhonnête de mener sa vie.

Elles s'étaient engagées sur la nationale en direction du nord, vers chez elles, quand Julie interrogea Hayley sur « la fille bavarde qui avait acheté des bijoux ». Qui était-elle ? Une habitante du continent venue passer la journée sur l'île ? Une vacancière ? Une copine du lycée ? Une nouvelle amie, peut-être ? Elle ne l'avait jamais vue avant.

Hayley perçut la note d'espoir dans la voix maternelle. Celui-ci avait deux ramifications. La première : changer de sujet de conversation pour alléger l'humeur de Brooke. La seconde : orienter Hayley vers une existence normale. Elle répondit à sa mère que la fille en question s'appelait Isis Martin…

— C'est quoi, ce nom ? Trop chelou ! observa Brooke.

… et qu'elle était sur l'île depuis juin. Elle vivait avec sa grand-mère, son frère et… Hayley se rendit compte qu'en dépit du caquetage incessant d'Isis elle ne savait rien d'autre d'elle, sinon qu'elle avait un petit copain. Isis avait acheté quatre loempias, ces nems indonésiens, et en avait offert la moitié à Hayley.

« Rends-moi service et avale ces deux-là, d'acc ? »

Hayley s'était surprise à apprécier la désinvolture avec laquelle Isis lui faisait ce cadeau. Après avoir mangé les petites crêpes frites, Hayley avait annoncé qu'elle devait rejoindre sa mère. Isis avait noté son numéro de portable sur un bout de papier qu'elle lui avait tendu.

« On deviendra peut-être amies, toi et moi. Appelle. Ou envoie un texto. Sinon je te passerai un coup de fil. On pourrait se revoir. Si tu me supportes, bien sûr ! »

Elle avait extirpé, de son sac en osier, une gigantesque paire de lunettes aux branches constellées de strass.

« Elles sont délirantes, non ? Je les ai achetées à Portland. Hé, file-moi ton numéro aussi. Sauf si je t'ai complètement fait flipper à parler comme ça. Je suis hyperactive. Dès que je prends mes médocs, j'arrive plus ou moins à me concentrer, mais quand j'oublie… Je suis pire qu'une mitraillette ! »

Hayley lui avait donné son numéro, en lui précisant que son abonnement n'incluait pas les textos. Elle lui avait aussi laissé son téléphone fixe, ce qui avait fait réagir Isis :

« La vache ! Un fixe ! »

A croire que les Cartwright s'éclairaient encore à la bougie…

— Bref, conclut Hayley à l'intention de sa mère, elle est originale. Dans le bon sens.

— Formidable, se réjouit Julie Cartwright.

3

Tandis qu'elles remontaient le long chemin conduisant au petit groupe de bâtiments rouges de l'exploitation familiale, elles aperçurent Bill et Cassidy sur la galerie courant devant la maison. Assis sur la balancelle, ils regardaient la cour. Cassidy agrippait un chaton, et Bill avait les doigts crispés sur la chaîne du siège.

Il se releva avec difficulté. A leur habitude, toutes trois prétendirent ne rien remarquer. Ce qui devenait de plus en plus délicat depuis qu'il utilisait un déambulateur. Il se traîna jusqu'à la balustrade alors que sa femme et ses deux aînées descendaient du pick-up.

— Hayley, cria-t-il, veux-tu aller délivrer ce jeune homme prisonnier des légumes ? Il n'a rien voulu entendre.

La jeune fille tourna la tête en direction des plants qui s'alignaient dans toute leur splendeur, se chargeant peu à peu de la récolte automnale.

Elle vit la Coccinelle avant de repérer son propriétaire, Seth Darrow. La voiture de 1965, retapée, était garée le long de la grange. Seth, pour sa part, était accroupi à l'entrée de la rangée de patates douces.

Il devait sûrement s'occuper du système d'irrigation. Celui-ci leur avait joué des tours tout l'été. Seth était sans doute passé dire bonjour et, au cours de sa conversation avec Bill, la question avait été soulevée. C'était tout lui d'avoir voulu la résoudre sans tarder.

— J'ai essayé de le convaincre que je m'en occuperais demain, se justifia Bill.

— Tu connais Seth, rétorqua Julie d'un ton léger. Brooke, va lui proposer un sandwich au thon, s'il te plaît.

— Hors de question ! C'est moi qui ai envie d'un sandwich au thon !

Elle gravit les marches du perron en les martelant, puis, arrivée sur le seuil, lança à sa petite sœur :

— Tu vas finir par tuer ce pauvre chat, tu sais.

Elle s'engouffra dans la maison et la porte moustiquaire claqua derrière elle. Julie soupira.

— J'avais espéré que le chien de Seth lui changerait les idées.

« Et la détournerait de la nourriture. » Voilà ce qu'elle n'osa pas ajouter. Brooke prenait du poids, de façon anormale, et c'était un autre sujet tabou. Gus, un labrador fauve, était occupé à renifler la terre autour des courges.

— Je vais voir Seth, lâcha Hayley.

— Dis-lui que je lui prépare un en-cas.

Traduction : « Laisse-le terminer. » Hayley fut surprise. Ils avaient pour principe général de refuser l'aide des étrangers, et, Seth avait beau être son ex, il n'appartenait pas à la famille.

Absorbé par ses travaux de réparation, le jeune homme n'avait pas entendu la voiture. Il ne releva la tête que lorsque Gus se mit à courir : Hayley venait de pousser la porte de la haute clôture protégeant le potager des attaques de biches et de lapins.

Il était en tenue de travail. Au lieu de son uniforme habituel – jean baggy, sandales, chaussettes, tee-shirt et feutre noir –, il portait un bleu, de grosses chaussures renforcées et une casquette. Ses cheveux longs, ramenés en queue-de-cheval, ressortaient par l'ouverture à l'arrière. Mais, même s'il avait pris le temps de se changer, Hayley aurait compris qu'il venait de quitter le chantier où il officiait en tant que charpentier : ses écarteurs d'oreilles étaient couverts de sciure et il avait de petites plaies aux mains dues au maniement des matériaux de construction.

— Salut, Hayley.

Il releva légèrement la visière de sa casquette avant de poursuivre :

— Je suis passé t'annoncer un truc et ton père m'a dit…

Il inclina la tête en direction des tuyaux.

— Merci, Seth. Maman te prépare un sandwich pour quand tu auras fini.

Elle se pencha pour caresser le labrador qui lui donnait des coups de museau dans les jambes afin d'attirer son attention.

— Cool, répondit-il. Arrête ça, Gus.

— C'est bon. Et… merci, Seth. Mon père ne peut pas vraiment venir ici. Enfin si, il peut, mais pas pour s'occuper d'un truc aussi compliqué.

— Ouais, j'avais compris.

Il la fixa, paupières plissées, soupesant les risques qu'il encourait s'il livrait le fond de sa pensée, puis, se jetant à l'eau :

— J'aimerais bien que vous puissiez souffler un peu, Hayl.

— Tu n'es pas le seul…

Elle l'observa une minute. Il avait sorti plusieurs clés, pinces et fils… Elle ne comprenait rien à ce qu'il fabriquait.

— Alors, qu'est-ce que tu voulais me dire ? Tu avais quelque chose à m'annoncer ?

— J'ai réussi mon exam.

Elle sentit que son visage s'éclairait.

— C'est génial, Seth !

— Ma prof particulière est carrément soulagée, crois-moi. Pour les maths, ça s'est presque joué à pile ou face. Et elle continue à penser que je ne sais pas réellement lire, ce qui est loin d'être faux. Enfin, ça n'empêchera pas ma mère de célébrer ma réussite en dansant nue au clair de lune… Je vais peut-être vendre des billets pour le spectacle, histoire que ça me rapporte… Et il y a encore mieux !

— Quoi ?

Hayley avait du mal à croire qu'il pouvait y avoir meilleure nouvelle. Seth avait abandonné ses études en première et n'avait pas révisé pour son GED[1] l'année où il aurait dû être en terminale. Il ne s'était ressaisi que pendant les six derniers mois. Le fait qu'il ait surmonté à la fois sa peur de l'échec et ses nombreuses difficultés d'apprentissage pour obtenir une équivalence à cet examen, et qu'il ait réussi, devait revêtir une importance capitale aux yeux de toute sa famille.

1. General Education Development ; cet examen, composé de cinq épreuves, permet l'obtention d'un diplôme sanctionnant la fin du secondaire, équivalent de notre baccalauréat français.

— Triple Threat[1] est programmé à DjangoFest cette année.

Il s'était efforcé d'adopter un ton détaché, mais Triple Threat était le trio de jazz manouche dans lequel il jouait, et DjangoFest un festival international de cinq jours, en l'honneur de la musique virtuose du guitariste français, Django Reinhardt. Etre invité à se produire sur l'une des nombreuses scènes installées dans la ville de Langley à cette occasion était, depuis longtemps, un des rêves de Seth.

— Oh, mon Dieu ! C'est dément ! Tu l'as annoncé à tes parents ? A ton grand-père ? Où allez-vous jouer ?

— Mes parents sont les seuls au courant pour le moment. Et les deux autres membres du groupe, bien sûr. On n'a pas un super-créneau : mercredi après-midi, à 17 heures, au lycée. Je me demande qui pourra bien venir à ce moment-là…

— Moi ! Et ta famille. Et Becca, Jenn, et…

— Ouais, tu dois avoir raison…

Il feignait l'indifférence, pourtant sa joie sautait aux yeux.

— Bon, reprit-il, ça m'a l'air mieux maintenant.

Il parlait du système d'irrigation. Il se hissa sur ses pieds et se frotta les mains. Il se retrouvait nez à nez avec Hayley. Cette proximité la mettait mal à l'aise. Ils étaient redevenus de simples amis, désormais, et, même si elle savait qu'il avait compris la situation, elle avait parfois l'impression qu'il espérait davantage.

Elle recula d'un pas. Pour justifier son geste, elle se tourna aussitôt vers la maison. Son père se tenait toujours près de la balustrade et les observait. Elle fronça

1. Soit « Triple menace ».

les sourcils en voyant combien le déambulateur lui était indispensable. Il devait soulever une jambe après l'autre pour se déplacer de quelques centimètres.

Seth lut dans ses pensées.

— Pas terrible, hein ?

— Je suis censée faire comment, moi ?

— Quoi ?

Elle désigna l'exploitation autour d'eux : les immenses champs, les enclos qui ne contenaient plus ni chevaux ni chèvres, le long poulailler, bas, près de la route.

— Tu vois, se contenta-t-elle de répondre.

Il suivit le mouvement de son bras, scrutant le paysage tout en réfléchissant à ce qu'elle venait de dire.

— Tu as déjà décidé à quelle fac tu allais postuler, Hayley ?

Elle devina où il voulait en venir. Mais elle n'avait aucune intention d'envoyer de dossier. Personne dans sa famille n'était au courant. Et Seth non plus. Elle comptait les maintenir tous dans l'ignorance jusqu'à ce qu'il soit trop tard pour réagir.

— Mon choix est presque fait, mentit-elle.

— Tu vas aller où ?

— Je ne suis pas sûre encore. Je te l'ai dit, j'ai presque décidé.

Seth n'était pas idiot.

— Ne joue pas à ça, Hayl. Tu as des capacités, sers-t'en.

Elle soutint son regard.

— Ce n'est pas aussi simple que ça, et tu le sais, Seth Darrow.

4

Seth se rendit ensuite chez son grand-père pour deux raisons. Il voulait lui annoncer la bonne nouvelle, bien sûr. Quant à la seconde raison, elle lui était apparue pendant qu'il mangeait le sandwich au thon promis par Julie. Assis à la table de la cuisine, son regard était soudain tombé sur le journal local, abandonné sur une chaise.

Il n'ouvrait jamais le *South Whidbey Record*, parce qu'il n'y avait pas plus mauvais lecteur que lui. Ce fut la photo en une du quotidien qui retint son attention. Il ne s'agissait pas d'un numéro récent, puisque l'article portait sur l'incendie de la fête foraine. Le feu ayant eu lieu à la mi-août, il s'interrogeait sur la raison pour laquelle le journal n'avait pas encore été jeté, plus de quinze jours plus tard, quand un détail lui sauta aux yeux.

Becca apparaissait sur la photo. En compagnie de Derric Mathieson et de Jenn McDaniels. Ils n'étaient pas particulièrement près de l'objectif, cependant on les identifiait parfaitement dans la foule, et ce parce qu'ils fuyaient les flammes alors que tous les autres couraient en sens inverse, dans la direction de l'incendie. Becca était la plus visible.

C'est cela qui poussa Seth à se rendre chez son grand-père : il voulait savoir si son amie était au courant. Elle vivait là-bas depuis novembre dernier. Après s'être cachée, un temps, dans une cabane solide et douillette construite par Seth au cœur du bois grand-paternel, elle était maintenant installée chez Ralph Darrow, où elle occupait une chambre en échange de diverses tâches ménagères, telles que la cuisine. Elle était aussi chargée de surveiller le régime de Ralph, qui aurait volontiers dîné d'une coupe de glace à la vanille recouverte de crème chantilly, de noisettes et de chocolat fondu si personne n'y avait mis le holà.

Ralph habitait sur un gigantesque terrain, que l'on gagnait par la route Newman. Il fallait gravir une éminence pour l'atteindre. On se garait sur une petite esplanade juste avant son sommet, puis on empruntait un chemin qui le contournait et descendait ensuite vers un pré. On découvrait alors un immense jardin peuplé de rhododendrons aussi gros que des tanks ainsi que de plusieurs cornouillers et de beaux spécimens d'arbres variés. La maison à bardeaux se tenait sur un côté, adossée au petit bois.

A cette époque de l'année, comme tous ceux qui possédaient un jardin, Ralph s'activait dans le sien. Alors que Seth emboîtait le pas à Gus, Ralph interrompit le ratissage des fleurs de rhododendron fanées, rejeta son chapeau à large bord à l'arrière de son crâne et se massa le bas du dos. Il avait soixante-treize ans, et Seth put lire sur ses traits la même question que celle que Hayley s'était posée un peu plus tôt. « Comment diable vais-je pouvoir continuer à m'occuper de cet endroit ? » La seule différence étant que Hayley n'avait pas à se charger de l'exploitation familiale. Elle se trompait sur ce sujet.

Ralph aperçut le chien puis son petit-fils.

— Seth James Darrow. Qu'est-ce qui t'amène ici par ce bel après-midi, petit-fils préféré ? Eloigne donc ce satané chien de mes plantes si tu ne veux pas que je le chasse à coups de pelle.

— Gus, non ! Ici, mon grand.

Dans un coffre en bois sur la galerie, Ralph gardait une réserve d'os à ronger. Seth en sortit un et le labrador s'y attaqua avec joie, laissant à son maître tout le loisir de discuter avec son grand-père.

Becca n'était pas là. Elle était partie avec Derric, le matin même, et ils n'étaient pas encore rentrés. Elle avait été chargée d'acheter, au marché, des légumes, des œufs, du fromage, des pêches tardives pour faire des confitures et du pain. Qui savait ce qu'elle avait fait ensuite ? Derric et elle avaient toujours leurs yeux de merlans frits, ils pouvaient être n'importe où à cette heure.

— Ainsi en va-t-il des amours adolescentes passionnées, conclut Ralph.

— Hé, je te rappelle que tu as rencontré grand-mère quand tu avais quinze ans, souligna Seth.

— Ce qui fait de moi une autorité en la matière.

Ralph inclina la tête en direction d'un second râteau, appuyé contre la rambarde du perron.

— Aide-moi, petit-fils. Pourquoi cherches-tu miss Becca ?

Seth ne pouvait pas lui parler de la photo dans le journal, de peur que Ralph lui pose des questions. Il répondit donc :

— Je voulais lui annoncer quelque chose. Et à toi aussi.

Il lui parla de son examen et du concert à DjangoFest. Avec un sourire, Ralph jeta son râteau.

— Ça se fête ! lança-t-il.

Comprenant qu'il allait sortir la glace à la vanille et tout le tralala, Seth se mit aussitôt en quête d'une diversion. Elle lui fut servie sur un plateau par l'arrivée d'une visiteuse, qui s'annonça depuis le sommet de la butte.

— Ralph Darrow ! Voilà l'homme qu'il me faut !

Seth et Ralph furent rejoints par une femme en salopette, aux cheveux gris ébouriffés, en partie domptés par un béret. Un adolescent la suivait d'un pas traînant. Difficile de savoir s'il exprimait ainsi ennui ou irritation. Ses cheveux étaient teints en noir et il arborait de larges rouflaquettes d'un autre siècle. Grand et dégingandé, il portait des chaussures de la taille de crosses de hockey et l'entrejambe de son jean baggy lui arrivait presque aux genoux. En noir de la tête aux pieds, un skateboard sous le bras, il jetait des regards alentour, l'air de dire que, bien sûr, il n'y avait pas un seul endroit où l'utiliser dans le coin.

Seth n'avait jamais vu ces deux personnes. Ralph Darrow, lui, connaissait tout le monde dans le sud de l'île, surtout les vieux de la vieille, et cette femme avait tout l'air d'une ancienne hippie arrivée à Whidbey à la fin des années soixante, avec son tee-shirt tie and dye, ses sandales et ses socquettes tricotées. Elle sourit avant de répéter :

— Ralph Darrow !

Seth remarqua qu'il lui manquait quelques dents. Elle s'appelait, il l'apprit, Nancy Howard, et le garçon qui l'accompagnait, son petit-fils, Aidan Martin. Il était sur l'île depuis quelques mois. Il avait quitté Palo Alto, en Californie, pour emménager ici avec sa sœur. Et il avait « freiné des quatre fers pour se faire des amis, même au lycée ». Et qu'il n'essaie pas de la contredire ! Voilà pourquoi Nancy, sa grand-mère, l'avait « ficelé sur un siège de son camping-car », afin de remédier à ce problème. Elle avait entendu dire que Ralph avait pris un jeune en pension, et Aidan était ici pour lier connaissance. Nancy considéra Seth d'un air dubitatif. Pouvait-il être la personne en question ? Il n'avait plus l'âge d'être au lycée, ça se voyait.

— C'est Becca King que vous cherchez, lui dit-il.

— Elle est sortie, ajouta Ralph avant de tendre la main au garçon. Enchanté de te rencontrer, Aidan Martin. Je suis Ralph Darrow. Et je te présente mon petit-fils, Seth. Charpentier, constructeur, et musicien de tout premier ordre.

Aidan accueillit ces informations avec une indifférence inébranlable, ce qui ne découragea pas sa grand-mère.

— Allez donc faire connaissance, les garçons. Ouste ! Je veux interroger Ralph sur ses rhododendrons.

Elle tourna les talons pour signifier sa détermination et entraîna Ralph vers le massif d'origine néo-zélandaise qu'il chérissait tant.

Se retrouvant avec Aidan sur les bras, Seth lui proposa de lui montrer la mare. Pour toute réponse, il eut droit à un haussement d'épaules. Seth appela Gus, qui les rejoignit en trottinant. Il tenait l'os dans sa gueule avec autant de délicatesse que s'il s'agissait d'un canard qu'il aurait sauvé d'une mort certaine.

La mare n'était pas naturelle – Ralph avait creusé le bassin peu après avoir construit la maison. Elle s'étendait, immense, sur une portion de terrain légèrement en pente, flanquée d'une pelouse et, dans sa partie la plus éloignée, d'un bois de conifères vert sombre. Plusieurs sentiers s'y enfonçaient ; l'un d'eux conduisait à la cabane de Seth, les autres serpentaient entre les arbres. Gus prit la direction de la cabane, mais Seth l'en détourna en lançant une balle. Courir était l'activité préférée de Gus – hormis ronger un os, bien sûr.

Aidan ne fut pas impressionné par la mare. Il fixa l'étendue d'eau avec morosité.

— Ouais, cool…

Il semblait incapable de dire autre chose. Bonjour, la conversation…

— Tu fais du skate, alors ? Et du snowboard ?

— Carrément ! Tu sais s'il y a des skaters par ici ?

Il avait l'air de penser que Whidbey était passé à côté de l'invention de la planche à roulettes. Et il ne semblait pas vraiment attendre de réponse à sa question. Enfonçant la main tout au fond de la poche de son jean, il en tira un paquet de Camel.

— Tu as une allumette ?

Seth n'en ayant pas, il lâcha un juron tout en remettant les cigarettes à leur place. Il posa son skate par terre et s'assit dessus, le regard sombre, rivé sur la surface de la mare.

— J'y crois pas, quel trou ! Comment tu supportes de vivre dans un endroit pareil ? Ma grand-mère n'a même pas Internet chez elle ! Il y a une connexion, ici ?

Seth s'assit par terre, à côté de lui. Gus lui rapporta la balle, qu'il lui lança à nouveau.

— Ici ? demanda-t-il en décrivant un geste autour de lui. Nan. Grand-père ne croit pas à Internet.

— Mais bordel comment tu fais pour… je sais pas, moi… Parler à tes amis ?

— Je n'habite pas là, expliqua Seth. J'ai une connexion chez moi. Et il y a des ordis en libre service au foyer municipal, à Langley. Tu y as déjà été ? C'est le rendez-vous des jeunes de l'île.

Aidan ricana.

— Ma grand-mère tient à choisir mes fréquentations. Les jeunes qu'elle connaît pas ou dont elle n'a pas au moins entendu parler… impossible. Je risquerais d'avoir des « ennuis ».

Il avait mimé les guillemets avec ses doigts.

— Elle me force à courir jusqu'à la plage, aller et retour, deux fois par jour, poursuivit-il d'un ton hargneux. Isis m'accompagne, évidemment, puisqu'elle est censée veiller sur moi. Elle prend son vélo pour que je ne puisse pas la semer.

Un petit sourire de satisfaction s'immisça sur ses lèvres lorsqu'il ajouta :

— Ce qui ne m'empêche pas de le faire. Il suffit que je m'enfonce dans la forêt… Elle ne me suit jamais ! Elle a trop peur de se casser un ongle… De toute façon, elle n'a pas envie de me filer. Elle déteste autant que moi cette île.

Préférant ignorer l'attitude peu engageante d'Aidan, Seth décida d'alimenter la conversation :

— Qui est Isis ?

— Ma sœur. Ou une gardienne de prison, au choix.

Il promena un regard morne autour de lui.

— J'arrive pas à m'expliquer ce que font les gens pour s'occuper ici…

Seth faillit lui répondre que Whidbey était comme n'importe quel autre endroit. On y trouvait ce qu'on voulait avec un peu de persévérance, à moins d'être accro aux chaînes de restauration rapide. En la matière, il n'y avait qu'un café de l'enseigne Dairy Queen, sur la nationale un peu avant le débarcadère. Enfin, Aidan le découvrirait tout seul. Il était inscrit au lycée de South Whidbey, et il lui suffirait donc de poser des questions autour de lui. L'établissement avait beau être de taille modeste, sa composition reflétait celle de tous les établissements du pays : toxicos, sportifs, intellos, geeks, artistes en tous genres, ratés, blaireaux. On savait se procurer de l'alcool si besoin. Et une grande variété de drogues. Dans certaines soirées, les deux étaient à disposition. Aidan n'ayant pas le look d'un flic infiltré, il se ferait vite une place s'il se montrait moins hostile.

— Je dirais que les lycéens ont des occupations classiques.

— Ça ne m'étonnerait pas, s'esclaffa Aidan.

Seth se hérissa devant cette condamnation implicite de l'île où il avait toujours vécu. Il s'apprêtait à protester, mais son interlocuteur fut plus rapide et s'empressa d'ajouter, comme s'il avait soudain pris conscience de sa grossièreté :

— Désolé, mec. Je suis un vrai trouduc, des fois.

5

Becca et Derric échangeaient un long baiser. Elle perdit l'écouteur de son aide auditive lorsqu'il lui passa la main dans les cheveux. Elle perçut aussitôt des bribes de ce qu'il pensait : *Plus longtemps encore... vraiment envie...* Les réflexions de Derric s'accordant aux siennes, elle ne fut pas surprise. Ce qui ne voulait pas dire qu'elle était prête.

Les choses étaient claires dans l'esprit de Becca. Le jour où elle se donnerait à quelqu'un, ce serait à Derric. Mais elle ne le ferait pas sur la banquette arrière d'une voiture, sur un canapé, dans les bois ou sur une plage au milieu de la nuit, grelottant à moitié de froid. Elle souhaitait… Que souhaitait-elle au fond ? Elle ne savait pas vraiment. Elle savait en revanche que le moment n'était pas encore venu.

Ils avaient fait les courses au marché. De là, ils s'étaient enfoncés dans les bois pour rejoindre un café, le Mukilteo Coffee, où le parfum des grains torréfiés diffusait dans l'atmosphère ses notes de toast brûlé. Avec quelques dollars, ils avaient pu acheter de quoi manger et avaient déjeuné sur la terrasse, qui donnait sur la forêt. A présent, ils étaient assis dans la

Forester de Derric, garée sur le parking de Ralph Darrow. Deux autres voitures s'y trouvaient déjà à leur arrivée : la Coccinelle retapée de Seth et un camping-car Volkswagen, qui aurait eu bien besoin de l'être, retapé, tant il avait l'air bringuebalant sous la couche de rouille. La présence de ces deux véhicules mettait cependant un frein à leurs ardeurs. Becca avait trop peur qu'on les surprenne alors que Derric avait la main sous son tee-shirt… Ce serait trop gênant.

— Je dois y aller, souffla-t-elle, les lèvres encore plaquées sur celles de Derric, avant de caresser son crâne parfaitement lisse.

— On se voit demain, alors ?

— Seulement si tu as l'intention de bosser.

— Tu me tues, rétorqua-t-il en lui décochant néanmoins un sourire éclatant.

Après un dernier baiser interminable, elle récupéra les sacs de courses à l'arrière. Elle regarda la voiture disparaître sur la route, puis elle prit la direction de la maison.

Elle aperçut la conductrice du camping-car dès qu'elle atteignit le sommet de la butte. Une femme d'un certain âge discutait avec Ralph, dans le jardin. Celui-ci appela Seth dès qu'il avisa Becca. Le jeune homme apparut quelques instants plus tard. Il remontait de la mare en compagnie de Gus, qui bondissait à ses côtés, et d'un garçon au look étrange. Ce fut à cause de lui qu'elle décida de ne pas remettre son écouteur. Il dégageait quelque chose de si inquiétant qu'elle sentit un frisson lui remonter le long de la colonne vertébrale.

Elle dut attendre de se rapprocher pour que les premières pensées lui parviennent, éparses. Puis elle en entendit une limpide : *bon sang, pas ce que je m'étais figuré*. Celle-ci devait appartenir à la femme, qui jaugeait Becca aussi ostensiblement que si elle avait été face à un cheval dont elle souhaitait faire l'acquisition. Vinrent ensuite : *sauvé par le Becca-gong... pourrait être une bonne chose pour ce garçon même si, et Dieu le sait, rien n'a réussi à le rendre... je ne dois pas oublier de lui parler de la photo... elle devra rester sur ses gardes avec lui... aurait été trop cool... c'est quoi, ce maquillage... une traînée à moitié gothique... tu t'attendais à quoi... putain d'imbécile parfois... à part le faire courir jusqu'à cette satanée plage.*

Ça représentait beaucoup d'informations à digérer, cependant chacune des réflexions était à peu près cohérente, ce qui réchauffa grandement le cœur de Becca. Même si elles étaient entrecoupées, comme par des interférences, elle voyait surtout les progrès qu'elle avait accomplis dans son appréhension des murmures, ainsi qu'elle avait pris l'habitude d'appeler ces bribes de paroles intérieures. Plus jeune, elle ne distinguait que des mots isolés. Elle avait perçu ensuite des fragments de phrases, qu'elle n'était pas capable d'attribuer à leurs auteurs. A présent, elle commençait à grappiller des phrases entières. Et bien qu'elle ne fût pas toujours sûre de l'identité de leurs propriétaires, le contexte suffisait souvent à la renseigner.

Il restait néanmoins un domaine dans lequel elle devait progresser : apprendre à ignorer ces murmures sans son aide auditive. Tel était l'objectif ultime : accéder aux pensées complètes d'autrui, mais uniquement lorsqu'elle le décidait.

— Nous avons de la visite, miss Becca, lança Ralph en lui faisant signe d'approcher.

Après les présentations, il ajouta :

— Ce sont tes compatriotes, ils viennent de Californie. Aidan, en tout cas.

— Tu veux m'accompagner à l'intérieur ? proposa-t-elle au nouveau venu en montrant ses sacs de course. Je dois ranger tout ça et chercher une recette à base de riz complet que Monsieur Glace à la Vanille acceptera de manger.

— On n'a qu'à se charger de vider le pot de glace à sa place, suggéra Seth en lui prenant deux sacs des mains.

— Tu devras me passer sur le corps d'abord ! s'exclama Ralph.

Il entraîna pourtant Nancy Howard à l'autre bout du jardin, où ils reprirent leur conversation.

Leur laisser plus de temps pour apprendre à se connaître... Becca comprit, grâce à ces murmures, ce qu'on attendait d'elle. Elle décocha un sourire à Aidan, qui resta de marbre. « Peu importe », songea-t-elle en entrant la première dans la maison.

Aidan lui demanda d'où elle venait. Elle retarda sa réponse – tout dépendait d'où il était originaire. Depuis un an, elle racontait qu'elle avait vécu à San Luis Obispo. S'il habitait cette ville ou sa région, il risquait de lui poser des questions auxquelles elle serait incapable de répondre. Faisant mine de ne pas avoir entendu, elle s'occupa de ranger les légumes, les fruits et les œufs, jusqu'à ce que Seth interroge Aidan à son tour. La famille Martin vivait à Palo Alto, ce qui laissait à Becca une marge de trois cents kilomètres environ.

Elle s'approcha des garçons. Aidan s'était assis à table et jouait avec la bougie qui en occupait le centre.

Se servant de la pochette d'allumettes posée à côté en permanence, il l'alluma et fixa la flamme.

— San Luis Obispo, lâcha-t-elle.

— Ah ! Une ville de bouseux. J'y suis allé une fois, un vrai trou à rats !

Becca et Seth échangèrent un regard.

— Si tu le dis…

Le ton de Becca n'échappa pas à Aidan, car il s'empressa de rectifier le tir :

— Désolé.

Il se mit à scruter la cuisine, comme en quête d'un autre sujet de conversation.

— Alors, vous occupez votre temps comment, ici ?

Au même moment, ses murmures exprimaient ses aspirations profondes : *Prendre le prochain ferry pour me casser.*

— Quand on n'est pas en cours, tu veux dire ? Eh bien, on va à des matchs de foot, des soirées. On traîne entre potes. Certains passent pas mal de temps au centre commercial de Lynnwood. Quoi encore ?

Cette dernière question s'adressait à Seth.

— On fait du vélo, de la randonnée, du kayak, du camping, on va à la chasse, à la pêche, on ramasse des coquillages, des crabes…

Aidan reporta son attention sur la flamme de la bougie, l'air de penser : « Tuez-moi tout de suite. »

— Et côté drogues ? lâcha-t-il.

— Tu dois pouvoir trouver ce que tu cherches, répondit Becca. Enfin, j'imagine.

— Mais où ?

— Aucune idée.

— Aucune idée ?

Simultanément, il pensait : *Tout le monde sait ce*

genre de choses, elle ne veut pas partager l'info... Les gothiques se la ramènent toujours, alors pourquoi... Becca aurait voulu lui signaler qu'elle n'avait rien d'une gothique, malgré la quantité de maquillage qu'elle portait. Au lieu de quoi elle répondit avec amabilité :

— Non, aucune idée. Je ne consomme pas de drogue.

— Ah, d'accord. Je parie que tu as aussi des « bonnes notes ».

Il avait mimé les guillemets afin d'appuyer son ton sarcastique. *Déteste les minettes sérieuses, quelle frimeuse, celle-là...*

Seth faillit s'emporter :

— Tu sais, Becca est...

— T'inquiète, Seth, l'interrompit-elle. J'ai rien contre les bonnes notes. Toi si ?

— Ce sont elles qui ont un truc contre moi, rétorqua Aidan.

Il fit tourner la bougie entre ses paumes comme pour les réchauffer.

— Je me laisse facilement distraire, précisa-t-il. C'est pour ça que je suis ici. Pour éviter les distractions.

Becca sortit un livre de recettes et le posa sur la table pour le feuilleter.

— Tu es au lycée cette année ? s'enquit-elle. Je ne crois pas t'avoir vu. Tu es en première ? En terminale ?

La situation n'était pas aussi simple. Aidan expliqua qu'il avait fait sa rentrée à South Whidbey, mais que le proviseur attendait que son ancien établissement envoie ses bulletins pour décider de son affectation. Sa sœur était en terminale et il aurait dû être dans la même classe qu'elle… Seulement, comment prédire la décision que ces abrutis prendraient ?

— Tu as une sœur jumelle ? lui demanda Seth.

— On n'a pas beaucoup d'écart. Et c'est moi, le loupé.

— Hein ?

Aidan jouait avec les allumettes.

— Façon de dire qu'on est nés à moins d'un an d'intervalle… Ma sœur a dix mois de plus que moi.

— La vache ! Ça a été du rapide, observa Seth.

— Un accident, tu veux dire.

Aidan se cala dans sa chaise en bâillant et ébouriffa ses cheveux d'un noir tout sauf naturel. Becca remarqua que ses deux mains étaient tatouées : un diable sur l'une, un ange sur l'autre. Ses ongles étaient vernis en noir. Elle eut l'impression qu'il se cachait derrière un déguisement. Comme elle. Fuyait-il quelque chose ? Et quoi ?

6

Après le départ d'Aidan et de sa grand-mère, Becca se mit aux fourneaux. Seth resta dîner et s'attarda après le repas. Il semblait attendre que Ralph se retire, dans sa chambre ou n'importe où, ce qui ne lui ressemblait pas. Elle en déduisit qu'il se passait quelque chose.

Lorsqu'il lui montra la une du *Record* qu'il avait récupéré dans la cuisine des Cartwright, elle comprit. Elle apparaissait sur une photo en première page du journal, et elle était parfaitement reconnaissable. De quoi s'inquiéter, vraiment. Seth était le seul à savoir pourquoi : elle était une fugitive. Sa mère aussi. Et celui qu'elles fuyaient s'était déjà présenté à Whidbey pour les retrouver. En vain jusqu'ici.

Jeff Corrie, en effet, était aux trousses de sa femme et de sa belle-fille : Laurel Armstrong et sa grosse dondon d'héritière, prénommée Hannah. Sauf que Laurel se terrait maintenant en Colombie-Britannique. Que Hannah Armstrong s'était transformée en Becca King et qu'elle n'avait plus le moindre problème de poids. Les fausses lunettes, le maquillage outrancier avec yeux charbonneux et rouge à lèvres sombre ainsi que les vêtements noirs n'étaient que des artifices dont l'objectif était de ne pas être reconnue par Jeff Corrie.

Becca continuait néanmoins à se connecter à Internet, au moins une fois par semaine, pour voir si les investigations de son beau-père progressaient. Il s'intéressait à elle pour une seule et unique raison : son don. Il en avait besoin pour mener à bien ses magouilles financières. Sauf qu'il avait de sérieux problèmes à régler à présent : Laurel et Hannah n'étaient pas les seules à s'être envolées ; son ancien associé, Connor West, avec qui il avait ouvert une société de placements, était également introuvable. L'enquête sur ces disparitions, qui durait depuis six bons mois, le retenait à San Diego. Elle ne l'empêchait cependant pas, sans doute, d'utiliser son ordinateur. En tapant « Whidbey Island » dans un moteur de recherche, il risquait de tomber sur le site du *Record*, de l'explorer et, enfin, de poser les yeux sur la fameuse une. En conséquence de quoi Jeff Corrie pourrait bien débarquer à nouveau sur l'île. Et cette fois, il serait muni d'une photo de Becca King quand il irait voir le shérif. Une telle chose ne devait pas se produire, et Becca le savait. Tout comme Seth.

Elle exhala deux mots :

— Oh, non…

— J'ai pensé qu'il fallait que tu sois au courant. Regarde la légende.

Elle s'exécuta. Le photographe ne leur avait pas demandé leurs noms. Cependant, presque tout le monde se connaissait dans le sud de l'île, qui comptait peu d'habitants. Elle ne fut donc pas surprise de lire : « Derric Mathieson, Becca King et Jennifer McDaniels font preuve de bon sens et fuient l'incendie. » Quelqu'un à la rédaction avait dû les identifier.

Pour Derric, ça avait sans doute été un jeu d'enfant : né en Ouganda et adopté par un couple de l'île, il était le seul lycéen d'origine africaine. Becca et lui ne cachaient pas leur relation ; quant à Jenn, elle venait d'une famille installée à Whidbey depuis des générations. Bref, pas besoin d'être un génie pour les reconnaître. Elle scruta la photo, se demandant si elle ressemblait, de près ou de loin, à celle qu'elle était autrefois.

Elle n'en avait pas l'impression, mais comment en être sûre ? Elle devait mettre la main sur une vieille photo de Hannah pour comparer.

Becca se rendit au foyer municipal après les cours. Il était situé sur Second Street, au centre de Langley, ville d'un millier d'âmes, dont les maisonnettes colorées étaient construites bien au-dessus des eaux de la passe de Saratoga. Quelques-unes de ces habitations traditionnelles avaient été transformées pour héberger toutes sortes d'activités, des boutiques aux petits musées. Le foyer municipal était peint d'un jaune moutarde, et on y accédait par un jardin encore en fleurs malgré l'approche de l'automne. A l'intérieur, il y avait une librairie, une galerie d'art et un café. On se réunissait dans la salle du fond pour utiliser les ordis ou traîner tout simplement. En arrivant au foyer, Becca tomba sur Seth.

Aidan Martin était là aussi, ainsi qu'une douzaine d'autres jeunes et les deux membres qui complétaient le trio de jazz, Triple Threat. Les musiciens jouaient un morceau entraînant à la mandoline, la contrebasse et la guitare. Le public avait les yeux rivés sur leurs doigts incroyablement agiles.

Aidan Martin ne faisait pas partie des admirateurs.

Son skate reposait, à l'envers, sur ses genoux, et il en faisait tourner les roues. Il affichait une expression sardonique, pleine de mépris pour ce qui se déroulait autour de lui. Au milieu du morceau, il posa sa planche par terre et récupéra un paquet de cartes sur une table voisine. Il bâilla avec ostentation avant de se mettre à les battre.

« Quel abruti ! » songea Becca.

Tout le monde était si accaparé par Triple Threat que les ordinateurs étaient libres. Elle en profita pour se connecter et entrer le nom de Jeff Corrie dans le moteur de recherche. Il n'apparaissait plus aussi souvent dans les journaux qu'au moment où Becca et sa mère avaient pris la fuite. Il avait alors été confronté à de nombreuses enquêtes. Acculé par cette multiplication de problèmes judiciaires, il avait pris un avocat, qui répondait aux questions à sa place. Les journaux rapportaient l'argument massue de ce dernier : personne ne pouvait prouver qu'un crime était à l'origine de ces disparitions. La police ne disposait que d'une piste, celle de l'argent des investisseurs ayant atterri dans les poches de Connor et de Jeff. Pour l'avocat, il s'agissait d'une machination de Connor visant à incriminer son client, M. Corrie. Pourquoi l'investigation ne se focalisait-elle donc pas sur lui plutôt ? San Diego se situait à un jet de pierre de la frontière mexicaine. La police aurait sans doute tout intérêt à y dépêcher des forces : l'hypothèse selon laquelle Connor West avait passé la frontière n'était-elle pas plus crédible que celle selon laquelle Jeff Corrie s'était débarrassé de lui sans laisser le moindre indice ?

Jeff jouait bien la partie. A moins que le corps de Connor ne soit découvert ou que Becca aille trouver les autorités pour expliquer comment elle avait aidé les deux hommes à s'engraisser, espionnant les pensées de leurs clients pour repérer leurs points faibles, Jeff resterait un homme libre. Et il continuerait à traquer Becca. Elle sentit son sang se figer dans ses veines lorsque son regard tomba sur deux mots, dans un édito du journal de San Diego. *Whidbey Island*.

Jeff Corrie affirme depuis le début que le téléphone mobile de son épouse a été retrouvé sur l'île de Whidbey, ce qui a été confirmé par le bureau du shérif de Coupeville, dans l'Etat de Washington. Dans ces conditions, alors qu'il a toujours clamé son innocence, ne faudrait-il pas s'interroger sur la compétence du commissariat de San Diego ?

« Bon sang, songea Becca, il a réussi à faire basculer le journal de son côté ! »

Il fallait absolument qu'elle remette la main sur le premier article évoquant la disparition de Laurel et Hannah Armstrong. Il était illustré de leurs portraits, le sien étant celui que son école primaire avait réalisé en CM2.

Dès qu'elle l'eut déniché, elle sortit de son sac à dos la une du *Record*. Puis elle jeta un coup d'œil alentour : tout le monde était captivé par la musique de Seth. Elle s'empressa de déplier le journal et de comparer la jeune fille de presque seize ans qu'elle était devenue à la gamine photographiée à San Diego – qui, à onze ans, avait près de vingt kilos en trop.

Un tel surpoids quand on mesurait à peine plus d'un mètre soixante était spectaculaire. A l'époque, elle avait des joues de hamster et un double menton répugnant. Et si elle avait été prise en pied, le cliché aurait aussi montré ses cuisses boudinées dans un jean et ses fesses grosses comme un poids lourd. Elle avait les cheveux longs, une frange et un appareil dentaire. Autant de caractéristiques dont elle s'était débarrassée. Elle approcha la coupure de presse de l'écran pour comparer les deux visages et ne repéra aucune ressemblance. Mais peut-être se voilait-elle la face… Elle avait besoin de l'avis de Seth, parce que…

— Tu fais quoi ?

Se retournant brusquement, elle constata qu'Aidan Martin se tenait derrière elle et avait une vue plongeante sur l'écran. Son regard circulait de l'ordi à la page de journal. La situation était critique, et Becca comprit qu'elle n'avait d'autre choix que de retirer son écouteur dans l'espoir de surprendre ses pensées.

Je ne pourrai jamais tomber amoureuse d'un type avec des tunnels d'oreilles, impossible… carrément canon… jouent juste parce que dans ce cas je peux rejoindre leur groupe… pas sur moi au moins Dieu merci… elle a un joli petit cul… pas révisé pour cette interro de physique je suis dans le pétrin… trop canon… pas enceinte je le jure… je la hais à un point cette sale menteuse… c'est sûr qu'elle ne pourrait pas entrer dans l'équipe de pom-pom girls… le dîner ce soir parce que ce n'est pas mon tour et il est hors de question que je m'en charge quoi qu'elle…

Ça ne servait à rien, il y avait trop de monde. Becca était maudite, elle ne comprenait rien : ni les pensées des autres, ni sa propre existence. Elle poussa un petit rire forcé, puis remit son écouteur.

— Oups ! s'excusa-t-elle. Je porte une aide auditive pour m'aider à comprendre mes interlocuteurs. Une histoire de cerveau… Enfin, bref. Désolée, tu disais quoi ?

Il s'assit à côté d'elle.

— Je te demandais juste ce que tu faisais.

Il inclina la tête en direction de l'ordinateur. Son attitude était amicale en apparence, pourtant il avait une façon déstabilisante de la dévisager, et un tic nerveux agitait sa lèvre supérieure.

— Un devoir, répondit-elle, pour mon cours d'art. Sur la structure des visages. Je suis un cas désespéré.

Elle retourna sur la page d'accueil du moteur de recherche et rangea le journal dans son sac à dos.

— La seule matière dans laquelle je suis encore plus nulle, c'est les maths, ajouta-t-elle. Et toi ?

— Je suis nul en tout.

Il fit tourner les roues arrière de son skate avant de préciser :

— Sauf pour ça et le snowboard.

Il semblait hypnotisé par les petits cylindres noirs. Becca laissa échapper un soupir de soulagement : ils avaient changé de sujet de conversation. Malheureusement, alors qu'elle se croyait tirée d'affaire, Aidan lui demanda :

— Alors, tu dois faire quoi avec la structure des visages ?

— Rien de particulier, juste un devoir.

Il riva sur elle ses yeux bleus, déconcertants.

— Quel genre de devoir ?

— Un mec en cours a demandé…

Les neurones de Becca tournaient à plein régime. Elle n'était même pas inscrite en arts plastiques. A quoi pensait-elle, franchement, en balançant un bobard pareil ? Un rire gêné lui échappa.

— Je ne me souviens même plus de ce qu'il a demandé. Je devais être en train de griffonner sur mon cahier… Bref, on s'est retrouvés avec ce devoir débile. On doit utiliser deux photos, une de soi et une de quelqu'un d'autre, et les comparer, tu vois le topo.

— La lose… Comment tu fais pour supporter le lycée ?

Si la question était anodine en apparence, il ne la lâchait pas du regard. A croire qu'il tentait d'accéder à son cerveau…

— Autant en tirer le meilleur parti puisque je n'ai pas le choix, rétorqua-t-elle.

Aidan se tourna vers les musiciens. Désignant Seth d'un mouvement de la tête, il observa :

— J'ai entendu dire qu'il avait arrêté en première.

De toute évidence, Aidan aurait bien aimé suivre la même voie.

— Il a passé son GED, précisa Becca. Il travaille pour un entrepreneur maintenant. C'est un charpentier hors pair. Et il a sa musique, il compose lui-même, et…

— Tu as l'air inquiète, souligna Aidan. Pourquoi ?

Réduite au silence, Becca sentit qu'elle rougissait de la naissance du cou au sommet du crâne.

— Ah, tous les deux, vous…

— Non !

Elle protesta avec beaucoup trop de force. Ce type la déstabilisait complètement. Elle avait l'impression d'être sur un ring de boxe, face à un adversaire qui sautait dans tous les sens et réussissait à la sonner à chacun de ses coups. Elle se défendit de la façon la plus ridicule qui soit.

— J'ai un copain.

Aidan ricana.

— Tu as cru que je te draguais ou un truc dans le genre ?

— Non ! Mais… Tu as cru que Seth et moi…

Bon Dieu, qu'est-ce qu'il lui arrivait ? Seth entama alors un solo à la guitare, avec une grande dextérité. Ils se concentrèrent pour l'écouter. Cela faisait partie intégrante du jazz manouche : à tour de rôle, les musiciens exécutaient un solo. A la fin de sa prestation, le public applaudit Seth. Puis, avant que le mandoliniste ne livre sa propre performance, un membre de l'assemblée se leva et posa un violon sur son épaule. Le jeune homme se mit à jouer avec autant d'aisance que s'il avait répété aux côtés du trio un millier de fois. Les trois musiciens l'accompagnèrent en souriant.

Becca n'avait jamais vu le violoniste auparavant, cependant elle savait qu'à l'approche de DjangoFest les mélomanes affluaient à Langley, et il était sans doute l'un d'eux. Contrairement à Seth et aux autres, il avait un look en accord parfait avec cette musique. Une cascade de cheveux noirs retenus par un lien en cuir, un teint mat, des yeux si noirs qu'ils avaient presque la couleur du charbon, des boucles d'oreilles en or et, autour du cou, quatre alliances passées sur une chaîne. Enfin, à la façon dont il maniait l'archet, on eût dit qu'il l'avait appris au berceau.

Surtout, il accapara l'attention d'Aidan, qui se désintéressa de Becca. D'ailleurs, le type aimantait tous les regards, en particulier ceux du public féminin. Il respirait la santé, la vitalité, la sensualité. Lorsqu'il accueillit d'un sourire les applaudissements provoqués par son petit numéro, Becca songea que toutes les fans devaient être au bord de l'évanouissement.

Quant à elle, elle profita de l'occasion pour disparaître avant qu'Aidan Martin ne s'avise de lui poser davantage de questions. Elle entendit Seth interpeller le violoniste :

— Approche un peu, mon gars !

Alors que ce dernier fendait le public pour rejoindre le trio, elle sortit dans le couloir. Une fois dans la rue seulement, elle se souvint qu'elle n'avait pas éteint l'ordinateur.

7

Hayley fut convoquée dans le bureau de Tatiana Primavera juste avant le déjeuner. La jeune femme – qui, à son arrivée sur l'île, avait troqué son ancien nom, Sharon Prochaska, pour coller davantage au côté excentrique de Whidbey – était la conseillère d'orientation en charge des élèves dont le nom de famille débutait par les premières lettres de l'alphabet, de *A* à *L*. L'une de ses missions consistait à superviser les candidatures des terminales pour leurs études supérieures. Hayley était loin d'être sur la bonne voie dans ce domaine. Elle ne s'était même pas intéressée à la question. Et ce, parce qu'elle n'avait pas l'intention de poursuivre ses études.

Voilà ce qu'elle essayait de faire entendre à Tatiana Primavera lorsque la sonnerie du déjeuner retentit, et la libéra.

— Le sujet n'est pas clos, jeune fille, précisa la conseillère. Nous nous reverrons.

Hayley fila vers la salle commune, où les lycéens se réunissaient pour manger. Il n'y avait pas foule à cette période de l'année. La météo étant encore clémente, la plupart déjeunaient dehors. Conséquence, ni les minables ni les toxicos n'étaient représentés à aucune table. Pas plus que les sportifs et leurs admirateurs, installés au soleil, qui pour montrer leurs muscles, qui pour s'extasier dessus.

Hayley s'apprêtait à rejoindre ses habituels compagnons de repas quand quelqu'un s'accrocha à son bras. Isis Martin.

— Bon sang, pourquoi t'es pas en français avec moi ? On mange où ?

Hayley l'entraîna vers la table où elle avait l'habitude de s'asseoir. Ses amis s'y trouvaient déjà, mais Isis ne s'interrompit pas assez longtemps pour pouvoir être présentée.

— C'était juste horrible, ajouta-t-elle. Tu connais M. Longhorn, non ? Il exige qu'on lui donne du *Monsieur*, alors que je ne vois pas qui pourrait être moins respectable que lui… Bref, il s'est mis à me chercher des emmerdes à la fin du cours. Pourquoi ? Bon, désolée pour ce détail, mais j'ai mes règles. Et alors là j'hallucine, il veut que j'explique la raison de mon retard. En français en plus ! Il commence à me saouler avec ses « Mademoiselle, vous êtes bla bla bla… » J'essaie de m'expliquer et il décide soudain qu'il m'a assez humiliée pour la journée. Il me libère. Enfin, c'est ce que je m'imagine, parce que j'ai à peine tourné les talons qu'il hurle : « Arrêtez ! » Je suis tellement en pétard que je réponds : « Quoi, encore ? » Et il me colle un avertissement pour insolence. Tu le crois, toi ?

Isis reprit son souffle le temps de mordre dans son sandwich. Hayley entendit Jenn ricaner. Elle était attablée avec Becca, qui fixait Isis de ses yeux aussi ronds que des soucoupes. Hayley remarqua alors qu'elle retirait l'écouteur de son appareil auditif. Jenn lui souffla, d'un air entendu :

— A ta place, je monterais le volume plutôt.

D'un simple regard, Hayley lui ordonna d'être plus cool. D'accord, Isis était bavarde, mais c'était son amie, et on acceptait les amis des uns et des autres tels qu'ils étaient. Becca reporta son attention sur Hayley, les lèvres incurvées par un petit sourire qui n'avait rien de moqueur. Il était même encourageant. Ou encouragé. Hayley n'était pas certaine. Isis, cependant, était déjà prête à repartir. Elle avait avalé une bouchée de son sandwich, puis une gorgée de lait écrémé, et elle était sur le point de dire quelque chose quand Derric se laissa tomber sur l'une des deux chaises vides autour de la table.

— Salut ! Quoi de neuf ?

S'il semblait parler à la cantonade, toutes savaient que la question s'adressait à Becca. A l'exception d'Isis, bien sûr, mais celle-ci semblait soudain avoir avalé sa langue. Derric était grand, beau et exotique. Il portait un tee-shirt qui soulignait sa musculature : pectoraux, obliques, biceps, triceps, et tutti quanti. Les sentiments d'Isis s'affichaient sur son joli visage : elle n'en aurait bien fait qu'une bouchée ! Il faudrait rapidement lui expliquer qu'il était pris.

On se serait attendu à ce que la petite amie d'un Spécimen Masculin aussi remarquable que Derric se charge de mettre les points sur les *i*. Cependant Becca n'était pas du genre à recadrer les autres.

Ce fut donc Derric qui s'occupa de clarifier les choses, même s'il emprunta un biais détourné. Après avoir goûté le sandwich de Becca, il observa :

— Beurre de cacahuètes et confiture ? Encore ? Tu

n'étais pas censée adopter un régime diversifié, ma puce ?

Il ajouta ensuite :

— Au fait, je me suis planté pour tout à l'heure. Je dois retrouver Josh après les cours, j'avais complètement zappé. Je pourrais appeler sa grand-mère et dire que j'ai un empêchement, mais ça m'embête de faire ça.

Pendant qu'il parlait, il avait entrelacé ses doigts avec ceux de Becca, ce qui n'échappa pas à la nouvelle venue. Hayley nota aussi que Jenn retenait un sourire.

— J'ai une voiture, lança Isis d'un ton guilleret. Je peux déposer quelqu'un, si ça rend service.

Derric se tourna vers elle, les sourcils légèrement froncés – façon de signifier : « On se connaît ? » Isis parut saisir le message, car elle lui tendit la main au-dessus de la table.

— Pardon ! Je me présente, Isis Martin. Je viens de Palo Alto, près de Stanford, la fac. Mon frangin et moi, on habite chez Nancy Howard. L'artiste à la tronçonneuse ? C'est notre grand-mère. Mon frère…

Elle se redressa pour scruter la salle. Ayant repéré celui qu'elle cherchait, elle le pointa du doigt.

— Il est là-bas. Tiens, pourquoi il est assis tout seul ? Vous voulez bien m'excuser une minute ?

Elle se faufila entre les tables et rejoignit, dans le coin le plus reculé, un lycéen vautré sur une table, qui présentait son dos à tout le monde.

— Eh ben ! s'exclama Derric.

— Elle est nouvelle.

Hayley se rendit aussitôt compte que cet argument desservait Isis plus qu'autre chose.

— Je l'ai rencontrée à Bayview, s'empressa-t-elle

d'ajouter. Au marché du samedi. On a engagé la conversation et…

— La conversation ? l'interrompit Jenn. Parce qu'elle t'a laissée en placer une ? Tu veux dire que ça lui arrive d'écouter les autres de temps en temps ?

— Je te trouve bien optimiste, Jenn, plaisanta Derric.

— Je crois qu'elle est juste nerveuse, insista Hayley. Mettez-vous à sa place ! Elle débarque dans un endroit où elle ne connaît personne. Vous vous imaginez déménager en terminale ? Surtout que j'ai l'impression qu'elle avait pas mal d'attaches dans son ancien bahut.

— Quel genre d'attaches ? s'esclaffa Jenn. Si elle parlait autant…

— Un super-mec. Il a l'air de beaucoup lui manquer. Ils n'arrêtent pas d'échanger des textos. Elle m'a raconté qu'ils se parlaient sur Skype tous les matins. Je me dis…

— Hayley, tu es trop gentille, la coupa Jenn.

— Elle a peur, c'est tout, chuchota Becca.

Elle posa les yeux sur les Martin. Isis avait forcé Aidan à se lever et le poussait vers la sortie.

Si Hayley avait été sauvée par la sonnerie du déjeuner, son répit fut de courte durée. Tatiana Primavera l'intercepta dans un couloir. La conseillère d'orientation descendait un escalier, un carton dans les bras.

— J'ai un mot à te dire, Hayley.

La lycéenne s'attendait à un nouveau sermon. Pourtant, Tatiana Primavera se contenta de poser le carton sur une marche pour explorer son contenu. Il s'agissait de brochures universitaires. La conseillère sortit celle de Reed.

— C'est à Portland, précisa-t-elle. Ni trop loin ni trop proche. La fac n'est ni trop grande ni trop petite. Bien que privée, elle offre des bourses, et des emplois étudiants. Son département des sciences correspond exactement à ce que tu recherches. Maintenant, tu vas prendre ça et nous en discuterons la semaine prochaine. D'ici là, je veux que tu sélectionnes neuf autres établissements. Tu devras être prête à postuler début novembre.

Ça ne servait à rien de débattre dans l'immédiat, Hayley accepta donc la brochure sur Reed, puis une seconde sur Brown. Brown ? à Rhode Island ? Mais bien sûr !

Isis l'attendait devant la porte de la classe, très agitée. Un instant, Hayley crut qu'une chose terrible s'était produite.

— Je suis un cas désespéré, souffla la jeune fille en lui prenant le bras. Je suis désolée pour ce midi.

Elle regarda autour d'elle : le couloir se vidait rapidement, les cours allaient reprendre.

— J'aimerais bien pouvoir t'expliquer… C'est juste que ma famille a eu quelques ennuis et que ça me rend nerveuse. Je ne peux pas en dire beaucoup plus. Je sais que tu dois aller en cours, et moi aussi, seulement je tenais à te remercier d'être mon amie. S'il te plaît, dis-moi que je n'ai pas tout foutu en l'air au déjeuner ?

Hayley ne put retenir un sourire face à un tel accès de sincérité.

— Mais non, pas du tout, ne t'inquiète pas.

8

Becca rangeait ses affaires dans son casier, à la fin des cours, quand Hayley lui proposa de la déposer quelque part. N'importe où. Et elle ajouta mentalement : *Je veux savoir si elle a dit ça pour une bonne raison.* Des murmures d'une limpidité déconcertante. Becca avait débranché son aide auditive, comme souvent à ce moment de la journée, pour améliorer ses « commandes mentales ». Voilà l'expression qu'aurait employée sa grand-mère, avant d'ajouter : « ma chérie ». Toute la difficulté consistait à laisser les murmures se fondre dans le bruit ambiant, à devenir semblables au vent qui soufflait dehors. Becca était encore très mauvaise à cet exercice ; les pensées des autres la submergeaient.

Pourtant, les pensées de Hayley lui étaient parvenues avec une telle clarté qu'elle fut incapable de masquer sa surprise.

— Quoi ? s'inquiéta Hayley.

— C'est juste que j'étais précisément en train de me demander comment j'allais me rendre là où je suis attendue. A croire que tu es dans ma tête !

— J'aimerais bien… Alors, je t'emmène ?

— Avec plaisir, oui.

Becca récupéra les livres dont elle avait besoin pour ses devoirs. Elle aurait pris son vélo si elle avait su qu'elle ne rentrerait pas avec Derric… Hayley lui tirait une sacrée épine du pied. Elles se dirigeaient vers le pick-up de la famille Cartwright lorsque Isis les arrêta. Elle était avec son frère.

— Une seconde, les filles ! Je veux vous présenter Aidan.

Becca ne lui avait pas reparlé depuis l'épisode du foyer municipal. Ils n'avaient aucun cours en commun, et le midi il évitait tout le monde, s'asseyant toujours seul dans un coin, à une table ou par terre. Sa sœur le traînait par la manche. Il avait un visage si impassible qu'on aurait cru qu'il portait un masque.

Pas loin d'être minable… Cette pensée appartenait à l'un des deux Martin. *Trop bizarre cette teinture…* provenait sans doute de Hayley, ainsi que *espérer remplacer Derric… dans ses rêves…* Becca ne perçut plus aucun murmure ensuite : Isis s'était lancée dans un monologue tête baissée :

— Et voilà ! Je vous présente Aidan ! On va à la quincaillerie. Elle s'appelle comment, déjà ? Je sais plus où j'ai mis la liste… Ah, ici ! Dans mon manuel d'éco. Ce que je peux détester ça, l'éco… Donc on est en route pour la quincaillerie, Nancy m'a chargée d'acheter un tas de trucs. Notre grand-mère, Nancy Howard. J'ai déjà parlé d'elle, non ? Elle déteste le mot *mamie* et on doit l'appeler par son prénom. La vache, Aidan, dis quelque chose ! Ne reste pas planté là avec cet air d'abruti !

Cette histoire à San Diego… parce que si elle enquête… Becca sentit aussitôt des doigts invisibles lui effleurer l'échine. Elle avait l'impression qu'Aidan aimantait ses yeux avec les siens, si énigmatiques. Comment, s'étonna-t-elle, parvenait-il à rester ainsi de marbre, en permanence ? Elle voulut se concentrer sur les pensées du garçon, mais le flot continu de murmures incohérents, en provenance d'Isis, menaçait de faire exploser le crâne de Becca. *Par pitié elle doit... le seul moyen... être amies... comme si c'était possible... j'aurais jamais dû y penser... il aimait ça et il m'adore et aujourd'hui encore personne ne peut le rendre... toujours été là... plus important que tout le reste...* Et ainsi de suite. Becca chercha son écouteur, monta le volume et fut sur-le-champ soulagée par le grésillement qui se déversa dans son oreille.

— Votre grand-mère nous a présentés, dit-elle.

— Ah bon ? Nancy ? Quand ? Oh, non ! C'est toi, la fille qu'il a rencontrée le même jour que Seth Darrow ? Chelou ! Parce qu'il a... enfin peu importe. Aidan, pourquoi tu ne m'as pas dit que tu connaissais Becca ?

— Tu ne m'en as pas vraiment laissé le temps.

Les intonations du jeune homme déconcertèrent Becca : s'y mêlaient l'ennui et la lassitude.

— Allons-y, ajouta-t-il.

Sans un regard pour Hayley, il tourna les talons et repartit en sens inverse.

— Désolée, soupira Isis, il est tellement mal élevé...

Elle lui emboîta le pas. Hayley haussa les épaules. Même si son aide auditive l'empêchait d'accéder aux pensées de celle-ci, Becca devina que quelque chose la tracassait. Elle se demanda si c'était dû à la mention de Seth, son ex. Hayley s'expliqua un peu plus tard, après qu'elles furent montées dans le vieux pick-up, sur les portières duquel était écrit, en lettres délavées,

« Ferme de Smugglers Cove ». Elles se trouvaient sur la route sinueuse qui conduisait du lycée à Langley. La forêt se dressait le long de la chaussée, et Hayley guettait d'éventuelles biches. Sans se détourner de la route, elle dit à Becca :

— C'est forcément Aidan. J'y ai réfléchi, et ça me paraît évident.

— Quoi ?

— Tu as dit qu'elle avait peur, tu te rappelles ?

— Non.

— Si, pendant le déjeuner. Tu as dit qu'Isis avait peur. Elle a peur.

Becca fixait son sac à dos, posé entre ses jambes.

— Ah, répondit-elle prudemment, j'ai oublié.

Elle se reprocha d'avoir révélé cette pensée surprise dans la salle commune, pendant qu'Isis blablatait.

— Je voulais te demander pourquoi tu avais dit ça. Au début, j'ai cru que tu pensais qu'Isis avait peur qu'on ne l'apprécie pas. Sauf que j'ai eu l'impression, ce midi, qu'il y avait autre chose. Je voulais en parler avec toi, pour avoir ton sentiment. A cause de ta remarque. Mais… mais maintenant je pense que c'est Aidan.

Becca observa Hayley à la dérobée. Ses mains avaient la position réglementaire sur le volant, à dix heures dix, et elle ne quittait pas la route des yeux. Becca se sentait en sécurité avec elle. Sauf qu'elle ne pouvait se fier à personne. S'inspirant de sa propre expérience, elle répondit :

— Débarquer sur l'île, c'est super-dur. Tout le monde se connaît depuis la maternelle, ici. Se faire des amis est un vrai défi, les bandes sont déjà super-soudées.

Hayley lui jeta un bref coup d'œil.

— Tu t'en es bien sortie, toi.

— En apparence, peut-être. Mais ce n'est pas si simple.

— Tu as Derric, Seth, Jenn. Et il y a moi. Tu ne me connais pas aussi bien qu'eux, d'accord, enfin quand même. Regarde, on est toutes les deux, et tu ne flippes pas, si ?

Becca sourit. Hayley Cartwright était incapable de faire flipper qui que ce soit. Elle était bien trop sympa pour ça. Becca avait effectivement perçu un sentiment de peur chez Isis, cependant elle en ignorait la cause.

— Pourquoi Aidan ?

— Quoi ? Ah, pourquoi j'ai l'impression qu'elle balise à cause de lui ? Au début, ça ne m'a pas effleurée. Ça a changé ce midi… Tu as vu comment elle l'a fait sortir de la salle commune ? Et à l'instant ? Je délire ou ils n'ont rien à voir l'un avec l'autre ? Il y a autre chose : où sont leurs parents ? Isis est un vrai moulin à paroles et jusqu'à maintenant elle n'a pas dit un mot sur sa mère ou son père.

Becca n'avait aucune envie d'approfondir ce sujet, évitant toujours, elle aussi, de parler de ses parents. Toutefois, cela la poussa à établir un parallèle entre sa situation et celle d'Isis, et à considérer les réflexions de Hayley sous un jour nouveau. Même les murmures qu'elle avait pu surprendre, en provenance d'Isis et d'Aidan, ne mentionnaient pas leurs parents. C'était étrange, en effet.

— J'en sais rien, Hayley. Elle finira sans doute par t'expliquer la situation. Si tu lui parles de ta famille, elle évoquera probablement la sienne. Et tu sauras si son attitude bizarre vient de là…

Becca s'interrompit. Un changement immédiat s'était produit chez Hayley. Qu'avait-elle pu dire pour la troubler autant ? Elle retira son écouteur sans que Hayley remarque rien. Elle entendit aussitôt : *après le déambulateur... ça va empirer et quand on en sera au fauteuil roulant... devrai m'en occuper parce que maman ne pourra jamais... et avec Brooke qui est super-chiante... je m'en fous je m'en fous sauf que tu te mens, Hayley, parce que tu ne t'en fous pas et tu le sais très bien... tais-toi tais-toi tais-toi.*

Becca fut désarçonnée par la virulence de ces murmures, qui se déchaînaient sous la façade si calme de son visage. D'un geste lent, elle remit son écouteur.

Ce que ce trajet en voiture lui avait appris pouvait se résumer en quelques mots. Isis et Aidan avaient apparemment des ennuis. Et Hayley aussi.

9

Derric et Josh, le garçon qu'il parrainait, sortaient du motel de la Falaise au moment où Becca descendait du pick-up. Josh vivait là, pas dans une des chambres mais dans l'appartement situé derrière la réception, et au-dessus. Son père était en prison, sa mère accro à la méthamphétamine depuis longtemps. Avec sa petite sœur, Chloe, ils étaient élevés par leur grand-mère, Debbie, la propriétaire de cet établissement.

Tous trois connaissaient Becca. Debbie lui avait en effet ouvert sa porte lorsque celle-ci, fraîchement débarquée sur l'île, s'était retrouvée sans point de chute – le plan de sa mère étant tombé à l'eau.

— Hé ! s'écria Josh. Salut, Becca ! Derric et moi, on part en balade. Il m'emmène à l'institut de Whidbey. Là-haut dans la forêt. Tu y as déjà été ?

A son tour, Derric remarqua la présence de Becca. Un sourire jusqu'aux oreilles, il la rejoignit. Josh le suivit en sautillant et en donnant des coups de poing dans le vide.

— Il paraît qu'il y a des tonnes de sentiers ! C'est Derric qui me l'a dit. Il a aussi dit qu'on ne pouvait pas se perdre parce qu'il avait une carte. De toute façon, on a des boussoles, alors on n'aura même pas besoin de la carte. On la prend juste au cas où.

— Tu crois qu'on propose à Becca de se joindre à nous, Josh ? suggéra Derric.

— Hors de question ! Pas une fille ! C'est un truc de mecs. Elle n'a qu'à rester jouer aux Barbies avec Chloe.

— Trop cool, répliqua-t-elle, j'adore les Barbies.

Après avoir échangé un regard avec Derric, elle ajouta :

— Entre autres choses.

Elle déposa alors un baiser sur les lèvres de son amoureux, qui l'enlaça afin de la retenir.

— Bah ! s'exclama Josh. Dégueu ! Arrêtez ! Allez, ça suffit, on doit y aller.

— Tu as bien raison, mon garçon, observa un homme posté de l'autre côté de la rue. Vous devez avoir besoin de reprendre votre souffle, tous les deux. Cette manie de se donner en spectacle…

La voix était enjouée. Et parfaitement identifiable. C'était le père de Derric, qui venait de garer sa voiture de shérif sur le parking du centre culturel. Il en était descendu et observait les amoureux, bras croisés, secouant la tête l'air de dire : « Ah les jeunes ! »

La présence de Dave Mathieson à Langley n'était pas habituelle, cependant. En tant que shérif du comté de l'île, il avait son bureau à quarante-cinq kilomètres au nord de là, dans son chef-lieu, la vieille ville victorienne de Coupeville. Langley possédait son propre commissariat, minuscule, qui réglait les problèmes quotidiens du bourg. La présence de Dave devait avoir une raison bien précise.

— Qu'est-ce que tu fais ici, papa ? lui demanda Derric.

Le shérif traversa la rue pour les rejoindre. Après avoir pris Becca par les épaules puis serré la petite main de Josh, il lâcha :

— DjangoFest.

Sa réponse les intrigua plus qu'autre chose. L'arrivée du chef des pompiers, qui rangea son véhicule à côté du sien, leur fournit un indice.

— On se voit à l'intérieur ? lança-t-il à Dave.

Ce dernier clarifia la situation :

— Il pourrait y avoir un pyromane dans le coin. On avait attribué les premiers incendies à de la négligence. Depuis celui de la fête foraine, on réfléchit au moyen de protéger les nombreuses scènes du festival. Déclencher un feu en plein concert, voilà qui donnerait de sacrés frissons à un pyromane, si nous avons affaire à ce genre de criminel.

Josh l'écoutait en ouvrant de grands yeux et le shérif lui demanda :

— Tu ne joues pas avec des allumettes, hein, mon grand ?

Josh secoua la tête avec gravité.

— Mamie me collerait une sacrée gifle.

Bien qu'en retard pour sa réunion, Dave prit le temps de demander aux garçons quel était leur programme par ce bel après-midi. A la mention de la balade en forêt, il leur conseilla de déguerpir au plus vite pour profiter de la belle lumière à l'institut. Le regard qu'il jeta ensuite à Becca semblait si chargé de sous-entendus qu'elle décida de s'attarder : il lui ferait peut-être part de ses préoccupations.

Derric et Josh montèrent en voiture. Au moment

de quitter le parking du motel, Derric lança par la vitre baissée :

— Je t'appelle ce soir, ma puce !

Alors qu'ils s'éloignaient, Dave souligna :

— Tu comptes beaucoup pour lui.

— Et réciproquement.

Dave Mathieson parut réfléchir à la réponse de Becca. Elle se demanda s'il se faisait du souci pour eux deux. Au fond, tous les parents étaient pareils dès que leurs enfants étaient en âge de sortir ; ils s'inquiétaient du fameux cocktail : garçons, filles, hormones et sexualité.

Elle retira discrètement son écouteur. Le premier murmure qu'elle perçut lui coupa le souffle. Il se résumait à un mot : *Réjouissance.* Il fut suivi de près par : *me demande si elle est au courant... trahison... l'apprendre pourrait tout changer...*

Becca dut se retenir d'intervenir et de pousser Dave à révéler le fond de sa pensée. Elle poursuivit toutefois, avec un sourire forcé, sur le sujet qu'il avait lui-même initié :

— C'est un garçon incroyable, shérif Mathieson… Est-ce que je peux vous dire quelque chose ?

Elle parut le tirer de ses réflexions.

— Bien entendu.

— Vous n'avez aucune raison de vous en faire, pour Derric et moi. Si vous voyez où je veux en venir…

Il l'étudia comme pour jauger ce qu'elle disait. Puis il prononça l'impensable.

— Becca, laisse-moi te poser une question. Derric t'a-t-il déjà parlé de Réjouissance ?

Becca ne s'était pas préparée à une attaque frontale. Elle chercha à gagner du temps.

— Réjouissance ? C'est un prénom ?

— Oui, celui d'une Ougandaise. Qui se trouvait dans l'orphelinat où mon épouse a rencontré Derric. Il…

Dave perdit son regard dans la direction où la voiture de son fils venait de disparaître. Il fronça les sourcils, semblant réfléchir à ce qu'il pouvait révéler. *Ne veux pas gâcher ce qu'il a construit...* Le shérif hésitait à cause de leur histoire, à Derric et elle. Elle fut agréablement surprise de constater qu'il ne voulait pas créer de problème entre eux, surtout à cause d'une autre fille.

— Il lui écrit depuis son arrivée ici, des lettres qu'il n'a jamais envoyées. On dirait…

Dans la confidence à présent... une ancienne amourette, ce qui ne signifie pas... et pourtant si la page n'est pas vraiment tournée...

Becca affecta de réfléchir.

— Est-ce qu'il pourrait s'agir… d'une sorte de journal intime, ou quelque chose dans le genre ? Qui serait adressé à une personne fictive ? Parce que c'est un peu bizarre, non ? D'abord, ce nom ne ressemble pas à un vrai nom. Et pourquoi ne pas poster les lettres ? Si cette fille existait réellement, ne vous aurait-il pas demandé de les envoyer ?

Dave soupesa ses arguments.

— Ce n'est pas faux, mais… tout de même…

Toujours sur la réserve... si seulement il se livrait... l'estime mutuelle entre un père et son fils... et il peut avoir confiance en moi je le jure...

Becca se renfrogna. Elle comprenait soudain que

Derric ne dissimulait pas aussi bien qu'il le pensait la vérité concernant Réjouissance.

— Il ne m'a rien dit à ce sujet, shérif Mathieson. Et… je… je suis convaincue qu'il l'aurait fait si ça avait de l'importance.

Dave ne cessait de la fixer avec intensité. Becca n'avait pas besoin d'entendre ses pensées pour savoir qu'il se demandait si elle était sincère ou pas. Il ne parviendrait pas à lire en elle, cependant. Il y avait tout juste un an qu'elle était à Whidbey et elle avait perfectionné sa capacité à mentir tout en affichant l'air le plus innocent du monde.

Avec un soupir qui semblait teinté de soulagement mais aurait pu exprimer tout autre chose, il lâcha :

— Très bien, dans ce cas. Cet échange peut rester entre nous, Becca ?

— Bien sûr.

En vérité, Becca savait tout ce qu'il y avait à savoir sur Réjouissance. C'était la sœur de Derric. Et il n'avait jamais dit à personne que, parmi les enfants des rues de Kampala qui venaient d'être recueillis par l'orphelinat ougandais, se trouvait une fillette de deux ans qui avait oublié que le garçon avec lequel elle partageait un carton, la nuit, était son frère aîné. Becca n'était au courant que par le plus pur des hasards. Elle avait en effet mis la main sur les lettres que Derric avait écrites à sa sœur, et cachées au reste du monde, enfouissant avec elles sa honte d'avoir tu leur lien familial. C'était le plus lourd secret du jeune homme.

Becca aurait pu tout avouer au shérif. Et pourtant, en plus de se refuser à trahir Derric, elle était convaincue que c'était à lui de raconter l'histoire de Réjouissance, pas à elle. Or il n'était pas prêt. La situation ne pouvait donc pas évoluer pour le moment.

Becca aperçut alors une femme d'un certain âge, avec une casquette, qui remontait Cascade Avenue dans sa direction, un caniche noir distingué au bout d'une laisse. Il s'agissait de Diana Kinsale, la première rencontre que Becca avait faite à Whidbey et la seule personne dont elle ne pouvait entendre les pensées – sauf si Diana en décidait autrement.

Becca se dirigea vers elle. Diana prenait son temps, s'arrêtant régulièrement pour admirer la chaîne des Cascades, dont les cimes découpées étaient parfaitement visibles depuis cette artère longeant une falaise. Les montagnes se dressaient au loin, de l'autre côté de l'eau, au-delà de la ville d'Everett, dont le port et ses constructions reflétaient le soleil de l'après-midi.

Au moment où Becca approchait, Diana se laissa choir sur un banc, près du bord de la falaise. Elle se pencha pour caresser les oreilles tombantes d'Oscar. A son habitude, le caniche grimpa sur ses genoux et se blottit contre elle. Diana appuya sa tête sur la sienne, ce qu'il accepta sans broncher. Il y avait quelque chose d'inhabituel, Becca le sentit.

— Où est le reste de la meute ? lança-t-elle en référence aux quatre autres chiens de Diana.

Celle-ci souleva la visière de sa casquette. Un frisson parcourut Becca quand elle découvrit son visage : Diana n'avait pas du tout l'air en forme.

— Becca, assieds-toi donc, lui dit-elle en tapotant le banc. Oscar s'est fait nettoyer les dents aujourd'hui et je lui offrais une petite promenade avant de rentrer. Enfin, jusqu'à ce que la vue m'accapare. Comment vas-tu ? Il y a des siècles qu'on ne t'a pas vue.

Ce *on* englobait ses chiens. A l'époque où Becca vivait au motel de la Falaise puis dans la cabane au fond des bois de Ralph Darrow, elle leur rendait régulièrement visite, dans leur maison à côté de Langley.

Diana exerçait un effet réconfortant sur la jeune fille. Elle la prit par les épaules pour l'attirer contre elle, et Becca fut envahie par une sensation familière, de paix et de chaleur.

— Comment se passent les cours ? lui demanda-t-elle. Tu te plais chez Ralph ? Et Derric, il est en forme ?

— Très bien, oui et oui !

Becca sentit alors que Diana la sondait. Celle-ci lisait dans l'âme des gens, sans doute en les touchant. C'était aussi par le contact physique qu'elle les apaisait. Il suffisait de la laisser poser la main sur soi. Tous les ennuis ne s'envolaient pas d'un coup, mais la perception que l'on en avait était modifiée à tout jamais.

— Je vous assure, madame Kinsale.

— Même pour Derric…

— Ce n'est rien. Juste une question que son père m'a posée.

— A son propos ?

Bon sang, elle n'y allait pas par quatre chemins. Becca donna une caresse à Oscar. En tant que caniche, il n'était pas disposé à faire grand-chose d'autre que cligner des paupières et agiter lentement la queue pour lui signifier qu'il l'autorisait à lui apporter des marques d'affection. Comme sa maîtresse, il admirait la vue. Des mouettes les survolèrent. Ainsi que deux aigles majestueux, en quête de nourriture. Au loin, les rides à la surface de l'eau indiquaient la présence d'un phoque.

— Waouh ! lâcha Becca devant ce spectacle.

— Divin, n'est-ce pas ? approuva Diana, avant d'ajouter : Chercherais-tu à te dérober ?

Elle avait perçu l'irrésolution de Becca et lui demandait, en clair, si elle évitait cette question liée à Derric et à son père. Et la réponse était oui.

— C'est par loyauté, se justifia-t-elle.

— Loyauté envers Derric ?

— Je sais quelque chose. Son père m'a interrogée à ce sujet.

— Je suppose que tu n'as rien dit.

— En effet. Je tiens à préciser qu'il n'a rien fait d'illégal. Il s'agit juste d'une histoire personnelle.

— Entre Derric et toi ?

— Ouais.

— Ah… Les parents se font facilement du souci, tu sais.

Becca sentit qu'elle rougissait.

— Il ne s'agit pas de ça. Juste d'un truc perso qui concerne Derric et sur lequel son père s'est renseigné. Je considère que ce n'est pas à moi d'en parler.

— Tu as peur de ce qu'il pourrait faire ?

— J'ai peur de ce qu'il pourrait ressentir.

Diana la dévisagea.

— Parce que tu penses pouvoir contrôler les émotions des autres ?

— Non, je pense que les émotions de Derric ont plus d'importance pour moi que celles de son père. Je pense aussi qu'il devrait parler de cette chose à ses parents, seulement il n'en a pas envie et ce n'est pas à moi de m'en charger à sa place. Pour autant, je n'ai pas aimé mentir au shérif.

Diana détacha ses yeux du visage de Becca avant de lâcher :

— La confiance.

— Quoi ?

— Il me semble que la confiance est ta prochaine étape.

Puis elle ajouta, songeuse :

— Ça pourrait bien être celle de tout le monde.

— La prochaine étape ? Pour aller où ?

— La prochaine étape sur le chemin de la vie.

Becca se renfrogna.

— Vous recommencez à vous prendre pour Maître Yoda, madame Kinsale. Vous êtes à deux doigts de délivrer le genre de sagesses qu'on trouve dans les biscuits chinois.

Diana s'esclaffa.

— Il y a pire, tu sais ! Je les aime plutôt bien, ces biscuits, moi.

10

Le violoniste qui avait rejoint Seth et son groupe pendant leur répétition dans la salle du foyer municipal était en ville pour DjangoFest. Parker Natalia était originaire du Canada et il avait longtemps joué dans un groupe canadien, BC Django 21.

— Jusqu'à ce qu'ils me virent parce qu'ils avaient rencontré quelqu'un de meilleur, avait-il expliqué d'un air fataliste.

Seth avait perçu la blessure profonde qui se cachait derrière son détachement apparent, et, si quelqu'un en connaissait un rayon question peine, c'était bien Seth. Voilà pourquoi il proposait à Parker de se joindre à Triple Threat chaque fois qu'ils répétaient. Il le faisait avant tout pour lui remonter le moral, mais Parker était un excellent violoniste. Seth se disait qu'il ne fallait avoir ni oreilles ni cerveau pour se débarrasser d'un musicien de sa trempe.

Il finit d'ailleurs par convaincre les autres membres de son trio de convier Parker à toutes leurs répétitions, avec pour objectif de se produire à quatre pendant le festival. Il était grand temps d'ajouter un violoniste à Triple Threat : ça leur permettrait d'étendre leur répertoire, avait-il argué, surtout s'ils aspiraient à autre chose qu'assurer l'animation musicale dans les galas de bienfaisance locaux. Plus important encore, Parker Natalia était en mesure d'assumer le rôle d'« idole » – selon l'expression de Seth – auprès du public féminin. Or élargir leur auditoire était aussi crucial que développer leur répertoire.

Seth décida aussi de présenter Parker à son grand-père. Pour une question de logement. Pendant DjangoFest, les citoyens de l'île ouvraient leurs maisons aux musiciens programmés. Or Parker ne comptait plus parmi ceux-là. Alors que son ancien groupe, BC Django 21, était confortablement installé chez quelqu'un, lui se retrouvait à la rue.

Seth avait ainsi découvert que Parker dormait dans sa voiture, dans un coin du terrain occupé par la fête foraine. Ne roulant pas sur l'or, il ne voulait pas dépenser d'argent pour une chambre de motel. Le peu d'économies dont il disposait devant lui permettre de tenir jusqu'à son retour chez lui, il faisait donc contre mauvaise fortune bon cœur : il dormait dans un sac de couchage, à l'arrière de sa Ford Taurus, et utilisait les toilettes de la fête foraine quand elles étaient ouvertes.

Seth avait une meilleure idée. Il ne pouvait pas offrir une chambre de motel à Parker, mais sa proposition représentait une amélioration considérable par rapport à une banquette de voiture. Et le jeune homme pourrait aussi accéder à une salle de bains avec douche s'il n'avait rien contre un peu de marche. La réalisation de ce projet dépendait, bien entendu, de l'accord de Ralph Darrow.

Dès qu'ils furent garés, Seth laissa Gus filer vers la maison. Parker et lui le suivirent d'un pas tranquille.

Le vieil homme était devant la remise à bois, en compagnie de Becca, de Derric et d'un tas de bûches. Une dizaine de stères venaient d'être livrés et devaient être entreposés. Les deux amoureux lui prêtaient main-forte. Gus bondissait autour d'eux en aboyant pour attirer leur attention.

— Donne un os à ce chien avant que j'aie un geste malheureux.

Ce fut avec ces mots que Ralph accueillit son petit-fils. Becca se précipita vers le coffre, sur la galerie. Gus la suivit : il savait très bien ce qui l'attendait. Seth salua Derric d'un signe de tête, puis présenta Parker à tout le monde. Becca le reconnut.

— Tu étais au foyer municipal. Je t'ai vu improviser avec Seth, c'était dément.

— Merci, dit Parker en lui décochant un sourire.

Avec ce renfort supplémentaire de bras musclés, le vieil homme put se dispenser de tout effort physique et regarda les quatre jeunes œuvrer. S'essuyant les mains sur l'un de ses bandanas, il observa :

— Tom Sawyer n'aurait pas été plus efficace. Alors, comment se passent les répétitions, petit-fils préféré ?

— Très bien. Parker y participe aussi.

— Vraiment ?

Ralph observa le jeune homme. La surprise dans son ton semblait suggérer qu'il n'était pas tout à fait emballé par cette idée, et Parker s'empressa de préciser :

— Ça n'a rien de permanent. Je les accompagne seulement pour leurs sets à DjangoFest.

Seth précisa que Parker faisait partie du lot de fans de jazz manouche qui débarquaient chaque année sur l'île pour voir les plus grands musiciens du monde se produire.

— Il appartenait à un groupe canadien, ajouta Seth. BC Django 21.

— Je viens de Colombie-Britannique, précisa Parker. D'où le BC, pour *British Columbia*.

— Bref, enchaîna Seth à l'intention de son grand-père, tu sais que tous les musiciens sont hébergés par les habitants de Langley pendant le festival ? Alors, je me demandais…

— Ah, ah, je vois, répondit Ralph.

Becca sourit. Elle avait deviné ce qui se tramait : Seth projetait d'installer Parker dans la cabane qu'il avait construite au cœur des bois, et il avait retenu la leçon. Becca y avait vécu pendant quelques mois, à l'hiver et au printemps précédents. Mais à l'insu de Ralph, et cela n'avait pas été sans problème quand il l'avait découvert. Seth n'était pas près de commettre la même erreur une seconde fois.

— La Colombie-Britannique ? répéta Ralph d'un ton radouci. Où exactement ?

— Dans les montagnes du Kootenay, à Nelson.

Seth vit Becca se pétrifier lorsque Parker prononça ces mots. La réaction de la jeune fille n'échappa pas davantage à Derric, dont le regard passa de Becca à Parker, puis de Parker à Becca. Ralph, lui, semblait n'avoir rien remarqué et il se contenta de dire :

— Jamais entendu parler.

— C'est au nord de Spokane, lui indiqua Parker.

Sans doute pour cacher son émotion, Becca se remit aussitôt au travail. Derric l'imita. Seth remarqua toutefois qu'elle suivait l'échange avec attention. Dans la précipitation, elle avait perdu son écouteur.

— Bref, reprit Seth avec l'espoir d'obtenir l'accord de son grand-père, Parker dort dans sa voiture et j'ai pensé que la cabane serait plus appropriée. Il pourrait se servir de la salle de bains du rez-de-chaussée si ça ne dérange pas Becca. Ce ne serait pas pour longtemps. Pour la durée de DjangoFest, en gros.

Ralph ne masqua pas sa surprise à ce « en gros ».

— J'ai envie de te répondre que ça dépend de miss Becca. C'est sa salle de bains.

— Je n'y vois pas d'inconvénient, dit-elle. J'espère seulement que Parker a bien compris qu'il aurait une petite trotte à faire depuis la cabane.

— Je vais la lui montrer, annonça Seth avant de demander, un peu nerveusement : Tu es d'accord, grand-père ?

Ralph décrivit un large geste du bras en direction des bois, au-delà de la mare.

— Faites comme chez vous.

— Je vous accompagne, Seth, décréta Becca sans laisser à personne, surtout à Derric, le temps de protester.

11

Pendant que Becca entreposait le bois dans la remise, son écouteur n'avait cessé de glisser de son oreille et elle avait décidé de le retirer carrément. De toute façon, elle avait besoin de s'entraîner à bloquer les murmures. D'ailleurs, ceux qui provenaient de Ralph et de Derric devenaient plus faciles à « désentendre ». Ceux de Ralph tournaient autour du même sujet : *assez de bois pour l'hiver... je n'arrive pas à me rappeler s'il y avait de la neige l'an dernier... il faudra répondre à la question de Sarah*. Les préoccupations de Derric étaient autres : elles portaient sur son père, mais aussi sur sa poitrine et ses fesses à elle, Becca – un vrai mec, quoi –, ainsi que sur un futur contrôle en « médecine du sport ».

Avec l'arrivée de Seth et Parker, l'atmosphère s'était modifiée, se chargeant de pensées nouvelles, et Becca avait eu la flemme de s'entraîner à les ignorer. Elle avait donc remis son écouteur et repris le travail, n'écoutant que d'une oreille les projets de Seth pour son nouvel ami Parker... jusqu'à ce que ce dernier révèle qu'il venait de Nelson.

Le sol s'était dérobé sous ses pieds. Heureusement, elle n'avait pas crié ; elle pouvait remercier sa bonne étoile.

Elle avait alors de nouveau retiré son écouteur : si Parker savait quelque chose, il fallait bien qu'elle le découvre.

Malheureusement, elle avait surtout réussi à surprendre les pensées de Derric. Il avait remarqué sa réaction et l'avait attribuée au physique de Parker, croisement parfait entre un mannequin pour boxer-shorts et une star hollywoodienne.

Becca n'avait d'yeux que pour Derric et elle aurait voulu lui dire qu'il n'avait aucun souci à se faire, ni aujourd'hui ni jamais. Elle ne pouvait cependant pas le rassurer sans lui avouer qu'elle avait entendu ses pensées.

Quand elle avait annoncé son intention d'accompagner Seth et Parker dans les bois, elle s'était attendue à ce que Derric proteste. Mais il n'avait pas décroché un mot. Quant à ses murmures, ils étaient mélangés avec ceux des autres. Et elle n'avait pas le temps de faire le tri. Elle se précipita à la suite de Seth et Parker.

Revoir la cabane était une excuse parfaite. Elle y avait vécu pendant des mois. Elle s'engagea avec les deux garçons et Gus sur la piste qui serpentait à travers bois et, pendant une dizaine de minutes, ils firent crisser sous leurs semelles des feuilles d'aulne et des pommes de pin desséchées. Fougères, gaulthéries, massifs de myrtilliers sauvages poussaient le long du chemin, ainsi que du Mahonia à feuilles de houx, des baies de sureau, du houx et du lierre rampant. L'air était chargé de l'odeur terreuse de la végétation en décomposition.

Ils débouchèrent dans la clairière, face à la construction reposant sur les branches entremêlées de deux grandes pruches.

— Joli ! s'exclama Parker. Qui a construit ça ?

Becca se fit un plaisir d'annoncer que Seth en avait fixé la moindre planche. Il ne s'agissait pas d'une cabane classique, pour accueillir des jeux d'enfants, mais plutôt d'une minuscule maison, qui disposait d'une petite terrasse à l'avant, jouissait d'un toit solide pour protéger ses occupants de la pluie et de fenêtres à double vitrage pour garder la chaleur à l'intérieur, fournie par un poêle à bois. La pièce contenait un lit de camp, un réchaud à gaz, une lanterne et une bibliothèque.

Becca dut patienter, le temps que Parker s'extasie sur le travail accompli par Seth et que celui-ci lui explique le fonctionnement du poêle. Elle se mêla à la discussion, précisant qu'il fallait couvrir le feu la nuit, même s'ils s'accordèrent tous trois à dire que Parker n'utiliserait sans doute pas beaucoup cet appareil puisque les températures, encore douces, ne chuteraient sans doute pas avant la fin octobre.

Becca guettait une brèche. Elle cherchait un sens caché aux murmures qui lui parvenaient. Aucun élément ne se détachait parmi les réflexions sur la cabane, la musique, la soif de reconnaissance. *Je leur montrerai, je le jure devant Dieu...* Ce murmure devait appartenir à Parker.

Consciente que Nelson ne reviendrait sans doute pas dans la conversation de sitôt, elle décida d'y remédier.

— Alors, c'est bien, Nelson ? demanda-t-elle, profitant d'un silence.

Ne voyant pas comment aborder le sujet par un biais détourné, elle avait opté pour une approche directe, qui lui attira un regard intrigué de Seth. Parker, lui, sourit, dévoilant des dents blanches et bien alignées.

— Je ne sais pas trop, répondit-il à la grande déception de Becca. C'est une ville comme n'importe laquelle. J'y suis né.

Il s'accroupit pour examiner l'intérieur du poêle,

tapissé des cendres laissées par Becca. Il aurait besoin d'un bon nettoyage avant de pouvoir servir à nouveau.

— Ça se trouve au bord d'un lac, ajouta-t-il. C'est immense !

Elle sentit son cœur se serrer. Si la ville était aussi grande qu'il le sous-entendait…

— Je veux parler du lac, précisa Parker en refermant la porte du poêle. Le lac Kootenay. Nelson est plutôt petit. Enfin, plus grand que Langley, seulement j'imagine que… tout est plus grand que Langley, non ?

— Ouais, approuva Seth. On réclame un deuxième panneau Stop, mais on n'aura jamais droit à un feu tricolore. Grand-père raconte qu'à une époque on pouvait s'allonger au milieu de First Street à 13 heures, juste devant le cinéma, et piquer un petit somme.

Parker éclata de rire.

— On a des feux tricolores, nous. La population doit monter à dix mille, je dirais. Et en s'allongeant au milieu d'une rue, on risque carrément de se faire rouler dessus par un camion… Au fait, merci d'accepter de partager la salle de bains avec moi, Becca. Je me ferai le plus discret possible…

Puis il se tourna vers Seth :

— Cette cabane est géniale. Je te suis vraiment reconnaissant, mec. Et pour Triple Threat aussi.

Ils vont voir ce qu'ils vont voir, tous, et s'ils ne…

Parker ne pensait déjà plus à Nelson, Becca devait réagir.

— Ici, on pourrait dire que tout le monde se connaît, non ? lança-t-elle. Seth ?

L'étonnement de ce dernier n'aurait pas été plus flagrant s'il avait poussé un « hein » retentissant.

— C'est la même chose à Nelson ? demanda-t-elle.

— Il me semble, répondit Parker, qui s'était approché du lit de camp pour l'essayer.

Il regarda par la fenêtre et actionna la manivelle qui permettait de l'ouvrir.

— Incroyable ! Tu as vraiment du talent, Seth.

— A part la construction et la guitare, je ne sais rien faire. File-moi…

— J'ai une cousine à Nelson, annonça Becca, au désespoir. Tu la connais peut-être.

— Peut-être. Ma famille possède un restaurant dans le centre-ville. Il existe depuis presque toujours et il a son lot d'habitués. Comment s'appelle-t-elle ?

— Laurel Armstrong.

Becca savait qu'elle prenait un risque inconsidéré, mais elle n'avait pas le choix. Sa mère avait pris la direction de Nelson après l'avoir déposée au ferry, à Mukilteo. Et il y avait longtemps qu'elle aurait dû revenir la chercher et la conduire en Colombie-Britannique.

— En fait, c'est la cousine de ma mère, ajouta Becca, elle est beaucoup plus vieille que moi, genre dans les quarante ans…

Parker lui décocha un de ses sourires ensorcelants.

— Dans ce cas, je n'ai aucune chance de la connaître, je ne suis pas très cougars. Elle s'appelle comment, tu dis ?

— Laurel Armstrong, répéta Becca, même si, selon toute vraisemblance, sa mère avait dû prendre un nom d'emprunt.

— Jamais entendu parler. Est-elle…

Becca l'interrompit. Il ne fallait pas que Parker en fasse toute une affaire. Elle s'efforça d'adopter un ton léger.

— Oh, je posais juste la question comme ça. Tiens,

pourquoi je ne te montrerais pas la salle de bains ? Dans la maison, je veux dire. Elle est juste à côté de ma chambre.

— Avec plaisir, répondit Parker, toujours souriant.

Becca s'efforça d'ignorer les regards intrigués que lui jetait Seth.

Elle ne put ignorer, en revanche, ses murmures le long du trajet. Il lançait la balle à Gus pour se donner une contenance, mais ne cessait de s'interroger : *que se passe-t-il... c'était peut-être une très très mauvaise idée... je suis vraiment content d'avoir ce type dans le groupe, alors si Beck commence à s'intéresser à lui...* Et ainsi de suite. Becca serrait les dents. Ils furent rapidement de retour à la case départ. Elle montra à Parker la salle de bains, puis elle ajouta que le grand-père de Seth ne verrait sans doute aucun inconvénient à ce que Parker entrepose quelques aliments dans le vieux frigo. Ils rejoignirent ensuite Derric, qui n'en avait pas fini avec le bois de chauffage.

Elle sentait que Seth était impatient d'emmener Parker loin de là. Et Derric n'attendait que ça. Quant à Ralph Darrow, il semblait prendre la température de la situation, qu'il ne trouvait pas tout à fait à sa convenance. Rien de tout cela n'avait d'importance, cependant. L'humeur de Becca était sombre.

Parker s'en rendit peut-être compte. Après avoir organisé les détails de son installation et pris congé des autres, il lui dit :

— J'ai souvent mes parents en ligne. La prochaine fois, je les interrogerai sur ta cousine. Laurel Armstrong, c'est bien ça ?

Becca plongea ses yeux au fond des siens et répondit le plus bas possible :

— Oui.

Ce ne fut pas suffisant. Derric et Ralph la dévisagèrent. L'un d'eux songea : *cousine ?* et l'autre : *c'est quoi, cette histoire ?* Peu importait qui avait pensé quoi.

12

Pendant qu'ils se trouvaient à la cabane, Derric et Ralph avaient bien progressé, d'autant que le jeune homme travaillait comme un forcené. Il empilait les bûches avec une efficacité redoutable.

Son cerveau également était loin d'être au repos. *Quand commencera-t-elle à me dire… pas maintenant pas maintenant*. Becca comprit qu'il avait besoin d'en savoir plus et qu'ils ne faisaient que remettre, tous les deux, une discussion inévitable. Ralph dut parvenir à la même conclusion, car il déclara :

— J'en ai assez fait pour aujourd'hui. Et vous aussi. On finira plus tard. La semaine prochaine, le mois prochain, l'année prochaine ! Derric, un soda ?

— Non, merci. Tout va bien, monsieur Darrow.

— Eh bien, moi, je vais me reposer.

Il disparut dans la maison. En général, si le temps le permettait, il s'installait dans un fauteuil, sur la galerie. Aujourd'hui il était rentré. Derric attendit à peine une seconde avant de demander :

— Tu veux bien m'expliquer ce qui se passe ?

Ses murmures assaillaient Becca. Il avait conscience de l'irrationalité de sa réaction, due à son sentiment d'insécurité, mais c'était comme ça et puis *pourquoi devait-elle dire à ce type et sans doute à Seth... Tout est si inéquitable, incontrôlable...*

Becca fourra l'écouteur dans son oreille. Elle devait jouer à égalité avec Derric.

— Il ne se passe rien.

— Alors pourquoi tu as voulu aller à la cabane ? Seth aurait très bien pu s'occuper de lui tout seul. Ta présence était absolument inutile.

— Je voulais lui parler du poêle. Je lui ai montré comment il marchait...

— Parce que Seth ne pouvait pas s'en charger ?

— Il y a un truc bizarre avec la porte, j'avais oublié d'en parler à Seth. Et il faut faire attention à ne pas l'étouffer complètement le soir, sinon il s'éteint pendant la nuit.

— Tu me prends vraiment pour un débile.

Il enfila le tee-shirt à manches longues qu'il avait retiré pour travailler.

— Qu'est-ce qui ne va pas, Derric ?

— C'est quoi cette histoire de cousine dont tu ne m'as jamais parlé ?

— Pourquoi t'en aurais-je parlé ?

— Et pourquoi pas ? C'est un secret ?

— Derric, c'est ridicule. Tu ne me parles pas non plus de ta famille.

Il changea aussitôt d'expression. Il avait perçu une menace. Becca n'en avait pas eu l'intention, pourtant – après tout, elle connaissait le plus grand secret de Derric et elle lui cachait le sien.

— Classe, Becca.

Alors qu'il s'engageait sur le chemin grimpant vers le parking, elle le rattrapa.

— Ecoute, lui dit-elle, tu as d'autres raisons de t'inquiéter dans l'immédiat… C'est plus important que de découvrir si j'ai une cousine mystérieuse, d'accord ?

Il s'arrêta.

— De quoi veux-tu parler ?

— De Réjouissance.

La panique se lut aussitôt dans ses yeux : il croyait qu'elle le menaçait à nouveau. Elle posa une main sur son bras et ne le laissa pas se dérober.

— Derric, ton père m'a interrogée à son sujet. Juste avant de se rendre à cette réunion avec le chef des pompiers, tu te souviens ? Il m'a demandé si tu m'avais parlé d'une certaine Réjouissance à laquelle tu as écrit des lettres sans jamais les poster.

— Qu'est-ce que tu lui as répondu ? rétorqua-t-il d'une voix blanche.

— Que je n'étais pas au courant, qu'il s'agissait peut-être d'une personne imaginaire à qui tu t'adressais. Ce qui expliquerait le fait que tu n'aies pas envoyé ces lettres. Mais il a eu l'air de me croire autant que si je lui avais expliqué que tu contactais les esprits pour faire tes devoirs.

— Et c'est tout ?

Il adoptait un ton formel, froid, qui ne ressemblait en rien au Derric qu'elle aimait plus que de raison.

— Bien sûr que c'est tout. Ecoute, je sens bien que ça te ronge. On ne se disputerait pas sinon. Tu dois leur avouer la vérité, Derric. Tu dois le faire pour te sentir mieux.

Ses traits se durcirent au point de sembler sculptés dans la pierre. Becca devinait cependant que derrière ce masque se cachait une âme parfaite. Elle aurait aimé qu'il s'en rende compte, lui aussi. Il avait commis ce qui lui semblait inimaginable. Ça ne faisait pas de lui un monstre. Juste un enfant.

— Et je devrais leur avouer quoi, d'après toi ? lança-t-il d'une voix aussi froide, aussi dure que son visage. Que j'ai abandonné ma petite sœur en Afrique ? Que je n'ai dit à personne qu'elle était ma sœur ? Que je n'ai rien fait pour qu'elle ne finisse pas par l'oublier aussi ? Ce qui était facile vu son âge ! Et tout ça parce qu'il y avait des gens qui étaient peut-être prêts à m'adopter et à m'emmener loin, très loin ? Parce que j'en rêvais, oh oui, si tu savais combien j'en rêvais, Becca ! Je ne sais même pas où est Réjouissance à l'heure qu'il est, je ne sais même pas si elle est vivante. Elle pourrait aussi bien être morte, comme nos parents. A cause du sida, de la tuberculose ou d'une centaine d'autres maladies. Tu crois vraiment que j'ai envie de connaître la réponse à cette question ? Que…

Il se détourna et poursuivit sa route. Becca le rattrapa et l'enlaça par la taille, la tête plaquée contre son dos. Elle sentit sa respiration saccadée et le sanglot qui montait dans sa gorge.

— Laisse tomber, lui dit-il.

— Je ne peux pas. Et toi non plus.

— Alors laisse-moi tomber. On sait aussi bien l'un que l'autre que je suis un minable.

— C'est faux et je ne le ferai pas. Je ne le ferai pas, Derric.

13

Lorsque Hayley vit Tatiana Primavera au marché fermier le samedi suivant, elle ne tarda pas à comprendre qu'elle allait avoir des ennuis. La conseillère d'orientation la repéra derrière l'étal familial et, agitant la main gaiement, lui dit :

— Ne bouge pas, je reviens.

Avec son chapeau mou et ses sandales à plateforme, elle se dirigea vers le groupe de marimba, à l'opposé du marché. La musique entraînante l'occuperait sans doute un moment. Néanmoins, elle serait de retour, tôt ou tard, et Hayley savait qu'elle devait saisir cette occasion pour filer.

Telle une envoyée des dieux, Isis débarqua à ce moment-là. Elle avait besoin d'un conseil et attira Hayley dans un coin pour lui montrer un anneau en argent orné d'une pierre turquoise.

— J'arrive pas à me décider, expliqua-t-elle. Je pense qu'elle est bien pour lui, mais est-ce qu'elle est assez… virile ?

Hayley examina la bague. Elle connaissait la créatrice de ce bijou, une originale aux cheveux rouges, qui portait du fard à paupières doré. Un monument de Whidbey en quelque sorte, aux doigts de fée.

— Waouh ! lâcha-t-elle en soupesant le bijou. Joli, Isis.

— C'est pour un cadeau, seulement je ne suis pas sûre de moi. A ton avis, elle fait assez mec ?

— Oui, je trouve. L'anniversaire d'Aidan approche, alors ?

— Aidan ! s'esclaffa Isis. Tu y es pas du tout ! C'est pour Brady, mon copain. Aidan est le dernier à mériter un cadeau ! Il a fait de ma vie un enfer, un véritable désastre. Je ne vais quand même pas le remercier de nous avoir conduits ici, au milieu de nulle part, sans même un Starbucks. Faut pas rêver…

Se plaquant une main sur la bouche d'un geste que Hayley commençait à connaître, elle ajouta :

— Oh, non ! Je suis désolée… Whidbey est un endroit super. Je suis une vraie cruche. A force de ne jamais me taire, je finis par mettre les pieds dans le plat… Bref, Brady m'a donné une bague, et je voulais lui offrir quelque chose en retour. Tiens, regarde.

Elle sortit la longue chaîne en or que Hayley avait repérée le jour de leur rencontre et qui disparaissait toujours à l'intérieur du décolleté d'Isis. En guise de pendentif, une chevalière d'homme – en or blanc avec une pierre bleu foncé – y était passée.

— Elle appartenait à son père, précisa Isis, mais comme il ne la porte pas, Brady s'est dit que ça ne le dérangerait pas. Alors voilà, ça fait un moment que je veux lui offrir quelque chose et je suis tombée sur cette bague. Tu en penses quoi ?

Hayley lui répondit qu'elle la trouvait parfaite. Isis remit la chaîne sous son top.

— Tu peux me dire l’heure ? Oh non, non, non… Je suis censée aller chercher Aidan ! Hé, tu veux m’accompagner ? Je dois le suivre jusqu’à la plage de Maxwelton à vélo. Ma grand-mère le force à faire du jogging, deux fois par jour. Ne me demande pas pourquoi, elle est juste bizarre. Elle n’a pas confiance en lui, alors je suis obligée de prendre mon vélo et de le fliquer. Tu veux venir ? Tu pourras passer à la maison après. Hé, madame Cartwright ! Bonjour ! Bonjour ! Je peux vous emprunter Hayley un moment ? Le marché est presque fini, non ?

En réalité, le marché se prolongerait encore deux heures et Brooke, qui était là pour une fois, se mit à gémir.

— C’est pas juste ! Je refuse de rester toute seule ! Maman, tu ne peux pas laisser Hayley partir. Et j’ai faim !

Sensible aux bénéfices que sa fille pourrait retirer de cette amitié naissante avec Isis, Julie lança avec un sourire :

— Allez-y, pas de problème. On va très bien s’en sortir à deux.

Brooke ne cacha pas sa colère.

— C’est complètement…

— Je fais une exception pour aujourd’hui, s’empressa d’ajouter Julie. Entendu, Hayley ? Ça ne doit pas devenir une habitude, précisa-t-elle à l’intention d’Isis.

— Je comprends très bien. Vous êtes adorable, madame Cartwright.

Alors qu’elle suivait Isis, Hayley entendit que sa cadette continuait à protester. Elle n’en revenait pas d'avoir réussi à s'échapper et surtout d'être tirée des griffes de Tatiana Primavera.

Aidan était en train de faire du skate au parc communal du sud de l'île. Celui-ci, situé juste derrière le lycée, était composé de terrains de sport, d'une vaste forêt et de plusieurs chemins de randonnée. Au milieu de l'aire de jeu pour enfants se dressait un château fort avec ponts, balançoires et passerelles, qui stimulaient l'imagination des plus jeunes. Au nord s'étendait une piste en béton pour les skaters, avec rails, rampes et un bassin.

Hayley n'avait jamais vu de skater plus doué qu'Aidan. Elle ne connaissait pas le nom des figures impressionnantes qu'il exécutait.

— Il est super-bon, dit-elle à Isis.

— Oui, il a fait des progrès ces deux dernières années. Il fallait bien qu'il s'occupe, remarque. Aidan ! On doit rentrer avant que grand-mère ne pète un plomb.

Bizarrement, Aidan s'exécuta aussitôt. Il tapa dans la main des quatre garçons qui l'accompagnaient – « Les nazes, ils font vraiment pitié », soupira Isis – et les rejoignit.

— Tu es en retard, dit-il à sa sœur. Tu as intérêt à avoir une excuse.

— T'inquiète, elle est sans doute *occupée*.

Elle avait souligné le dernier mot.

— Linda devait passer. Notre grand-mère est lesbienne, précisa-t-elle à l'intention de Hayley. C'est sa maîtresse.

Aidan monta à l'arrière et alluma une cigarette.

— Hé ! Où tu as déniché ça ?

— Quoi ? Tu veux une taffe, peut-être ?

Il partit alors d'un rire étrange, haut perché, qui évoquait un cri d'animal pris au piège. Isis se tourna vers Hayley et leva les yeux au ciel.

— Du bonheur d'être grande sœur, soupira-t-elle.

— Ce n'est pas moi qui dirai le contraire, approuva Hayley.

14

Nancy Howard habitait sur la route du lycée et du parc communal, à plusieurs kilomètres de distance : il fallait franchir la nationale pour rejoindre l'extrémité ouest de l'île. Ils roulèrent à travers Midvale Corner, avec ses hectares de terres cultivées. Leur succédèrent les magnifiques panoramas de Maxwelton Valley, puis la forêt où ils s'enfoncèrent. Enfin, ils débouchèrent sur une immense étendue d'eau, qui devait son nom à la marée basse constante : Useless Bay, la baie inutile. Juste avant d'atteindre l'océan, Isis prit à droite sur un chemin étroit, dont un panneau marquait l'entrée, « Maxwelton – Artiste » : un rectangle de bois sculpté et peint à la main qui représentait des aigles prenant leur envol, des orques en train d'accoucher, des saumons remontant le courant et des biches paissant.

— Notre grand-mère, lâcha Isis.

Ils laissèrent la voiture sur un parking en demi-lune tapissé de copeaux de bois. Le rugissement d'un moteur résonnait de l'autre côté de la maison. Hayley suivit Isis dans un escalier qui semblait longer un garage. Elles aboutirent bientôt sur une terrasse qui surplombait une zone de travail. Celle-ci était jonchée d'une telle quantité de bois que Hayley se demanda comment quiconque pouvait évoluer ici, parmi les bûches, les branches, les sculptures inachevées, les poutres, la collection de tronçonneuses, de poinçons, de marteaux, de scies, de clous, de vis, de boulons et de pots de peinture. Au milieu de ce capharnaüm, la grand-mère d'Isis et d'Aidan attaquait avec une tronçonneuse hurlante un gigantesque bloc de bois qui se dressait devant elle. Elle portait une salopette et un tee-shirt à manches longues. Sans oublier des lunettes de protection, un casque de chantier et un autre pour les oreilles.

Hayley ne put retenir un sourire. A Palo Alto, il devait y avoir plusieurs centres commerciaux et une demi-douzaine de Starbucks au moins. Mais Hayley aurait juré sur sa tête qu'on ne pouvait pas croiser, à cent cinquante kilomètres à la ronde, quelqu'un de la trempe de Nancy Howard.

Isis attendit que celle-ci coupe la tronçonneuse et recule pour observer son travail.

— Hé ! Nance ! lui cria-t-elle.

Sa grand-mère se retourna, retira son casque antibruit.

— Dieu du ciel, où étais-tu fourrée ? Et ton frère ?

— Il se change pour son footing. On était au marché. Je te présente Hayley Cartwright.

— La fille de Bill, tiens donc, lâcha Nancy. Tu ressembles à ta grand-mère paternelle.

— Tu fais quoi ? s'enquit Isis.

— Voilà longtemps que je n'avais pas entendu une question aussi idiote ! A ton avis ? C'est le projet dont je te parlais, pour Sills Road. Va savoir pourquoi ils veulent un ours ! Je trouve ça complètement stupide, si tu veux connaître le fond de ma pensée, mais puisqu'ils ont commandé un ours et qu'ils ont de quoi payer, ils auront un ours.

A l'aide de ses dents, elle tira sur sa manche pour consulter la montre d'homme, à son poignet.

— Vous avez deux heures, annonça-t-elle. Il y a du ménage à faire, et je veux que vous soyez de retour, Aidan et toi, pour m'aider. Compris ?

— C'est de l'esclavage, souffla Isis à l'intention de Hayley. Comment veux-tu que je sois heureuse ici ?

Plus fort, elle dit à sa grand-mère :

— A vos ordres, capitaine Howard !

— Et surveille ton frère, ajouta Nancy.

Isis grommela quelque chose d'inaudible, avant d'agiter joyeusement le bras et de répondre :

— Compte sur moi.

Elles repartirent en sens inverse. La maison, située à l'autre bout du terrain, était cernée par la même quantité de débris que partout ailleurs dans la propriété, même si la présence de sculptures achevées, à proximité, marquait l'emplacement de ce qui devait tenir lieu de jardin… ornemental.

Aidan avait chaussé des baskets, mais son changement de tenue s'arrêtait là. Pendant qu'il les rejoignait, Isis entraîna son amie vers le garage ouvert, où deux vélos étaient appuyés contre une remorque à bois.

— Prends-en un, lui dit-elle. On pédale, il court.

Elle ajouta, à l'intention d'Aidan :

— Vas-y. Pars devant, on te rattrape.

Il haussa les épaules et s'élança sur le chemin tandis qu'Isis poussait son vélo hors du garage. C'était une antiquité, avec des roues comme des doughnuts. Celui de Hayley ne valait pas mieux. Ces engins appartenaient à Nancy et Linda, sa maîtresse lesbienne. Ils n'avaient qu'une vitesse, malheureusement, et il n'y avait rien d'autre en boutique.

Les deux filles se mirent en route et ne tardèrent pas à rattraper Aidan qui, coopératif, courait le long de la route. Au bout de deux cents mètres environ, il fit un écart et disparut dans la forêt, par un sentier. Isis ne protesta pas et continua en direction de la plage.

— On n'est pas censées le suivre ? lui demanda Hayley.

Isis jeta un coup d'œil par-dessus son épaule, du côté où était parti son frère.

— Il n'acceptera jamais. De toute façon, il va juste fumer quelques cigarettes s'il a réussi à piquer des allumettes à grand-mère. Il nous rejoindra sur la route plus tard. Et elle croira qu'on a été de vrais pots de colle. Allez, on fait la course jusqu'à la plage ?

Les deux filles atteignirent rapidement Maxwelton Beach, un hameau côtier accueillant des riches demeures de propriétaires ayant fait fortune dans l'industrie de pointe, au nord-ouest du pays, et d'anciennes maisonnettes, résidences secondaires, depuis des générations, de familles du continent ne venant sur l'île que lorsque le temps était dégagé. Un terrain de baseball et une minuscule aire de jeu fournissaient aux habitants l'occasion de se réunir. Quant à la rampe de mise à l'eau, elle permettait de mettre le cap sur Useless Bay, si la marée était assez haute.

Ce fut vers cette rampe que se dirigea Isis. Elle y abandonna sa bicyclette par terre, puis attendit que Hayley l'imite avant de s'engager sur la plage.

Celle-ci se composait essentiellement de sable humide, de bois flotté, de boue en quantité et d'une demi-douzaine de flaques d'eau de mer. Des promeneurs de chiens arpentaient la vaste anse de Useless Bay, qui s'étalait en fer à cheval d'Indian Point au sud, avec ses bois, jusqu'à Double Bluff Light. Ce dernier endroit devait son nom aux immenses falaises argileuses, jaunes.

— Je veux te montrer un truc, annonça Isis. J'ai eu une idée de génie…

Elle poussa en direction d'Indian Point. A moins de cent mètres de là, pourtant, un énorme panneau informait les promeneurs qu'à compter de cette limite la plage était une propriété privée, interdite d'accès. Hayley attira l'attention d'Isis sur cette mise en garde, mais son amie la balaya d'un revers de main.

— Aucune plage n'est complètement privée. Pas en Californie en tout cas. Même les stars ne peuvent pas empêcher les gens de venir se baigner devant chez eux à Malibu.

— Isis !

Elle s'immobilisa cette fois.

— Quoi ?

— C'est…, bredouilla Hayley, qui avait du mal à trouver ses mots. C'est différent ici. Cette plage est interdite.

— Ça craint. Je veux te montrer un truc.

— Quelqu'un va sortir et hurler et…

— Oh, quelle horreur ! Comme si j'avais peur de me faire engueuler…

Isis reprit son chemin et ajouta :

— Qu'ils appellent les flics si ça leur déplaît. On sera reparties avant qu'ils arrivent.

— Enfin, le respect de la propriété privée…

Isis se mit à frapper du pied sur le sable.

— Hayley ! Décoince-toi un peu, bordel !

Cette dernière jeta des regards nerveux alentour. Les maisons les plus proches semblaient inoccupées. Ce serait de plus en plus le cas à mesure qu'ils s'enfonceraient dans l'automne. En plus, les habitations étaient séparées de la plage par une bande marécageuse, alors quelle importance si Isis et elle se contentaient de les longer ? On n'allait quand même pas les prendre pour des voleuses… Juste deux filles qui se promenaient au soleil… Elle emboîta le pas à Isis.

A l'endroit où le marécage se terminait, elles traversèrent un terrain vague, puis tombèrent sur une minuscule maisonnette qui penchait sur la droite et sur un second terrain vague fermé par une chaîne. Isis ne s'arrêta qu'une fois arrivée à une dernière habitation, plus grande que les autres. A l'horreur de Hayley, elle s'en approcha sans la moindre hésitation. Un petit muret séparait une courette de la plage, et Isis l'enjamba.

— T'inquiète, je viens ici depuis juin. La baraque est à vendre. Elle est vide. Viens !

Au moins, songea Hayley en se laissant entraîner, son amie ne s'était pas introduite à l'intérieur par une fenêtre ouverte ou une porte coulissante. Elle voulait lui montrer la terrasse. Un trou avait été pratiqué dans les dalles pour y accueillir un feu, et il était entouré de bancs. Il y avait aussi un bain à remous couvert, également creusé dans le sol, et une cuisine extérieure, de celles que l'on voyait en photo dans les magazines.

— T'as déjà vu un truc plus cool ? lança Isis. Je veux la même chose quand on sera mariés, Brady et moi. Bien sûr, ça n'arrivera pas avant des années, parce qu'il doit faire médecine, mais dès qu'il commencera à gagner du fric, ça sera la belle vie pour nous.

Des chaises longues étaient empilées le long de la maison et, tout en parlant, Isis avait été en chercher deux, qu'elle installa près du foyer. Elle s'assit et invita Hayley à faire de même. Les pieds en appui sur l'une des pierres rondes qui couraient le long du trou, elle continua son bavardage.

— Bien sûr, mieux vaut ne pas parler à Brady de mes projets. Tu diras rien, hein ? Il viendra pour Noël, si on est toujours ici.

Isis, qui s'était mise à fureter dans son sac à main, remarqua alors que Hayley ne s'était pas assise.

— Je sais que je tchatche sans arrêt… C'est parce que je suis nerveuse. Comment tu vas aujourd'hui ? Tu es vraiment en beauté. Cette couleur s'accorde à merveille avec ton teint. Teint parfait, d'ailleurs, et je sais de quoi je parle, ma mère est dermato. D'ailleurs…

Elle dénicha enfin au fond de son sac l'objet de sa convoitise : une boîte plate, chromée, dont elle sortit une cigarette. La surprise de Hayley ne lui échappa pas.

— Je fumais, avant. Ça, c'est une cigarette électronique. T'en as déjà vu ? Regarde.

Elle n'eut pas besoin de feu pour l'allumer. Dès qu'elle se mit à tirer dessus, l'extrémité rougit et émit ce qui ressemblait à de la fumée et n'était en réalité qu'un jet de vapeur sans odeur. Isis expliqua qu'elle avait sa dose de nicotine, comme ça. Malheureusement, elle restait accro. Sa mère avait eu l'idée de ce moyen pour contrôler son addiction au tabac.

— Je n'ai aucun secret pour mes parents, confia-t-elle à Hayley. Ils savent que j'ai couché avec deux autres mecs en plus de Brady, que je fume, que je prenais des pilules amaigrissantes avant qu'ils me le défendent. Et de l'herbe, qu'ils m'ont aussi interdite. De l'oxycodone une fois. Une seule fois. On parle de tout parce qu'ils ne supporteraient pas d'avoir un autre gosse qui leur cache des trucs.

Aidan les attendait à l'endroit où il avait quitté la route. Il se mit à courir à leur hauteur, sans un mot, et ils retournèrent chez Nancy Howard. Son amie, Linda, était arrivée. Aidan regagna en silence sa chambre. Isis précisa qu'« il planquait des magazines érotiques sous son lit ».

Elle tint parole et raccompagna Hayley jusque chez elle. Le trajet était long depuis Maxwelton Beach, mais la jeune fille ne manquait pas de sujets de conversation. Hayley demanda à être déposée à l'entrée de la ferme, ce que son amie se refusa catégoriquement à faire. Elle s'engagea sur le chemin.

— Alors tout ça appartient à ta famille ? demanda-t-elle. Je comprends mieux maintenant. Tu ne voulais pas que je découvre que t'étais riche ! Waouh ! C'est quoi, cette grange ?

— Un poulailler.

— Tu veux dire pour les poules ? De cette taille ? J'aurais jamais imaginé… Ma mère ne m'avait pas prévenue qu'il y avait des endroits de ce genre ici. *La Petite Maison dans la prairie* n'a qu'à bien se tenir !

Les cahots du chemin n'avaient aucune incidence sur le débit verbal d'Isis. Hayley repéra son père au loin : il venait de sortir de l'immense grange où était garé le tracteur. Il se traînait à travers la cour, attendant de ses jambes qu'elles fonctionnent comme autrefois, alors que sans le déambulateur il n'aurait pas tenu debout. Elle sentit son cœur se serrer.

— Remarque, maman ne parle jamais en bien de Whidbey Island, poursuivait Isis. Et d'ailleurs, chaque fois qu'elle commence avec ça, grand-mère répète : « Tu ne t'es jamais rendu compte que tu avais la belle vie, Lisa Ann. » Lisa Ann, c'est ma mère. Tu as déjà remarqué le nombre de Lisa dans sa génération ? Il y en a au moins un million ! Elle m'a appelée Isis pour cette raison précise. Combien d'Isis tu risques de croiser dans ta vie ? Je lui ai déjà dit que si elle détestait autant son prénom elle aurait dû le changer pour Chloe ou un truc dans le style. Y a pas de Chloe de son âge. Ou de Beulah !

Isis éclata de rire.

— C'est pas comme si tout le monde allait se jeter sur Beulah !

Hayley ne lâchait pas son père des yeux. Il avait atteint l'immense platane d'Amérique qui projetait son ombre sur une partie de la maison. Il s'y arrêta et remarqua la voiture qui approchait. Il lâcha son déambulateur d'une main pour faire signe, et Hayley retint son souffle. Par chance, il ne tomba pas.

Isis arrêta la voiture et conclut :

— Bref, merci, Hayl. Tu es la meilleure. J'espère que je ne te saoule pas trop… C'est parce que je suis stressée que je jacasse autant. Merci de me supporter.

Bill se mit à vaciller, et Hayley se mordit la lèvre. Agrippant la poignée de la portière, elle lança :

— Je dois filer. On se voit au lycée, d'acc ?

Puis, alors qu'elle se précipitait vers son père, elle entendit Isis faire demi-tour et s'éloigner sur le chemin.

Hayley ne proposa pas tout de suite son aide à son père. Elle lui raconta sa journée alors qu'ils rejoignaient, pas à pas, la porte de la cuisine. Il y avait cependant deux marches à gravir et elle lui prit le bras.

— Je ne suis pas un vieux croulant, Hayley, se récria-t-il en la repoussant.

Par chance, la porte s'ouvrit sur Julie. Elle n'accepterait aucune protestation de son mari.

— Ne fais pas l'idiot, Bill. Je n'ai pas l'intention de te laisser te casser une jambe.

Il déposa les armes et elles le conduisirent à l'intérieur. Une fois dans la cuisine, il s'éloigna tout seul en direction des toilettes. La mère de Hayley sauta sur l'occasion ; dès qu'elle entendit la porte se refermer, elle dit à sa fille :

— Assieds-toi, nous allons avoir une petite discussion.

Hayley constata que les brochures de Reed College et de Brown University se trouvaient sur la table. Elle comprit alors que Tatiana Primavera avait non seulement discuté avec sa mère, mais que celle-ci était montée dans sa chambre et avait fouillé dans ses affaires.

— Tu peux m'expliquer ce qui se passe, Hayl ?

La jeune fille choisit de jouer la carte de la bêtise.

— Hein ? J'ai eu ces brochures au lycée. Mme Primavera…

— Je suis au courant. Elle recommande que tu postules dans une de ces universités. En ce qui me concerne, l'idée me paraît des plus séduisantes puisque les deux établissements proposent des bourses, que tu as des résultats scolaires qui te permettent d'y prétendre, que tu pourras prendre un boulot sur place, sans parler des prêts à faible taux d'intérêt et des diverses aides disponibles… Sauf que tout ceci…

Elle abattit la main sur la table avant de poursuivre :

— … ne fera aucune différence si tu ne te bouges pas les fesses. J'espère pour toi que tu as une bonne excuse pour justifier le fait de ne même pas avoir commencé ta lettre de motivation.

— Je l'ai commencée.

— Ah oui ? Et quand comptais-tu la montrer à Mme Primavera ?

— Elle n'est pas au point.

— Et tu espères que je vais te croire ? Voyons voir… Depuis la cinquième tu n'as jamais décroché que d'excellentes notes en anglais et tu voudrais que je gobe qu'une petite lettre pour accompagner ton dossier de candidature n'est pas à ta portée ? Tu t'imagines vraiment…

— Maman !

— Il n'y a pas de « maman » qui tienne. La dernière chose dont j'aie besoin, c'est que tu deviennes une source d'inquiétude supplémentaire.

Hayley perçut les trémolos dans la voix de sa mère. Comme pour les souligner, la chasse d'eau retentit, puis la porte s'ouvrit et le déambulateur de Bill racla le montant. Il grommela tout bas, pourtant le juron leur parvint. Hayley et sa mère tournèrent la tête dans sa direction.

— J'ai déjà amplement de quoi m'occuper, souffla tout bas Julie.

— Je n'irai pas à la fac.

— A quel petit jeu joues-tu ? C'est Seth qui veut te garder sur l'île ?

— Il n'a rien à voir là-dedans.

— Tu crois vraiment ? Il adorerait que tu restes ici, à la ferme, à sa disposition !

— Hayley ne va pas à l'université ? s'enquit Brooke, qui s'était faufilée dans la cuisine, abandonnant Cassidy devant la télé.

Le volume était, comme toujours, trop fort.

— Je suis en train de parler avec ta sœur, rétorqua Julie. Cette conversation ne regarde personne d'autre que nous deux. Et tu étais censée passer du temps avec Cassie.

— Elle refuse de baisser le son. Et c'est au tour de Hayley de la surveiller.

— Brooke, je t'ai dit…

D'un geste vif, la cadette écarta une chaise de la table.

— Et moi, je te dis que j'en ai marre de la surveiller et de faire le boulot de Hayley, comme tenir le stand au marché. Et j'en ai marre de nettoyer la merde des poules dans…

— Brooke Jeannette ! Tu sais ce qui t'attend si tu continues à parler de la sorte.

— Quoi ? Merde, merde, merde ! Tu vas faire quoi ? Me laver la bouche au savon ?

Sur ce, elle s'élança dans le couloir. Hayley et Julie l'entendirent bousculer Bill avec fracas. Il poussa un cri.

— Pardon ! s'excusa Brooke.

Hayley se leva et lança à sa mère :

— Je ne peux pas quitter l'île, et je ne la quitterai pas.

DEUXIÈME PARTIE

DjangoFest

15

Trois répétitions suffirent à Parker pour maîtriser les morceaux que Triple Threat jouerait à DjangoFest. Le premier jour du festival, il était fin prêt et impatient de montrer de quoi il était capable aux membres de son ancien groupe.

Seth se mettait à sa place. Parker et lui avaient surpris BC Django 21 en plein bœuf, dans le kiosque à musique près du Useless Bay – un établissement branché sur Second Street à Langley, qui torréfiait lui-même son café. Les notes portaient jusqu'au jardin communal, de l'autre côté de la rue, où Triple Threat passait en revue son programme. Les quatre musiciens avaient eu tout le loisir d'apprécier le talent des Canadiens.

Ils avaient remplacé Parker par une fille. Les épaules du jeune homme s'affaissèrent lorsqu'il constata qu'elle était douée. Par loyauté, Seth lui avait dit :

« Tu es aussi bon, mec. »

Parker n'avait pas été dupe, pourtant, et il s'était éloigné, complètement abattu. Seth espérait que Triple Threat lui fournirait de nombreuses occasions de prouver son talent.

Le créneau de 17 heures, au lycée, était réservé aux groupes qui, en théorie, n'attiraient pas les foules. De toute évidence, les organisateurs n'avaient pas tenu compte de l'étendue du clan Darrow. Le grand-père de Seth avait quatre frères ; tous étaient restés à Whidbey et tous avaient de vastes familles. Lesquelles n'avaient pas non plus quitté l'île, s'unissant à d'autres familles locales, au point que les Darrow se retrouvaient dans un si grand nombre d'arbres généalogiques que les gens avaient renoncé à suivre. Une chose était certaine, toutefois : tous ceux qui avaient ne serait-ce qu'une goutte de sang Darrow assistèrent au concert, ainsi que le patron de Seth, ses collègues et ses amis.

La représentation avait lieu dans l'auditorium du lycée. En plus des membres de sa famille, Seth fut heureux de voir, depuis les coulisses, Hayley. Becca, Derric et Jenn étaient là, bien sûr. De même que le type qu'il avait rencontré chez son grand-père, Aidan. Et une fille que Seth ne connaissait pas – elle lui fut présentée à l'entracte, quand il rejoignit le groupe avec Parker.

Elle s'appelait Isis, était la sœur d'Aidan et s'était liée d'amitié avec Hayley. Elle était carrément canon, et Seth coula un regard de biais au Canadien, pour voir s'il était du même avis que lui. Il eut la surprise de constater que Parker n'avait d'yeux que pour Hayley, qui lui rendait la pareille. Elle rougissait même. Seth entendit Jenn chuchoter à Becca :

— Waouh, manquent plus que les violons.

Il se concentra sur l'échange qui commençait entre ses deux amis : Hayley expliquait à Parker qu'elle était en terminale, que Seth et elle étaient de vieux amis et qu'elle vivait au nord de Langley, dans une ferme.

Puis quelqu'un entreprit Seth, et il dut se détourner de la discussion en cours. A son grand soulagement, Parker annonça qu'il sortait fumer pour se détendre avant le deuxième set. Soulagement qui fut de courte durée puisque Parker ajouta, à l'intention de Hayley :

— On se voit plus tard ?

Dès qu'il se fut éloigné, Derric souligna :

— Quelle tombeuse tu fais, Hayley !

— Quoi, ce type ? s'exclama Isis. Il est genre complètement gay. Ça se voit tout de suite.

Elle le jaugeait de loin tout en parlant, ajoutant un commentaire sur la façon dont il remuait les lèvres.

— Moi aussi, j'ai besoin de ma dose de nicotine, conclut-elle en quittant l'auditorium à son tour.

— C'est ça, ironisa Jenn, il est gay… J'espère pour toi, Seth, qu'il sera de retour pour le début du set ; je te parie ce que tu veux qu'Isis a des projets qui risquent de prendre du temps.

— Jenn ! protesta Hayley. Tu es injuste !

— Sérieux ? répliqua-t-elle en levant les yeux au ciel. Est-ce que je suis la seule à avoir remarqué que, dès qu'elle est dans le coin…

Se rappelant que le frère d'Isis était présent, elle s'interrompit brusquement. Sauf qu'il leur avait faussé compagnie.

— Il fume aussi, expliqua Hayley.

— Il est surtout tordu. Je suis sûre qu'il va mater sa sœur.

Becca fit une remarque qui échappa à Seth, trop occupé à observer Hayley. Il savait qu'il n'avait aucun moyen d'agir sur les sentiments qu'elle éprouvait pour lui, et pourtant il lui arrivait d'espérer, encore, que les choses redeviennent comme avant entre eux. Elle surprit son regard et lui sourit.

— Bonne chance sur scène, se contenta-t-elle de lui dire.

Il se mit alors à s'inquiéter du retour de Parker. L'un des organisateurs du festival venait de prendre le micro pour annoncer que le concert allait reprendre. Quelqu'un se chargea de prévenir ceux qui s'étaient réunis dehors. Presque aussitôt, Parker s'engouffra dans l'auditorium. Suivi de près par Isis. Seth fut obligé de reconnaître que Jenn semblait avoir raison : Isis souriait d'un air entendu. Elle rejoignit les autres et Seth l'entendit dire, alors qu'il s'éloignait :

— Euh… peut-être pas si gay que ça, après tout.

Triple Threat prit possession de la scène. Un murmure parcourut l'assemblée, sans doute provoqué par Parker. Le violoniste produisait l'effet escompté sur le public féminin. Et lorsque arriva le moment de son solo, l'admiration se transforma en vénération. Il était un sacré musicien.

Un dernier groupe se produisait après eux. Ses membres eurent cependant tout juste le temps d'accorder leurs instruments avant que les premières sirènes n'interrompent la fête.

L'incendie n'était pas au lycée. L'alarme et la proximité des sirènes suffirent néanmoins à provoquer la panique : en un instant, les spectateurs étaient debout et se précipitaient vers les portes. Certains gagnèrent l'entrée principale du lycée, d'autres traversèrent la salle commune pour sortir par l'arrière. De là, ils purent voir le camion de pompiers sur la butte conduisant au parc de South Whidbey. Les gyrophares ponctuaient la nuit de flashs rouges et jaunes. Un peu plus loin, un groupe de pompiers s'attaquaient aux flammes qui dévoraient un vieil abri, sur le côté du terrain de baseball.

Une voiture de shérif était stationnée à proximité. Seth entendit Derric dire à Becca :

— Le plan n'a pas l'air d'avoir bien fonctionné.

L'espace d'une seconde, Seth eut la folie d'imaginer que Derric parlait de son plan pour mettre le feu au milieu du concert. Mais Becca se tournait déjà vers lui et lui expliquait que le shérif et le chef des pompiers avaient renforcé la sécurité autour des différentes scènes du festival afin de prévenir un nouvel acte du pyromane de cet été. Ils craignaient en effet qu'il soit attiré par la foule.

— Ils avaient peur qu'un feu ne se déclare directement dans le public ou sur scène, souligna Becca.

— On n'en est pas très loin, rétorqua Seth.

Le jeune homme promena son regard alentour, ne sachant trop ce qu'il cherchait. Ce qu'il trouva, en revanche, ce fut Hayley. Parker avait passé un bras protecteur autour de ses épaules, comme pour lui prouver qu'il lui aurait sauvé la vie si celle-ci avait été en danger.

16

Ce fut Jenn qui mit Isis sur le tapis. Elle le fit à sa manière, sans prendre de gants. Ils étaient attablés dans la salle commune et elle souligna qu'Isis n'avait pas daigné les gratifier de sa présence. Elle était en effet assise à l'autre bout, avec Aidan. Leur conversation paraissait très animée, et Becca regretta de ne pas être plus près – elle aurait pu écouter leurs murmures. Ceux de ses compagnons les plus proches étaient plus ou moins intéressants : Jenn et la haine que lui inspirait Isis, Hayley et ses interrogations – *quand Jenn allait-elle faire son coming out et admettre enfin la réalité, parce que personne n'en avait rien à cirer, au fond ?* Quant à Derric, ses pensées – *jamais su qu'il y avait un album et maintenant je suis censé faire quoi* – l'intriguèrent. Que se passait-il ?

Becca mit son écouteur pour pouvoir se concentrer plutôt sur ce qui se disait à haute voix.

— Il n'y avait pas eu un seul incendie avant que cette nana débarque, décréta Jenn.

— Comment peux-tu ne serait-ce que suggérer une chose pareille ? rétorqua Hayley. Tu n'as aucune preuve !

— Je ne suggère rien, j'affirme. Il y a un truc qui cloche sérieusement avec cette cinglée. Non mais c'est vrai, elle va la fermer quand ? Elle ne parle que d'elle, elle, elle, elle prétend être ton amie et ensuite… Tu as déjà oublié qu'elle s'est jetée sur Parker l'autre soir, alors que tout le monde avait remarqué qu'il en pinçait pour toi ?

— Elle arrive, signala Derric tout bas.

Becca trouva qu'Isis avait les traits tirés. De son côté, Aidan quittait la salle commune en traînant les pieds. Isis s'affala sur une chaise et grommela :

— Sa journée a mal démarré et il en veut au monde entier.

Hayley fut la première à réagir :

— Quelque chose ne va pas ?

Jenn articula en silence, à l'intention de Becca : « Et c'est reparti. » Derric ne put retenir un ricanement. Difficile de leur en vouloir, tant cette simple question suffit à lancer Isis.

— Il est contrarié à cause de son cours d'anglais. Enfin, rien de grave, juste un contrôle de littérature américaine. En plus la prof les avait prévenus, mais il a oublié. Du coup, il n'a pas lu ce qu'il fallait, un chapitre de *Moby Dick* je crois, et maintenant c'est la fin du monde. Les frères ! Tu as de la chance d'avoir une sœur, Hayl.

— Jenn a des frères, observa Becca. Elle peut comprendre.

Isis posa sur elle un regard flou et aussi distant que si elles étaient chacune à une extrémité de la salle.

— Jenn ? Ah, Jenn ! Ah bon ?

— Deux, répondit Becca, consciente que, pour rien au monde, Jenn n'adresserait la parole à Isis.

— J'en avais deux avant. Il ne m'en reste qu'un, mais… J'aurais préféré une sœur. Hayley, je peux te parler ? Seule à seule ? Ne le prenez pas mal, les amis, ajouta-t-elle à l'intention des autres, c'est perso.

Elle se leva.

— Hayl, tu viens ? Enfin, sauf si ça t'embête. Tu es la seule à qui je peux… tu vois…

— Oui, bien sûr !

Hayley fourra la fin de son déjeuner dans son sac et suivit Isis. Elles prirent la direction de l'escalier menant à la salle de classe au-dessus.

— Je vous le dis, cette nana n'est pas nette. Pas N-E-T, épela Jenn.

— N-E-T-T-E, rectifia Derric.

Becca était moins à cheval sur l'orthographe que Derric, en revanche elle s'interrogeait sur l'aversion qu'Isis inspirait à Jenn. Bien sûr, cette dernière se montrait souvent aigrie, surtout quand elle croisait quelqu'un qui venait d'un milieu privilégié. Et Isis tchatchait tellement que sa vie n'avait plus de secret pour eux : Palo Alto, Brady, ses parents qui étaient tous les deux médecins et qui donc, aux yeux de Jenn, roulaient forcément sur l'or. Isis avait une voiture, un iPhone, un iPad et des vêtements qui ne venaient pas de la friperie du coin. Ces quelques éléments auraient suffi à susciter la haine de Jenn. Cependant, Isis n'était pas la seule nouvelle sur l'île, plus particulièrement dans le sud, depuis les incendies criminels. Il y avait son frère. Et une troisième personne : Parker.

Becca se rendit à la bibliothèque pour enquêter sur lui. Si Isis et Aidan étaient sortis de l'auditorium peu avant l'incendie, c'était aussi son cas. Or Parker habitait désormais au cœur du bois de Ralph Darrow, après un été particulièrement sec.

Elle laissa Derric avec Jenn et Minus Cooper, qui venait de les rejoindre. Tous les trois débattaient avec animation : qui des filles ou des garçons étaient les plus enclins à la pyromanie ? Becca n'eut donc aucun mal à s'éclipser.

— On se voit plus tard ? lança-t-elle à Derric.

Il hocha la tête.

A la bibliothèque, un ordinateur était libre. Une fois connectée, elle se demanda par où commencer. Vérifier l'histoire de Parker semblait le point de départ logique. Il prétendait venir de Nelson, où sa famille tenait un restaurant, le Natalia, depuis des années… Si tout cela était vrai, elle en trouverait une trace sur le Net, il suffisait de savoir chercher.

Oui, il existait bien un Natalia, un restaurant sicilien. Il était même mentionné dans les colonnes de journaux de villes aussi lointaines que Calgary et Vancouver. Cet élément-là venait donc corroborer les dires de Parker. Quant à ce dernier…

— Pourquoi tu as menti ?

Becca fit volte-face. Aidan jeta un coup d'œil à l'écran d'ordinateur derrière elle. Retirant discrètement son écouteur, elle demanda :

— Qu'est-ce que tu racontes ?

Un genre de secret... Voilà qui ne lui donnait pas beaucoup de grain à moudre. Et quelle importance, si elle avait des secrets ? Elle avait de plus en plus l'impression de ne pas être la seule.

— Tu as dit que tu faisais des recherches pour le cours d'art.

— De quoi parles-tu ?

— Quand tu comparais les traits des deux visages ? L'autre jour, à la salle communale ? Sauf que tu n'es pas inscrite en arts plastiques, et j'en déduis que tu as menti. Pourquoi ?

Des tas de gens dans ce foutu monde, alors qu'est-ce qu'elle attend pour… Becca sentit ses paumes devenir moites.

— Et tu sais ça comment ?

— Que tu n'es pas inscrite en art ? Parce que moi j'y suis et que je ne t'ai pas vue en cours.

— Euh… Je te signale, Aidan, qu'on n'est pas dans la même année.

— Peut-être bien, sauf que tu ne vas pas non plus au cours de ton niveau.

— Tu sors ça d'où ?

— J'ai consulté ton emploi du temps.

Tout n'est pas clair... si elle et moi on arrive à parler... petit copain mais si je connais bien Isis...

Les nerfs de Becca se tendirent. Les pensées d'Aidan allaient dans plusieurs directions, et aucune ne la rassurait.

— En quoi ça te regarde ? rétorqua-t-elle. Et pour ta gouverne, on peut suivre des cours d'art ailleurs qu'au lycée, d'accord ?

Il s'assit à côté d'elle, puis fixa l'écran, où s'affichait toujours le résultat de sa recherche sur le restaurant des parents de Parker.

— C'est pas le nom de famille du mec qui joue du violon ? Natalia. Il te fait craquer ou quoi ?

Parce que ce Black pourrait...

— Ma cousine vit là-bas, à Nelson, expliqua Becca. Elle ne m'a jamais parlé de ce restaurant et je voulais voir à quoi il ressemblait. Tu peux me dire en quoi ce sont tes affaires, d'abord ?

— Détends-toi !

— Certainement pas. Tu as consulté mon emploi du temps, tu veux savoir pourquoi je me renseigne sur un restaurant canadien, tu m'accuses de mentir… Je ne compte pas…

— Tout va bien ?

C'était Derric qui avait posé cette question. Becca ne l'avait pas vu entrer dans la bibliothèque. L'expression de son visage ne laissait aucun doute sur ses intentions : il venait s'assurer qu'Aidan ne l'importunait pas.

Aidan se leva.

— Salut, mon pote, dit-il en pensant : *pas besoin d'ennuis.*

— Salut, répondit Derric sans rien ajouter d'autre.

Becca se déconnecta du moteur de recherche : il ne manquerait plus que Derric s'interroge, lui aussi, sur la raison de son investigation sur Parker.

— Salut ! lança-t-elle. Tu as déjà fini ?

— De quoi ?

— De manger.

— Les cours reprennent dans cinq minutes, j'avais l'intention de t'accompagner à ta salle de classe.

Comme si elle risquait de se perdre…, songea Aidan, tandis que, tout haut, il lâchait avec un sourire en coin :

— Sauvée par le gong, Becca. A plus, les gros !

— Au fait, dommage pour ton contrôle, lui dit Derric sans mettre beaucoup de compassion dans ses intonations.

Aidan se renfrogna.

— Quel contrôle ?

— En littérature, si je me souviens bien. Ta sœur nous a raconté…

Aidan partit d'un rire perçant. La bibliothécaire leur fit signe de se taire ou de partir.

— C'est tout ce qu'elle a trouvé ?

Sur ce, il hissa son lourd sac à dos sur son épaule et s'éloigna.

17

Becca se dirigea vers son cours, accompagnée par Derric. Ils étaient tous deux sur la même longueur d'onde, comme le lui apprirent ses pensées : *faudra garder un œil sur lui.* Elle était tentée de lui dire qu'elle n'avait pas besoin d'un chevalier blanc pour la défendre contre Aidan, mais elle devait bien admettre que ce dernier la mettait terriblement mal à l'aise.

Quand ils arrivèrent à destination, elle demanda à Derric :

— Tu crois qu'Isis mentait ?

— Au sujet du contrôle d'Aidan ?

Elle acquiesça.

— C'est sans doute ce qu'il espère nous faire croire en tout cas. A moins que Jenn ait raison…

— Isis serait l'auteur des incendies ?

La sonnerie choisit ce moment pour retentir. Ils devaient se séparer.

— Aucune idée, mais j'ai un mauvais pressentiment… Ce serait une bonne idée de garder nos distances avec eux, Becca.

La jeune fille avait d'autant moins d'objection à

cette suggestion qu'Aidan l'inquiétait, à vouloir fouiner dans ses propres secrets.

Pendant les cours, Becca réfléchit au moyen d'apaiser, en partie, ses inquiétudes. A la sortie du lycée, elle prit le bus gratuit qui la déposerait à Langley, presque devant le motel de la Falaise. Josh n'attendait pas Derric aujourd'hui, la voie était donc libre. Enfin, pas aussi libre qu'elle l'aurait souhaité. La camionnette de Diana Kinsale était garée sur le parking.

Alors qu'elle hésitait à repasser plus tard, Chloe surgit de la réception.

— Becca ! s'exclama-t-elle. Tu dois voir ça ! Mamie a fait un gâteau en forme de citrouille ! C'est pour Halloween. Pour la kermesse de l'église. Enfin pour le moment, elle s'entraîne. On va pouvoir le goûter ce soir. Tu dois voir ça !

Becca sourit. Il fallait vraiment avoir sept ans pour se mettre dans un tel état au sujet d'un gâteau. Elle prit Chloe dans ses bras.

— Je te suis, alors. Montre-moi.

— C'est pour l'église.

La petite fille indiqua l'édifice de l'alliance chrétienne et missionnaire, de l'autre côté de la rue. Celui-ci possédait une salle polyvalente qui, le soir d'Halloween, accueillait une kermesse avec maison hantée et tout ce que l'on pouvait imaginer pour divertir les enfants.

Le salon des Grieder était encombré de son bazar ordinaire. La grand-mère de Chloe était installée à la vieille table en formica de la cuisine. Diana et elle étaient en pleine étude du fameux gâteau.

— Bonjour, ma chérie, l'accueillit Debbie, affectueuse

à son habitude. Qu'en dis-tu ? La couleur est trop orange, je trouve.

— Goûtons-le ! s'écria Chloe en grimpant sur les genoux de Diana sans y avoir été invitée.

Celle-ci souriait à Becca avec tendresse. Mais elle semblait si fatiguée… Becca ne put s'empêcher de s'interroger. Et où était Oscar ? Sa maîtresse ne sortait jamais sans lui.

Becca accepta la main que Diana lui tendait.

Un courant passa entre elles deux, comme toujours.

— Alors ? insista Debbie. La couleur ? Tu en penses quoi ?

Becca examina le gâteau. Question forme, c'était une réussite. Et le vert de la tige était parfait. En revanche, Debbie avait raison, le orange était trop vif. Elle lui fit part de son avis, avant d'ajouter :

— Raison de plus pour le manger tout de suite !

— Hourra ! cria Chloe.

Diana, cependant, se leva. Elle pressa le bras de Debbie d'un de ces gestes dont elle avait le secret, puis dit :

— Porte-toi bien, mon amie. Viens avec moi à la camionnette, Becca. J'ai quelque chose pour toi.

La jeune fille la raccompagna. Diana fureta dans la boîte à gants pour en sortir un petit ouvrage en mauvais état. Il était si vieux que la couverture n'était plus lisible depuis longtemps. Becca demanda de quoi il s'agissait avant de l'ouvrir à la page de titre : *Voir au-delà*.

— Ça veut dire quoi ?

— Tu le découvriras toute seule.

Diana lui caressa les cheveux. Elle n'était pas pour rien dans leur couleur actuelle : c'était elle qui avait convaincu Becca de troquer le châtain terne et peu flatteur qu'elle avait choisi lors de sa fuite contre un blond foncé avec balayage. Diana était aussi responsable de la coupe courte et dégradée qui mettait en valeur son visage. Elle avait parlé de « remontant » à l'époque. Becca, en effet, avait eu l'impression de redevenir un peu humaine.

— Tu as l'air soucieuse, observa Diana. Derric ?

— Non, il va bien. C'est ce type au lycée, qui me met mal à l'aise.

Bien sûr, il y avait aussi Réjouissance, mais Becca ne voulait pas en parler à Diana.

— On a discuté ensemble deux fois, et je n'arrive pas à le cerner. Derric non plus, d'ailleurs. Il partage mon inquiétude.

Diana la scruta de cet air interrogatif qui la caractérisait.

— Et c'est tout ?

— A peu près, mentit Becca.

Elle lui avait dit ce qu'elle pouvait lui dire. Elle n'était pas encore assez sûre du reste.

— Ah.

Diana conserva le silence quelques instants. Malgré elle, Becca fut attirée par son doux regard.

— L'expérience m'a appris que ce sont les obstacles qui nous font grandir. Et sans croissance, il n'y a pas de vie.

Becca serra les poings.

— Vous recommencez à vous prendre pour Maître Yoda, madame Kinsale.

Diana s'esclaffa.

— Laisse-moi reformuler dans ce cas. Nous sommes sur terre pour apprendre, et chaque personne que nous croisons nous enseigne une leçon différente. Là où ça se corse, c'est quand les leçons entrent en conflit les unes avec les autres. Ça te paraît moins sibyllin ?

— Je crois… Je vais y réfléchir.

— C'est un bon point de départ.

Indiquant le livre qu'elle lui avait donné, elle conclut :

— Savoure sa lecture. Et viens me rendre visite. Les chiens te réclament.

La curiosité d'Aidan pouvait avoir un tas d'explications. Becca, elle, n'avait qu'une attitude à adopter : y mettre un terme. Et pour y parvenir, elle pouvait se servir de l'histoire que Debbie et elle avaient inventée à son arrivée sur l'île. Elle devait juste vérifier que la grand-mère de Chloe et de Josh était toujours disposée à la raconter.

Toutes deux étaient en train de ranger la cuisine, quand Becca se lança :

— J'ai quelque chose à te demander, mais je ne sais pas trop…

— Je dirai que le mieux, c'est d'éviter de tourner autour du pot. Tu veux te réinstaller ici, ma grande ? Tu seras toujours chez toi, tu sais.

— Non, tout se passe bien avec M. Darrow.

— Alors quoi ?

Debbie alluma une cigarette, inhala la fumée et toussa plus que de raison. Becca retira son écouteur : ça l'aiderait peut-être à orienter la discussion.

— Je me demandais… Si on te pose la question, tu veux bien continuer à dire que tu es ma tante, comme l'an dernier ?

Debbie l'étudia à travers l'écran de fumée.

— Qui risque de m'interroger ? s'enquit-elle, perspicace. Tu as des ennuis ?

Si, grâce à ce prétendu lien familial, Debbie avait réussi à inscrire Becca au lycée, elle l'avait aussi couverte en novembre dernier, lorsque Jeff Corrie, l'ex beau-père de Becca, avait débarqué à la suite d'un appel du shérif. Celui-ci l'avait informé qu'un téléphone portable acheté par son épouse disparue avait été retrouvé sur le parking de Saratoga Woods, juste à côté de la ville de Langley. Jeff s'était présenté avec une photo de Laurel mais pas de Becca. Il avait pensé, en toute logique, qu'il lui suffirait de débusquer la mère pour mettre la main sur la fille, tant il ne pouvait imaginer ce qui était réellement arrivé : Laurel s'était séparée de Becca.

Debbie n'avait aucun renseignement sur cette Laurel Armstrong, et c'est ce qu'elle avait dit à Jeff. Elle n'avait pas non plus entendu parler d'une mère et sa fille installées depuis peu en ville. Elle savait seulement que dans la chambre 444 de son motel vivait une adolescente du nom de Becca King, qui prétendait attendre le retour de sa mère. Aussi s'était-elle contentée de regarder le cliché qu'il lui avait présenté et de répondre que non, elle n'avait jamais vu cette femme.

Ça s'était arrêté là. Debbie devait, bien sûr, nourrir des soupçons à propos de Laurel Armstrong et du lien qu'elle entretenait avec Becca. Pour autant, cette dernière n'avait pas eu besoin de la mettre dans la confidence et elle espérait ne pas avoir à le faire maintenant. Cependant, elle ne pouvait pas laisser la question de Debbie sans réponse.

— Je ne pense à personne en particulier, dit-elle.

Enfin si, peut-être à ce type au lycée… Il s'appelle Aidan Martin, et…

Tout ça est lié à Derric, j'en suis sûre.

Pour une fois, Debbie se trompait : Derric n'avait rien à voir dans cette affaire.

— C'est juste que ce gars, Aidan, ne cesse de vouloir me prendre en défaut. Je ne comprends pas pourquoi. Je ne serais pas surprise qu'il débarque ici et t'interroge à mon sujet. Si tu pouvais lui répondre que je suis ta nièce…

— Aucun problème, chérie. Toi et moi, on s'en tient à cette version, aussi longtemps que nécessaire. Peu importe qui me questionne.

18

L'ambiance était tendue chez les Cartwright quand Isis se pointa, ce soir-là. Julie avait exigé que Hayley organise un rendez-vous à trois, avec Tatiana Primavera, pour discuter de la façon dont elle « sabotait sa vie ». Lorsque la jeune fille avait refusé, sa mère avait éclaté en sanglots. Bill s'était traîné dans la cuisine, suivi de Brooke, qui avait lâché : « Bien joué, Hayley. » « Reste en dehors de ça ! » avait hurlé Julie. Brooke avait rétorqué, avec rage, qu'elle cherchait seulement à se rendre serviable. Bill avait exigé qu'on le mette au courant. Personne ne voulait lui dire la vérité, et Julie lui avait menti. « Mais c'est ça, continuons tous à faire semblant ! » s'était écriée Brooke avant de sortir avec fracas. La sonnerie avait alors retenti.

Brooke accueillit Isis avec hostilité :

— Je suppose que tu es là pour Hayley.

La laissant plantée sur le perron, elle cria :

— Ton amie est là, Hayley !

Elle employa le même ton que si elle avait annoncé : « Il y a une flaque de vomi à la porte. » Hayley fut submergée par la honte et entraîna son amie dans l'escalier. Isis n'attendit pas d'être arrivée dans sa chambre pour parler.

— J'avais besoin de te voir. Il faut que je te dise ce que j'ai sur le cœur, parce que je n'ai toujours pas digéré ton attitude.

Hayley se figea. Quelques marches plus bas, Isis pinçait la bouche. Elle avait le poing serré sur la bandoulière de son sac à main.

— Pourquoi tu m'as traitée comme ça ce midi ? reprit-elle.

— Comme… hein ? Quoi ?

— Tu crois vraiment que j'avais envie de déjeuner avec Aidan ? Pourquoi tu ne nous as pas rejoints ? Je sais très bien que tu m'as vue !

Hayley la dévisagea. Les mots lui manquaient : on lui tombait encore dessus, elle n'en revenait pas !

— Tu aurais pu venir t'asseoir avec nous. Tu aurais pu t'inquiéter de savoir si tout allait bien. Tu aurais pu suggérer que tu avais compris que quelque chose n'allait pas. Sauf que tu es restée les bras croisés et que je suis bien obligée de me demander pourquoi. Je crois d'ailleurs avoir la réponse.

Hayley gravit les dernières marches et s'engouffra dans sa chambre. Isis la suivit.

— J'ai été là pour toi, continua-t-elle. J'ai été ton amie. Je t'ai proposé de faire des trucs ensemble, on a été sur la plage, je t'ai même acheté des bijoux, et tu te rends compte du prix de ces trucs de pacotille ? Et tu as fait quoi pour moi, en retour ? Tu m'as ignorée. A croire que tu trouves parfaitement normal de me laisser me débrouiller avec Aidan, qui est d'ailleurs la seule raison de ma présence dans ce trou infernal.

Hayley se sentait assommée, les propos d'Isis étaient délirants…

— Pardon ? lança-t-elle, haussant la voix à mesure que la colère montait en elle. Qu'est-ce que tu veux, Isis ? J'ai ma mère sur le dos, mon père est très malade au cas où tu ne t'en serais pas rendu compte, et tout dans la vie ne tourne pas autour de toi !

Isis étouffa un cri de surprise. Des larmes lui embuèrent les yeux.

— Tu pourrais… Tu es mon amie. La seule personne digne de confiance. Avec ce qui vient d'arriver…

Elle tituba jusqu'au lit de Hayley et s'y affala.

— Je suis désolée, gémit-elle. Je pète un câble. Je viens de t'agresser, c'est injuste. Je le sais en plus… Maintenant tu me détestes.

Hésitante, Hayley s'assit à côté d'elle. Lui touchant l'épaule, elle dit d'un ton radouci :

— Que s'est-il passé ?

— C'est Brady, sanglota-t-elle. Il veut « faire une pause ». D'après lui, on ne peut pas continuer à skyper, je lui envoie trop de textos pour qu'il puisse y répondre, et ses notes chutent. Je sais bien que je dois lui foutre la paix. J'y arriverais sans cette Madison Ridgeway, qui attend depuis toujours une occasion de sauter sur lui. Je voudrais être morte.

— Oh, non, Isis ! Je suis désolée pour Brady.

Isis releva la tête. Avec les cernes de mascara, elle ressemblait à un raton laveur.

— Désolée ? Oh, mais il va voir ce qu'il va voir !

Elle s'essuya le nez du revers de la main. Hayley lui tendit des mouchoirs ; Isis en prit une dizaine qu'elle serra dans son poing.

— Je vais le rendre jaloux à crever. Il n'aura pas

le choix, il voudra se remettre avec moi. Je vais sortir avec un mec ici et blinder mon mur Facebook de photos… Reste plus qu'à en dégoter un. On ne peut franchement pas dire que le choix soit terrible ici, à l'exception de ce type, Parker. Comment… Je pourrais me servir de Seth pour entrer en contact, non ? A moins que je sorte avec Seth. Il est pas très futé, il se rendrait sans doute pas…

La colère de Hayley se ranima.

— Seth est mon ami, tu sais.

— Je n'avais pas l'intention de…

— Ils sortaient ensemble à une époque, souligna Brooke.

Isis et Hayley se tournèrent d'un même mouvement vers la porte. Dieu seul savait depuis combien de temps Brooke se tenait sur le seuil de la chambre. Un petit sourire entendu aux lèvres, elle ajouta :

— C'est son ex maintenant, même s'il aimerait bien que ça redémarre.

— La vache ! s'écria Isis. Je comptais pas… Pas étonnant que tu me détestes. Je dis tout ce qui me traverse l'esprit et j'enchaîne les gaffes. C'est plus fort que moi. Vraiment, je ne pensais pas à mal, Hayley, tu es ma meilleure amie ici. Et pour Seth, je ne voulais pas l'insulter, c'est juste qu'il n'est pas mon type. Il est vraiment adorable, sauf que si je postais des photos de lui et moi sur Facebook, personne n'y croirait…

— Ça lui arrive de la boucler ? l'interrompit Brooke. Qu'est-ce qui ne tourne pas rond chez toi, Hayley ? Où sont passés tes vrais amis ?

Isis redoubla d'efforts pour arranger les choses entre Hayley et elle. Le lendemain, au lycée, elle lui présenta ses excuses. Des excuses beaucoup moins dramatiques, sans larmes d'angoisse ni autodénigrement. Elle l'aborda d'un sobre :

— Je peux te parler ?

Elle posa la question discrètement, juste avant la première sonnerie, pendant que Hayley rangeait son déjeuner dans son casier. Puis elle l'entraîna dans un coin à l'écart, près d'un escalier.

— Ma mère m'accuse d'être une fouteuse de… Enfin, tu comprends, quoi.

Hayley ne répondit rien, attendant de voir. Isis avait changé d'attitude du tout au tout, redevenue aussi calme que les eaux de la passe de Saratoga par une journée sans vent.

— Je m'énerve toute seule, poursuivit-elle, et je balance des trucs. Je crie, je pleure, je dis ce qui me passe par la tête. Mais je ne pense rien de tout ça. Je suis sincèrement navrée que tu aies dû subir cette facette de ma personnalité ; tu ne mérites pas ça.

Hayley s'humecta les lèvres.

— Ecoute, Isis… j'ai une tonne de choses à gérer chez moi en ce moment et…

— Ton père. Je sais. Je l'ai vu le jour où je t'ai raccompagnée. Je n'ai rien voulu dire parce que tu ne m'avais pas parlé de sa maladie. J'ai cru qu'il valait mieux être discrète, que c'était ce que tu souhaitais. Je suis désolée que tu aies pensé que je m'en fichais. Je ne m'en fiche pas du tout. Je peux être une bonne amie si tu me laisses faire, Hayley.

Celle-ci hocha la tête. Il fallait bien reconnaître qu'elle ne mentionnait jamais la maladie de son père. Comment aurait-elle pu attendre des autres qu'ils abordent la question, quand il était évident que la philosophie de la famille Cartwright consistait à nier la réalité ?

— Je m'excuse aussi, dit-elle à Isis. J'aurais dû être plus attentive. L'autre jour, je ne me suis pas rendu compte que tu étais aussi contrariée à cause d'Aidan. Je sais que ce n'est pas facile d'être l'aînée…

Hayley fit la moue puis ajouta :

— Ce n'est pas facile avec Brooke non plus.

— Je suis désolée.

— Je me répète que ça va passer.

— Non, je voulais dire : ça fait beaucoup, tout ça. Et moi qui te tombe dessus parce que je me sens négligée alors que je devrais faire plus attention à toi. Je te promets que ça changera si on reste amies. Tu veux bien ?

Hayley opina du chef.

Isis eut l'idée de la fête à Maxwelton Beach. Elle voulait faire quelque chose pour Hayley, et ce serait chouette de profiter du beau temps pour s'amuser, non ? Il y aurait un barbecue, et elles convieraient « la bande habituelle du déjeuner », ainsi que tous ceux auxquels elles penseraient. Isis cita d'ailleurs Seth, comme pour rattraper les choses blessantes qu'elle avait dites à son sujet.

— S'il vient avec ses musicos, ils pourront jouer. Et nous fournir de la bière ! Ils doivent être majeurs, non ? Et de l'herbe, aussi. Oui, ils se chargeront de l'herbe.

Hayley expliqua que Seth ne fumait pas, ce qui provoqua l'hilarité d'Isis.

— Les musiciens fument toujours !

— Pas Seth. Il a des difficultés d'apprentissage et

il s'interdit la drogue. Il lui arrive de boire une bière, pas plus.

— Waouh ! s'exclama Isis, admirative. J'aimerais bien qu'Aidan prenne exemple sur lui… Enfin bref. On invite Seth et ses musicos ? Et Parker ?

Hayley comprit qu'il valait mieux briser le rêve d'Isis avant qu'elle n'aille plus loin.

— Il est interdit de faire des barbecues sur la plage. On ne peut même pas s'y réunir tout court.

Isis se décomposa.

— Il y a bien une partie publique, non ? J'ai déjà réfléchi, on pourrait, Aidan et moi, récupérer du bois chez grand-mère et le descendre avant la fête au bord de l'eau. On fera un feu de camp avec. On apportera des couvertures, de la nourriture, et…

— Quelqu'un préviendra forcément les flics. Les feux sont interdits sur les plages.

— Mais personne ne vit là à l'année ! Quand on y est allées, ensemble, et que je t'ai montré la baraque, tu me l'as dit toi-même !

— Cette maison peut-être, souligna Hayley. Et quelques autres aussi. Toutes ne sont pas des résidences secondaires ou des locations saisonnières. Il y en a qui sont occupées en permanence. De toute façon, la plage est interdite à certaines heures de la journée.

— C'est complètement débile ! Je te jure, j'ai jamais vu un truc aussi débile que ce règlement.

Isis analysa la situation en grimaçant jusqu'à ce qu'une idée lui traverse l'esprit.

— Dans ce cas, on n'aura qu'à utiliser le foyer extérieur.

— De quoi tu parles ?

— Celui sur la terrasse de la baraque qu'on a

visitée. Je t'ai dit qu'elle était à vendre, non ? En plus, il n'y a pas de voisins immédiats, on pourra donc faire la fête là sans que personne s'en rende compte. Rappelle-toi, il y a des chaises longues, deux bancs en bois flotté… et un jacuzzi ! Et une cuisine extérieure !

— On ne peut pas…

— Je vais y aller en repérage. Je vérifierai à quelle distance se trouvent les premières maisons. Enfin, les maisons occupées, bien sûr. On fera le point ensemble et, s'il n'y a aucun risque qu'on soit repérés, on fonce. Ce sera notre secret ! On va bien s'éclater et, qui sait ? on emballera peut-être un beau gosse. Ça ne me dérangerait pas ! Toi, si ? Parker, par exemple. Il est trop craquant. Tu l'as revu depuis le festival ?

Hayley secoua la tête.

— Tant pis… Bon, je me charge de l'état des lieux, conclut Isis.

Hayley pesa le pour et le contre. Au fond, ça ne coûtait rien d'étudier le projet.

19

Au début, Becca crut que le livre de Diana Kinsale, *Voir au-delà*, portait sur les morts : rencontrer des revenants, recueillir leurs messages, ce genre de choses. Mais, en fait, il était surtout question de visions, des visions concernant le quotidien et les souvenirs des autres. Elles permettaient de pénétrer l'esprit d'autrui pour accéder aux images constitutives d'une mémoire et d'une pensée. En un mot, Diana Kinsale semblait très bien savoir que la jeune fille pouvait entendre ce qui se passait dans la tête des gens. Et c'était sa façon d'ajouter : « Voici la prochaine étape, ma chérie. »

Ce qui effrayait Becca, c'est qu'elle avait déjà été victime des visions évoquées dans le bouquin. A trois reprises. Deux fois elle avait accédé aux souvenirs de quelqu'un par l'entremise de Diana, celle-ci servant de chaînon entre Becca et la personne. Et une fois, la jeune fille y avait accédé en établissant une connexion directe. Diana savait pour ces visions ; elle ignorait en revanche combien elles étaient nettes pour Becca.

L'idée qu'elle était en mesure de voir et d'entendre de nombreuses choses inaccessibles au commun des mortels terrifiait Becca. Elle rangea donc le livre sur une étagère de la chambre qu'elle occupait chez Ralph Darrow, juste à côté de son vieil exemplaire d'*Anne... La maison aux pignons verts.* Tous les soirs, elle le regardait, mais elle ne le rouvrait pas.

Elle avait d'autres sujets d'inquiétude. A commencer par Derric. Il broyait du noir et il refusait d'en parler. Lorsqu'elle s'autorisa enfin à pénétrer dans ses pensées, un seul mot lui parvint : *album*. Elle décida d'attendre qu'il aborde le sujet de lui-même.

Trois jours plus tard, alors qu'ils étaient en train de faire leurs devoirs, dans la chambre du garçon, il annonça soudain, repoussant son cahier :

— Je dois te montrer quelque chose.

D'un tiroir de sa commode, il sortit un album photos. Il lui fit signe de s'asseoir sur le lit et vint prendre place à côté d'elle. Elle perçut un murmure : *maintenant elle va voir.*

Les photos retraçaient l'histoire de son adoption. L'album était très complet : de nombreuses indications manuscrites, des coupures de presse et des cartes expliquaient tout, depuis l'orphelinat de Kampala jusqu'à l'arrivée ici, dans cette maison, avec le clan Mathieson pour comité d'accueil. Rhonda, la mère adoptive de Derric, avait fait une première visite à l'orphelinat ougandais avec sa paroisse, puis d'autres avaient suivi, tandis que la procédure d'adoption suivait son cours, et elle avait pris des dizaines de clichés.

— C'est super, souffla Becca.

Derric, cependant, ne desserrait pas les dents. Becca lut sur ses traits la tempête qui faisait rage dans sa tête. *C'est ce qu'ils veulent savoir*... Y avait-il un message caché dans ces pages ? songea Becca. Fronçant les sourcils, elle demanda :

— Qu'est-ce qui ne va pas, Derric ?

— Elle nous a fait asseoir, tous, pour qu'on le regarde ensemble.

Un soupçon d'angoisse transparaissait dans sa voix.

— Je ne vois pas ce qu'il y a d'étonnant là-dedans…

Bon sang, Becca ! s'exclama-t-il intérieurement. Elle remit son écouteur : mieux valait se concentrer sur les paroles de Derric que sur ses pensées, qui trahissaient trop son humeur.

— Ils m'ont demandé de nommer les gosses, rétorqua-t-il. Sur les photos de groupe. « Tu te rappelles ce garçon ? » « Et cette petite fille ? Elle est si mignonne ! »

Becca comprit ce qui s'était passé.

— Réjouissance y figure alors…

Elle se mit aussitôt à chercher le visage de la petite sœur de Derric. Becca l'avait déjà vue sur la photo de la fanfare de l'orphelinat. Derric y jouait du saxophone. Le cliché le représentait avec l'instrument trop grand pour lui, un large sourire aux lèvres. Réjouissance, elle, se trouvait parmi le public d'enfants : une fillette à l'air malicieux et joyeux qui applaudissait des deux mains. Becca étudia les pages de l'album. Elle l'identifia, ici ou là, au milieu d'autres enfants, mais jamais seule avec Derric.

— Qu'as-tu fait ? demanda-t-elle en relevant la tête.

— Que voulais-tu que je fasse ? J'ai donné les noms des gamins, en tout cas une partie. J'ai prétendu en avoir oublié certains avec le temps, parce que je ne connaissais pas bien tout le monde, surtout les plus petits. J'ai utilisé la première excuse qui me passait par la tête. Evidemment, ça n'a pas arrêté ma mère. Enfin, est-ce que quelque chose l'a déjà arrêtée ?

— Réjouissance…

Becca exhala le prénom dans un soupir.

— Mon père a dû lui parler des lettres, et tu connais ma mère. Ma vie est censée être parfaite, puisque j'ai échappé à un destin d'orphelin africain, bla bla bla… Elle pense avoir mis le doigt sur un problème. Et elle ne lâchera pas l'affaire tant qu'elle ne l'aura pas résolu.

— Mais alors, elle t'a interrogé au sujet de Réjouissance ?

— Evidemment ! « Ton père m'a dit que tu avais une amie chère à Kampala. Réjouissance est-elle sur une de ces photos ? » Et sérieux, Becca, je ne comprends pas pourquoi elle veut voir sa tête ! A part pour savoir ce que j'ai dans le crâne ! Elle est si têtue, elle ne laissera pas tomber tant qu'elle n'aura pas d'explication à ces lettres que je n'ai jamais postées. Une chance qu'elle ne sache pas que je les avais planquées dans la forêt, sinon elle m'aurait envoyé chez le psy direct, sans me laisser le temps de dire ouf.

— Et qu'est-ce que tu lui as dit ?

— Rien.

— Derric, c'était l'occasion idéale ! Ils te tendaient une perche.

Se relevant d'un bond, il s'approcha de la fenêtre avant de revenir se planter devant elle.

— Réfléchis un peu, d'accord ? Imagine leur réaction si je leur déballe que j'ai passé huit ans à écrire à une gamine de cinq ans !

— Elle n'a plus cinq ans aujourd'hui.

Un soupir d'impatience lui échappa.

— Becca, j'ai commencé à lui écrire alors qu'elle avait cinq ans. Tu ne crois pas qu'ils trouveront ça bizarre ? Quel gosse de huit ans entretient une correspondance avec une gamine qui a trois ans de moins ? Pendant aussi longtemps ? Non, impossible de leur expliquer qui c'était, d'autant que je leur ai menti et que sur la photo je leur ai montré la fille la plus canon de l'orphelinat.

Il pointa du doigt la fille en question : une fille plus grande et plus âgée que lui, déjà pubère, avec des seins et des hanches. Très jolie. Il fallait reconnaître que Derric avait fait preuve de présence d'esprit en la désignant comme la destinataire de ses lettres. Enfin, la vérité aurait mieux valu…

Becca referma l'album et fixa Derric. Elle avait beau l'aimer, elle ne le comprenait pas.

— Tu devras bien leur dire un jour. J'ai l'impression, moi, que cet album constitue le moyen rêvé de le faire.

— Super ! Après leur avoir caché l'existence de Réjouissance, tu veux que je leur annonce que je leur ai menti sur son identité ?

Il n'attendit pas la réponse de Becca et reprit, en s'affalant sur le fauteuil de son bureau :

— J'en ai ma claque.

— De quoi ?

— D'elle.

— De Réjouissance ?

— Mais non, Becca ! De ma mère !

Il abandonna sa tête dans ses deux mains. Elle le rejoignit et s'agenouilla à côté de lui avant de dire, tout bas :

— Je sais que personne n'a une vie parfaite. Je sais que ça t'énerve que ta mère pense que la tienne devrait l'être. A ta place, ça me rendrait dingue aussi.

Seulement voilà, une partie des imperfections de ton existence sont liées à Réjouissance…

— Je ne…

— Ecoute-moi une seconde. Tu es peut-être à cran pour une autre raison… Réfléchis, tu n'as aucune nouvelle d'elle depuis quoi… neuf ans ? Je suis sûre que ça te ronge. Et ça va continuer.

— Ne me dis pas ce…

— Derric, je sais que tu dois décider tout seul, j'ai compris. Mais il faut au moins que tu enquêtes pour découvrir où elle est et si elle va bien, sinon tu… Je ne sais pas, moi, tu tomberas malade, tu abandonneras les études ou tu gâcheras ta vie entière. Enfin, tu vois ce que je veux dire.

— Et comment je suis censé faire un truc pareil ?

Becca analysa le problème. Derric avait été adopté, il y avait donc de fortes chances pour que sa petite sœur aussi. Derric possédait un compte Facebook, pourquoi pas Réjouissance ? Ça valait le coup d'essayer.

Il y avait un hic, bien sûr : ils ne connaissaient que son nom de naissance, Réjouissance Nyombe, mais cela ne servait à rien puisqu'elle l'avait abandonné à l'orphelinat. Ils firent plusieurs tentatives sur le Net, utilisant divers mots clés, mais leurs investigations échouèrent toutes. Retour à la case départ : si Derric voulait soulager sa conscience, il devait parler à ses parents.

Becca scrutait l'ordinateur portable. Il avait basculé sur l'économiseur d'écran et des bulles colorées dérivaient sous ses yeux. A vrai dire, songea-t-elle, tout le monde ne s'exposait pas sur les réseaux sociaux. Il y avait des gens qui ne tenaient pas à dévoiler leur image ou leurs occupations. Elle en était un exemple criant. Et, avant de prendre la fuite, sa mère et elle avaient fermé le compte Facebook de Hannah.

A ce souvenir, une idée germa dans son esprit.

— Je peux ? s'enquit-elle en désignant l'ordinateur.

Derric haussa les épaules. Elle entra le nom d'Aidan Martin, puis expliqua :

— Il a consulté mon emploi du temps du lycée pour une raison qui m'échappe. Je le trouve vraiment bizarre, ce type. Il débarque toujours au moment où je m'y attends le moins, j'ai l'impression qu'il me suit.

— Tu lui plais.

— Pas du tout.

— Quelle est ton explication, alors ?

— Aucune idée.

En fait, si : elle en avait une très précise, d'idée. Aidan avait des soupçons. Il l'avait surprise en train de consulter des pages sur la disparition de Laurel Armstrong et de sa fille, Hannah. Il n'avait pas gobé l'excuse bidon du cours d'art et il avait mené sa petite enquête. Elle ignorait ce qui l'avait poussé à agir de la sorte, mais rien ne l'empêchait de jouer au même jeu. Elle allait se renseigner sur lui.

Sauf que, comme pour Réjouissance, les différents moteurs de recherche ne donnèrent absolument rien pour Aidan Martin. Becca essaya avec sa sœur et vit surgir une histoire illustrée de la vie d'Isis à Palo Alto, et en particulier de sa relation avec son copain, Brady. Il était en photo partout, au ski ou sur la plage, sur un surf. On voyait aussi Isis avec ses innombrables amis. Sans oublier les photos de famille. Aidan figurait dessus, ainsi que leurs parents.

Derric regardait les clichés avec elle.

— C'est un peu bizarre qu'il n'y ait qu'Aidan.

Becca le considéra, perplexe.

— Elle a parlé de deux frères. L'autre jour, pendant le déjeuner.

— Ah bon ?

— Oui, tu lui as dit que Jenn avait deux frères et elle t'a répondu qu'elle aussi. Ou plutôt qu'elle en avait deux. Ce qui veut sans doute dire qu'elle n'en a plus qu'un. Et si l'autre est mort ou je ne sais quoi…

— Elle n'a peut-être pas envie d'y penser.

— À moins qu'elle n'ait menti sur toute la ligne.

— Jenn aurait sauté sur cette conclusion.

Becca songea à la vérité et au mensonge. Elle avait une certitude : quand on mentait, en général, on avait une bonne raison de le faire.

20

Becca aurait bien continué à creuser le mystère Isis et Aidan Martin… si son existence n'avait pas connu un bouleversement deux jours plus tard. Le père de Derric en fut le déclencheur. Le shérif avait besoin d'aide pour un projet ; son fils et Becca semblaient tout désignés.

Derric la mit au parfum par téléphone. Son père souhaitait placarder des affiches dans l'île entière : échoppes touristiques, boutiques de mode, magasins d'antiquités, épiceries… partout. Il avait déjà recruté des lycéens dans le nord de l'île, à Oak Harbor et Coupeville. Il cherchait à qui confier le sud de l'île et ses nombreux villages. Il offrait une rémunération et voulait des jeunes dignes de confiance, qui travailleraient vite et bien. Derric précisa qu'il n'avait pas vu les affiches en question mais qu'il devait s'agir d'un avis de recherche.

Comme Becca n'aimait pas dépenser l'argent que sa mère lui avait confié et qu'elle n'avait pas pu garder le petit boulot décroché au printemps, elle accepta les yeux fermés. Les tâches qu'elle s'était engagée à accomplir chez Ralph ne lui prenaient pas tout son temps libre, et elle pouvait se libérer quelques heures après les cours ainsi que les week-ends. Derric et elle quittèrent ensemble le lycée, cet après-midi-là.

Ils commencèrent par Clinton. C'était dans cette petite enclave de la pointe sud que le ferry reliant l'île au continent accostait. Derric les conduisit à la première enfilade de commerces, répartis le long de la nationale qui montait en pente raide depuis les eaux houleuses de Possession Sound. Ils constituaient le cœur de l'endroit. Il se gara juste devant un salon de manucure dont l'enseigne au néon invitait, d'un bégaiement lumineux, les passants à entrer.

Derric suggéra qu'ils se répartissent le travail : il traverserait la nationale pour faire les boutiques d'en face, pendant qu'elle se chargerait de celles de ce côté, ainsi que du bar, le Cozy, de la banque, et du revendeur de voitures d'occasion. Le jeune homme sortit les affiches du coffre pour lui en confier une épaisse liasse. Becca vacilla : c'était comme si la terre venait de se dérober sous ses pieds.

Avez-vous vu cette femme ? s'étalait en immenses lettres noires, sur deux lignes, en haut de la feuille. Dessous apparaissait un portrait de la mère de Becca, ne laissant aucune place au doute. *Laurel Armstrong* indiquait la légende, qui précisait également son âge ainsi que le fait qu'elle avait été aperçue pour la dernière fois à San Diego en septembre dernier. En bas de la feuille on trouvait le numéro de téléphone du bureau du shérif. Et la mention *Récompense*.

La poitrine de Becca se comprima tant qu'elle crut être victime d'une crise cardiaque. Ce n'était pas la première fois que l'étau se resserrait autour d'elle : elle avait, près d'un an plus tôt, oublié sur le parking de Saratoga Woods le téléphone portable acheté par sa mère. Quand le shérif avait mis la main dessus, il avait cherché Laurel, mais en vain. Et l'histoire s'était arrêtée là. Jusqu'à ce rebondissement.

— Je n'en ai pas pour longtemps, annonça Derric, qui franchit la nationale en courant avant qu'elle ait pu le retenir.

Becca resta plantée sur place un moment, sans pouvoir détacher son regard de la photo de sa mère. Celle-ci lui manquait tant… Les larmes lui vinrent aux yeux. Où es-tu ? pensa-t-elle. Pourquoi n'es-tu pas revenue ? S'il te plaît, dis-moi que tu ne m'as pas oubliée !

Evidemment que non, sa mère ne l'avait pas oubliée. La jeune fille devait attendre, c'est tout. Attendre suffisamment longtemps pour que personne ne puisse établir de lien entre Becca King et la femme qui avait déposé une adolescente à Mukilteo, puis filé vers la Colombie-Britannique. En repensant à cette partie du plan – l'installation à Nelson –, Becca ne put s'empêcher de songer que Parker risquait de tomber sur l'affiche et, peut-être, de reconnaître Laurel. Il pouvait très bien l'avoir croisée dans le restaurant familial, non ? Selon toute logique, il s'en ouvrirait alors au shérif.

Et si elle se débarrassait des affiches ? Ah oui, quelle idée brillante, vraiment ! Elle ne réussirait qu'à mettre la puce à l'oreille du shérif. Et comment comptait-elle faire, de toute façon ? Elle n'allait pas arpenter l'île tout entière pour arracher les affiches déjà collées, si ?

Becca tenta d'envisager les répercussions possibles. Mais la panique l'empêchait d'y voir clair… Elle finit par repenser à un aphorisme que sa grand-mère aimait répéter : « A quelque chose malheur est bon. » Et Becca avait en effet une raison de se réjouir, puisque sa photo ne figurait pas sur l'affiche, accompagnée de la mention : « Hannah Armstrong, fille de la disparue. »

Toutefois, le négatif l'emportait nettement sur le positif. Car si Dave Mathieson était à la recherche de Laurel et si une récompense était proposée, Jeff Corrie devait être dans le coup. Ce qui signifiait qu'il y avait eu du changement à San Diego.

Le shérif lui en apprit davantage lorsqu'ils lui firent, Derric et elle, un rapport sur l'avancement de leur mission. Ils avaient placardé des affiches dans tout Clinton et dans une zone commerciale pas très fréquentée au bord de la nationale, juste avant Langley.

— Pour tout vous dire, je ne suis pas certain que ça serve à grand-chose, expliqua-t-il. Mais la requête émane du commissariat de San Diego. Comme en plus ils payent, on se doit d'essayer.

Becca sentit ses paumes devenir moites.

— Cette femme est-elle une criminelle ? demanda-t-elle.

— A ce que j'en sais, elle a seulement disparu.

Becca et Derric étaient tombés sur le shérif devant la mairie de Langley – qui partageait le bâtiment avec le minuscule commissariat de la ville. Il venait d'informer la police locale de l'opération d'affichage. A présent, ils étaient tous les trois attablés à la terrasse de la pizzeria sur First Street. Ils sirotaient des Coca en attendant leur pizza XXL aux olives et aux champignons. En fait de terrasse c'était un jardin qui surplombait la passe de Saratoga. Ils étaient nombreux ceux qui, comme eux, profitaient du soleil avant l'arrivée de l'hiver. Les tables en fer forgé avaient été prises d'assaut. Les gamins couraient dans l'herbe et les chiens quémandaient de la nourriture.

— Une chose m'intrigue, poursuivit Dave. J'ai justement cherché cette Laurel Armstrong l'an dernier.

Becca ne desserra pas les dents. Elle avait l'impression que son estomac s'était transformé en bloc de glace.

— Quand ça, l'an dernier ? s'enquit Derric.

— Tu ne peux pas te souvenir, fiston. Tu jouais la belle au bois dormant.

Dave lui donna une tape affectueuse sur le crâne. Le jeune homme avait eu un accident et était resté plongé dans le coma plusieurs semaines.

— Quelqu'un a téléphoné aux urgences le jour de ta chute dans les bois. L'appel a été passé depuis un téléphone portable, qui nous a conduits à cette Laurel Armstrong. Elle l'avait acheté avec sa carte de crédit à San Diego. A l'époque, j'ai cru qu'il s'agissait d'une mineure, parce que la voix sur la bande des urgences semblait très jeune. On a lancé une recherche, qui n'a pas abouti. Personne ne la connaissait. Mais j'ai bien l'impression que tout va enfin s'expliquer.

Derric encouragea son père à continuer :

— Comment ça ?

— Si tu veux connaître ma théorie, je dirais que son mari s'est débarrassé d'elle là-bas, à San Diego, et qu'il est venu déposer le téléphone ici, pour brouiller les pistes. Il a très bien pu charger une ado de passer le coup de fil, puis abandonner le portable à un endroit où on le retrouverait. En tout cas, c'est exactement ce qui est arrivé. L'appareil a atterri entre nos mains, et j'ai ouvert une enquête. Le numéro de la carte de crédit ayant servi à l'achat nous a menés aux coordonnées de l'acheteuse. Nous avons essayé de la contacter et sommes tombés sur son mari, qui a prétendu ne pas avoir connaissance de l'existence de ce portable. Personne, ici, n'a eu l'idée de l'interroger au sujet de Laurel Armstrong, parce que nous étions tous trop préoccupés par ce qui t'était arrivé. Là-bas en Californie, par contre, les flics pensent qu'elle avait l'intention de le quitter et que ça a dégénéré en drame, un de ces drames classiques : puisque je ne peux pas t'avoir, personne d'autre ne t'aura.

— Si c'est la théorie des policiers, je ne vois pas l'intérêt de placarder des affiches partout, souligna Derric.

Il en sortit une pour l'examiner. Becca se détourna vers l'eau. Il ne manquerait plus qu'il se dise soudain : « Eh, mais ma copine ressemble un peu à cette femme, non ? »

— Pourquoi est-ce qu'ils n'arrêtent pas le type, tout simplement ?

— Ils n'ont aucune preuve. Même si tous les soupçons pèsent sur lui. Il faut dire qu'il a attendu plusieurs mois avant de déclarer la disparition de sa femme. Louche, non ? Et il fait l'objet d'une enquête pour détournement de fonds, il a été interrogé par la police et le FBI à ce sujet. En prime, son associé aussi répond aux abonnés absents, à en croire les collègues de San Diego. Bref, il est dans un sacré merdier, si vous me passez l'expression.

— Il n'a pas l'air très net, en effet, approuva Derric.

— On le sait bien, surenchérit Dave, si une femme disparaît, en général le mari est derrière.

La pizza arriva alors. Le père et le fils prirent le

temps d'en engloutir chacun une part avant de poursuivre :

— Il s'est montré plus ou moins coopératif pour l'investigation sur son associé, mais le jour où les flics ont abordé la question de sa femme… il s'est entouré d'avocats. Une voisine avait contacté les autorités pour prévenir qu'elle n'avait pas vu la mère et la fille depuis un moment et…

« Belle-fille », aurait voulu rectifier Becca. Jeff Corrie n'était pas son père. Elle ne connaissait pas son géniteur. Soudain, elle songea que sa mère était peut-être avec lui… Vivait-il à Nelson ? Où es-tu, maman, où es-tu, où es-tu ? Les paroles de Dave la tirèrent de ses pensées angoissantes.

— … commencé à enquêter là-bas. Et ça n'a rien donné.

— Une chance que tu aies remonté la trace de ce portable, nota Derric.

Becca devait dire quelque chose, ils allaient finir par trouver étrange qu'elle se livre à une étude quasi scientifique de sa part de pizza.

— Je ne pige pas. Pourquoi un type de San Diego rappliquerait-il à Whidbey Island pour mettre les enquêteurs sur une fausse piste ?

— Je n'ai pas la réponse à cette question… Je parie qu'ils se la posent aussi, à San Diego. On a découvert qu'il était venu ici l'an dernier, à la fin de l'automne, quelque temps après que ce fameux portable est tombé entre nos mains. Il ne s'en cache d'ailleurs pas. Lui-même a dit aux flics qu'il devait y avoir un lien entre la disparition de Laurel Armstrong et notre île. On pourrait y voir une preuve d'innocence, ou alors de grande habileté. Comme il savait qu'on avait le téléphone, il a voulu paraître inquiet, et il a donc débarqué pour poser des questions sur sa femme et sa fille…

« Belle-fille, belle-fille, belle-fille ! » hurlait Becca intérieurement.

— … et il s'imagine que ça suffit à le faire passer pour un parfait innocent dans l'affaire de leur disparition.

— Pourquoi elle n'est pas sur l'affiche, alors ? s'étonna Derric. La fille ?

Dave secoua la tête.

— Aucune idée. Ils partent peut-être du principe qu'il suffit de trouver Laurel Armstrong, qu'elles sont forcément ensemble.

Peut-être… Mais Becca ne croyait pas trop à sa chance d'en réchapper.

Et elle avait vu juste. Le *South Whidbey Record* paraissait deux fois par semaine, le mercredi et le samedi. Ce fut celui du mercredi qui contenait l'article, et Becca le découvrit grâce à Seth.

Le jeune homme était le seul habitant de l'île à connaître le danger qu'elle courait. Elle avait été obligée de tout lui dire, car elle avait besoin d'aide. Et d'amitié. Dès le début, Seth Darrow avait été disposé à lui offrir les deux. Voilà pourquoi, lorsqu'il tomba sur l'article avec le nom de Laurel Armstrong et son portrait en une, il n'hésita pas une seconde : sans demander l'autorisation à sa mère, il embarqua l'exemplaire et se pointa chez son grand-père le soir même, après le dîner.

Il était accompagné de Parker. Becca crut d'abord que Seth avait fait un crochet par la cabane pour une raison ou pour une autre, mais en réalité les deux garçons s'étaient croisés devant la maison, par hasard. Parker voulait se doucher en quatrième vitesse avant son « rendez-vous avec une fille canon » et Seth était venu prendre des nouvelles de la santé de Ralph, à la demande de son père. Becca comprit toutefois que quelque chose le tracassait et elle retira donc son écouteur. *Se débarrasser de lui le temps de la prévenir...* Oui, elle avait vu juste : Seth n'était pas uniquement là à cause du taux de cholestérol ou de la tension artérielle de Ralph.

— Papa veut que tu prennes l'habitude de l'utiliser, dit-il à son grand-père en lui tendant un tensiomètre.

Une dispute s'ensuivit. Ralph Darrow ne comptait pas se laisser dicter les termes de son bien-être par ses enfants, et surtout pas par Ralph Junior.

— Lequel, dois-je te le rappeler, petit-fils préféré, accuse une surcharge pondérale d'au moins dix kilos et doit être, à cet instant précis, en train d'ouvrir sa cinquième bière de la soirée devant un match des Seahawks[1].

— Les Seahawks ne jouent jamais le mercredi, grand-père.

Cet argument ne convainquit pas Ralph. Il refusait catégoriquement qu'on prenne sa tension et, pour s'assurer que son petit-fils avait reçu le message cinq sur cinq, il monta l'escalier en martelant chaque marche.

Profitant que Parker était sous la douche et que Ralph rumine sa colère dans sa chambre, Becca dit à Seth :

— Que se passe-t-il ?

1. Equipe de football américain de la ville de Seattle.

Il sortit le journal.

— Oh, non !

Ce furent les seuls mots qu'elle put articuler en voyant la photo de Laurel et son nom qui accompagnaient un article. Elle s'apprêtait à le lire quand Seth lâcha :

— C'est encore pire que tu l'imagines.

Elle comprit pourquoi en sautant directement à la page 8, où se poursuivait le texte : une photo d'elle s'y trouvait ! Le cliché était vieux, mais là n'était pas la question. Il s'agissait de celui qu'elle avait trouvé en ligne, et sur lequel Aidan avait posé les yeux.

TROISIÈME PARTIE

La plage de Maxwelton

21

Seth fut informé de la fête à la plage de Maxwelton par Parker. Ce dernier avait été convié par les « deux canons » qui l'organisaient, et lorsqu'il précisa que l'une des filles en question était Hayley, Seth décida de s'y rendre. Parker avait eu un rendez-vous avec Isis, le mercredi soir, et Seth en déduisit qu'il avait le champ libre avec son ex.

Oui, oui, il savait qu'il se conduisait en imbécile. Hayley et lui en étaient au stade du « restons amis ». Si elle s'en satisfaisait, rien ne l'empêchait, lui, de continuer à espérer qu'ils pourraient un jour se remettre ensemble.

La fête débutait après la tombée de la nuit et avait lieu à l'extérieur, sur la terrasse de l'une des grandes maisons au bord de la plage. Ayant imaginé qu'il s'agissait de celle de la grand-mère d'Isis et d'Aidan, Seth fut détrompé. Et ça n'avait rien non plus de la petite soirée en comité restreint, avec des gens qui s'installent en cercle pour boire une bière, fumer un peu d'herbe et jouer de la musique. La rumeur d'une grosse fête s'était répandue au bahut. Il y avait déjà quarante-cinq lycéens à l'heure où Seth débarqua, et ils continuaient à affluer.

La maison en question était située à l'extrémité de Maxwelton Road, qui se terminait en cul-de-sac environ quatre cents mètres après un panneau indiquant : « PRIVÉ » – marque d'un voisinage n'encourageant pas les promeneurs à s'y aventurer. Quelqu'un avait fixé un carton épais au-dessus du panneau, sur lequel on pouvait lire, en lettres manuscrites : CHUTTTTTT !, message visiblement destiné aux invités. Une pancarte « À VENDRE » se trouvait à l'entrée de la propriété, une immense maison de vacances au toit de bardeaux verts et à nombreux pignons, qui appartenait sans le moindre doute à un millionnaire ayant fait fortune grâce à Internet et résidant le reste de l'année à Lake Washington.

La maison, bizarrement, était plongée dans le noir total. Seth la contourna et déboucha sur une cour qui donnait directement sur les tas de bois flotté caractéristiques des plages du Pacifique nord-ouest. Des jeunes en avaient ramassé pour faire un feu dans l'immense foyer extérieur. Ce dernier était l'un des attraits de la terrasse sophistiquée. Des bouts de bois attendaient, sur le rebord, leur tour de se consumer.

L'endroit grouillait de monde. Pourtant, tous semblaient s'être mis d'accord pour rester discrets. Les habitations les plus proches étaient une cabane de pêcheur au sud, à l'abandon depuis longtemps, et une maison de vacances vide, à une cinquantaine de mètres au nord, après un terrain vague. De l'autre côté de la route, vers l'intérieur des terres, un bois d'aulnes s'élevait en pente raide et menait à une forêt de conifères, puis à une route. Tant que la consigne de discrétion serait respectée, la fête pourrait battre son plein sans déranger personne.

Seth se mit en quête de visages familiers. Il entendit qu'on l'appelait et aperçut Becca et Derric, assis sur un muret de pierre qui séparait la propriété du terrain vague la jouxtant. Jenn était avec eux, ainsi que son copain de toujours, Minus. Seth ne vit pas Hayley, mais il remarqua Isis, qui enlaçait Parker par la taille, prenant la pose alors que quelqu'un les photographiait avec un smartphone. Parker salua Seth d'un signe de la main, et il lui répondit d'un mouvement de tête. Tout en se dirigeant vers Becca et les autres, il continua à chercher Hayley du regard.

— La forme ? lança-t-il.

Ils avaient tous une bière, ce qui le surprit un peu : il n'avait jamais vu Becca boire. Elle n'était pas du genre fêtarde, et Derric non plus. Pourtant sept canettes vides gisaient à leurs pieds. Il haussa les sourcils en les avisant. Ils devaient être là depuis un moment.

— Je n'ai jamais été saoule de ma vie, expliqua Becca, et j'ai eu envie d'essayer.

Elle ne mangeait pas trop ses mots, mais elle n'avait pas vraiment l'air dans son état normal.

— Je sais pas trop pour le moment… J'espère ne pas vomir.

— Qui se charge de vous reconduire chez vous ?

Derric leva la main avec nonchalance.

— Quand je ne verrai plus double. Et si j'suis pas en état, on dormira sur la plage. Ça te va, Becca ? Toi et moi sous les étoiles ?

Avec un gloussement, elle s'affala contre lui, puis bâilla.

— La vache, souffla Seth, vous avez intérêt à être prudents.

— On essaie de rattraper Minus, l'informa Jenn. Il est arrivé défoncé.

Elle enfouit son nez dans le cou du garçon et se mit à le chatouiller d'un geste taquin avant de reprendre :

— Il avait presque deux litres de Jack Daniels sur lui, piqués à sa mère. Tu les as mis où, beau gosse ?

Minus ne répondit pas tout de suite. Il était écarlate, même dans le noir, et ses yeux évoquaient deux charbons ardents. Il finit par articuler, non sans mal :

— Je sais pas. Ils étaient là et ils sont partis.

Il agita faiblement le bras en direction de lycéens cachés dans les ombres, au bord de l'eau. Seth vit qu'une bouteille circulait parmi eux. Il se demanda si quelqu'un avait l'intention de rester assez sobre pour conduire.

— A qui appartient cette maison ? demanda-t-il.

Un cri attira soudain son attention. Des flammes et des étincelles jaillirent très haut au-dessus du foyer : un mec venait d'y jeter une brassée de petit bois sec. Le genre qui jonchait le sol de la forêt. Ceux qui s'étaient chargés d'aller le ramasser étaient en train d'en déposer autour de la fosse en pierre ou d'attiser le feu. Hayley se trouvait parmi eux. Ainsi qu'Aidan. L'espace d'une seconde, Seth crut qu'ils étaient ensemble, parce que, effrayée par les flammes immenses, elle avait fait un bond en arrière et s'était agrippée à son bras.

— Eh là ! hurla quelqu'un. Qu'est-ce que vous fabriquez ?

— Je croyais que vous vouliez un feu ! répondit Aidan avant de s'emparer d'une branche embrasée et de l'agiter en l'air telle une épée.

De la musique s'éleva. Un type avait déniché une

prise extérieure, à laquelle il avait branché une paire d'enceintes pour iPod. Elles étaient petites mais assez puissantes. Un rap énervé retentit.

Seth aperçut alors un membre de l'équipe de foot du lycée, qui arrivait du devant de la maison, un petit fût de bière sur l'épaule. Il était suivi par trois autres types, une bande de jolies filles et deux mecs d'une vingtaine d'années. Ils vidèrent le contenu de plusieurs sacs en plastique sur une table ronde près de la porte de la cuisine. Des acclamations saluèrent l'arrivée des bouteilles de vodka, gin, rhum… Il y avait aussi des sodas, des sachets de glaçons et des verres en plastique.

— Venez vous servir, les gars !

Les lycéens accoururent. Il y eut des rires. Des bousculades. Des plaisanteries bon enfant. Et quelqu'un jeta une nouvelle brassée de petit bois dans le feu. Des flammes inquiétantes s'élevèrent dans le ciel noir. Des étincelles crépitèrent dans toutes les directions. Des braises volèrent. Une bouteille tomba de la table et se brisa. Une fille se mit à quatre pattes pour lécher la flaque d'alcool sur les dalles. Un garçon s'assit à califourchon sur son dos.

Comme tout un chacun, Seth aimait s'amuser. Cette fête-là, cependant, était sur le point de dégénérer. Il n'y avait peut-être pas de voisins immédiats, mais le bruit était de plus en plus fort. Seth était prêt à parier que des gens allaient débarquer pour voir ce qui se passait.

Jouant des coudes pour fendre la foule, il rejoignit Hayley. Elle se tenait à quelques mètres du feu et avait encore la main sur le bras d'Aidan. Sauf que cette fois elle semblait vouloir l'empêcher de lancer une branche enflammée sur le toit. Hilare, il criait :

— Laisse-moi faire, pétasse !

Voyant Seth approcher, Hayley articula un appel au secours silencieux. A moins que ce ne fût un cri, comment savoir avec ce vacarme ?

— Hé, du calme, dit-il à Aidan en lui prenant le morceau de bois en feu et en le jetant dans le foyer. Arrête tes conneries ou cette baraque va s'envoler en fumée.

— Seth… tiens, salut. T'as ta guitare ? Cette musique est naze.

— Je suis bien de ton avis.

— Je m'en occupe.

D'un pas vacillant, Aidan s'éloigna en direction de l'iPod, ce qui, malheureusement, le rapprocha de la table avec les alcools. Seth le vit empoigner une bouteille au hasard et partir avec. Il se tourna alors vers Hayley.

— On ferait mieux de dégager d'ici. C'est en train de déraper sérieusement.

— Je ne sais pas comment autant de gens ont pu être au courant… Au début, il devait juste y avoir Isis, moi et une poignée d'amis…

Elle promena son regard alentour avant de conclure :

— Je n'en ai parlé à personne.

— Tu as bu ?

— La moitié d'une bière. Je l'ai posée quelque part… je ne sais plus où. Quelqu'un a dû la prendre.

Elle remonta ses lunettes sur son nez. Les verres étaient sales et elle avait une trace de cendre sur la joue droite.

— Si tu veux mon avis, Hayley, on doit partir d'ici. Et s'occuper de Derric et Becca, parce que je peux te garantir que le shérif va finir par se pointer. S'il voit son fils dans cet état…

— Hé, vous deux !

C'était Isis. Parker l'accompagnait. Plus exactement il semblait la traîner derrière lui. Il voulait parler à Seth, ce qui n'était pas dans les plans de la jeune fille. Il souriait et ses boucles d'oreilles en or réfléchissaient la lumière du feu.

— Prenez-nous en photo ! brailla Isis.

Elle fourra son iPhone dans les mains de Seth, se serra contre Parker, passa une jambe autour des siennes et lui colla la main aux fesses. Ils commencèrent à s'embrasser sans la moindre retenue. Seth prit la photo. Elle en exigea une autre, avec Parker l'enlaçant par-derrière.

— Embrasse-moi dans le cou, lui ordonna-t-elle.

Il s'exécuta dans un éclat de rire, puis se libéra.

— J'ai l'impression d'être de retour au lycée, dit-il à Seth.

— Quoi, parce qu'une fille bourrée se jette sur toi ?

— Je ne suis pas bourrée, rétorqua Isis avant de prendre Parker par le bras. Et j'ai pas besoin d'être bourrée pour avoir envie de l'emballer.

— Quelle fête ! reprit Parker, cette fois à l'intention de Hayley. Je ne t'ai pas vue quand je suis arrivé.

— Elle était dans la forêt, expliqua Isis.

Faisant un clin d'œil à son amie, elle poursuivit :

— Ça s'est passé comment dans les bois ? Tu es sortie avec quelqu'un ?

Hayley rosit.

— Non, on a juste ramassé des branches. Mais tu sais, Isis, le bois est très sec, j'ai peur…

— Ton frère jouait autour du foyer tout à l'heure, intervint Seth. S'il jette une branche enflammée sur le toit de cette baraque…

— Où est-il ?

— Comment veux-tu que je le sache ? riposta Seth. D'où viennent tous ces gens d'abord ? Et qui sont ces types qui ont apporté de l'alcool ?

— Pas la moindre idée, lâcha Isis. C'est trop cool qu'ils se soient pointés. Viens, dit-elle à Parker, on va se resservir.

— A plus tard ! cria-t-il par-dessus son épaule alors qu'elle l'entraînait.

— Si tu le dis, rétorqua Hayley, plus pour elle-même semblait-il.

— Tu es venue avec le pick-up de la ferme ? s'enquit Seth.

— Non, Isis est passée me chercher. Pourquoi ?

— Parce qu'on se casse, toi et moi. Il faut qu'on récupère la clé de Derric avant. Il parlait de prendre le volant, ce qui est une très mauvaise idée. Tu n'auras qu'à conduire sa voiture et les déposer, Becca et lui, chez mon grand-père, où il pourra dessaouler. Je vous suivrai avec Jenn, Minus et…

— Mais non, tout ira bien, Seth.

— Tu rêves, Hayley ! Quelqu'un va prévenir la police, c'est sûr. Suis-moi.

— Hé ! Tu n'es plus…

— Ton mec. Je sais. Ça ne m'empêche pas de rester ton ami, et je n'ai pas l'intention de t'abandonner dans une soirée qui va se terminer dans le sang. Tu as vraiment envie que les flics appellent tes parents pour leur demander de venir te récupérer au commissariat ?

Ce fut, ainsi qu'il l'avait supposé, ce dernier argument qui emporta son adhésion.

— Je vais chercher la clé, lâcha-t-elle avant de se diriger vers Derric et Becca.

Les deux amoureux étaient en train de s'embrasser,

comme une vingtaine d'autres couples. A côté d'eux, Jenn et Minus partageaient une bouteille d'alcool. Quand allaient-ils enfin être malades ? se demanda Seth. Demain matin ?

Il suivit de loin l'échange entre Hayley et Derric, tout en jetant des regards furtifs autour de lui. Une fille était montée sur le muret. Elle avait retiré son pull et le faisait tournoyer au-dessus de sa tête.

— Retire le reste ! lui crièrent des types.

Comme pour l'y encourager, un puissant faisceau lumineux l'éclaira soudain. L'atmosphère de la fête se modifia sur-le-champ. Un adjoint du shérif apparut, une lampe torche brandie au-dessus de la tête. Un autre, muni d'un porte-voix, cria :

— Rassemblez-vous tous sur la terrasse. Immédiatement !

Un troisième abordait la maison de l'autre côté, suivi du père de Derric.

Certains obéirent sans broncher, mais une partie s'égailla dans toutes les directions, espérant sans doute rejoindre les voitures. Mais les flics avaient pensé à tout. Des renforts surgirent de derrière une maison, à une trentaine de mètres au nord. Afin de s'assurer que la situation était claire pour tout le monde, Dave Mathieson s'empara du porte-voix.

— Personne n'ira nulle part. La route est bloquée. Dépêchez-vous de revenir sur la terrasse et de montrer qu'il vous reste quelques grammes de jugeote.

Ce fut à cet instant que le shérif vit son fils, Derric, jeter une canette de bière par-dessus le muret sur lequel il était assis. Ivre mort.

22

Dans le chaos qui s'ensuivit, Becca perdit son écouteur. A sa grande horreur, la première chose qu'elle fit en descendant du muret fut de vomir. Quand elle réussit à se ressaisir, elle se retourna et vit que Dave Mathieson fondait sur eux d'un pas rageur. Un de ses adjoints était en train d'expliquer aux fêtards qu'aucun d'entre eux ne prendrait sa voiture et qu'ils allaient tous remonter Maxwelton Road et rejoindre la vieille église qui se trouvait à une intersection. Une fois là-bas, chacun donnerait son nom et les coordonnées de ses parents. Ceux-ci seraient contactés et viendraient récupérer leur chère progéniture. Les jeunes de plus de vingt et un ans s'exposaient à des ennuis plus sérieux : non seulement ils s'étaient introduits dans une propriété privée mais ils avaient encouragé la délinquance de mineurs.

— En route ! hurla l'adjoint du shérif en guise de conclusion.

L'un de ses collègues se servit d'un tuyau d'arrosage pour éteindre le feu.

A propos de foutre la merde... Cette pensée aurait pu appartenir à Derric. Et celles-ci aussi : *quand ma mère l'apprendra... pile ce qu'il me fallait... ça va faire mauvaise impression dans mon dossier...* D'autres murmures crépitaient dans l'air tout autour de Becca, essentiellement des insultes ou des plans décousus pour une évasion pendant le trajet jusqu'à l'église. Le hic, c'est que les flics avaient commencé par récupérer les cartes d'identité et les clés de voiture de tous ceux qui en avaient. Il ne fallait donc pas compter sur une fuite motorisée.

— Mais qu'est-ce qui t'est passé par la tête, bon sang ?

Voilà comment Dave Mathieson aborda son fils.

— Tu es saoul ? Ne réponds pas, je le vois bien. Tu comptais prendre le volant dans cet état ?

— Je venais de récupérer ses clés, shérif, s'empressa d'intervenir Hayley. Nous allions les reconduire chez eux, Seth et moi.

Elle désigna d'un geste circulaire Derric, Becca, Jenn et Minus. Ce dernier, allongé sur le muret, souriait d'un air béat à la nuit étoilée.

— Tu n'as pas à les couvrir, rétorqua Dave.

— Ce n'est pas ce que je fais.

— Elle dit la vérité, confirma Seth. On n'a pas bu, ni elle ni moi.

— T'occupe, dit Derric en agitant une main molle. C'est ma faute, Seth.

— En effet, martela Dave. Je te pensais plus malin. Donne-moi la clé de ta voiture ! s'emporta-t-il avant de s'éloigner.

Les adolescents furent rassemblés devant la maison. Des cris en provenance de la forêt indiquaient que certains escaladaient la pente dans l'espoir de s'échapper par Swede Hill Road. Ils réussiraient peut-être, songea

Becca, même si les policiers semblaient déterminés à arrêter tous ceux qui avaient pris part à la fête. Et à ne pas faire de quartier.

Ils durent avancer en file indienne, le long de la chaussée. Cette marche jusqu'à l'église évoquait une procession de prisonniers de guerre. L'humeur générale n'était plus du tout à la fête, même si personne encore n'avait dessaoulé. Derric et Becca avaient été séparés des autres. Soudain, il trébucha, et elle le rattrapa par le bras.

— Merci, dit-il en levant les yeux vers elle. J'ai bien l'impression que je foire tout…

Becca n'avait pas besoin d'entrer dans sa tête pour savoir qu'il ne parlait pas seulement des bières bues à la soirée.

— Ma mère ne va pas me lâcher, ajouta-t-il.

A son habitude, la jeune fille tenta de se rassurer : il y avait peu de chances qu'une fête illégale, organisée sur une propriété privée et interrompue par les flics, fasse la une du journal local. Et même si l'incident était mentionné dans les pages intérieures, il n'y avait pas eu de photographe sur les lieux. Rien, donc, qui puisse attirer l'attention de Jeff Corrie s'il scrutait le *South Whidbey Record* en ligne, à la recherche du visage de Laurel ou de Becca, parmi la foule. Elle pouvait s'estimer chanceuse sur ce coup. Elle pouvait aussi se féliciter que personne ne se soit introduit dans la maison et qu'il ne soit rien arrivé de grave. Il y avait juste eu quelques lycéens – elle, par exemple – qui avaient vomi sur la terrasse. Et certains mecs avaient sans doute pissé dans le terrain vague voisin. D'accord ils avaient bu, mais ça aurait pu être bien pire. Un tas de parents se féliciteraient sans doute que ça n'ait pas davantage dérapé.

Becca songeait à tout cela quand elle vit surgir des gyrophares dans la nuit. Cinq secondes plus tard, un camion de pompiers dépassait le défilé en trombe tandis que tous se réfugiaient sur le bas-côté.

Certains essayèrent de profiter de la confusion pour prendre la fuite. Becca se demanda où ils espéraient bien aller sans voiture. Elle n'apercevait aucune flamme. Et elle était sûre qu'un adjoint du shérif avait éteint le feu sur la terrasse. Ils durent reprendre leur marche.

— Continuez à avancer, leur cria-t-on dans le porte-voix.

La vieille église les guettait, une bâtisse d'un brun terne entourée de sapins. Toutes les lumières étaient allumées à l'intérieur et les premiers parents étaient déjà arrivés. Parmi eux Becca identifia Nancy Howard, qui vivait apparemment sur Maxwelton Road. Elle avait eu moins d'un kilomètre à faire, mais elle n'avait pas l'air contente. Il y avait aussi Rhonda Mathieson. Elle s'abattit vers eux telle une nuée d'abeilles.

Qu'ai-je fait de mal, moi qui ne cesse de redoubler d'efforts... Cette pensée suscita deux émotions en Becca. Elle se rendit compte, avec une satisfaction certaine, que ce murmure lui était parvenu avec une grande limpidité et qu'elle pouvait l'attribuer à son auteur, Rhonda. Son enthousiasme vite douché par un puissant sentiment de culpabilité : la mère de Derric était littéralement hors d'elle.

Seul point positif, Becca avait retrouvé son écouteur,

coincé dans un passant de son jean. Soulagée, elle le remit. Puis elle chercha ses amis.

Elle ne tarda pas à apercevoir Jenn, et avec elle Minus, complètement noir. Seth se disputait avec un adjoint du shérif. Il s'échinait à le convaincre qu'il venait d'arriver à la fête, qu'il s'était employé à convaincre Hayley de partir sans tarder, qu'ils pouvaient lui faire passer un alcootest ou ce qu'ils voulaient pour vérifier, mais qu'il était capable de reconduire Hayley chez elle. Isis, elle, avait été harponnée par sa grand-mère. Quant à Parker, il se dirigeait discrètement vers la sortie lorsque le policier qui montait la garde le renvoya au fond de l'église.

— Ça ne te ressemble pas, Derric ! lança Rhonda. Qu'est-ce qui t'arrive en ce moment ?

— Fous-moi la paix, d'accord ? rétorqua le garçon.

Rhonda reporta sa colère sur Becca.

— A quoi pensiez-vous, tous les deux ?

— Désolée, on a été bêtes.

— Laisse Becca tranquille, cingla Derric. Pourquoi on rentre pas plutôt à la maison ?

— Tu t'imagines sincèrement que ça va être aussi facile ? lui demanda Rhonda. Il y a un incendie, personne ne partira tant qu'il ne sera pas maîtrisé.

— Ils ont éteint le feu, dit Becca. J'ai vu le type avec un tuyau, et…

— De toute évidence, tu as mal vu. On n'appelle pas un camion de pompiers pour arroser un petit feu sur une plage.

— On n'était pas sur la plage, se défendit Derric avant d'ajouter, mal à propos : Et on a fait du feu dans un endroit prévu exprès, tout ce qu'il y a de plus légal.

— Allumé illégalement par une bande de gamins

ivres entrés sans autorisation sur une propriété privée, contra Rhonda.

— Tu vas me lâcher, oui ?

Les yeux embués de larmes, Rhonda s'éloigna. Derric et Becca furent conduits vers l'un des bancs avec les autres fêtards. Becca avait de la peine : elle savait que cette mésaventure accentuerait la distance entre Derric et sa mère.

Ils patientèrent quatre-vingt-dix minutes. Tous les parents avaient eu le temps d'arriver et faisaient le pied de grue devant l'église. Becca les apercevait quand les portes s'ouvraient : ils posaient des questions à Dave Mathieson. Cinq jeunes avaient vomi sur les dalles de pierre et étaient en train de nettoyer eux-mêmes, ainsi que le leur avait ordonné un policier peu compatissant. Dave rejoignit Rhonda et ils engagèrent une conversation qui sembla des plus sérieuses à Becca. La mère de Derric s'approcha ensuite d'eux :

— Tu vas devoir attendre, dit-elle à Becca. Aucun mineur n'est autorisé à partir sans qu'un adulte se soit porté garant pour lui. Je suis désolée. Allez, ajouta-t-elle à l'intention de son fils, on rentre.

Elle tourna les talons sans l'attendre. Dave Mathieson s'approcha de l'autel. Il avait la mâchoire encore plus crispée que lorsqu'il avait découvert la présence de Derric et Becca sur la terrasse. Se campant sur une marche, il annonça d'une voix tonitruante :

— Ouvrez grandes vos oreilles, bande de petits malins ! La situation est plus grave qu'on ne le pensait. Votre petite bringue a dégénéré. Le feu que vous aviez fait pour vous amuser a touché le bâtiment voisin…

Gémissements, cris, répliques agressives et pleurs emplirent l'église.

— Eh oui, reprit le shérif. Maintenant vous avez un sacré problème sur les bras. Ceux d'entre vous qui sont majeurs vont aller faire un petit tour à Coupeville. Les autres repartiront sous la garde de leurs parents. Mais…

Il haussa la voix en voyant certains adolescents s'agiter :

— … vous aurez des nouvelles des autorités compétentes dès que les dégâts auront été estimés.

Une poignée de jeunes protestèrent. Ils avaient passé leur temps sur la plage, ils ne s'étaient même pas approchés de ce feu débile, ils étaient sur le point de partir quand ils avaient compris que la soirée devenait incontrôlable. Toutefois, aucun de ces arguments ne retint l'attention de Dave Mathieson. Il en avait terminé et adressa un signe de tête à l'adjoint près de la porte. Ce dernier l'ouvrit, permettant aux parents d'entrer un par un pour récupérer leurs enfants.

— Quelle connerie ! s'emporta Derric. Il pourrait au moins nous laisser te reconduire à la maison. Je vais lui dire…

— Laisse tomber, le coupa Becca.

Inutile de rajouter à la tension déjà bien présente entre Derric et ses parents.

— Je vais appeler Diana Kinsale. C'est mieux que M. Darrow.

Elle ne voulait pas prendre le risque de perdre sa chambre chez le grand-père de Seth. Elle avait les idées de plus en plus claires et elle savait qu'elle sentait la bière et le vomi. Autant de parfums que Ralph n'apprécierait pas.

— N'importe quoi, Becca. A quoi ça sert d'avoir un père shérif s'il ne peut pas faire une exception ?

— Justement. Par principe, un shérif ne fait pas d'exception…

— Je ne veux pas que tu… Et merde ! Je suis vraiment désolé.

— Hé, Derric, ne t'inquiète pas. Tout ira bien. On est tous les deux fautifs. Tu ne m'as pas forcée à te suivre à cette fête et encore moins à siffler plusieurs bières.

— On n'aurait jamais dû y aller. Quand on a su que c'était dans cette baraque, on aurait…

Il se frappa le front du poing.

— J'en peux plus, soupira-t-il.

— Rentre chez toi avec ta mère. Ça ira.

— Je n'en suis pas aussi sûr…

Il la serra très fort contre lui, puis s'éloigna. A cet instant, le chef des pompiers pénétra dans l'église si précipitamment qu'il bouscula plusieurs parents. Il rejoignit le shérif et lui exposa la situation en quelques mots.

— Que personne ne bouge ! cria aussitôt Dave Mathieson.

Il sortit avec le chef des pompiers alors que des récriminations s'élevaient. Deux adjoints se postèrent devant les portes de l'église.

23

Les jeunes n'avaient qu'une envie : sortir de cette église. Mais ils étaient bel et bien enfermés là, qui plus est avec leurs parents ! Une heure durant, personne ne sut ce qui se passait. Puis quelqu'un aperçut, à travers un vitrail, une ambulance filant en direction de la plage.

Dans un premier temps, Becca imagina qu'un pompier avait été blessé en tentant d'éteindre l'incendie. A moins que l'un de ceux qui avaient voulu se réfugier dans la forêt ait glissé sur la butte et se soit cassé quelque chose. Dave Mathieson finit par revenir et alla d'abord trouver sa femme. A l'expression d'horreur qui se peignit sur les traits de Rhonda, Becca comprit que c'était bien plus grave. Une minute plus tard, le shérif leur livrait la nouvelle tragique. Un corps avait été découvert à l'intérieur de la maison en feu.

Des dizaines de cris d'effroi retentirent. Dave Mathieson les fit taire d'un geste de la main. Il poursuivit d'un air sombre :

— Tous ceux qui sont avec leurs parents peuvent partir. Mais ce n'est pas terminé. Vous serez interrogés au sujet du déroulement de cette soirée.

Becca en apprit davantage pendant que les gens quittaient l'église et qu'elle attendait Diana Kinsale. Les informations qu'elle glana ici et là lui permirent de dresser un tableau approximatif. L'incendie s'était déclaré dans une cabane de pêcheur délabrée, à la pointe de Maxwelton Beach, à l'endroit où la bande de sable, plus étroite, devenait Indian Point. Un lieu très boisé. Longtemps inhabitée, cette cabane avait été investie par un SDF, qui campait là et faisait du feu devant depuis Dieu seul savait combien de temps. Il sortait sans doute la nuit, puisque personne ne l'avait jamais aperçu. Des enquêteurs spécialisés viendraient analyser la scène du drame le lendemain matin. Ils parviendraient peut-être à établir avec précision ce qui s'était produit.

Diana Kinsale arriva avec les derniers parents, ceux qui avaient dû rallier l'île depuis le continent, voire Seattle, où ils se trouvaient pour la soirée. Diana, elle, était au centre commercial de Lynnwood, pour voir un film avec une amie.

— Aucune importance, répondit-elle à Becca qui s'excusait copieusement de l'avoir dérangée. J'ai honte de l'avouer, mais je m'ennuyais tellement que je me suis endormie. Le cinéma n'est plus ce qu'il était depuis que Paul Newman est mort. On peut presque dire que tu m'as sauvée en me demandant de venir te chercher. Même si je suppose que tu ne vois pas les choses du même œil. Qu'est-ce qui a bien pu te passer par la tête ?

— Je n'ai pas réfléchi. Ça me semblait inoffensif.

— Inoffensif ?

— Se réunir autour d'un feu de camp sur la plage, et passer du temps avec Derric. Je m'imaginais qu'on ferait griller des marshmallows ou un truc dans le genre. Sauf qu'il n'y avait pas de marshmallows et que le feu n'était pas vraiment un feu de camp. Quand Derric a voulu une bière, je me suis dit pourquoi pas ? Malheureusement, je ne me suis pas arrêtée à une. Et c'était franchement débile. Est-ce que je peux vous demander de ne me reconduire que demain chez M. Darrow ?

Diana ne répondit pas immédiatement.

— Il ne risque pas de s'inquiéter s'il ne te voit pas à son réveil ?

— Il pensera que je suis encore couchée. Et il n'entrera pas dans ma chambre.

— Et à ton retour ?

— Je lui raconterai tout. Il finirait par l'apprendre de toute façon. A cause de l'incendie.

Diana hocha lentement la tête.

— Bon, les chiens seront ravis de te voir.

Becca n'eut pas droit à un sermon, mais à un traitement guère plus agréable. Quand elles arrivèrent chez Diana, celle-ci l'entraîna dans les toilettes du rez-de-chaussée, sous l'escalier. Elle se posta derrière la jeune fille et l'observa dans la glace.

— Décris-moi ce que tu vois, dit-elle en lui posant les mains sur les épaules.

Ce que Becca voyait, c'était un visage privé de couleurs, avec des traces sombres sous les yeux, dues au mascara et à l'eye-liner qui avaient coulé. Ses cheveux étaient aplatis et emmêlés, ses lunettes crasseuses, et du vomi séché maculait son tee-shirt.

— Beurk ! lâcha-t-elle.

— La vanité est parfois un remède suffisant,

expliqua Diana. Jeune fille, je te présente Becca King ivre.

Sa démonstration terminée, Diana la conduisit à la chambre d'amis, à l'étage. Malgré la honte que lui inspirait la soirée écoulée, Becca fut excitée à l'idée de poser le pied dans cette partie de la maison. Elle se fit la promesse d'être une invitée irréprochable. Elle laisserait une chambre impeccable et nettoierait la salle de bains après l'avoir utilisée.

Diana lui suggéra d'ailleurs de le faire : une douche, un shampooing et une bonne nuit de sommeil. Elles parleraient mieux le lendemain matin.

Au réveil, Becca avait la tête comme une enclume et la nausée. La lumière dorée de l'automne filtrait par la fenêtre, et, si elle ne s'était pas sentie aussi mal, elle aurait apprécié ce moment. A l'image du reste de la maison, la chambre était colorée et confortable, le lit procurait un sentiment de sécurité. Devant la fenêtre, il y avait une banquette avec des coussins et, dans un coin, un fauteuil recouvert d'un plaid assorti aux couleurs des murs. Tout était conforme à ce que Becca avait imaginé, et elle aurait aimé s'installer sur la banquette pour observer cette nouvelle journée qui commençait… sauf qu'elle avait trop mal au cœur pour ça.

Une douce musique lui parvint d'en bas, de la cuisine plus précisément. Becca se leva pour entrouvrir prudemment la porte de sa chambre. Les arômes de café et de bacon auraient été merveilleux s'ils ne lui avaient donné envie de vomir.

Elle n'avait pas de maquillage sur elle et ne dénicha rien dans la salle de bains. Elle fit malgré tout de son mieux pour retrouver une apparence normale : elle se coiffa, puis nettoya ses lunettes et son tee-shirt.

Dans l'escalier, le parfum du petit déjeuner s'intensifia, ainsi que sa nausée. Par les fenêtres de la cuisine, une vive lumière se déversait et Becca s'arrêta sur le seuil de la pièce, éblouie.

— Bonjour, madame Kinsale. Merci de m'avoir hébergée.

Diana, qui faisait griller du bacon, se retourna. Becca fut déconcertée par ce qu'elle découvrit : son visage était considérablement enflé et de grosses poches soulignaient ses yeux, comme si on y avait injecté de l'air. Diana partit d'un rire nerveux en se tâtant les pommettes.

— On fait la paire, toi et moi ! Ma tête doit être à l'image de ce que tu ressens. Ça finit par s'arranger dans la journée, rassure-toi.

Becca aurait aimé accéder aux pensées de Diana tant sa voix, d'habitude calme, exprimait de l'inquiétude.

— Je n'y peux rien malheureusement, reprit-elle, j'ai cette bobine-là tous les matins. Assieds-toi, ma grande. Je suppose que tu n'as pas faim pour le moment. Le café pourrait te faire du bien, par contre.

Becca se dirigea vers la table. Deux sets avaient été sortis, et Diana avait déjà choisi sa place : elle avait bu la moitié de son café et sa serviette en coton était dépliée. Becca hésita avant de se glisser sur le banc. Et ce qui la retint ne fut pas son estomac capricieux, mais la vue de l'exemplaire compromettant du *South Whidbey Record*, celui où figurait sa photo. Le journal était placé à côté de son assiette. Comment ne pas y voir une accusation muette ?

Becca ne dit rien. Diana non plus. Elle lui servit

une tasse de café et lui apporta une tranche de pain grillé, sans beurre.

— Commence avec ça. Tu n'as sans doute pas envie de manger, mais force-toi. Avec un peu de confiture maison, ce sera un bon début. Il faut y aller progressivement.

Becca considéra le toast d'un air lugubre. A l'idée de l'introduire dans sa bouche, elle n'avait qu'une envie, prendre ses jambes à son cou. Elle se contraignit à en prélever un morceau et le recouvrit d'une fine couche de confiture. La présence menaçante du journal l'incitait à coopérer.

Diana apporta ensuite une assiette de bacon et plusieurs œufs. Il y avait des coquetiers sur la table, mais Becca n'en avait jamais utilisé. De toute façon, elle n'aurait pas supporté d'avaler un jaune coulant et luisant…

Diana mangea en silence. Becca grignotait son pain. Entre elles deux se dressait le terrible non-dit du journal, avec la photo de Laurel en une et celle de Becca à l'intérieur. C'était une invitation à parler, la jeune fille le savait. C'était aussi une invitation à faire confiance.

Ce qui rendait la situation encore plus délicate, aux yeux de Becca, c'est que Diana lui avait déjà tendu la main et qu'elle ne l'avait pas saisie. En un an, Becca n'avait pas réussi à se débarrasser de toute défiance envers cette femme vieillissante et néanmoins sans âge. Lui révéler son secret n'était-il pas risqué ? Cela ne l'exposerait-il pas au retour de Jeff Corrie dans son existence ?

Diana finit par rompre le silence, toutefois pas avant d'avoir terminé son assiette. Et pas avant de l'avoir laissé planer assez longtemps pour souligner son caractère anormal. Ce qu'elle dit, cependant, surprit Becca, qui s'attendait à être questionnée sur la photo dans le journal.

— Tu as été envoyée sur cette île, déclara Diana avec douceur. L'as-tu compris ?

Elle perdit un instant son regard par la fenêtre, vers le ciel d'un bleu de plus en plus éblouissant. Puis elle reposa les yeux sur Becca et poursuivit :

— Je te le demande parce que les choses s'accélèrent.

Becca fronça les sourcils, de plus en plus stupéfaite.

— Quelles choses ?

— Tu le découvriras en son temps.

Elle attira le journal vers elle, le déplia et posa les doigts sur la photo de Laurel.

— L'expérience m'a appris que rien n'arrivait par hasard. Ni cela, ni rien. Ni hier soir, ni demain. Et certainement pas ta présence à Whidbey. T'es-tu déjà interrogée sur la raison pour laquelle je t'avais prise dans ma camionnette ce premier soir où je t'ai vue, avec ton vélo, sur Bob Galbreath Road ?

Becca avait les lèvres si sèches qu'elle avala une gorgée de café.

— Je croyais que c'était dans votre nature, tout simplement.

— Peut-être… Sache quand même que j'avais emmené les chiens en ville, ce qui n'arrive jamais. Et qu'ils m'avaient donné du fil à retordre quand j'avais voulu les faire monter à l'arrière du pick-up, ce qui n'arrive jamais non plus. En conséquence de quoi, j'ai tardé à reprendre le volant et je me suis retrouvée sur la route bien après l'heure prévue. Et pour être honnête, Becca, je ne m'arrête pas lorsque je croise un inconnu en chemin. D'autant qu'il faisait nuit et que j'ignorais si tu étais un homme ou une femme, jeune ou vieille, inoffensive ou dangereuse, voire déterminée à m'abattre de sang-froid.

Becca lui sourit.

— Vous saviez que je n'aurais pas…

— Ce n'est pas ce que je veux dire. Ce que je veux dire, c'est que le hasard ne joue aucun rôle si l'on va au fond des choses. J'attendais que tu le comprennes toute seule. Malheureusement le temps file, et, si mon cœur me disait que tu finirais bien par le voir, ma raison a commencé à débattre avec lui. Voilà pourquoi j'ai décidé de te parler, et j'espère que tu es en mesure de m'entendre.

Car tu es l'élue. Ces cinq mots simples lui parvinrent aussi clairs que de l'eau de roche. Ils résumaient la seule pensée que Diana était prête à laisser passer pour l'instant. Le message était si franc qu'il poussa Becca à prendre un risque.

— L'élue ? lâcha-t-elle.

Diana lui tendit la main à travers la table.

— Merci.

24

Hayley ne fut pas punie. Ça n'aurait de toute façon rimé à rien, étant donné qu'il n'y avait pas grand-chose dont elle pouvait être privée. La seule question porta sur ce qu'elles diraient à Bill. Hayley ne fut pas surprise par la décision de sa mère : rien. Il ne saurait rien.

Julie fut très claire sur ce point. Elles roulèrent dans un silence troublé par les sanglots étouffés de Julie. A leur arrivée à la ferme, Hayley n'aurait pas pu être plus misérable.

— Je suis désolée. Je ne savais pas, maman.

Brooke les rejoignit dans la cuisine et se contenta de lâcher :

— Bien joué, Hayley.

A quoi sa mère rétorqua :

— Où est ton père ? Si tu l'as réveillé, Brooke, je te jure…

— Hé ! Il est toujours au lit. Tu as de la chance qu'il n'ait pas entendu le téléphone sonner et ne soit pas au courant pour sa si précieuse Hayley.

Elle ouvrit en grand la porte du réfrigérateur et Julie

se crispa. Hayley devina qu'elle avait du mal à se contenir.

— J'ai été dure avec toi, Brooke, je suis à cran. Je te demande pardon. Va te coucher.

— J'ai besoin de lait. J'ai mal au ventre et…

— Tu m'as entendue. Va te coucher.

— Et tu m'as aussi entendue. J'ai besoin de lait.

Brooke sortit une brique du frigo puis un grand verre d'un placard. Elle le remplit à ras bord.

— Tu remets ça immédiatement et tu montes, lui ordonna sa mère.

— Alors là, tu peux aller te faire cuire un œuf !

— Brooke ! intervint Hayley.

— Ferme-la, toi ! cingla-t-elle avant de se tourner vers sa mère. Je prends un verre de lait et tu me traites comme si j'avais commis un crime. Et Hayley alors ? Il faut qu'elle fasse quoi pour que tu réagisses…

— Julie ? Que se passe-t-il ?

Bill. Elles se transformèrent toutes trois en statues de sel.

— Julie ? Julie ! J'ai besoin d'aller aux toilettes.

— C'est ridicule ! s'emporta Brooke. Tu es ridicule, il est ridicule ! Il faut qu'il dorme au rez-de-chaussée maintenant. Il ne peut pas monter les marches, il va finir par tomber et… A moins que ce soit ce que tu attendes ! Parce que s'il se rompt le cou en tombant…

Julie fondit sur sa fille. Elle s'empara du verre de lait et le jeta dans l'évier, où il se brisa en mille morceaux, éclaboussant le plan de travail au passage. Les yeux de Brooke se remplirent de larmes.

— Julie ! s'impatienta Bill.

— Tu vas te coucher immédiatement, souffla-t-elle

à sa cadette. Et toi, ajouta-t-elle à l'intention de Hayley, tu restes ici parce que je n'en ai pas fini avec toi.

Brooke obtempéra mais gravit les marches en les martelant, secouée de gros sanglots. Une porte claqua, et Cassidy poussa un cri, réveillée en sursaut.

Julie gratifia Hayley d'un regard dur puis rejoignit son mari. La jeune fille entreprit de ramasser, sans grande efficacité, les morceaux de verre dans l'évier, et de nettoyer le lait. La voix de sa mère lui parvenait : elle essayait de réconforter son mari sur le trajet des toilettes.

Des larmes serraient la gorge de Hayley. Elle n'avait pas voulu attirer d'ennuis à sa famille. D'un autre côté, si elle tenait tant que cela à préserver les siens, elle ne se serait pas rendue à la soirée.

Elle avait eu le temps d'échanger quelques mots avec Isis avant que celle-ci et son frère soient entraînés hors de l'église par leur grand-mère, furibarde. Isis paniquait. Agrippant Hayley par le bras, elle lui avait soufflé :

« Je ne pensais pas qu'il y aurait autant de monde. Je n'en ai parlé à personne à part à ceux qu'on avait décidé d'inviter. Ça faisait quoi, une dizaine de personnes ? Aidan était au courant, je te parie que c'est à cause de lui, ça ne m'étonnerait pas… Bon sang, je m'en veux tellement, Hayley. Je parie que ta mère ne voudra même plus qu'on soit amies. Et, je… Je t'en supplie, ne lui dis pas que c'était mon idée. On pourra toujours raconter qu'on en a entendu parler au bahut. Oh là là, j'ai vraiment besoin d'une dose de nicotine… »

Sur ce, elle s'était mise à chercher sa cigarette électronique dans son sac à main. Elle n'avait pas eu le temps de la dénicher, car Nancy Howard était arrivée et avait hurlé :

« En route ! Tout de suite ! »

Hayley s'assit à la table de la cuisine et attendit de connaître les retombées de ses actes. Elles allaient se révéler surprenantes.

Une dizaine de minutes plus tard, Julie fut de retour. Elle se dirigea vers le téléphone. Contrairement à ce que crut sa fille, elle n'avait pas l'intention de passer un coup de fil à une heure aussi tardive. Non, elle récupéra sous le mince annuaire téléphonique de Whidbey deux feuilles arrachées à un carnet et couvertes de son écriture. Elle les déposa devant Hayley.

— On ne reparlera plus de cet incident à Maxwelton. Tu files un mauvais coton depuis un moment, mais ça s'arrête ce soir. Voici le brouillon de la lettre de motivation pour ton dossier de candidature universitaire. Reformule-la avec tes propres mots. Tape-la à l'ordi et imprime-la, enfin fais ce qu'il faut faire. Tu as rendez-vous avec Mme Primavera lundi et je serai présente. Est-ce bien compris ?

Hayley hocha la tête.

25

A l'heure précise du rendez-vous avec Tatiana Primavera, Julie Cartwright franchit les portes de l'administration du lycée. Hayley l'attendait sur un fauteuil en similicuir aux coutures qui craquaient. L'expression déterminée de sa mère ne lui laissa aucun doute : elle ne repartirait pas sans avoir compris pourquoi, au cours de cette année de terminale, elle avait développé une tendance à la rébellion.

Sans un mot, la mère et la fille s'approchèrent de la réception. L'élève qui la tenait ce jour-là prévint Mme Primavera de leur présence. Quelques secondes plus tard, la conseillère d'orientation apparut, vacillant sur ses copies de Jimmy Choo qu'elle adorait porter au lycée.

Elle les conduisit à son bureau. Le rendez-vous débuta par la remise cérémonieuse de la lettre de motivation. Tatiana en fut d'abord enchantée. Se carrant dans son fauteuil pour la lire, elle observa rapidement :

— Excellent.

Elle se renfrogna néanmoins au milieu de sa lecture. Elle posa les yeux sur Hayley, puis sur sa mère, avant de se replonger dans la lettre. Elle pinça alors les lèvres d'un air perplexe.

— Bon, finit-elle par dire, le début souligne bien l'essentiel, mais la suite ne reflète pas réellement…

Elle s'interrompit pour trouver le meilleur moyen de formuler sa pensée. Hayley attendit. Sa mère ne desserrait pas les dents. Ses mains, croisées, étaient posées sur son sac, et ses pieds bien plantés dans le sol. Tatiana, dont le regard perçant circulait de l'une à l'autre, devina la tension entre elles.

— Pour dire les choses autrement, reprit-elle, au vu des cours que tu as suivis et de tes résultats, Hayley, cette lettre me paraît un peu… L'as-tu rédigée toi-même ?

Hayley ne répondit rien. Elle sentit les yeux de sa mère percer deux trous dans son crâne.

— Je peux voir ? demanda Julie en tendant la main.

Elle prit connaissance du texte et se rendit rapidement compte que sa fille s'était contentée de recopier, mot pour mot, le brouillon qu'elle lui avait donné.

— Tu cherches à me prouver que…

Puis Julie changea son fusil d'épaule.

— Hayley ne veut pas aller à l'université, informa-t-elle Tatiana Primavera.

La conseillère d'orientation se tourna vers la jeune fille, sourcils froncés.

— Tu ne veux pas y aller pour une raison précise ?

Hayley ne répondit pas. De toute façon, elle ne craignait rien : sa mère n'allait pas expliquer à Tatiana que la famille Cartwright avait besoin de Hayley pour faire tourner la ferme. Elle l'avait surprise il y a peu en pleine conversation téléphonique avec une entreprise de ménage. « Et trois jours par semaine, ça ne serait pas possible ? » Hayley avait très bien compris que sa mère ne cherchait pas à embaucher quelqu'un pour la ferme mais à prendre un job en plus.

— Hayley ? insista Tatiana.

— Je suivrai les enseignements de la Skagit Valley dispensés sur l'île. Et je prendrai un boulot.

— Ils se font rares ici. Et quand bien même…

— Je peux faire du ménage.

Hayley accompagna sa réponse d'un regard appuyé en direction de sa mère. Tatiana les observa tour à tour.

— Y aurait-il un différend entre vous deux à ce sujet ? s'enquit-elle avec précaution. Si vous exprimiez ouvertement vos désaccords, cela pourrait nous permettre d'avancer dans notre réflexion.

— Il n'y a aucun problème, assena Julie Cartwright.

Oh, mais bien sûr, songea Hayley. Aucun problème dont tu ne veux parler.

Hochant la tête avec circonspection, Tatiana se remit à évoquer les résultats scolaires de Hayley. Elle n'avait jamais eu que des A, et elle n'avait pas choisi les matières les plus faciles. Elle suivait des cours renforcés lorsque cela était possible, elle étudiait une langue étrangère depuis quatre ans, elle était en option maths. En un mot, elle avait un niveau lui permettant de postuler pour les meilleures universités du pays : Yale, Harvard, Princeton et Stanford. Et si elle ne voulait pas partir trop loin d'ici, elle pouvait envisager des endroits comme les universités de Washington, d'Evergreen, de Seattle, de Puget Sound…

— Je ne veux pas…, commença Hayley, avant d'être interrompue par sa mère :

— Avez-vous des brochures pour les universités dont vous venez de parler ? On a feuilleté celles de

Brown et de Reed, mais s'il y en a d'autres… Et quels seraient vos conseils ?

— Tu t'es inscrite pour le SAT[1], non ? Il faut que tu reprennes cette lettre. Elle doit être impeccable, Hayley, et pour l'heure…

— Elle va retravailler, intervint Julie. Elle a eu un peu de mal à s'organiser en ce début d'année, maintenant elle s'est ressaisie. N'est-ce pas, Hayley ?

La jeune fille ne décrocha pas un mot, se contentant de fixer le sol. Elle finit par redresser la tête et hausser les épaules.

— Bien, je vois, dit Tatiana d'un ton qui laissait suggérer qu'elle n'était guère convaincue.

Elle fit néanmoins pivoter son fauteuil vers les étagères derrière elle, où elle préleva plusieurs brochures.

— Tu trouveras aussi des informations en ligne, Hayley. Revoyons-nous la semaine prochaine, tu auras peut-être eu le temps de prendre des décisions.

— Excellente idée, approuva sa mère.

Elles se parlèrent à peine pendant le trajet du retour.

— Pas un mot à ton père, ordonna Julie avant d'ajouter : Je sais ce que tu essaies de faire, Hayley.

La jeune fille accueillit la première remarque d'un éclat de rire étouffé et se tourna vers la vitre. Pour la seconde, elle resta de marbre.

En arrivant à la ferme, elles découvrirent une voiture qu'elles ne connaissaient ni l'une ni l'autre. Hayley pensa aussitôt que quelque chose de grave s'était

1. Examen optionnel permettant d'évaluer le niveau d'un élève de terminale souhaitant postuler à des universités. Requis par nombre d'entre elles, il n'a cependant aucun caractère obligatoire.

produit et, visiblement, sa mère partageait ses craintes : Julie pila et se jeta presque sur les graviers. Hayley s'élançait derrière elle quand la porte de la maison s'ouvrit : Parker apparut sur le perron.

Bill le suivait avec peine, poussant son déambulateur. Parker lui tint la porte moustiquaire et salua Hayley d'un geste de la main aussi naturel que s'il était un visiteur régulier.

— Mais qui…, murmura Julie.

Elle fut interrompue par Brooke, qui sortait à son tour sur la galerie.

— Il est là pour Hayley, annonça-t-elle d'un ton qui fit rougir sa sœur.

La jeune fille présenta rapidement Parker à sa mère. Il lui serra la main, lui décocha un sourire enjôleur et leur expliqua, à toutes deux, que Bill lui avait proposé d'attendre ici. Il roulait sur Smugglers Cove Road en direction du parc national, où il comptait faire une balade, lorsqu'il avait aperçu les lettres peintes sur le poulailler : FERME DE SMUGGLERS COVE. Se rappelant que Hayley vivait là, il avait décidé de s'arrêter pour dire bonjour.

— Parker m'a bien amusé avec les récits de sa folle jeunesse, dit Bill. Brooke aussi d'ailleurs. Hein, ma grande ?

— Si tu le dis, grommela-t-elle avant de rentrer.

Un silence embarrassé s'installa. Personne sur l'île n'était au courant de l'état de santé de Bill, à l'exception de sa famille, son médecin et Seth. Parker avait pris les Cartwright de court, et Hayley hésitait sur l'attitude à adopter. Il se chargea de dissiper la gêne.

— J'ai aperçu une jolie mare derrière la grange.

Son ton suggérait qu'il espérait faire, avec elle,

un petit tour de ce côté-là. Julie saisit l'occasion : c'était une excellente idée, d'autant que cette journée d'automne était merveilleuse. Hayley n'eut aucun mal à interpréter son ton à elle : il était urgent d'éloigner ce jeune homme de Bill.

Hayley aurait voulu rétorquer à sa mère qu'il était un peu tard, que Parker avait des yeux et qu'il avait forcément déjà remarqué la maladie de son père. Elle invita pourtant son ami à la suivre.

Ils longèrent la grange en silence, puis Parker s'extasia sur la propriété. Hayley lui rétorqua que c'était surtout beaucoup de travail. Il insista : ça devait être génial d'avoir autant de terres. A Nelson, personne n'aurait pu avoir un terrain comparable, car la ville était construite sur une pente raide, qui montait vers la montagne depuis le lac Kootenay.

— On se heurte tout de suite à la forêt, avec ses orignaux et ses grizzlis, ajouta-t-il avec un sourire.

Elle lui sourit à son tour, ce qui parut l'encourager, car le jeune homme délaissa les bavardages de pure forme.

— Ecoute, Hayley, je me retrouve embarqué dans une histoire sans trop savoir comment c'est arrivé.

Elle crut qu'il avait été mêlé à des activités illégales et se demanda pourquoi il lui en parlait, avant de comprendre de quoi il s'agissait :

— Isis m'a appelé un soir pour me proposer d'aller écouter de la musique à Langley, reprit-il. Dans un pub anglais. J'ai accepté, parce que je n'avais rien d'autre de prévu, et on y est allés ensemble.

Ils avaient atteint la mare. C'est vrai que le paysage était beau : le ciel d'un bleu parfait et ses cumulus éblouissants se réfléchissaient dans l'eau. Mais Hayley ne vit pas l'intérêt de s'attarder sur le sujet. De toute évidence, la mare n'était qu'un prétexte.

— Je ne crois pas lui avoir laissée croire quoi que ce soit ce soir-là, poursuivit-il, mais avant que j'aie eu le temps de dire ouf, on était plus ou moins ensemble.

Lui coulant un regard de biais, Hayley riposta :

— Sauf que c'est un peu ce que tu as fait.

— Fait quoi ?

— Lui laisser croire quelque chose.

Devant son air interloqué, elle développa :

— Au concert du lycée ? Pendant l'entracte ?

Il piqua un fard et demanda, une boule dans la gorge :

— Quoi, pendant l'entracte ?

— Tu te rappelles bien être sorti ? Elle t'a suivi et vous avez…

— Je n'en ai aucun souvenir.

Hayley eut l'impression d'être face à un criminel qui prétextait la perte de mémoire pour ne pas mentir effrontément au tribunal.

— Disons qu'elle en est revenue plutôt contente et qu'elle nous a raconté…

Hayley s'interrompit d'elle-même, se remémorant les mots d'Isis et la raison pour laquelle elle avait suivi Parker au départ.

— Quoi ? insista-t-il. Je me rappelle seulement être sorti fumer. Je suis toujours nerveux avant de jouer.

Elle lui jeta un regard qui sous-entendait : « Comme si j'allais te croire… » En même temps, quelle importance cela avait-il, ce qu'elle croyait ?

— Ecoute, Isis était convaincue que tu étais gay…

— Je ne suis pas…

— … et elle est sortie pour t'observer. A son retour,

elle nous a annoncé, hilare, qu'elle s'était trompée sur toute la ligne. J'en ai déduit qu'elle et toi… Bien sûr, elle a très bien pu t'apercevoir avec quelqu'un d'autre, mais quelle importance au fond ?

— Quelqu'un d'autre ? N'importe quoi. C'est plutôt que… je peux me tromper évidemment… peut-être que si elle a voulu passer du temps avec moi, c'est qu'elle cherchait à marquer son territoire. Pour t'empêcher, toi, de…

Il se tut. Il avait viré à l'écarlate. Hayley dut reconnaître qu'elle ne l'en trouvait que plus attachant. Il lui plaisait. Comment aurait-il pu en être autrement, d'ailleurs, avec ses belles boucles brillantes, son sourire craquant et son air de mauvais garçon ? Il n'y en avait pas deux comme lui sur cette île. Il passa une main dans sa magnifique chevelure avant de reprendre :

— Il faut que je te dise un truc. Quand on a été présentés, j'ai…

Il s'interrompit de nouveau. Il semblait attendre d'elle qu'elle vole à son secours, mais Hayley ne savait pas quoi dire.

— J'ai consulté la page Facebook d'Isis, reprit-il. Elle a posté une vingtaine de photos de nous deux. Dès qu'on se voit, elle dégaine son iPhone pour me mitrailler, et je découvre maintenant que je suis partout sur son mur. Je ne comprends pas ce qui lui prend, je n'ai pas vraiment…

— Je crois que c'est à cause de Brady, lâcha Hayley.

Elle lui expliqua la rupture entre Isis et son copain de Palo Alto.

— Elle n'a pas envie de passer pour la fille larguée, conclut-elle. Logique, non ?

— Si on veut.

Il posa sur elle son regard brun et dit d'un ton éloquent :

— Je parie que tu n'as jamais été plaquée, Hayley.

Ce fut à son tour de rougir, elle devait ressembler à une pivoine.

— Tout le monde est déjà passé par là.

— Je ne crois pas, non.

Il se détourna un instant et observa la mare, comme pour mettre de l'ordre dans ses pensées. Puis il reporta son attention sur elle et débita à toute allure :

— Je voudrais que tu me laisses une chance.

— De me larguer ?

Il s'esclaffa.

— Evidemment que non ! Ma formulation était malheureuse… Je voulais dire une chance de sortir avec toi. J'ai ressenti un truc dès que je t'ai vue et… euh… il m'a semblé que tu éprouvais la même chose. Qu'en penses-tu ?

Hayley était doublement flattée. Elle avait tapé dans l'œil d'un type irrésistible, et en plus il faisait le premier pas.

— J'en dis que je suis d'accord, répondit-elle avec un sourire.

26

Seth décida d'approfondir sa petite enquête sur Parker après que Hayley lui eut appris qu'il était passé la voir. Soi-disant qu'il était sur le chemin du South Whidbey State Park. Et qu'il voulait des conseils pour se débarrasser d'Isis. Seth s'était mis à douter. Ce type-là ne lui inspirait plus rien qui vaille. On ne pouvait pas dire qu'il avait repoussé Isis avec beaucoup d'énergie…

Seth voulait protéger son amie. C'est du moins avec cet argument qu'il justifia en son for intérieur son coup de fil au Canada. Il avait déniché un numéro de téléphone pour le groupe BC Django 21, celui du contrebassiste, un certain David Wilkie.

Seth prit la musique pour prétexte. Il eut de la chance, David avait assisté au concert de Triple Threat, au lycée de South Whidbey. Ayant vu Parker jouer avec le groupe, il ne s'étonna pas que Seth lui pose quelques questions. Le jeune homme expliqua qu'ils envisageaient de l'intégrer au groupe et il voulait s'assurer que le Canadien était fiable.

— Oh, il est fiable, là-dessus, pas de problème, répondit David.

— C'est-à-dire ?

— C'est-à-dire que tu peux compter sur lui pour les répétitions et les concerts. Il joue super bien du violon, enfin tu t'en es rendu compte.

— Mais, quoi alors ? Pourquoi vous l'avez remplacé si vous le trouvez fiable, super et tout et tout ?

— Ecoute, je n'ai pas envie de cracher sur Parker. Surveille-le, c'est tout.

— Pourquoi ?

— Parce qu'il lui arrive de créer des ennuis. Je ne veux pas en dire plus, il a peut-être changé… Garde juste un œil sur lui.

Cet avertissement mit Seth en alerte, bien sûr. Il insista pour en savoir plus. Il apprit que BC Django 21 se produisait souvent à Nelson et dans les villes voisines de Castlegar et Trail, et plus loin, à Kelowna, Kamloops ou Vernon. Le groupe avait un vrai public en Colombie-Britannique. Ses membres auraient voulu garder Parker, seulement ça n'avait pas « marché ». Et puis… bon, il avait commencé à s'intéresser à la petite sœur de leur joueur de mandoline et…

— Sérieux, mec, j'ai pas envie d'en dire plus, conclut David. Pour formuler les choses autrement, Parker est un foutu musicien, aucun doute là-dessus. Il faut juste avoir conscience d'un truc : tu t'exposes sans doute à plus d'ennuis que tu ne l'imaginais en l'intégrant dans ton groupe. Ça n'est pas plus compliqué que ça.

Seth estima qu'il en savait assez.

27

— Privé de sortie, annonça Derric.

Il s'adressait à la tablée. Tout le monde était obnubilé par les retombées de la soirée à Maxwelton.

— Pendant un mois, spécifia-t-il. « Estime-toi chanceux que ce ne soit pas plus long, parce que si ta mère ne pensait pas qu'un mois… bla bla bla. »

Il déballa un sandwich au jambon et jeta le film plastique roulé en boule au centre de la table.

— Pas cool, approuva Jenn McDaniels. Mais moins horrible qu'écouter l'histoire de Sodome et Gomorrhe lue par ma mère. Deux fois de suite, en plus. A croire que je risque de me transformer en statue de sel d'un jour à l'autre. Ah ! Ça l'arrangerait bien !

Après avoir mordu dans son sandwich à la confiture et au beurre de cacahuètes, elle demanda à Minus :

— Et toi, au fait ?

— Eh bien, disons que je « suis les traces de mon frère ».

Il piqua un bâtonnet de carotte dans les maigres réserves de Jenn et fit semblant de fumer un joint.

— Il y a eu beaucoup de larmes, précisa-t-il. Et beaucoup de « je suis une mauvaise mère ».

— C'est pas mal, reconnut Jenn.

— Moi, j'ai écopé d'un rendez-vous avec Mme Primavera et ma mère, lâcha Hayley.

— Alors là, tu remportes la palme ! s'écria Jenn avant de se tourner vers Becca. Et toi, je parie que tu as eu droit à un thé et des cookies chez Mme Kinsale, je me trompe ?

— J'aurais bien aimé…

Tout le monde la charria jusqu'à ce qu'elle admette :

— D'accord, j'avoue. Mais c'étaient des gaufres !

Ce petit mensonge lui permit de taire la véritable teneur de sa conversation avec Diana. Et Isis reprit bientôt les rênes de la discussion. Ils se trouvaient à leur table habituelle dans la salle commune, et, à ce que Becca pouvait entendre autour d'elle, la fête de Maxwelton et l'incendie qui avait suivi étaient au cœur de tous les échanges. Ça n'avait rien de surprenant : la plupart des occupants des tables voisines avaient participé à la soirée. C'était d'ailleurs le sujet qu'Isis voulait aborder.

— Je ne comprends pas, je n'avais parlé de la fête à personne, affirma-t-elle. Et on dirait que j'ai commis un crime contre l'humanité. Grand-mère a été sur mon dos tout le dimanche. Elle a appelé ma mère et ça a duré des plombes. Ç'aurait pas été pire si on avait assassiné quelqu'un.

Un ange passa.

— Quelqu'un est mort, Isis, dit Hayley.

Celle-ci se plaqua une main sur la bouche.

— Je ne voulais pas dire… De toute façon, le feu a démarré après l'arrivée des flics. C'est une pure coïncidence si quelqu'un campait dans cette cabane.

Même ma grand-mère le pense et elle est toujours la première à nous accuser.

— On connaît son identité ? s'enquit Becca, se tournant vers Derric, le plus susceptible d'avoir des informations.

— Un vieux toxico d'Oak Harbor, leur apprit-il. Il a agressé ses deux parents il y a environ trois mois, avant de prendre la fuite. La police était à sa recherche depuis.

— Le naze, observa Jenn.

— Il ne méritait pas de mourir, protesta Hayley.

— Je ne dis pas ça, se défendit Jenn. Je dis juste qu'il était naze. Il a allumé un feu sans autorisation, dans une cabane.

— Nous aussi, souligna Becca.

— Notre feu n'avait rien d'illégal. On l'a fait dans un foyer prévu à cet effet.

— Tu sais bien ce que je veux dire.

Ils conservèrent le silence un instant jusqu'à ce qu'Isis le rompe.

— Eh, d'ailleurs… vous n'avez répété à personne que c'était mon idée, si ? On est tous solidaires sur le coup, hein ? Je ne pensais pas qu'il y aurait de l'alcool. Je voulais juste qu'on fasse un truc, qu'on s'amuse, quoi. On ne peut pas dire qu'on déborde de propositions dans ce domaine, ici. Mes intentions étaient tout sauf mauvaises et je n'étais même pas saoule. Vous, si ?

Ils échangèrent des regards incrédules.

— Si tu le dis, rétorqua Jenn en fourrant la moitié de son sandwich dans son sac. Je dégage, annonça-t-elle.

Les autres ne tardèrent pas à l'imiter.

Derric traînait les pieds. Le bras qu'il avait passé autour des épaules de Becca était lourd. Arrivé à la salle de classe, il l'attira sur le côté et lui dit :

— Je ne suis pas seulement privé de sortie, en fait. Je ne voulais pas en parler devant tout le monde.

Becca sentit la panique l'envahir :

— Quoi ? Qu'est-ce qu'il y a ?

— Ma mère m'a pris rendez-vous chez un psy. Selon elle, il est temps d'« explorer » ce qui me travaille. Elle n'arrêtait pas de répéter : « Tu n'es plus toi-même depuis des mois, et là tu as franchi la limite. »

Becca posa une main sur sa joue lisse.

— Je suis désolée, Derric. Mais ça pourrait… ça pourrait être une bonne chose.

— Non, ça ne pourrait pas. Je ne vois rien de positif là-dedans.

Au lieu de débattre, elle l'attira vers elle et l'embrassa. Elle songea à l'amour qu'il lui inspirait. Et elle se dit que, parfois, quand on aimait quelqu'un à ce point, il fallait le laisser trouver seul le bon chemin.

Becca entreprit de découvrir ce qui était arrivé à Réjouissance. Elle justifia cette initiative à ses propres yeux en se disant qu'elle ne ferait pas forcément quelque chose des informations qu'elle apprendrait. Un coup de fil à la paroisse de Derric – en prétextant un devoir bidon – lui permit d'apprendre le nom de l'orphelinat d'où il venait : Espoir d'enfants, à Kampala. Il lui restait maintenant à mettre la main sur un ordinateur.

Ceux du lycée n'étaient pas sûrs, pas plus que ceux du foyer municipal – elle risquait à tout moment d'être surprise par un lycéen. Elle se rendit donc à la bibliothèque de Langley, juste à côté de la mairie. Plusieurs femmes, membres d'un club de lecture, avaient investi la pièce du fond. En revanche il n'y avait pas un chat dans la salle de lecture et Becca put se livrer en toute tranquillité à ses recherches sur l'orphelinat. Etait-il possible de retrouver la trace d'un de ses anciens pensionnaires ?

Ce qu'elle découvrit la laissa songeuse. L'orphelinat où Derric et sa sœur avaient passé une partie de leur enfance avait fermé ses portes. Définitivement, selon toute apparence. Elle s'apprêtait à cliquer sur un lien quand elle entendit :

— Encore un devoir pour ton cours d'art ?

Elle se retourna. Aidan, bien sûr. Il affichait une telle suffisance qu'elle sentit la colère bouillir en elle.

— C'est quoi ton problème ? Chaque fois que je me connecte à Internet, tu te pointes comme si j'étais en train de commettre un crime. Tu m'espionnes ou quoi ?

Elle retira son écouteur. *... si elle ne se la racontait pas autant.* Aidan sourit, visiblement peu affecté par ses accusations. Il ouvrit son manuel de chimie et en sortit une feuille de papier, qu'il déplia avant de la poser sur le clavier de l'ordinateur. C'était l'un des avis de recherche. Puis il se débarrassa de son sac à dos pour fouiller à l'intérieur et en tirer un journal. Il s'agissait du *Herald* d'Everett, la grande ville la plus proche, sur le continent.

— Page cinq, précisa-t-il en le lui tendant.

Malgré sa peur, Becca obtempéra. Son cœur se livrait à une danse endiablée. Le journal évoquait, lui aussi, l'histoire de Laurel Armstrong et de sa fille Hannah. L'article était illustré par les mêmes photos que dans le *South Whidbey Record*. Becca se sentit prise au piège par Aidan, et ce n'était pas la première fois. Elle se jura pourtant de ne pas craquer devant lui, de ne surtout pas lui donner ce qu'il attendait d'elle. Elle le fixa.

— Et ?

— La coïncidence est étrange.

— Quelle coïncidence ? Ecoute, je suis en train de bosser, là. Si tu as quelque chose à me dire, crache le morceau. On croirait que tu bosses pour la CIA.

— J'ai juste reconnu la fille.

Il plongea son regard dans le sien, et ses paroles ne s'accompagnaient d'aucun murmure : il n'existait donc pas de décalage entre ses pensées et ses propos.

— Eh bien, appelle le numéro indiqué sur l'affiche dans ce cas. Je ne vois vraiment pas pourquoi tu viens m'annoncer à moi que tu as reconnu une gamine dans le journal.

— A cause de la coïncidence.

— Quelle coïncidence à la fin ?

— C'est la fille que tu observais sur Internet l'autre jour. Tu te souviens, non ? Celle que tu étudiais pour ton « cours d'art ».

Il avait mimé les guillemets et la considérait avec un sourire dédaigneux qui transforma la peur de Becca en rage.

— Ça existe, les coïncidences, d'accord ? Tu veux un exemple peut-être ? C'est une coïncidence si tu jouais avec un bout de bois en feu juste avant qu'une cabane s'embrase et tue le type qui se trouvait à l'intérieur ?

L'expression d'Aidan changea. *... il est mort et j'étais en pétard mais ce n'est pas pour autant que j'ai...* Becca fut décontenancée par la clarté des pensées d'Aidan, et encore plus par la brève vision qui les suivit, celle d'un enfant dans un siège-auto et d'une main lui tendant un biberon. Dès que l'image disparut, Aidan et elle se retrouvèrent à s'observer en chiens de faïence. Leur affrontement silencieux se prolongea quelques secondes, puis il tourna les talons et quitta la bibliothèque.

Becca ne bougea pas. Elle était presque pétrifiée. Qui était Aidan ? De quoi était-il réellement capable ? Et comment se faisait-il qu'elle ait eu cette vision sans le toucher ?

Becca avait besoin de parler à quelqu'un. A son arrivée chez Ralph Darrow, elle aperçut avec joie la Coccinelle de Seth, garée sur le parking. Elle le vit traverser la pelouse devant la maison et l'appela.

Il venait du bois, flanqué d'un Gus sautillant. Dès qu'il entendit la voix de Becca, le labrador poussa des jappements de joie. Il s'élança vers elle et ne s'arrêta pas quand Seth le rappela à l'ordre. Becca s'empressa de ramasser une branche : elle savait que le chien risquait de ne pas contrôler ses effusions et de la faire tomber. Alors qu'il approchait, elle lança la branche au loin.

— Gus ! Va chercher !

Suivant sa nature, le labrador se précipita vers le bout de bois, et Becca poursuivit sa route vers Seth.

— Ne le raconte pas à grand-père, lui demanda-t-il. Je te jure, Beck, je me demande si ce chien n'est pas attardé.

— Il est simplement excité. Tu verras, il va me rapporter la branche.

Gus revint, en effet… mais pas tout de suite et avec

un autre morceau de bois dans la gueule. Il semblait si fier de sa trouvaille qu'elle ne put s'empêcher de rire.

— Enfin, plus ou moins, reprit-elle. Qu'est-ce que tu fais ici ?

Seth inclina la tête en direction du bois.

— Je venais dire bonjour à Parker, mais il n'est pas là.

Quelque chose dans son intonation suggéra à Becca qu'il n'était pas question d'une simple visite de politesse. Les pensées de Seth l'aidèrent à combler les blancs : *en parler à Hayley sauf que ce serait foireux parce qu'elle s'imaginerait que j'espère...*

— Ah oui ? répondit-elle malgré tout, d'un ton l'invitant à développer.

Il se battit avec Gus pour récupérer la branche et la lança.

— Oui, les gars et moi, on envisage de lui proposer d'intégrer Triple Threat.

— Il est en mesure de le faire ?

— Comment ça ?

— Il n'est pas censé rentrer au Canada ?

Elle se rendit alors compte qu'elle pensait au retour de Parker depuis qu'elle avait appris d'où il venait. Une fois à Nelson, il pourrait chercher Laurel et, qui sait ? établir le contact entre Becca et elle.

Gus avait oublié sa mission et reniflait des fourrés à flanc de butte. S'impatientant, Seth l'appela, puis répondit à Becca :

— Si, tu as sans doute raison.

Après lui avoir coulé un regard de biais, il avoua :

— D'accord, disons que j'enquête sur lui.

— Dans la cabane ?

— Là-bas et ailleurs.

Parce que si ce type pensait que Parker est un pyromane quand il m'a conseillé de faire gaffe, hors de question que Hayley s'approche de lui.

Satisfaite, une fois de plus, de la précision avec laquelle elle avait perçu cette pensée, Becca comprit que Seth avait sans doute découvert quelque chose d'important. Elle l'interrogea. Il lui raconta son coup de fil au contrebassiste de BC Django 21.

— Et ne me dis pas que c'était une erreur d'appeler. Je ne peux pas laisser Hayley sortir avec un pyromane qui la manipulera. Elle risquerait de le suivre au Canada et de foutre sa vie en l'air.

Becca savait que Seth se mentait à lui-même, au moins en partie. Il n'avait pas tourné la page avec Hayley, en dépit de ce qu'il prétendait. Elle savait aussi qu'elle ne pouvait rien y faire : elle-même aurait agi comme lui s'il avait été question de protéger Derric.

— Je comprends, affirma-t-elle. Simplement… Pourquoi es-tu venu enquêter ici, dans le bois ?

— Tu imagines un peu si son trip, c'est de mettre le feu… Et puis il aurait pu cacher son matos à la cabane. Ou… Je ne sais pas. J'avais besoin de jeter un œil. S'il dissimule sa vraie nature, tout devient possible.

Cette histoire de dissimulation fournit à Becca la transition parfaite. Elle fit part à Seth de ses inquiétudes à propos d'Aidan : elle avait l'impression qu'il la suivait, et ça devenait flippant ; l'intérêt d'Aidan pour Hannah Armstrong n'augurait rien de bon.

— Il est vraiment bizarre, Seth. J'ai l'impression qu'il est toujours dans le coin et qu'il me surveille. Il débarque systématiquement au moment où je m'y attends le moins…

— Tu lui plais peut-être.

— Ça n'est pas ça.

— Il ne se pointe jamais quand Derric est là, si ?

— Non, mais…

— Ecoute-moi alors. Tu sais, certains mecs ne savent pas comment aborder une fille. Ils la trouvent canon, ils veulent apprendre à la connaître, et ils se comportent en vrais lourdauds.

— Il ne s'agit pas de ça, je t'assure. C'est plutôt le genre de mec à débarquer au bahut avec une arme et à tirer à vue.

Seth fixa ses sandales le temps d'intégrer cette information.

— Si tu es convaincue qu'il est aussi dangereux, tu dois en parler à quelqu'un.

— Et qu'est-ce que je suis en train de faire ?

— Tu sais ce que je veux dire, Becca. Tu dois aller voir… le proviseur ? Ou le père de Derric ? Il pourra le garder à l'œil.

C'était la pire idée de la terre. Elle ne pouvait pas mettre en présence Aidan et le shérif : le premier s'interrogeait sur le rapport entre Becca et Hannah Armstrong, le second avait lancé un avis de recherche sur la mère de Hannah.

— Impossible, Seth. On me demandera ce qu'il a fait et dit, ou ce que j'ai vu. Comment répondre à ça ? Je n'ai aucune preuve de ce que j'avance. Je peux seulement lui reprocher de débouler au moment où j'ai le moins envie de le voir. Je dois l'empêcher d'appeler ce numéro sur l'avis de recherche. Il serait capable de balancer qu'une certaine Becca King doit avoir des informations sur Laurel Armstrong, vu qu'elle enquêtait sur la fille de la disparue bien avant que ces affiches soient placardées dans toute l'île.

Après mûre réflexion, Seth conclut :

— S'il a des infos sur toi, on doit dénicher un truc sur lui pour l'empêcher de parler. Il ne dira jamais rien s'il sait qu'on le tient. Tu crois qu'il y a moyen ?

Becca repensa à Aidan, à ses actes, à ses paroles, à ses murmures et à sa vision.

— Oui, je crois bien.

28

Becca savait que ses options étaient limitées si elle voulait se renseigner sur Aidan. Il n'y avait absolument rien sur lui sur Internet. Elle se demanda donc si elle pouvait dénicher quelque chose au lycée. Avait-il triché pendant un contrôle ou pour un devoir ? Harcelait-il un élève plus jeune ? Avait-il enfreint une règle ? N'importe quoi ferait l'affaire. Sauf qu'elle ne connaissait aucun élève de sa classe et qu'il restait dans son coin, ne se mêlant quasiment jamais aux autres.

Elle en discuta avec Jenn McDaniels. Elle était tombée sur elle dans les toilettes et son amie était en train de fumer. Becca se planta devant elle, les bras croisés.

— Je sais, soupira Jenn. Je compte arrêter… un jour.

— C'est toi qui rêves d'intégrer l'équipe féminine de football de l'île, pas moi. Quand ont lieu les essais, d'ailleurs ?

— Pas avant avril. Je ne suis pas encore foutue. J'arrêterai la clope le mois prochain.

Devant l'expression de Becca, Jenn reprit :

— D'accord, la semaine prochaine. J'arrête la semaine prochaine. Heureuse ?

Comme Becca conservait le silence, Jenn lâcha :

— Très bien. Demain.

Becca secoua la tête. Jenn poussa un soupir d'exaspération puis alla jeter sa cigarette dans l'une des cuvettes.

— Satisfaite ? Tu es censée être ma meilleure amie, pas ma mère.

— Je ne connais pas assez la Bible pour être ta mère.

— En tout cas, tu me colles autant aux basques qu'elle. Je ne t'ai même pas entendue entrer.

Jenn fureta dans son sac à dos à la recherche d'un petit flacon de bain de bouche. Becca fut tentée de souligner que cela n'effacerait pas l'odeur accrochée à ses vêtements, mais elle avait d'autres chats à fouetter.

— Je voulais te parler.

— De quoi ? rétorqua Jenn entre deux gargouillis.

Après avoir recraché, elle étudia son reflet dans le miroir, ce qui ne lui arrivait pas souvent. Becca n'avait jamais rencontré de fille aussi peu vaniteuse.

— D'Aidan. Il n'arrête pas de venir me trouver lorsque je suis seule.

— Chez M. Darrow, tu veux dire ?

— Pas encore. Mais sa grand-mère l'y a emmené une fois, et il sait que je vis là. Jusqu'à présent, il a plutôt débarqué par hasard. Quand je suis à la bibliothèque du bahut, au foyer municipal, à la bibliothèque de Langley… Ça ne m'aurait pas inquiétée plus que ça s'il n'avait pas la fâcheuse tendance de m'espionner. Et il dit des trucs.

— Quel genre de trucs ?

Becca imagina une réponse créative et pas trop mensongère :

— Jusqu'à maintenant, c'est surtout sa façon de prononcer mon prénom et de me détailler de la tête aux pieds. Je me demande… Est-ce qu'on sait vraiment qui il est ? Il pourrait être un de ces tarés qui enlèvent des gosses. On doit se renseigner sur lui, Jenn. J'ai déjà regardé en ligne et il n'y a rien. J'ai pensé… Pour quelle raison sont-ils ici, d'abord ? Sa sœur et lui ? Pourquoi vivent-ils à Whidbey, pourquoi ont-ils quitté leurs parents ?

Jenn s'adossa à un lavabo.

— Il faut qu'on accède à son dossier. Il y aura peut-être quelque chose.

— Tu penses à quoi ?

— L'endroit d'où il vient. Un avertissement d'un autre bahut. Le signe qu'il s'est attiré des ennuis ailleurs.

— Et comment on peut y accéder ?

— Toi et moi ? On ne peut pas. Mais je connais quelqu'un.

Elles accostèrent Minus alors qu'il sortait du cours de techno. Jenn le prit par le bras.

— Voilà l'homme qu'on cherchait : mon grand amour depuis le bac à sable.

Le regard de Minus circula de Jenn à Becca, puis il écarta sa frange roussâtre sur son front.

— Pourquoi ai-je le pressentiment que je vais avoir des ennuis ?

— Suis-nous, mon bel ami, insista Jenn.

— J'en étais sûr, à moi les ennuis.

Il se laissa néanmoins entraîner et ils s'engouffrèrent tous les trois dans une salle de chimie.

— J'ai cours, précisa-t-il quand Jenn l'accula dans un coin de la pièce. Quoi ? Si c'est au sujet du bal de promo de terminale, tu t'y prends vraiment en avance.

— Ha ha ha, très drôle. Comme si j'étais du genre à vouloir porter une robe… Tu rêves ! Non, on voudrait avoir accès au dossier d'Aidan Martin. Il embête Becca et on se demande s'il n'est pas barge.

— Parlez-en au proviseur.

A l'intention de Becca, il ajouta :

— Il est assez con pour te harceler, c'est ça ? Un mot à Derric, et il est hors jeu.

— Ce sera l'étape suivante, intervint Jenn. D'abord, on veut savoir à qui on a affaire. Si ça se trouve, il se balade au bahut avec une arme. Un cran d'arrêt, un flingue, une bombe. Je te rappelle qu'on n'a pas de portique ici, ni d'agents de sécurité pour vérifier les sacs à l'entrée. On a besoin d'infos sur ce mec, et elles nous attendent dans son dossier. Avant, il aurait fallu déclencher une alarme incendie pour faire diversion. Pendant la panique, on se serait faufilés dans les bureaux de l'administration pour consulter le dossier d'Aidan. Le tout sur fond de musique dramatique ponctuée d'un tic-tac inquiétant. Aujourd'hui, on a juste besoin de quelqu'un qui pirate l'ordi du lycée, et j'en connais un…

Minus leva les mains.

— Hors de question, Jenn. J'ai déjà assez d'ennuis comme ça depuis la fête. J'ai été privé d'ordi, et même sans ça, tu te rends compte des risques que je prendrais en piratant le système d'une administration publique ? A supposer que je sois capable de contourner la sécurité, ce dont je doute…

— J'ai l'impression, moi, que si on peut entrer dans le système du Pentagone, on n'aura pas trop de mal à pénétrer celui d'un petit établissement scolaire.

— Peut-être bien, mais ce n'est pas moi qui m'en chargerai. Parle à Derric, poursuivit-il en se tournant vers Becca.

— Tu veux qu'elle lui dise quoi ? s'exclama Jenn avant de placer les mains sous son menton et de battre des cils. « Oh, Derric, j'ai tellement peur. Aide-moi, s'il te plaîîîîîîît… » C'est ça que tu as en tête ? Allez, Minus, file-nous un coup de main.

— Peux pas. Désolé, conclut-il en posant un regard contrit sur Becca.

Jenn n'était pas fille à s'avouer facilement vaincue. D'un air mystérieux, elle souffla à Becca :

— Je n'ai pas dit mon dernier mot.

Elles se séparèrent pour aller en cours. Becca crut que son amie comptait forcer la main à Minus d'une façon ou d'un autre. Une demi-heure plus tard, elle comprit que le plan de Jenn était tout autre, quand l'alarme incendie se déclencha.

A en croire l'expression des enseignants, il ne s'agissait pas d'un exercice prévu à l'avance. Ce que confirma l'arrivée des pompiers, cinq minutes après l'évacuation des bâtiments. Le proviseur, M. Vansandt, était assailli de questions. Il fallut quinze minutes avant que l'alerte soit levée. Et quatre-vingt-dix de plus avant que Becca ne recroise Jenn McDaniels dans un couloir : elle leva discrètement le pouce, un sourire entendu aux lèvres.

Becca pouvait imaginer comment sa meilleure amie s'y était prise. Tout avait commencé par un prétendu problème féminin exigeant une visite aux toilettes. Jenn avait déclenché l'alarme incendie en chemin. Dès que le lycée avait été vide, elle s'était faufilée discrètement dans les bureaux de l'administration – elle savait dans quelle pièce étaient conservés les dossiers des élèves. Son absence n'avait pas dû inquiéter sa prof, qui avait sans doute supposé que Jenn avait procédé à l'évacuation de son côté ou avec une autre classe.

« Il faut toujours aller vers la simplicité, chérie. » N'était-ce pas ce que Becca avait souvent entendu sa grand-mère lui répéter ? Il ne lui restait plus qu'à espérer que celle-ci avait raison.

— J'ai les infos, annonça Jenn, quand elles se retrouvèrent à la fin des cours.

Elle lui tendit le relevé de notes d'Aidan Martin.

— C'est tout ? lâcha Becca, déçue.

Elle ne voyait pas en quoi cela pourrait leur être utile.

— Regarde un peu d'où il vient, rétorqua Jenn.

Le document portait l'en-tête d'un lycée privé : Wolf Canyon Academy. Becca songea que cela lui faisait de belles jambes, lorsque ses yeux tombèrent sur la localisation géographique de l'établissement. Il se situait à Moab, dans l'Utah. Jenn posa la question qui s'imposait :

— Qu'est-ce qu'il fabriquait là-bas ? Je croyais qu'ils venaient de Palo Alto… Isis n'a pas arrêté de nous rebattre les oreilles avec ça, non ? Je dirais, moi, que soit elle ment, soit Aidan a été envoyé dans le bahut privé d'un autre Etat. Et qu'est-ce qu'on peut en conclure ?

— Qu'il avait des ennuis.

— Exactement.

29

Lorsque l'alerte incendie avait retenti, Hayley se rendait dans le bureau de Tatiana Primavera. La conseillère lui avait fait passer une convocation : elle voulait sans doute vérifier l'avancement de sa lettre de motivation pour l'université. Or Hayley n'y avait pas consacré une seule seconde. L'alerte lui apparut donc comme un sursis.

Devant l'établissement, elle repéra Isis, qui l'invita à la rejoindre d'un geste frénétique. Elle se tenait à l'arrière du groupe d'élèves. Avisant les pompiers sur Maxwelton Road, toutes sirènes hurlantes, elle empoigna Hayley par le bras et l'entraîna vers une rangée de bennes de recyclage.

A l'abri des regards, Isis sortit de son sac un paquet de Marlboro. Comme Hayley arquait un sourcil interrogateur, Isis se justifia :

— Ma cigarette électronique m'a lâchée. Désolée… Je sais que c'est moche, mais j'ai besoin de ma dose de nicotine.

— Cache-toi bien si tu ne veux pas avoir d'autres ennuis. Et ne recrache pas la fumée dans ma direction.

— La vache, Hayley, tu as toujours été aussi sage ?

Isis aspira une bouffée de tabac et fit tomber la

cendre sur le bitume. Pour être honnête, elle donnait à cette addiction un côté sexy.

— J'ai été sauvée par l'alarme, dit Hayley. Mme Primavera voulait…

— Pile ce qu'il nous fallait, l'interrompit Isis.

— Comment ça ?

— Un autre incendie.

Elle mordilla son ongle avant de tirer à nouveau sur sa cigarette.

— On est vraiment dans la merde, Hayley. Nancy a appelé ma mère, et bien sûr elle a tout sauf envie de débarquer ici. Elle a donc chargé Nancy de prendre les mesures qui nous permettront d'« envisager la situation sous un autre œil ». Du coup, Aidan et moi, on a rendez-vous avec les proprios de la maison sur la plage. Et laisse-moi te dire qu'ils ne sont pas super jouasses à l'idée de venir d'Olympia ou de Tacoma ou de je ne sais quelle foutue ville pour nous rencontrer. Avec grand-mère, ils ont concocté la punition idéale. On va devoir replanter tout ce qui a été piétiné par les flics, les pompiers et les invités de la soirée. Et on doit, bien sûr, payer les plantes en question. On doit aussi virer les ordures, laver les vitres salies par la fumée et nettoyer le vomi, merci bien. Et réparer cette affreuse chaise longue que quelqu'un a cassée. Mais attends, j'ai gardé le meilleur pour la fin. Tu es prête ? Quelqu'un a chié dans le jacuzzi et c'est à nous de régler le problème. Après tout ça, on aura peut-être le droit de sortir de prison.

— Je peux vous filer un coup de main, proposa Hayley.

— Surtout pas ! Ça me ferait trop plaisir, bien sûr, sauf que si Nancy se pointe sans prévenir et qu'elle te trouve avec nous… elle pétera un plomb. Et Aidan doit absolument aller parler au shérif de l'incendie dans la cabane de pêcheur avant qu'on l'interroge. Sauf qu'il refuse. J'ai beau insister, il ne m'écoute pas.

Elle tira une dernière fois sur sa cigarette, puis la jeta et l'écrasa consciencieusement sous sa semelle. Elle lança un regard aux élèves assemblés sans ordre et dont les rangs continuaient de grossir.

— Il n'y a pas intérêt à y avoir vraiment un incendie, lâcha-t-elle.

Elle avait parlé plus pour elle-même que pour Hayley, et elle reprit aussitôt :

— J'ai un truc à te dire, mais tu dois jurer que tu ne le répéteras à personne. Si tu ne peux pas me le promettre, je ne dirai rien. Sauf que j'ai besoin d'en parler, alors jure, s'il te plaît !

Hayley n'avait jamais vu son amie aussi désespérée.

— Quoi ?

— Tu jures ?

— Oui, oui, d'accord. Qu'y a-t-il ?

— Aidan aime foutre le feu.

— Quoi ?

Isis promena un regard furtif alentour.

— Il était dans un établissement spécialisé avant. Un pensionnat pour… ados à problèmes. Tu vois le genre ? Il y a passé deux ans à cause de ses tendances pyromanes. C'était des petits feux au début, il jouait juste avec des allumettes. Et puis c'est devenu plus grave… et un immeuble entier est parti en fumée… Putain, tu dois le répéter à personne, Hayley ! C'est pour ça qu'il faut qu'il prenne les devants au lieu d'attendre que le shérif découvre pour le pensionnat. Tout le monde sait là-bas qu'Aidan était dérangé. J'arrête pas de le répéter, il doit parler au shérif, ou alors ma mère doit l'appeler… Si personne fait rien, le shérif finira par penser qu'Aidan est coupable. Et responsable de la mort de ce type dans la cabane… Alors que c'est pas le cas, je le jure. Hayley, Aidan n'est pas responsable de cet incendie, il s'agissait d'un accident.

Tout en parlant, Isis s'était rongé les ongles. Elle étudia sa main.

— Immonde, observa-t-elle avant de s'allumer une autre cigarette. Il est là ? demanda-t-elle. Tu le vois ?

Hayley scruta la foule à la recherche d'Aidan. Impossible de le repérer. Les élèves tenaient de moins en moins en place à mesure que l'attente se prolongeait – les pompiers passaient le lycée au peigne fin pour trouver l'éventuel incendie. Hayley ne sentait aucune odeur de fumée, pourtant.

— Non, je ne le vois pas.

— Il est guéri, je le sais. Complètement guéri, sinon ils l'auraient pas laissé sortir. C'est ce qu'ils ont dit. Sauf que, s'ils se sont trompés, je vais avoir des ennuis, vu que j'étais censée le surveiller… Enfin, comment je peux le surveiller vingt-quatre heures sur vingt-quatre, moi ? Je l'ai bien vu avec cette branche à la soirée, il jouait avec, il avait l'air d'un fou, et… j'étais avec Parker et j'avais qu'une idée en tête : montrer à Brady ce qu'il perd avec moi, parce qu'il est temps qu'il redescende sur terre, celui-là, sans oublier cette pétasse de Madison Ridgeway qui… Oh, bordel, ma vie est tellement pourrie en ce moment. Sans toi, je me ferais sauter la cervelle.

Hayley s'avisa que ce n'était pas le bon moment pour lui parler de la visite de Parker et de sa déclaration. Elle savait toutefois qu'il lui faudrait bien mettre Isis au courant : elle tenait à elle et son amie s'intéressait peut-être réellement à Parker.

30

Hayley reçut une seconde convocation dans la journée, dix minutes avant la fin de sa journée de cours. Elle crut que Tatiana Primavera comptait mener à bien l'entretien tombé à l'eau plus tôt. Pourtant, lorsque sa prof d'espagnol lui remit le morceau de papier, la jeune fille constata qu'elle était attendue non pas aux services de l'administration, mais dans la salle de répétition.

Comme elle faisait partie de l'ensemble de jazz du lycée, elle supposa qu'on devait lui notifier un changement, un nouveau créneau pour les répétitions peut-être. A son entrée dans la salle, cependant, elle ne vit ni le directeur de l'ensemble ni ses membres. Cette convocation n'avait en réalité rien à voir avec la musique, puisque les élèves qui étaient réunis là avaient tous participé à la soirée de Maxwelton Beach. Ce rassemblement n'augurait rien de bon, surtout si l'on considérait celui qui l'avait organisé.

Hayley reconnut le chef des pompiers à son uniforme. Il avait retiré son casque, coincé sous son bras, et il s'adressait à M. Vansandt avec gravité. Hayley entendit son prénom et découvrit Isis, qui lui faisait de grands signes.

Lorsque la porte se fut refermée sur le dernier élève, M. Vansandt rejoignit le pupitre du chef d'orchestre, face aux chaises disposées en demi-cercle.

— Cette réunion ne durera pas longtemps, annonça-t-il d'un ton solennel, au cas où certains s'inquiéteraient de rater leur bus. C'est le commandant Levitt qui m'a demandé de vous faire venir ici.

Un murmure parcourut l'assemblée. Karl Levitt posa son casque sur le pupitre et observa tous les élèves.

— Voici ce que vous devez savoir. Nous finirons par connaître le fin mot de cette histoire, tôt ou tard, mais ce serait beaucoup plus agréable pour tout le monde si vous vous arrangiez pour que ça arrive au plus vite.

Les chuchotements s'intensifièrent. Hayley vit Becca et Derric échanger tout bas, tête contre tête. Becca, remarqua-t-elle, avait retiré l'écouteur de son aide auditive, à croire qu'elle voulait se préserver du pire. Pire que le commandant Levitt ne tarda pas à leur annoncer :

— Lorsqu'un feu se déclare de nuit, on est obligés d'attendre la lumière du jour pour examiner les lieux et comprendre ce qui s'est passé. Ce qu'on a fait.

Isis retint son souffle. Hayley l'observa à la dérobée : la panique se lisait dans les yeux bleus de son amie.

— La logique nous dictait de penser d'abord à un incendie accidentel : un drogué à côté de ses pompes qui oublie de surveiller son repas ou qui tente de se réchauffer. Depuis, nous avons découvert que les choses ne s'étaient pas déroulées ainsi. Si vous voulez mon avis, quelqu'un d'autre le sait, et cette personne est assise dans cette pièce à l'heure qu'il est.

Les conséquences seront beaucoup moins lourdes pour elle si elle se présente sans tarder.

Un garçon – Hayley ne put voir de qui il s'agissait – lança :

— Vous êtes en train de dire que quelqu'un a mis le feu à cette cabane ?

— Bonne déduction, répliqua Karl Levitt sèchement.

— Alors ça signifie… Ça signifie quoi ? s'enquit une autre voix.

— Ça signifie que nous devons interroger celui qui est à l'origine de cet incendie. Première option : il se dénonce de lui-même. Deuxième option : l'un de vous nous révèle son identité. Troisième option : nous le débusquons nous-mêmes.

— Il cherche une balance, chuchota un type avant de se mettre à regarder autour de lui.

Les autres élèves conservèrent le silence.

— Réfléchissez bien à ce que je viens de vous dire, d'accord ? conclut le chef des pompiers. M. Vansandt sait comment me joindre. Toutes les informations qui nous seront communiquées resteront confidentielles. Pour le moment.

Ce « pour le moment » alimenta toutes les conversations. Dès que le proviseur les autorisa à quitter la salle de répétition, les élèves se réunirent par petits groupes. Hayley se dirigea vers ses compagnons de déjeuner, postés près de la vitrine dédiée aux trophées sportifs. Isis rejoignit son frère, et ils filèrent ensemble.

Jenn tentait d'obtenir des précisions de Derric. Le shérif était forcément au courant de l'avancée de l'enquête, et par voie de conséquence son fils aussi.

— De quoi on parle ? lança-t-elle. Si quelqu'un a mis le feu à cette cabane et que ce junkie se trouvait à l'intérieur, c'est considéré comme… comme un meurtre ? Je me trompe ?

— Personne ne pouvait savoir qu'il y avait quelqu'un dans la cabane, répliqua Becca. Si l'auteur de l'incendie ignorait sa présence, on ne peut pas qualifier son geste de meurtre.

— Ils vont se gêner, tiens ! s'exclama Jenn. Qu'est-ce que tu en dis, Derric ?

— Ce ne serait pas considéré comme un homicide volontaire, répondit-il, enfin je ne crois pas.

— Moi, je pense que si on commet une infraction, genre le casse d'une banque, et que quelqu'un meurt, c'est considéré comme un homicide volontaire. Je ne vois pas pourquoi il y aurait un… traitement spécial, s'entêta Jenn.

— J'en sais rien, reconnut Derric. Et mon père ne lâche aucune info. Je ne suis pas plus au courant que vous. Tout ce que je sais, c'est que quelqu'un a mis le feu et que ce n'était pas un accident.

— Tu peux essayer de te renseigner, non ? hasarda Hayley. Si ton père pense qu'il s'agit d'un meurtre, il te le dira.

Elle espérait pouvoir mettre Isis au parfum. Car si Aidan avait vraiment joué les pyromanes en Californie, s'il avait détruit un immeuble entier, bon sang, il fallait qu'elle fasse quelque chose, non ? Maintenant qu'ils savaient que l'incendie était volontaire et qu'il avait entraîné la mort de ce pauvre gars… Si elle ne disait rien… Si elle ne faisait pas entendre raison à Isis… Si Isis ne convainquait pas Aidan d'aller parler au shérif…

Hayley remarqua que Becca la fixait. D'un air si

grave qu'on aurait cru qu'elle avait lu dans ses pensées. Hayley s'efforça d'afficher un masque impassible.

— Sans doute, répondit Derric à sa question.

Elle se rappela alors qu'elle l'avait interrogé sur son père.

— Je pense à un truc, reprit Jenn. Il y avait des gens à cette soirée qui ne sont même pas dans le bahut ; le coupable pourrait très bien se trouver parmi eux.

Egrenant les différents suspects sur ses doigts, elle poursuivit :

— Il y a ces types qui ont apporté l'alcool. On aurait dit des gars de la marine en permission, non ? Ils étaient trois. Et puis Parker, le violoniste du Canada. Deux mecs qui ont quitté le lycée l'an dernier, et au moins trois d'un autre établissement.

— Le commandant Levitt a leurs noms de toute façon, observa Minus. Je ne vois pas pourquoi ses soupçons se porteraient davantage sur les élèves de notre lycée.

— Il y a les autres incendies aussi, nota Becca tout bas.

Elle avait le front plissé, comme absorbée par ses pensées. Son regard glissa alors sur Hayley et ses yeux semblèrent chercher à pénétrer l'âme de celle-ci.

— Ils n'ont pas cessé de grossir et d'empirer depuis le premier, je me trompe ? lança-t-elle.

Hayley devina, même si elle ne s'expliquait pas pourquoi, que la question lui était adressée.

— Les flics ont dû établir la liste de ceux qui étaient présents à chaque fois.

Minus examina ses camarades tour à tour avant de dire ce que chacun pressentait :

— On y était tous, non ?

31

Seth entendit parler du revirement de l'enquête par un autre charpentier, sur un chantier au nord de Freeland. Le type, pompier volontaire, était un voisin, et un ami, de Karl Levitt. Il avait participé à l'extinction de la cabane de pêcheur, et le chef des pompiers l'avait tenu informé de la suite des événements. De toute façon, ce n'était pas un secret. Le dernier numéro du *South Whidbey Record* ne parlait que des ultimes rebondissements de l'affaire.

Seth décida de se rendre à Coupeville à la fin de sa journée de travail pour discuter avec le shérif. En plus des avertissements délivrés par le contrebassiste de BC Django 21, il s'était rendu compte que Parker était arrivé sur l'île avant le tout premier incendie. Seth avait beau détester l'idée d'être un mouchard, il considérait que les flics devaient être informés que Parker vivait, dans sa voiture, sur le terrain de la fête foraine lorsque le feu s'était déclenché là-bas. Le shérif voudrait probablement l'interroger.

Bien sûr, Seth avait conscience qu'il ne faisait pas un si long détour uniquement par amour de la justice. Il pensait aussi à Hayley : il devait la protéger.

Le shérif était là. Malheureusement. Car Seth se serait bien contenté de laisser un message à son intention : « A votre place, j'interrogerais Parker Natalia, de Nelson en Colombie-Britannique, parce qu'il est sur l'île depuis le début des incendies. » A la réception, cependant, le policier lui dit :

— Patientez un instant, s'il vous plaît.

Il s'assit sur un banc et fit semblant de s'absorber dans un magazine sur le golf. Dix minutes plus tard, Dave Mathieson vint le chercher. Il lui tendit la main. Il y avait eu de l'animosité entre eux après l'accident de Derric dans la forêt, un an plus tôt, mais tout était oublié.

— Ça fait plaisir de te voir, Seth. Suis-moi.

Il l'emmena dans son bureau, qui, par chance, ne se trouvait pas au même endroit que les salles d'interrogatoire et les cellules, que Seth ne connaissait que trop bien.

Dave l'invita à s'asseoir avant de se carrer dans son propre fauteuil et de bâiller.

— La journée a été longue…, se justifia-t-il. Alors, quoi de neuf ?

— J'ai appris pour l'incendie. Pour la mort du type qui vivait dans la cabane de pêcheur. Je travaille avec un des pompiers volontaires, il m'en a parlé.

— On m'a dit que tu bossais dans le bâtiment maintenant. C'est bien, Seth.

Le jeune homme le remercia poliment. Il ajouta qu'il avait réfléchi à la situation et passé en revue les différents incendies depuis juillet. Dave hocha la tête sans un mot. Il paraissait intéressé, et Seth poursuivit :

— Il y a ce type…

Il se pencha en avant, les mains serrées entre ses

genoux. Il s'efforçait d'avoir l'air sincère, sans pour autant cacher ses réticences, car il était tiraillé entre différents sentiments.

— Ça ne me plaît pas de jouer les balances, shérif, seulement maintenant qu'il y a eu une victime... Jusque-là, je n'avais pas l'impression... A part les dégâts matériels, ces feux n'avaient fait aucun mal, enfin si, les animaux de la fête foraine, bien sûr, mais aujourd'hui il y a un mort et...

Seth se raccrochait à l'espoir que Dave Mathieson volerait à son secours en lui posant des questions, voire en suggérant lui-même le nom de Parker. Le shérif n'en fit rien. Il se contenta d'attendre, forçant Seth à dénoncer un de ses amis.

Il lui rapporta donc sa conversation téléphonique avec le contrebassiste de BC Django 21 et l'informa de l'endroit où vivait Parker avant son installation dans la cabane, sur le terrain de son grand-père.

— Il vivait sur le terrain de la fête foraine ? Nous n'en savions rien. Il a été honnête au sujet de sa date d'arrivée sur l'île, et pour ce qui est de cette histoire de logement...

— Vous voulez dire que vous lui avez déjà parlé ?

— Nous interrogeons tout le monde, histoire de vérifier où chacun se trouvait au moment des différents incendies.

Dave esquissa un sourire avant de poursuivre :

— Tu n'y as pas encore eu droit, mais puisque tu es là... Que peux-tu me dire à ce sujet, Seth ?

— Je n'étais pas à la fête foraine le soir de l'incendie. On avait un concert à Monroe, avec mon groupe, Triple Threat. Et de toute façon je ne suis pas pyromane.

— Personne ne l'est. On me le répète à longueur de journée.

En repartant, Seth songea que son intervention auprès du shérif n'avait pas servi à grand-chose. Parker était au lycée lorsque le kiosque du jardin municipal avait pris feu et Dieu sait où lors des incendies précédents.

Seth se rendit chez son grand-père. Il lui suffisait parfois de bavarder avec lui pour retrouver sa bonne humeur. En fait, il n'était pas dupe : il savait bien qu'il se souciait davantage de Hayley que du pauvre drogué qui avait péri dans l'incendie. Et cela le déprimait.

Les lumières du perron étaient allumées dans le jour déclinant. Par les fenêtres, Seth aperçut Becca, qui s'affairait dans la cuisine. Il entra sans frapper, à son habitude.

— Salut, lança-t-il à son amie avant de promener un regard alentour. Où est grand-père ?

— Parti à la cabane pour inviter Parker à dîner.

Devant la réaction du jeune homme, elle ajouta :

— Il y a à manger pour dix. Il va te proposer de rester aussi.

Seth se demandait comment il pourrait affronter Parker maintenant qu'il l'avait dénoncé au shérif quand il entendit des bruits de pas sur le perron. Les pas de deux personnes, apparemment.

Ralph, qui entra le premier, vint poser une main sur sa nuque.

— Alors, petit-fils préféré ! J'espère que miss Becca t'a convié à notre repas, parce qu'elle a cuisiné pour un régiment ce soir.

— J'ai encore des progrès à faire sur les quantités, confessa-t-elle.

Elle salua Parker d'un signe de tête et le remercia de se porter volontaire pour tester le bœuf bourguignon auquel elle s'était essayée.

— C'est le nom chicos que les Français donnent au ragoût de bœuf, commenta Ralph.

— Pas du tout ! protesta-t-elle. Il y a du vin dedans.

— Les Français en mettent partout, de toute façon. Ils prennent un plat des monts Ozarks, l'arrosent de vin et lui donnent un autre nom. Tu n'auras qu'à vérifier sur Internet, puisque le moindre détail du moindre sujet de connaissance y est, semble-t-il, renseigné.

— Pas là-dessus, je parie. Vous avez tout inventé.

— C'est l'un des privilèges de l'âge. Bières pour tout le monde ? Sauf pour toi, miss Becca.

— Je ne toucherai plus jamais à la bière…

— J'aime les femmes qui apprennent vite, approuva Ralph.

Becca lui avait parlé de la soirée. Seth aurait préféré qu'elle n'en fasse rien : son grand-père avait dû être déçu d'apprendre sa présence sur place. Ralph ne fit pourtant aucune allusion à Maxwelton Beach, à l'incendie ou au mort. Et Seth se garda bien de mettre le sujet sur le tapis, de peur que son visage ne trahisse sa visite au shérif.

Le jeune homme nota que Becca les regardait à tour de rôle, Parker et lui, avant de faire cette petite grimace indiquant que sa curiosité avait été piquée.

Parker mit le couvert, tandis que Ralph se laissait choir dans un fauteuil. Il ouvrit sa canette de bière et considéra l'un après l'autre ses compagnons.

— Ah, la jeunesse…

Il avala une gorgée de bière, puis demanda à son petit-fils :

— Que me vaut le plaisir de ta visite ?

— Oh, rien de spécial. Je suis juste passé prendre de tes nouvelles. Et papa voulait savoir si tu as fait contrôler ton taux de cholestérol ?

— Bon sang ! s'emporta Ralph. Dis à ton père de s'occuper de ses verres soufflés !

— Et ton régime ?

— Dieu tout-puissant, Seth…

— T'inquiète, lança Becca par-dessus son épaule, je suis vigilante. En tout cas, quand je suis ici, je fais gaffe aux repas. Le reste du temps… je n'en sais rien.

— Il existe de pires façons de mourir qu'après avoir dégusté une coupe de glace à la vanille et à la chantilly, souligna Ralph.

— Tu peux aussi rester en vie, contra Seth.

— En me nourrissant de céleri et de carottes crues ? Autant passer l'arme à gauche tout de suite.

Ralph prit le journal sur le dessus de la pile à côté de lui, façon de dire que le sujet était clos. C'était – hasard malheureux pour Becca – celui avec la photo de Laurel Armstrong en couverture. Aussi bien Seth que Parker l'aperçurent.

— Ils mettent le paquet pour retrouver cette femme, remarqua ce dernier. J'ai vu des affiches un peu partout en ville.

Ralph, qui n'était pas au courant de l'affaire, posa ses yeux sur le journal.

— Laurel Armstrong, lut-il.

Seth observa Becca. Elle leur tournait le dos, mais il devina à la crispation de ses épaules qu'elle écoutait. Parker répéta le nom et son visage s'illumina.

— Hé, Becca ! Mais c'est le nom de ta cousine de Nelson !

32

Becca ne portait pas son écouteur, et elle s'en félicita. Elle avait, de toute façon, pris l'habitude de s'en passer quand elle était seule avec Ralph Darrow, dont les murmures coïncidaient parfaitement avec ses paroles. Depuis plusieurs minutes, elle percevait des pensées qui semblaient provenir surtout de Seth. Des histoires d'incendies, Coupeville, le bureau du shérif… Des pensées qui ne s'étaient pas interrompues pendant l'échange léger sur le régime de Ralph, jaillissant sans prévenir de leur terrier, tels des rongeurs à l'affût d'intrus. Toutefois, lorsque Parker lâcha le nom de Laurel Armstrong, tous les tourments intérieurs de Seth cédèrent le pas à une seule et nouvelle idée – *les ennuis sérieux commencent* –, reflet impeccable de ses propres préoccupations.

Ralph étudia le portrait de la mère de Becca puis parcourut l'article. Il était à deux doigts de sauter à la page cinq, où Hannah Armstrong, photographiée en CM2, sourirait au lecteur. Quelqu'un devait l'en empêcher ! Seth s'en chargea.

— Hé, montre-moi ça, grand-père, dit-il en lui prenant le journal des mains.

Il fit mine d'examiner la photo :

— Hum… Je ne suis pas certain que ce soit la même femme que sur les affiches… Tu en penses quoi, Beck ? Elle ressemble à ta cousine ? Mais qu'est-ce qu'elle ferait à Whidbey Island ?

— Je ne l'ai jamais rencontrée, en fait, lança Becca, qui leur tournait toujours le dos et remuait énergiquement son ragoût à la française.

Elle ouvrit la porte du four et les arômes entêtants d'un pain de maïs envahirent la pièce.

— C'est pourtant son nom, insista Parker. Je me trompe ? Et si tu ne l'as jamais rencontrée, ça pourrait très bien être elle, non ? Je trouve ça quand même incroyable. Tu m'interroges sur elle et, hop ! elle apparaît !

— Viens voir, Beck, l'invita Seth.

Allez, prends-le, Becca… La jeune fille comprit que son ami avait un plan. Elle coopéra donc même si elle craignait de se trahir en s'exposant au regard de Ralph Darrow. Elle fit mine d'observer la photo, avant de demander :

— Je peux le garder ?

Ralph, toutefois, l'étudiait d'une façon qui la mettait mal à l'aise.

— C'est le même nom en effet, reconnut-elle. Si seulement je savais à quoi elle ressemble… Je pourrais informer le shérif que la Laurel Armstrong qu'il recherche vit à Nelson, si c'était elle.

— Tu ferais sans doute mieux de lui en parler de toute façon, observa Ralph.

Parce que tu es sûrement au courant de quelque chose, jeune fille. Ce murmure était l'une de ses rares pensées à ne pas coïncider avec ses paroles.

— Oui, dit Becca, vous avez certainement raison, monsieur Darrow. Alors, je peux le garder ?

Il hocha la tête en désignant la pile de vieux *South Whidbey Records* dans leur corbeille.

— J'ai de quoi faire.

Becca était passée entre les gouttes pour cette fois.

Son répit fut cependant de courte durée. Parker et Seth partirent juste après la vaisselle. Becca se rendit dans sa chambre avec l'idée de faire ses devoirs. Elle ne s'y trouvait pas depuis dix minutes qu'on frappa à sa porte.

— C'est ouvert, monsieur Darrow.

Elle mit ses fausses lunettes de vue. L'expression sévère de Ralph la dissuada d'utiliser son aide auditive. Il resta sur le seuil de la pièce, avec son pyjama rayé, sa robe de chambre et ses pantoufles. Ses longs cheveux gris n'étaient pas retenus par l'habituel élastique. Par chance, Becca ne s'était pas encore débarrassée de l'effroyable couche de maquillage gothique sur ses yeux.

Les paroles du vieil homme confirmèrent ses craintes.

— Alors, miss Becca, commença-t-il en se laissant choir sur un coin de son lit, le seul endroit où s'asseoir à l'exception du fauteuil de bureau qu'elle occupait. As-tu des choses à me dire sur cette cousine qui vit à Nelson, au Canada ?

Il posa sur elle le même regard scrutateur que celui auquel Seth avait souvent droit. Ralph était en train de la jauger.

— Il n'y a pas grand-chose à dire, monsieur Darrow.

— Quel est votre lien de parenté ?

— Je le disais tout à l'heure, c'est ma cousine.

— Du côté maternel ou paternel ?

C'était sans doute un piège, mais Becca n'avait pas le choix. Elle ignorait l'identité de son père, et elle se demandait parfois si Laurel elle-même la connaissait, vu le nombre d'amants qu'elle avait eus.

— Du côté maternel, répondit-elle avant de s'empresser d'ajouter : Je crois que c'est une cousine germaine de ma mère, ce qui fait qu'on est… cousines issues de germain, ou un truc dans le genre ? Pour être honnête, je ne suis pas certaine de son nom. Il me semble qu'elle s'appelle Laurel Armstrong, enfin ça pourrait aussi bien être Laura. Ma mère ne m'a pas souvent parlé d'elle. Quand Parker a expliqué qu'il venait de Nelson… je me suis brusquement rappelé son existence.

Baratin que tout ça, songea Ralph. La jeune fille repensa alors à ce qu'il avait dit, il y a longtemps, sur le fait que les Darrow n'enfreignaient jamais la loi. Elle avait conscience qu'il n'avait accepté sa présence chez lui que parce qu'il avait, en dépit de ses inquiétudes, décidé de croire l'histoire qu'elle lui avait racontée. Et si Becca avait menti à quasiment tout le monde, elle avait dit la stricte vérité à Ralph Darrow : elle attendait que sa mère vienne la chercher à Whidbey, elle aurait dû être hébergée par une certaine Carol Quinn qui avait succombé à une crise cardiaque le soir où elle avait débarqué sur l'île, et elle n'était pas une fugitive. Elle avait seulement tu leurs véritables noms, à sa mère et à elle. Or ceux-ci venaient de resurgir…

Mais Becca ne pouvait prendre de risque. Elle ne pouvait pas lui montrer la photo de Hannah Armstrong, dans le journal, et avouer : « Alors voilà, c'est moi.

Et le type à notre recherche est Jeff Corrie. » Parce que sinon elle devrait expliquer le pourquoi de cette traque, ce qui la conduirait à évoquer son pouvoir, autrement dit sa capacité à entendre les pensées des gens, notamment celles de son interlocuteur à cet instant, Ralph Darrow, lesquelles étaient d'une limpidité totale : *Quelle est la vérité au sujet de la mère de cette petite ?* Becca aurait, elle aussi, voulu connaître la réponse à cette question.

Il lui en posa alors une autre, que ni Becca ni sa mère n'avaient anticipée, tant elles étaient parties du principe que seule l'identité de la jeune fille devait être protégée.

— Comment s'appelle ta mère ?

Becca sentit la panique l'envahir, mais refusa d'y céder. Elle dirigea son regard au-delà du vieil homme, sur l'étagère qui contenait quelques livres. Le premier prénom qui lui vint fut Marilla, une héroïne du livre *Anne... La maison aux pignons verts*. Elle eut toutefois la présence d'esprit de ne pas en choisir un aussi inhabituel.

— Rachel, répondit-elle.

Rachel Lynde, dans le livre, est l'amie, et la voisine, de Marilla Cuthbert. Une fouineuse aux opinions tranchées qui cache, au fond d'elle-même, un cœur d'or. Comme Ralph. Du moins, Becca l'espérait.

— Rachel King, dit-il.

— Rachel King, répéta-t-elle.

— Et elle t'a déposée ici pour que tu t'installes chez Carol Quinn.

— Oui, elles étaient à l'école ensemble.

— Carol était mariée, souligna Ralph.

— Hein ?

— Carol Quinn avait un mari. Et je ne peux m'empêcher de me demander pourquoi tu ne t'es pas installée chez lui, miss Becca, après avoir découvert le décès de son épouse.

Parce que le mari de Carol ignorait tout de l'arrivée de Becca. Et ce parce que Carol avait promis de garder le secret sur l'identité de Becca. Laurel et elle s'étaient mises d'accord sur la version qu'elle servirait à tout le monde : Carol avait besoin d'aide dans la maison et elle était tombée sur cette jeune fille en quête d'un toit. Tout aurait marché comme sur des roulettes… si Carol n'avait pas succombé à une crise cardiaque. Lorsque Becca s'était présentée au mari, il n'avait aucune idée de qui elle était ni de la raison de sa présence.

— Ça m'a paru un peu… J'aurais eu l'impression de m'imposer, monsieur Darrow. Quand je suis arrivée chez eux, il y avait le shérif et une ambulance. Je n'ai pas osé… C'est comme ça que j'ai atterri au motel de la Falaise, avant de venir m'installer chez vous.

On dirait une fugitive qui cherche à se mettre à l'abri des regards… pourtant elle va en cours… Becca vit là une occasion à saisir.

— Vous n'avez pas à vous inquiéter, monsieur Darrow. Je me rends bien compte qu'on dirait un énorme bobard, mais vous vous doutez bien que je ne me serais pas inscrite au lycée si j'avais fugué. Primo, je n'aurais jamais eu les papiers nécessaires, pour l'administration, vous voyez ? Et secundo…

Elle fit un geste en direction de ses devoirs.

— … secundo, je ne m'embêterais pas à apprendre la géométrie. Et pour être parfaitement honnête…

Elle hésita à donner le dernier argument, répugnant à critiquer l'endroit où elle avait été si bien accueillie.

— Oui ? l'encouragea-t-il. Tu sais bien que je ne prise rien tant que l'honnêteté. Je t'écoute.

— Eh bien, vous pensez que j'aurais choisi Whidbey Island ? Une ville aurait été plus appropriée, non ? Seattle ? Portland ? C'est facile de se cacher dans une ville, vous ne pensez pas ? En tout cas, je peux vous garantir que ce n'est pas du gâteau de se planquer ici. *Pas faux*…

Becca sourit. Il était enclin à la croire. Il se frappa d'ailleurs les cuisses et se leva pour partir. Hochant la tête d'un air songeur, il promena son regard autour de lui.

— Très bien, miss Becca, lâcha-t-il avant de s'approcher de l'étagère.

Elle crut qu'il s'intéressait à *Voir au-delà*, mais il sortit le vieil exemplaire d'*Anne... La maison aux pignons verts*, unique souvenir qu'elle avait gardé de son ancienne vie.

— Voilà un livre que je n'ai pas vu depuis des années, dit-il. C'était le roman préféré de Brenda. La tante de Seth, ma fille. La sœur de Seth l'adorait, elle aussi. Toute la série des *Anne* d'ailleurs.

Il s'apprêtait à soulever la couverture… La dédicace, « A ma douce Hannah », écrite de la main de sa grand-mère, ne manquerait pas de lui sauter aux yeux. Elle lança la première chose qui lui passa par la tête :

— Je l'ai acheté d'occasion, à Langley. Je comptais l'envoyer à ma correspondante pour son anniversaire. D'après vous, c'est embêtant qu'il ne soit pas neuf ?

Ralph retourna l'ouvrage puis redressa la tête.

— J'ignorais que tu avais une correspondante.

— Si, depuis l'an dernier.

— C'est une bonne chose. Où vit-elle ?

Becca donna la seule réponse qui se présentait à elle :

— En Afrique.

Elle s'empressa de développer :

— En Ouganda plus précisément. C'est Derric qui nous a mises en relation, elle était dans le même orphelinat que lui. On s'écrit…

Tout à coup, Becca songea que Ralph Darrow pourrait l'aider dans sa recherche de Réjouissance.

— Je vais vous avouer un truc étrange, reprit-elle. Au début, elle me répondait dès qu'elle recevait mes lettres, mais brusquement elle a cessé.

— Elle a peut-être été adoptée.

— J'ai pensé la même chose que vous, puis j'ai commencé à m'inquiéter, avec toutes ces guerres, en Afrique… J'ai donc cherché sur Internet et j'ai découvert que l'orphelinat avait fermé ses portes. Je ne sais pas où elle est ni comment la trouver.

Ralph rangea le livre et effleura le dos de *Voir au-delà* sans le sortir.

— Tu pourrais interroger le pasteur de Derric. C'est lui qui a parlé de cet orphelinat à ses parents. Derric te donnera son nom.

— Ah, oui, bien sûr. Excellente idée.

En réalité, cette idée était la pire qui soit. Associer Derric à la recherche de Réjouissance alors qu'il refusait de penser à elle… Néanmoins, le pasteur était une bonne piste.

— Je vais lui en parler, ajouta-t-elle. Vous croyez que…

Elle laissa la fin de sa phrase en suspens : Ralph

Darrow la fixait, les yeux vides, sans aucune expression. Plus précisément, il fixait un point au-dessus de sa tête. Elle se retourna pour voir s'il y avait quelqu'un derrière la fenêtre, mais non. Elle comprit alors qu'il ne regardait rien. Ses pensées étaient d'ailleurs entièrement vides.

— Monsieur Darrow ?

Comme il ne répondait pas, elle répéta plus fort :

— Monsieur Darrow ? Tout va bien ?

Il conserva le silence quelques secondes supplémentaires. Puis il cligna des paupières et parut sortir de sa torpeur.

— Bonne nuit alors, miss Becca. J'espère que tu vas t'en tirer…

Il plissa le front.

— Tu travailles sur ton cours d'histoire, c'est bien ce que tu as dit ?

Elle sentit une boule se former dans sa gorge. Son manuel de géométrie était ouvert devant elle.

— Oui, dit-elle, histoire américaine.

— Ne veille pas trop tard. Tu as cours demain matin.

33

Derric était membre de la Congrégation du Christ rédempteur. L'église était située dans un champ couleur d'automne, à l'extrémité de South Lone Lake Road. Depuis la route, on apercevait l'immense lac tranquille, et l'on sentait les effluves du ranch voisin, avec son élevage de pur-sang. Le temple occupait une ancienne grange grossièrement transformée en maison de Dieu. Les fidèles n'avaient que peu de temps libre et préféraient l'occuper à tendre la main aux nécessiteux plutôt qu'à réaliser les travaux qui auraient été nécessaires. D'où l'état de l'église, qui devait être glaciale en hiver, étouffante lors des rares journées chaudes l'été, et dont l'acoustique laissait à désirer à longueur d'année.

Becca savait qu'elle devait s'y rendre un dimanche. C'était le meilleur moyen d'identifier le pasteur, qui n'occupait cette fonction qu'à mi-temps. Un coup de fil à la paroisse lui donna accès à un message enregistré lui fournissant toutes les informations nécessaires : les horaires des offices et le nom du pasteur, le révérend James John Wagner.

Le dimanche suivant sa conversation avec Ralph

Darrow, Becca enfourcha son vélo pour rejoindre l'église. Elle était partie très en avance. Le soleil brillait ce jour-là, mais les températures fraîchissaient et des nuages vaporeux filaient dans le ciel.

Ne voulant pas être vue pendant l'office, elle poussa jusqu'au lac. De là, elle put garder un œil sur l'église. Et observer des bernaches du Canada, qui barbotaient tranquillement dans l'eau paisible. Puis elle vit Derric et ses parents arriver.

Elle souffrait de ne le croiser qu'au lycée et de ne pas pouvoir lui parler au téléphone. S'il possédait un smartphone, elle non ; ils n'avaient donc aucun moyen d'échanger des textos. Et il avait été privé d'ordinateur pour le moment. Bref, il ne leur restait que les quelques instants volés durant les journées de cours.

Il se montrait très coopératif avec sa mère : il était allé voir le psychologue. Ça ne l'enchantait pas, mais il voulait rentrer dans les bonnes grâces de Rhonda. Trois séances avaient déjà eu lieu et, à ce que Becca en avait appris, les seuls sujets abordés avaient été : la fête sur la plage, l'incendie, la consommation d'alcool de Derric et sa relation avec sa mère.

Becca aurait aimé qu'il parle de Réjouissance, ça l'aurait aidé à surmonter sa culpabilité. Enfin, tant qu'il n'était pas prêt… Elle ne pouvait rien faire pour le forcer à agir selon ses désirs à elle. Elle avait fini par retenir cette leçon.

L'office, qui dura plus d'une heure, fut rythmé par de nombreux chants. Il y eut un long silence, sans doute pendant que le pasteur délivrait son sermon, puis les chants reprirent, marquant la fin de la messe.

Dès que les fidèles commencèrent à sortir, Becca se rendit sur le parking. Elle resta cachée derrière une remise, où plusieurs stères de bois soigneusement entreposés attendaient de chauffer la grange en hiver. De ce poste d'observation, elle vit le pasteur saluer ses ouailles. Parmi elles figuraient les Mathieson. Derric avait l'air si triste qu'elle en eut le cœur serré.

Lorsque les dernières voitures furent parties, le pasteur rentra dans l'église, et Becca se précipita vers les immenses portes de l'ancienne grange.

L'intérieur du bâtiment était dépouillé. Des chaises pliantes et pas de bancs. Un autel simple, accueillant des vases de dahlias aux couleurs vives et flanqué d'un lutrin et d'un grand pupitre en bois, sur lequel se trouvait une bible ouverte. Sur un mur, plusieurs tableaux d'affichage, où étaient accrochés des affiches et des photos.

Le pasteur s'approcha du pupitre pour prendre la bible. Il était plus âgé que ce que Becca avait imaginé, avec ses poils qui lui sortaient des oreilles, ses lunettes à verres très épais et ses deux appareils auditifs démodés. Après avoir abandonné la bible sur l'autel, il entreprit de disposer les chaises en demi-cercles parallèles de chaque côté de l'allée centrale.

Comme il n'avait pas vu Becca, elle l'appela. Il redressa la tête et elle se présenta avant de lui offrir son aide. Elle fut surprise de l'entendre dire :

— Ah ! Tu es la petite amie de Derric Mathieson ! Enchanté de faire ta connaissance, Becca. Tu viens de rater Derric et ses parents.

Il jeta un coup d'œil à la porte, puis ajouta :

— A moins que tu ne sois venue avec eux.

— Non. Derric n'est pas au courant de ma présence ici.

Elle espéra que son interlocuteur comprendrait

qu'elle comptait sur sa discrétion. *Les difficultés des amours de jeunesse*... Ce murmure rassura Becca : elle n'aurait pas beaucoup à faire pour gagner la confiance de l'homme d'Eglise.

— Et j'aimerais autant qu'il ne l'apprenne pas, insista-t-elle. Je ne voudrais pas qu'il s'inquiète pour rien.

Enceinte surgit dans l'esprit du pasteur, qui chassa aussitôt cette pensée par une autre : *combattre cette fâcheuse tendance à tirer des conclusions hâtives*.

— Je serai une tombe, promit-il avec un sourire. Asseyons-nous donc.

Il accompagna son invitation d'un large geste et Becca choisit une chaise. Il en déplaça une pour s'asseoir non pas en face d'elle mais à côté. Il veilla à établir une distance respectable entre eux, si bien qu'ils se retrouvèrent proches sans que leurs genoux se touchent pour autant.

— Je suppose que tu as été conduite ici par un sujet de tracas.

— Oui.

— Des ennuis avec Derric ?

— Plutôt avec l'endroit d'où il vient…

Le pasteur fronça les sourcils.

— L'Afrique ? dit sa bouche alors que son esprit pensait : *les parents et les temps n'ont pas changé en ce qui concerne les problèmes raciaux, n'est-ce pas ?*

Un instant déconcertée par ces murmures, Becca dut se rappeler l'âge de son interlocuteur. Il devait avoir près de soixante-dix ans. Il avait connu une époque où la mixité pouvait être une source d'ennuis. C'était sans doute encore le cas dans certains coins du pays, cependant Whidbey Island n'en faisait pas partie, à sa connaissance.

— L'orphelinat de Kampala, ça vous dit quelque chose ? reprit-elle. Espoir d'enfants ? J'écrivais à une des pensionnaires, elle était ma correspondante. Elle a subitement cessé de me répondre. Je ne m'expliquais pas pourquoi, alors j'ai regardé sur Internet, et j'ai découvert que l'orphelinat avait fermé.

— Malheureusement... Nous espérons que c'est temporaire. Son utilité n'a pas disparu, mais les financements ont toujours posé problème.

Avec un sourire triste, il poursuivit :

— Tu ne serais pas ici en tant que bienfaitrice anonyme, si ?

— J'aimerais bien ! Est-ce que... vous savez ce qui est arrivé aux enfants ? Je veux parler de ceux qui étaient encore à l'orphelinat lorsqu'il a fermé ? Ils ont été envoyés dans un autre ? Je sais par Derric et sa mère que votre paroisse s'est investie dans cet endroit. Et j'ai pensé que vous pourriez avoir des informations. J'aimerais garder le contact avec cette fille, lui envoyer un livre, des photos et d'autres choses... Et je crois que... en réalité je me fais du souci depuis que je n'ai plus de nouvelles.

Le pasteur opina du chef. Il comprenait l'inquiétude de Becca et il regrettait que si peu de jeunes se sentent concernés par les affres du tiers-monde. Puis il lui demanda le nom de sa correspondante, dont il aurait naturellement besoin s'il voulait enquêter.

Becca n'avait aucune idée du nom de famille que l'orphelinat avait donné à Réjouissance, et pourtant elle était bien obligée de répondre, maintenant qu'elle avait inventé une correspondance entre elles deux.

— Réjouissance Nyombe, lâcha-t-elle un peu vite.

Bien sûr, le prêtre eut la pire réaction possible.

— Le même nom que Derric avant son adoption, n'est-ce pas ? Réjouissance et lui sont apparentés ?

Elle secoua la tête.

— J'ai posé la même question à Derric quand il nous a mises en relation. Il m'a répondu que c'était un patronyme très commun en Ouganda. Ils pourraient être des cousins éloignés, mais il n'en sait rien.

— Ah, chuchota-t-il. Un peu comme les Adams aux Etats-Unis. Quel âge a-t-elle ?

— Treize ou quatorze ans. Elle m'a dit qu'elle n'en était pas certaine.

Il s'absorba dans ses pensées, tirant sur le lobe d'une de ses immenses oreilles.

— Malheureusement, à cet âge, elle a peu de chances d'avoir été adoptée. Si tu lui écrivais à Espoir d'enfants… C'est bien là-bas que tu lui écrivais ?

Becca le lui confirma.

— Je suppose qu'elle a dû quitter l'orphelinat pour l'un des couvents de la région. A moins qu'elle ne travaille à présent. Parfois, lorsqu'il y a trop d'enfants…

Dieu nous en garde... Becca comprit que le pasteur n'était pas très optimiste concernant le sort éventuel de Réjouissance. Le travail des enfants était une réalité. La jeune fille se refusa à penser en quoi celui-ci pouvait consister.

— J'aimerais vraiment savoir pourquoi elle a cessé d'écrire, soupira-t-elle.

— Ce souci t'honore.

— Vous pensez avoir la moindre chance de la retrouver ?

— J'en doute, les responsables de l'orphelinat se sont dispersés depuis la fermeture.

Elle baissa les yeux, exprimant ainsi son abattement.

— Je ne sais pas quoi faire, déplora-t-elle.

Il lui tapota la main.

— Je vais essayer d'obtenir quelques informations. Ça risque de prendre du temps, mais je vais faire de mon mieux. Dois-je en parler à Derric, si je découvre quoi que ce soit ?

Surtout pas !

— En fait, je suis hébergée chez Ralph Darrow. Est-ce que vous pourriez m'appeler là-bas ? Derric n'est pas au courant que Réjouissance a cessé de m'écrire et s'il lui est arrivé un malheur… il le vivrait très mal, je suppose.

— Chez Ralph Darrow, dans ce cas.

34

Brooke et Cassidy ne faisaient rien pour aider Hayley dans le poulailler. Cassidy harcelait les poules dans le but de les domestiquer, et Brooke était occupée à engloutir une tranche de pain blanc recouverte de confiture. C'était sa seconde tartine – elle les avait soigneusement cachées dans une poche de sa polaire.

Quand Hayley se plaignit que sa sœur mangeait au lieu de l'aider, celle-ci riposta :

— Oh, détends-toi ! J'ai faim, d'accord ? Je ne vois pas ce que ça peut te faire.

— J'ai besoin d'un coup de main. Et c'est quoi cette obsession avec la bouffe ? Tu es déjà énorme et…

— Tais-toi ! Je ne suis pas énorme et j'ai faim !

— Tu ne peux pas avoir faim. Tu passes ton temps à manger. Qu'est-ce qui t'arrive ?

— Mêle-toi de tes oignons.

— Très bien. Dans ce cas, aide-moi. J'ai autre chose à faire.

La tâche qui l'attendait était colossale. Elle avait réécrit sa lettre de motivation selon les désirs de sa mère, mais un entretien avec Tatiana Primavera avait abouti à la conclusion qu'elle devait encore la reprendre, parce qu'elle manquait d'« un ton personnel », et que c'était « essentiel, Hayley ». En plus de ça, elle avait des montagnes de devoirs dans chacune des matières.

Sans oublier le front domestique. Julie avait commencé à faire des ménages, ce qui lui prenait trois jours par semaine et laissait Hayley en charge du dîner, de l'entretien du poulailler, de la surveillance de son père et de celle de ses sœurs – vérifier qu'elles avaient fait leurs devoirs, notamment, et les aider si nécessaire.

Bref, Hayley était sous pression, et le fait que Brooke comme Cassidy lui mettent des bâtons dans les roues n'arrangeait rien. Voyant que Brooke continuait à engloutir consciencieusement sa tartine de confiture, Hayley finit par craquer.

— Ça suffit maintenant ! s'emporta-t-elle. Tu es censée m'aider, et tu le sais.

— Je déteste toute cette merde !

Cassidy poussa un cri de joie.

— Brooke a dit un gros mot !

Hayley jeta un regard noir à sa cadette. Il leur restait encore à transporter les fientes au potager, et elle n'avait pas l'intention d'accepter les bras croisés le manque de coopération de sa sœur.

— Tu veux que j'en parle à maman, c'est ça ? lança-t-elle avec sécheresse.

— Je m'en fous. Tu crois vraiment qu'elle réagira ? Tu crois qu'elle se rendra compte que tu lui parles ?

Hayley serra les dents. Y avait-il quelqu'un d'autre sur cette île qui vivait un calvaire comparable ? Et ce n'était pas comme si elle n'avait pas, en prime, d'autres sujets de préoccupation. Avec cette histoire de pyromane toujours en suspens, elle avait une décision à prendre.

Lors de la dernière répétition de l'ensemble de jazz,

elle avait parlé à Derric. Elle n'avait pas d'autre occasion de le voir, au lycée, sans Becca ou l'un des autres membres de la bande. Il lui avait semblé aussi abattu qu'elle et ils avaient naturellement parlé de la fête.

« C'est la dernière fois que je bois avant mes vingt et un ans », avait-il lâché.

Puis il l'avait informée des dernières avancées de l'enquête. Son père lui avait révélé des détails sur l'incendie de la cabane : des chiffons imbibés de diluant pour peinture avaient été placés entre deux planches pourrissantes et descellées. On y avait ajouté des feuilles de papier journal froissées et du bois d'allumage, apporté exprès sur les lieux. Tout le monde connaissait la suite. D'après le shérif, on ne pouvait en aucun cas parler d'un accident.

L'enquête avait conduit la police chez tous les fournisseurs de diluant pour peinture de l'île, à la recherche d'achats récents. Le hic, c'est qu'il y avait des tas de peintres en bâtiment et d'artistes en tout genre à Whidbey, si bien que cette piste n'était pas exploitable.

Hayley avait décidé d'en parler à Isis. Si Aidan avait un penchant pour la pyromanie, il pouvait très bien avoir apporté le matériel nécessaire ce soir-là : diluant, chiffons, journaux et bois d'allumage. A moins qu'il ne se soit rendu sur place avant, pour tout installer en prévision de la fête. A la mention du diluant, Isis manifesta aussitôt son soulagement.

« Ah, la bonne nouvelle ! Enfin pas pour ce pauvre gars dans la cabane, bien sûr… Bonne nouvelle pour Aidan. Il s'est toujours servi d'allumettes, tu vois. Des allumettes, un peu de bois ou de paille, tout ce sur quoi il pouvait mettre la main, et il n'aurait pas changé de… de style, quoi. »

Après avoir réfléchi un instant à ce qu'elle venait de dire, elle fronça les sourcils et ajouta :

« Il va être en pétard contre moi du coup. J'ai pas arrêté de l'embêter pour qu'il aille voir le shérif. J'ai jamais cru qu'il pouvait être à l'origine de cet incendie, jamais. Je pensais juste qu'il valait mieux parler au shérif. Sauf que maintenant grand-mère s'imagine qu'il se passe un truc, vu qu'on n'arrête pas, lui et moi, de… de se prendre le chou. Et on n'est pas très discrets. Elle continue à le forcer à courir pour qu'il évacue son stress ou je ne sais quoi, et, d'accord, je ne l'ai peut-être pas surveillé vingt-quatre heures sur vingt-quatre comme j'étais censée le faire… »

Hayley avait cessé de l'écouter. A l'évocation de Nancy Howard, elle s'était rappelé comment celle-ci gagnait sa vie.

« Il se pourrait qu'il y ait du diluant à peinture chez ta grand-mère, non ? avait-elle demandé.

— Elle fait des sculptures à la tronçonneuse, elle ne peint pas, avait répliqué Isis, du tac au tac. De toute façon, Aidan n'utilise que des allumettes et les autres trucs dont je t'ai parlé.

— Mais certaines de ses œuvres sont peintes, non ? On lui commande bien des panneaux… Et si un client veut une sculpture de couleur ? Il faut bien…

— Non ! »

Isis refusait obstinément l'idée que son frère puisse être soupçonné.

« Il n'aurait jamais fait ça, Hayley. Il est guéri. Ils ne l'auraient pas laissé sortir, sinon. Il a peut-être été dérangé à une époque, et d'accord, je veux bien le reconnaître, il est encore parfois un peu bizarre, mais… Hayley, c'est forcément quelqu'un d'autre qui met le feu. »

QUATRIÈME PARTIE

Le marché de Bayview

QUATRIÈME PARTIE

Le marché de Bayview

35

Parker avait proposé à Hayley une sortie, avec l'intention, avait-il dit, de « la surprendre ». La jeune fille voyait mal comment il s'y prendrait puisqu'elle connaissait Whidbey Island bien mieux que lui, mais elle avait envie de se changer les idées et elle accepta.

Quand il passa la prendre, elle était en train d'aider son père à sortir de la maison. Il avait insisté pour aller inspecter ce qu'il appelait, en plaisantant, ses « terres ». Comme elle s'inquiétait de savoir comment il rentrerait, il lui répondit :

— Je ne suis pas sorti depuis quatre jours, Hayley. Je trouverai bien un moyen.

Parker aida Bill à descendre les marches du perron. Il posa une question des plus logiques : envisageaient-ils de construire une rampe à la place de ces marches ? Alors que Hayley s'apprêtait à répondre que c'était une bonne idée et que Seth pourrait s'en charger en un rien de temps, Bill rétorqua :

— Il faudra me passer sur le corps avant que j'autorise une chose pareille, fiston.

Puis il se dirigea de sa démarche plus que vacillante vers la grange. Hayley l'observa en se mordillant la lèvre. Du coin de l'œil, elle remarqua que Parker ne la quittait pas des yeux.

Hayley devina où Parker la conduisait. Il quitta la nationale, roula à peine en direction du sud avant de prendre vers l'ouest, sur la route de Keystone. On y trouvait un ancien fort militaire, mais aussi un ferry qui emmenait les habitants de Whidbey à Port Townsend, depuis la côte d'Admiralty Bay. Dans cette ville ancienne, les rues commerçantes étaient composées de vieux bâtiments en brique et surplombées par des maisons victoriennes, juchées sur une falaise.

Juste après avoir débarqué, ils s'arrêtèrent dans un *diner* démodé de la rue principale. Détonnant un peu dans ce port pittoresque du XIXe siècle, Nifty Fifties se targuait d'avoir des tabourets de bar chromés, des juke-box individuels sur chaque table en Formica, des murs aux couleurs vives, des enseignes au néon et une carte qui proposait essentiellement des hamburgers, des frites et des milk-shakes. Ils passèrent commande, puis consultèrent le catalogue de chansons de leur juke-box. Parker choisit *Love Me Tender*, d'Elvis Presley, et introduisit une pièce dans la fente avant d'en pousser plusieurs vers Hayley : elle avait carte blanche pour les morceaux suivants.

Hayley se sentait bien en sa compagnie, il était si différent des garçons du lycée. Elle n'en revenait pas qu'un tel fossé puisse se creuser en quelques années. Parker n'était plus un adolescent, c'était déjà un homme. Sûr de lui, il la mettait à l'aise, il avait de la conversation et il s'intéressait à celle de Hayley. Et quand il abordait une question délicate, elle n'avait pas l'impression qu'il se transformait en rouleau compresseur.

Tout en jouant avec ses couverts, il lâcha :

— J'ai vu combien vous teniez l'un à l'autre, ton père et toi. La façon dont tu l'as aidé tout à l'heure… dont tu t'inquiètes… Je trouve ça formidable, Hayley, d'avoir cette relation avec son père.

Elle rougit légèrement.

— Je comprends pourquoi le sujet est délicat, souligna-t-il. Ta famille n'aime pas en parler, je me trompe ? Mais si tu as besoin de te confier, au sujet de ton père, ou de n'importe quoi… je suis ton homme. Bien sûr, je respecterai aussi parfaitement ton silence, si c'est ce que tu choisis.

Hayley était si habituée à ce que sa famille élude la question même de savoir s'il fallait ou non évoquer le problème, c'était devenu un tel tabou qu'elle sentit se fendiller l'armure qu'elle avait revêtue et qui la condamnait au silence.

— Son état ne s'améliorera pas, lâcha-t-elle dans un souffle. Il n'ira qu'en se dégradant.

Parker lui prit la main et elle se prépara à recevoir un conseil inutile. Au lieu de quoi, il lui dit :

— Je suis sincèrement désolé. Tu ne mérites pas de traverser une telle épreuve.

Hayley aperçut Seth trente secondes plus tard environ. De toutes les personnes qu'elle aurait pu croiser à Port Townsend le jour de son rancart avec Parker, il fallait que ce soit lui. D'abord, elle s'imagina qu'il les avait suivis et connut un accès d'irritation. Il longea pourtant le *diner* sans s'arrêter, visiblement pressé d'atteindre sa destination.

Hayley ne put cacher sa surprise.
— Mais qu'est-ce que…
Parker repéra alors Seth.
— Je te parie que je sais où il va.
— Comment ça ?
— Parce qu'on y va aussi.

Hayley en déduisit qu'il devait être question de musique et elle avait raison. A la fin du repas, Parker la conduisit à l'extrémité de la rue principale, à un endroit où magasins et boutiques à la mode étaient remplacés par des entreprises maritimes, donnant sur un petit port. Là, un café occupait en partie un entrepôt. Alors que Parker lui tenait la porte, Hayley entendit des notes de violon déchaînées, évoquant des danses de gitanes autour d'un feu.

Le propriétaire de l'instrument, juché sur une estrade de fortune, était une fille. Un guitariste était assis à côté d'elle et l'observait avec un sourire. Les membres du public souriaient aussi. Difficile de ne pas se laisser entraîner par une telle mélodie.

La fille était intrigante. La belle chevelure de boucles noires qui lui arrivait à la taille était retenue par un bandana roulé en bandeau. Elle portait des santiags sur son jean et un tee-shirt troué sous un bras. Le plus remarquable était son cache-œil noir, digne d'un pirate ! Etrangement, il ne détonnait pas.

Promenant son regard autour d'elle, Hayley aperçut Seth au bout d'un vieux canapé. Il était sous le charme, comme tout le monde. Parker le repéra aussi et chuchota à l'oreille de sa compagne :
— Il la veut.
Devant son expression interloquée, il précisa :
— Pour Triple Threat. C'est pour ça qu'il est ici.

— Et toi ? Je croyais que tu jouais avec…

— Je ne peux pas rester très longtemps. Je n'ai qu'un visa touristique. Je dois retourner au Canada.

— Ah…

La déception de Hayley était perceptible. Il allait repartir… C'était bien sa veine ! Il lui effleura la joue en écartant une mèche qui s'y trouvait.

— Passer d'un pays à un autre n'est pas très difficile quand on a un passeport, lui souffla-t-il.

A la fin de son set, la violoniste lança :

— Vous avez intérêt à commander des cafés pendant que je prends ma pause, sinon ils ne me laisseront pas revenir ici.

Seth fondit aussitôt sur elle. Hayley se fit la réflexion que, pour la première fois, Seth et elle étaient dans un même lieu sans qu'il soit aimanté par elle. C'était une bonne chose, bien sûr. Mais ça lui faisait tout drôle de le voir bondir ainsi sur une autre fille.

Ils retournèrent sur l'île à peine après 22 heures. Parker observa qu'il était un peu tôt pour conclure la soirée. Hayley lui répondit qu'il n'y avait pas grand-chose à faire après 22 heures à Whidbey à moins d'avoir l'âge de fréquenter les bars, d'être invité à une fête ou de vouloir se saouler, caché dans la forêt. En bref, même si elle avait l'autorisation de minuit, elle rentrait rarement après 23 heures.

— Et ce soir ? Je peux te raccompagner maintenant si tu veux, mais si tu as un peu le temps… je connais un endroit.

Il lui décocha un sourire, et elle songea combien elle aimerait passer les doigts dans ses boucles, l'embrasser et – c'était vraiment mal de sa part – le sentir tout contre elle. Sa réponse fut plus sobre :

— Entendu. Tant que je suis chez moi pour minuit.

Ils se garèrent chez Ralph Darrow. Parker sortit une lampe torche de la boîte à gants avant d'entraîner Hayley vers le bois. Elle aperçut, en passant devant la maison éclairée, le grand-père de Seth dans le salon, avec Becca. Elle mettait des bûches dans l'immense cheminée, et Ralph lisait dans un fauteuil près de la fenêtre. Une couronne de lumière éclatante coiffait ses longs cheveux gris.

Parker prit Hayley par la main avant de s'engager sur le sentier. Elle savait où ils allaient : elle s'était rendue à la cabane de Seth des centaines de fois.

Lorsqu'ils atteignirent la clairière aux deux pruches enlacées, Hayley se sentit un peu nerveuse, se demandant ce que Parker attendait d'elle. Il parut le deviner. Au pied de l'échelle menant à la cabane, il se retourna pour lui dire :

— Tout va bien, Hayley.

Il éteignit la lampe torche un instant et, dans l'obscurité automnale, elle le sentit approcher.

— Ne t'inquiète pas, ajouta-t-il.

Il l'embrassa, et leur baiser se prolongea, encore et encore. Hayley songea que c'était le baiser d'un homme sûr de lui, et pas celui d'un gamin. Il semblait si fort, et elle, elle avait envie de force dans son existence. Puis elle cessa tout simplement de penser.

— Tu es incroyable, murmura-t-il d'une voix grave. Tu veux monter ?

— Oui, répondit-elle.

Ils s'aidèrent de la lampe torche pour se guider. A l'intérieur de la cabane, ils furent accueillis par le feu qui couvait encore dans le poêle, comme guettant leur arrivée.

Parker alluma une lanterne qui diffusait une lumière tamisée. Hayley regarda autour d'elle. Il n'y avait pas d'autre endroit où s'asseoir que sur le lit de camp, recouvert d'un sac de couchage. Une boule dans la gorge, elle sourit à Parker.

— J'ai de l'herbe, annonça-t-il.

— Ah…

Hayley craignait de passer pour la pire sainte-nitouche de la terre.

— Je n'ai pas vraiment…, reprit-elle. Je n'ai jamais touché à la drogue.

— Même à l'herbe ?

Elle secoua la tête, se félicitant que le faible éclairage cache son rougissement.

— Il y a une première fois à tout, non ? lâcha Parker.

Il ouvrit une boîte à thé posée sur le rebord de la fenêtre.

— Ça te dit d'essayer ? Tu ne deviendras pas accro à l'héroïne pour autant, je te le promets.

Il entreprit de rouler un joint, avec une adresse telle qu'il aurait fallu être complètement idiote pour ne pas se douter que c'était chez lui une habitude. Puis il s'approcha d'elle, le joint à la main, et elle crut qu'il allait le lui confier ou l'allumer et tirer dessus, au lieu de quoi il l'observa, lui caressa les cheveux et enfin, d'un geste tendre, lui remit une mèche derrière l'oreille. Puis il l'embrassa à nouveau, et une fois de plus le baiser s'éternisa.

— Tu veux t'asseoir ? finit-il par proposer en indiquant le lit de camp.

La voyant hésiter, il ajouta :

— Je peux mettre le sac de couchage par terre et on s'assied dessus si ça te gêne moins. Sauf que…

Il éclata de rire.

— … sauf que ça reste un sac de couchage. Je n'aurais peut-être pas dû t'emmener ici. Je me rends compte maintenant de l'impression que ça doit donner.

— Non, c'est bon, s'empressa de le rassurer Hayley pour cacher son embarras. Asseyons-nous.

Il s'installa à côté d'elle, alluma le joint et prit une longue bouffée. Il lui dit qu'il allait lui apprendre à fumer parce qu'il était temps qu'elle se dévergonde, même un peu. Elle devait aspirer beaucoup d'air en même temps que la fumée au début. Elle s'exécuta. Elle s'attendait à planer sur-le-champ, or elle ne ressentit rien. Il lui conseilla de tirer à nouveau.

— La première fois, il arrive que ça ne fasse aucun effet. En tout cas, pas le même que la deuxième ou troisième fois.

Elle rougit de plus belle, songeant que sa remarque pouvait s'appliquer à d'autres premières fois, qu'elle n'avait pas plus expérimentées. Il parut penser à la même chose qu'elle.

— Oh, zut…

Il lui prit le joint des mains pour le déposer sur le rebord du poêle et l'embrasser. Tendrement, d'abord, puis de plus en plus passionnément. Hayley se rendit compte que ça ne la dérangeait pas. Quand il détacha ses lèvres des siennes, il souffla tout bas :

— Tu n'as jamais… ?

Elle secoua la tête.

— Dans ce cas, on ne fera rien. Enfin, je ne ferai rien. Tu es si belle, Hayley, c'est difficile de ne pas te désirer. Je veux dire que, chaque fois que je te vois, je ne peux pas m'empêcher de penser à… Mais je tiens à me conduire en gentleman. Je sais que tu es spéciale et que tu iras loin dans la vie, et je…

Elle lui posa une main sur la bouche.

— Tu peux arrêter de parler et m'embrasser ?

Il lui sourit à pleines dents.

— Ça, c'est dans mes cordes.

Hayley sentit des frissons lui parcourir la colonne vertébrale. Ceux-ci s'intensifièrent lorsque le jeune homme posa ses lèvres dans son cou. Ils se transformèrent en soupirs involontaires tandis qu'il l'allongeait sur le lit de camp. Elle se sentait si électrisée qu'elle dut agripper le sac de couchage froissé, de peur de se retrouver soudain en lévitation.

Ses doigts se refermèrent alors sur un objet enfoui dans les replis du tissu. Elle le considéra, confuse. C'était la cigarette électronique d'Isis.

36

Seth avait appris beaucoup de choses sur la relation de Parker et de Hayley à leur attitude dans le café de Port Townsend. Il s'était d'abord dit qu'ils étaient là pour la même raison que lui. En tant que violoniste, Parker avait sans doute tenu à écouter la fille. Il était tout aussi intéressé que Seth par la musique et la fille était une musicienne incroyable. Puis Seth avait remarqué qu'il y avait de la possessivité dans la façon dont Parker gardait la main posée sur la nuque de Hayley. Et il n'arrêtait pas de lui effleurer les cheveux, de lui jeter des regards attendris et dégoulinants… Seth avait dû se retenir de lui lancer : « Hé, prends une chambre d'hôtel, mec », tant ses intentions étaient limpides.

Quant à la violoniste que Seth était venu écouter… Il s'était renseigné sur elle avant de se rendre à Port Townsend, il la savait donc douée. Il ignorait cependant à quel point.

Elle s'appelait Prynne Haring. Lorsqu'il alla à sa rencontre, à la fin de son set, pour se présenter, elle répondit en levant les yeux au ciel :

— En fait mon nom complet est Hester Prynne Haring. Ma mère pensait que ça m'éviterait les ennuis.

Seth n'avait pas la moindre idée de ce qu'elle entendait par là, pourtant il tenta un trait d'humour :

— Et je parie que ça n'a pas fonctionné !

La fille rit aux éclats. Tout en rangeant son violon dans son étui, elle lui demanda :

— Tu joues de quoi ?

Il lui parla de sa guitare. Puis de Whidbey Island. Et de Triple Threat. Elle lui expliqua qu'elle venait de Port Gamble, avant d'ajouter :

— La musique, c'est toute ma vie, mec.

Il rétorqua que pour lui aussi.

— Est-ce que tu accepterais de venir écouter jouer mon groupe à Whidbey ? Et peut-être de te joindre à nous pour une ou deux répétitions ? On cherche un violoniste et ta façon de jouer est… franchement incroyable.

— Je suis plus branchée bluegrass que vous, lui répondit-elle en toute honnêteté. Django Reinhardt, le jazz manouche, c'est cool, mais je ne sais pas trop… Je suis un loup solitaire, et ça me plaît bien.

Il insista : il comprenait ce qu'elle voulait dire, cependant il pensait qu'elle changerait d'avis une fois qu'elle aurait entendu Triple Threat. Elle promit d'y réfléchir et il décida d'attendre la fin du deuxième set pour discuter encore avec elle. Après tout, elle avait reconnu n'avoir jamais mis les pieds à Whidbey. Il lui vanterait les charmes et les attraits de l'île – il consacra d'ailleurs le deuxième set à les lister.

Hayley et Parker partirent quelques minutes avant la fin. Par une fenêtre, Seth le vit prendre Hayley par les épaules. Leurs deux têtes se rapprochèrent et les boucles noires du Canadien se mêlèrent aux cheveux blond foncé de Hayley. Seth sentait qu'elle était éprise de ce type, et ça n'avait rien d'étonnant : il mettait tout en œuvre pour la séduire. Elle n'en restait pas moins vulnérable, et elle ne méritait pas d'avoir le cœur brisé. Seth lui raconterait ce qu'il avait appris au sujet de Parker. Après tout, les amis servaient à ça.

A l'issue du concert, Seth consacra de longues minutes à convaincre Prynne de venir à Whidbey. Il passerait la chercher à l'arrivée du ferry, il lui offrirait à dîner et lui montrerait les coins chouettes de l'île… si elle promettait d'apporter son violon.

— Ne dis pas non tout de suite, Hester, c'est tout ce que je demande.

Elle céda.

— Bon, d'accord. Mais c'est Prynne. Je n'utilise jamais Hester. Pas besoin d'une lettre écarlate quand on a ça, si tu vois ce que je veux dire.

Seth ne comprit rien à cette histoire de lettre ; en revanche il s'attarda sur son cache-œil, auquel elle venait de faire référence. Il s'était imaginé qu'il s'agissait d'un accessoire de scène, et elle le détrompa.

— Cancer, expliqua-t-elle. L'année de mes sept ans. Ils ont essayé un tas de trucs, mais comme rien ne marchait ils ont dû me retirer tout l'œil. D'habitude, j'en porte un en verre. J'aime bien le bandeau, sur scène. Ça donne un petit truc en plus.

Elle haussa les épaules.

— Oui, je trouve que c'est cool, moi aussi, répondit-il. Tu portes ton œil de verre dessous ?

— Nan. Juste mon orbite vide. Ça fait flipper la plupart des gens. Tu veux voir ?

— Bien sûr.

Et pourquoi pas ?

Seth décida de parler à Hayley le samedi, à la fin du marché. Il avait d'abord, ce matin-là, une répétition avec Triple Threat. Aucun de ses deux copains n'était au courant pour Prynne, et Seth tenta de les préparer à l'idée qu'une fille puisse rejoindre le groupe. Après avoir démontré l'étendue de leur bêtise en épuisant toutes les blagues possibles – « Un cache-œil ? Tu veux dire que c'est une pirate ? Ho hisse, ho hisse… » –, ils acceptèrent l'idée d'une jam-session avec elle.

Seth débarqua au marché alors que les Cartwright démontaient leur stand. Brooke, remarqua-t-il, avait gonflé du visage et semblait triste. Quand il lui demanda comment elle allait, elle se contenta d'un seul mot, amer :

— Grosse. D'après Hayley, ajouta-t-elle. Tu as du fric, Seth ?

Ça alors, elle avait vraiment changé…

— Oui, bien sûr, mais pourquoi tu…

— J'ai envie d'une part de tarte aux patates douces. Et maman dit que si je veux manger, je n'ai qu'à prendre une carotte. Dans ses rêves…

— Ah, je vois.

Seth sortit son portefeuille, ce qui attira l'attention de Hayley.

— Elle recommence, dit-elle à sa mère. Seth, ne lui donne pas d'argent. Elle mange tout le temps…

— Mon ventre réclame de la nourriture ! Il est vide, et j'ai faim.

— Tu dois arrêter de te goinfrer, Brooke. Regarde-toi dans un miroir plutôt.

« Aïe, songea Seth. Ce n'était pas le genre de Hayley d'être aussi dure… »

— Les filles, soupira Julie avec lassitude. Brooke va très bien. Et il y a amplement de quoi manger ici.

— Pas du tout ! pesta la cadette en s'éloignant.

— Elle est capable d'aller faire la manche, souligna Hayley. Elle mérite de décrocher le prix de la pire ado de l'année. Voire de l'histoire de l'humanité.

Seth aurait voulu creuser le sujet, mais il n'était pas là pour comprendre les raisons de l'attitude de Brooke.

— Ça te dirait qu'on prenne un sandwich ensemble quand tu auras terminé ? dit-il à Hayley. Je te raccompagnerais à la ferme ensuite.

Hayley allait inventer une excuse quand Julie lui coupa l'herbe sous le pied.

— Vas-y, Hayley. Tu as travaillé dur, tu as mérité une petite pause. Aidez-moi juste à charger le pick-up. Et ne laissez pas Brooke s'inviter, sinon tu devras aussi lui acheter un sandwich, Seth.

— Ça ne me dérange pas.

— Elle a assez mangé, assena Hayley d'un ton sans réplique.

Une fois l'étal démonté et les cageots de légumes rangés sur le plateau de la camionnette, Seth et Hayley gagnèrent une petite boutique nichée dans l'enfilade de vieux bâtiments rénovés. Pendant qu'ils attendaient leur commande, elle lui expliqua ce que sa mère entendait par « travailler dur » et « mériter une petite pause ». Elle évoqua sa lettre de motivation pour les universités, le SAT, les devoirs sous lesquels elle croulait. Seth espérait qu'elle mentionnerait aussi la place qu'elle donnait à Parker dans son emploi du temps ; ce serait l'occasion de la lancer sur ce sujet. Elle ne dit rien pourtant, et, à la place, il la félicita de faire le nécessaire pour entrer à la fac l'an prochain. Elle répliqua que ce n'était que « temporaire ». Devant son air interrogateur, elle lâcha :

— Ça ne t'a posé aucun problème de ne pas aller à la fac. A vrai dire, ça ne t'en a même pas posé de ne pas terminer le lycée.

— A d'autres, Hayley. Tu sais très bien qu'on joue dans des catégories différentes. Tu m'imagines à la fac ? Ou en terminale ? Sois sérieuse. Je suis trop bête…

— Tu n'es pas bête ! protesta-t-elle.

— Il y a certaines choses pour lesquelles je n'ai pas les capacités requises, et je m'estime chanceux d'avoir décroché mon GED. De toute façon, je ne suis pas ici pour parler de ça.

On leur servit leurs sandwichs et Seth prit deux boissons. Ils traversèrent la rue pour rejoindre une bâtisse blanche datant des années 1800, une ancienne école, et trouvèrent un endroit où le soleil leur tiendrait chaud malgré la brise fraîche qui s'était levée. Seth aborda la question qui le tracassait.

— J'ai été étonné de vous voir, Parker et toi, à Port Townsend.

Il remarqua que Hayley eut un instant d'hésitation avant de mordre dans son sandwich. Lorsqu'elle eut avalé sa bouchée, c'est de Prynne qu'elle parla.

— Elle est vraiment douée, cette fille. Tu crois qu'elle est aussi bonne que Parker ? Il pense qu'elle est même meilleure. Je ne suis pas d'accord, moi. Elle joue bien, aucun doute, mais Parker… il a un truc spécial, non ?

Devinant qu'elle se délectait du simple fait de prononcer ce prénom, Seth sentit l'inquiétude monter.

— Elle est aussi bonne que lui, j'en suis sûr et certain. Et sans doute meilleure.

— Pourquoi elle n'est pas dans un groupe, alors ?

— Elle préfère jouer en solo. Elle a quand même accepté de venir faire une jam-session avec nous. C'est pour cette raison que je suis allé l'écouter, moi.

Hayley plissa le front.

— Qu'est-ce que tu veux dire par là ?

— Eh bien… Vous y étiez pourquoi, vous ?

— J'accompagnais Parker, il m'avait invitée.

— Et pourquoi était-il intéressé par ce concert ?

— Parce qu'il est musicien, comme toi.

Hayley posa son sandwich sur son papier d'emballage et reprit :

— Tu veux bien m'expliquer ce qui se passe, Seth ?

— Disons que je me pose des questions sur Parker.

— Comment ça ?

Seth perdit son regard en direction des derniers étals, que les vendeurs démontaient. Plusieurs personnes s'attardaient pour bavarder. Il restait quelques belles semaines encore, mais le temps rigoureux approchait.

— Je dois te parler d'un truc, Hayley. Ça ne va pas te plaire et tu vas sans doute être super-remontée contre moi. Enfin tant pis, je le fais pour toi, parce que la dernière chose dont tu as besoin en ce moment, c'est que quelqu'un te plante un croc de boucher dans le cœur.

Il risqua un coup d'œil vers elle. Un mélange de suspicion, de peur et de colère se lisait sur ses traits.

— Quoi ? cingla-t-elle d'une voix aussi tranchante qu'une lame.

Il lui répéta donc ce que lui avait appris le contrebassiste de BC Django 21. « Surveille-le… il lui arrive de créer des ennuis. »

— Quel genre d’ennuis ?

— Je n’ai pas de détails, répondit Seth. Apparemment, une histoire avec la sœur d’un des musiciens, mais l’important…

— Attends une seconde, l’interrompit Hayley en se levant. Tu veux dire que tu… que tu as cru un inconnu à qui tu as parlé une seule fois au téléphone ? Un coup de fil et ses propos deviennent parole d’évangile ? « Surveille-le » ! Comment sais-tu que Parker n’a pas emprunté la bagnole de ce type et oublié de faire le plein avant de la lui rendre, Seth ? Si ça se trouve, ce type lui en veut pour une broutille et il s’est dit : « Je vais me venger de toi, mon pote, je ferai courir le bruit que tu n’es pas fiable. »

— Hayl, ça n’est pas très cré…

— Ça t’embête que je sois heureuse, hein ?

Il se mit debout à son tour.

— Je te transmets juste une information. Fais-en ce que tu veux, ça m’est égal. Mais pour l’amour de Dieu, promets-moi de rester sur tes gardes. Parce que même si cette idée te déplaît, les gens ne sont pas toujours aussi honnêtes qu’ils le laissent penser.

Les mains sur les hanches, elle le défia :

— Qu’est-ce que tu insinues ?

— Parker était sur l’île pour chacun des incendies, Hayley.

— Je n’y crois pas ! Si tu es aussi sûr de toi, pourquoi tu ne vas pas le dénoncer au shérif ?

Puis, ayant perçu la modification sur les traits de Seth, elle ajouta :

— Tu l'as fait ! Tu l'as dénoncé ! Je n'en reviens pas…

— Hayley, arrête…

— Non ! On te recommande de te méfier d'un type et toi, tu en déduis que c'est un criminel. On sait très bien, tous les deux, pourquoi tu t'es fourré cette idée dans le crâne. Et pourquoi tu n'es pas aussi allé te dénoncer au shérif, Seth ? Jusqu'à preuve du contraire, tu étais sur l'île pour chacun des incendies, également.

Tournant les talons, elle s'éloigna d'un pas si vif qu'elle n'entendit pas la réponse de Seth :

— Non. En vérité, je n'étais pas sur l'île pour tous les incendies.

37

A l'extrémité du marché se trouvait Bayview Hall, une sorte de longue grange blanche à la peinture écaillée, qui remplissait à peu près tous les offices, de la salle de bal jusqu'au marché de Noël. Derrière ce bâtiment, dans un pré à l'herbe piétinée, une aire de restauration sommaire était aménagée. Becca y avait rejoint Jenn et Minus.

Ce dernier, qui en avait les moyens, s'était acheté un cheeseburger, un Coca et un sachet de chips. Becca et Jenn, qui n'avaient pas un sou, partageaient un sandwich au poulet fourni par Becca et buvaient l'eau du robinet de Jenn. Minus leur fit remarquer qu'à force de réutiliser de vieilles bouteilles en plastique elles se mettaient en danger de mort – à cause de la dégradation des produits chimiques toxiques entrant dans la composition de ces bouteilles. A quoi Jenn répliqua :

— Je ne te vois pas sortir d'argent pour sauver nos vies, beau gosse.

Poussant un lourd soupir, Minus partit acheter deux bouteilles d'eau aromatisée. Un sourire se peignit sur les lèvres de Jenn, satisfaite d'avoir réussi à le manipuler.

— Ne dis plus jamais que je ne t'offre rien, grommela Minus en leur tendant les bouteilles.

Jenn les étudia avant de lâcher :

— Je ne sais pas, Minusman. Je ne vois pas de pop-corn… Tant pis, ça fera l'affaire, ajouta-t-elle en plongeant la main dans le sachet de chips.

Après avoir mastiqué bruyamment pendant un moment, elle évoqua l'ordre du jour :

— Wolf Canyon Academy. Minus et moi, on a des infos, claironna-t-elle.

Becca était tout ouïe. Ces derniers temps, elle avait été obnubilée par son enquête pour localiser la sœur de Derric. Avoir un autre sujet de préoccupation, même pour quelques minutes, lui ferait du bien.

— Je vous écoute.

— C'est là que vont les toxicos et les alcoolos, une fois que les parents ont jeté l'éponge.

— Un pensionnat de la dernière chance, précisa Minus. Pour les jeunes avec de grosses addictions et de sérieux ennuis.

— Je parie qu'Aidan est accro aux médocs, poursuivit Jenn. Vicodin, oxycodone, valium et je ne sais quoi. Cet établissement coûte une blinde ; sa famille est donc pétée de thune et les armoires à pharmacie doivent être pleines à craquer chez eux. Vous connaissez les riches…

Se frottant le bas du dos, Jenn continua :

— « Oh, docteur, docteur, je souffre le martyre… Vous pouvez me prescrire un petit quelque chose ? » Et voilà comment on se retrouve avec de l'oxycodone dans la salle de bains. Les gamins n'ont plus qu'à se servir. Regardez Aidan, c'est évident qu'il n'est pas un consommateur de méthamphétamine. Ma main à couper qu'il donne dans les médocs.

Becca remarqua l'air distant de Minus.

— Tu en penses quoi ? l'apostropha-t-elle.

— Il existe toutes sortes de dépendances. Il pourrait très bien être kleptomane. Ou voyeur. Ou même pervers. A moins qu'il ne tue des animaux pour le frisson.

— Ou qu'il n'allume des incendies…

C'était Becca qui avait parlé. Les trois amis échangèrent un regard. Jenn fut la première à dire tout haut ce qu'ils pensaient tout bas :

— Il faut en parler aux flics.

— Sauf qu'on n'est sûrs de rien, objecta Minus. Il pourrait souffrir d'un tas d'autres problèmes. Alimentation, jeu ou… n'importe quoi.

Becca secoua la tête.

— C'est forcément la pyromanie. Je ne vois pas comment expliquer sinon…

Elle s'interrompit. Elle ne pouvait pas leur parler de ce qu'elle avait appris en pénétrant dans la tête de Hayley. Après quelques secondes de réflexion, elle conclut :

— Ça explique peut-être pourquoi il vient toujours me surprendre quand je suis sur Internet.

— Oui. Il a peur que tu trouves des infos sur lui.

Becca n'avait pas l'intention d'abandonner ses recherches. Elle ne pouvait pas se risquer cependant à le faire dans un endroit où Aidan pourrait débarquer à l'improviste. Elle résolut donc de se rendre dans les bureaux du *South Whidbey Record*. Elle prétexta un devoir sur le travail des journalistes et leurs méthodes d'investigation. Elle servit cette fable à l'un des trois reporters du journal, présent dans les locaux. Il couvrait un procès pour homicide à Coupeville et il ne lui restait que peu de temps pour boucler son papier, mais il accepta de lui accorder cinq minutes et de lui expliquer, dans les grandes lignes, comment procéder. Puisque ses recherches portaient sur un incendie criminel à Palo Alto, elle devait d'abord identifier le nom du journal local, s'il y en avait un.

Becca mit la main dessus. Elle partit des numéros les plus récents puis remonta dans le temps. Deux ans et demi plus tôt, un incendie criminel avait eu lieu sur Middlefield Road. Le feu avait entièrement détruit un immeuble, privant de toit les habitants de vingt-deux appartements. Après la lecture de cet article, elle tenta de déterminer si l'affaire avait été élucidée et reprit les numéros dans le sens chronologique. Une fois passée l'excitation du moment, l'incident n'avait eu droit qu'à quelques mentions ponctuelles portant sur les avancées de la police. Google, qui avait eu la générosité de reloger toutes les victimes privées de logement, eut en revanche l'honneur d'un grand article. A force de passer au crible tout ce qui semblait lié de près ou de loin à cet incident, Becca finit par dénicher ce qui l'intéressait : un très bref paragraphe, publié environ six semaines après l'incendie. Un adolescent de quatorze ans avait été arrêté et condamné pour incendie criminel. Il comparaîtrait devant un tribunal pour mineurs.

Becca calcula qu'Aidan devait avoir cet âge-là à l'époque des faits. Un arrangement avait très bien pu être conclu à l'issue du procès : il irait dans un établissement spécialisé pendant deux ans afin de régler son problème – l'accent avait dû être mis sur ce dernier point. Si, bien sûr, il avait vraiment un problème à régler. Ce dont Becca était convaincue. Il ne lui restait plus qu'à déterminer comment utiliser toutes ces informations.

La logique l'invitait à chercher la date exacte de l'arrivée d'Aidan et Isis à Whidbey. Ils avaient très bien pu débarquer au tout début de l'été – auquel cas, il était sur place dès le premier incident, mineur, à Bailey's Corner. Becca eut l'idée de demander à Hayley. Etant proche d'Isis, elle devait savoir quand les Martin étaient devenus des résidents de l'île.

Becca dut patienter quelques jours avant de réussir à la prendre à part. Elle lui posa la question sans détour. Malheureusement, Hayley n'avait pas d'information précise. Elle manifesta une telle nervosité que Becca retira son écouteur. Ses pensées fusaient. *Je n'en reviens pas que Parker et Isis... S'il dément, je dois lui faire confiance, sinon à quoi ça sert... Il faut toujours que Seth se mêle de tout... Cette histoire avec Brooke en prime... Je suis censée faire quoi, moi...* Becca en déduisit que Hayley avait d'autres ennuis, plus importants, que la date d'arrivée des Martin sur l'île. Soudain, les pensées de son amie s'accompagnèrent d'images si frappantes que Becca sursauta.

— Tout va bien ? s'enquit Hayley.

Cette question mit un terme à leur conversation. Becca n'allait certainement pas lui expliquer qu'elle venait d'apercevoir le visage de Parker, dévoré de désir, au-dessus d'une fille qui devait être Hayley, à qui il avait ôté son pull. Puis qu'elle avait vu la main de Hayley se refermer sur un objet caché sous sa jambe. Laquelle était allongée sur un lit de camp que Becca connaissait par cœur : celui de la cabane de Seth. Une fois de plus, Becca se retrouvait dans une situation délicate, détentrice d'éléments dont elle ne savait que faire.

Cela lui rappela ce qu'avait dit Diana Kinsale : « Les choses s'accélèrent. » Et, de fait, les informations déferlaient de plus en plus vite. Il fallait qu'elle apprenne à digérer ce flux intense.

De retour chez Ralph Darrow, elle alla chercher le livre que Diana lui avait prêté. Le style était si démodé et si abscons que Becca, jusqu'ici, avait à peine avancé. Poussée par l'idée que ces mots opaques pouvaient lui être utiles, elle donna une seconde chance à l'ouvrage.

Elle découvrit rapidement ce qu'elle aurait dû chercher depuis longtemps dans *Voir au-delà*. Un chapitre entier était consacré à cette notion d'accélération, et Becca le dévora. Elle apprit ainsi que le terme n'avait pas seulement le sens que lui donnait habituellement le dictionnaire mais qu'il s'appliquait aussi aux visions par flashs dont elle avait fait l'expérience. Ce qu'elle lisait n'en restait pas moins ardu : « L'exploration verbale et l'interprétation consécutive des visions conduiront le visionnaire à diriger les événements vers une conclusion rassurante, désirée ou heureuse, qui ne pourra se produire que si les visions sont explorées dans leur totalité et analysées avec une grande précision. Voici ce que nous appelons l'accélération. »

Becca posa le livre. « Exploration verbale » ? « Interprétation consécutive » ? « Diriger les événements » ? Comment était-elle censée y parvenir ?

Elle était plongée dans un abîme de perplexité lorsqu'on frappa à sa porte. La voix discrète de Ralph résonna :

— Je ne te dérange pas, miss Becca ?

Se relevant d'un bond, elle rangea le livre sur l'étagère avant d'ouvrir la porte.

— Je suis en train de faire mes devoirs, annonça-t-elle. Et je pensais justement m'accorder une pause pop-corn. Sans beurre, bien sûr.

Ralph avait un morceau de papier à la main. Il provenait du bloc-notes de la cuisine, posé près du téléphone.

— J'ai un message… Pour être honnête, je n'arrive pas à me souvenir quand je l'ai reçu. Je crois que c'est pour toi, mais ça pourrait être pour Seth. Ou Parker. Ça te parle ?

Si je le dis à Seth… son père… va… proba… Sarah… ne…

Les murmures de Ralph décontenancèrent Becca : ils étaient aussi hachés que la voix d'un présentateur sur une chaîne de radio mal réglée. Elle se demanda si les visions qu'elle commençait à avoir entraient en concurrence avec sa capacité à entendre les pensées des gens.

Elle examina le message. On y lisait les mots « Cultiv Broad Valley Skag », tracés d'une écriture inquiétante. Becca, pourtant, avait déjà vu celle de Ralph, élégante et régulière, caractéristique d'un homme qui avait appris avec application ses lettres à l'école primaire. Ces quelques mots tenaient presque du gribouillis. Et elle n'avait pas la moindre idée de leur signification.

— Monsieur Darrow…

Il s'empressa de couper court.

— J'ai préféré te le remettre, miss Becca. Si j'explique à Seth que j'ai oublié les circonstances précises dans lesquelles ce message m'a été délivré, il risque d'en parler à son père, et son père préviendra sa sœur, c'est-à-dire ma fille Brenda. Et je peux te garantir que ni toi ni moi, nous ne voulons que Brenda s'en mêle. Alors… tu veux bien te renseigner ? Enfin, tu peux faire ça pour moi ?

Il semblait dans son état normal. Elle accepta de l'aider. Elle ajouta cependant :

— Je m'inquiète un peu pour vous, monsieur Darrow. Si vous n'arrivez pas à vous souvenir…

Il écarta ses appréhensions d'un revers de la main.

— Crois-moi sur parole, miss Becca, quelqu'un a dit que la vieillesse n'était pas pour les mauviettes, et j'en suis chaque jour de plus en plus convaincu. Bon, tu n'avais pas l'intention de préparer du pop-corn ?

— Sans beurre, oui.

38

L'étrangeté du message – « Cultiv Broad Valley Skag » – inquiétait moins Becca que l'écriture de Ralph, méconnaissable, et que le fait qu'il avait oublié le coup de fil en question. Ses recherches lui apprirent que l'entreprise « *Cultiv*ateurs de la *Broad Valley* » était située près de la ville de La Conner, au bord du fleuve *Skag*it. Elle supposa donc qu'elle était sur la bonne piste. Elle réussit à mettre la main sur un numéro de téléphone, mais ne découvrit aucun rapport entre ces cultivateurs et Parker, Seth, Ralph ou elle. Ils étaient spécialisés dans la culture de la tulipe et le propriétaire de l'exploitation n'avait « pas la moindre raison, mademoiselle » d'appeler Ralph Darrow.

Becca en déduisit que la personne qui avait laissé le message avait plutôt téléphoné *au sujet* de cette ferme et elle se dit qu'il s'agissait peut-être de Jenn McDaniels, puisqu'elle était sur la piste d'Aidan et de la Wolf Canyon Academy.

Lorsque Becca alla trouver son amie, celle-ci démentit pourtant.

— Jamais entendu parler de cultivateurs de tulipes.

Mais j'ai du neuf sur Aidan, grâce à notre ami Minusman.

Becca ne put retenir un sourire.

— Comment tu lui as forcé la main cette fois ?

Jenn secoua la tête. Elle prit son sac à dos pour y fourrer plusieurs livres qu'elle venait de sortir de son casier quand un paquet de cigarettes en tomba. Redressant la tête, elle découvrit l'expression désapprobatrice de Becca, s'empressa de ranger le paquet et débita :

— J'ai arrêté, j'ai arrêté. C'était juste un test pour voir si tu étais attentive.

— Ah, ah, Jenn, bien tenté. Et Minus, alors ?

— Il sait quand Aidan est arrivé à Whidbey.

Le visage de Becca s'illumina.

— Tu l'as convaincu de pirater l'ordi du lycée ?

— Non, il refuse mordicus, et crois-moi j'ai tout essayé à part me désaper parce qu'il n'y aura jamais rien de ce genre entre lui et moi, je peux te le garantir. Non, il a obtenu l'info grâce à une approche directe.

— C'est-à-dire ?

— Il a appelé leur grand-mère et lui a posé la question. J'étais juste à côté de lui et je te jure que j'y ai cru : il a prétendu être M. Vansandt et vouloir vérifier certains éléments administratifs, et bla et bla et bla. Il l'a tellement bien embobinée qu'elle a répondu, après vérification dans son agenda.

— Et ? la pressa Becca.

— Eh bien, Aidan a déboulé trois jours avant le premier incendie.

Jenn claqua la porte de son casier puis reprit :

— On le tient et on ferait mieux de le dénoncer

avant qu'il ne fasse cramer le bahut. On en parle au shérif ou au chef des pompiers ?

C'était la suite logique. Pourtant Becca hésitait à sauter le pas. Quelque chose la tracassait. Elle n'était pas capable de l'expliquer, mais elle avait le sentiment que ça avait un rapport avec cette notion d'accélération dont ils parlaient dans *Voir au-delà*.

— Attends, Jenn, tu dis qu'il est arrivé trois jours avant le premier incendie... C'est quand même gros. Tu crois vraiment que cet établissement spécialisé lui aurait signé une autorisation de sortie s'ils n'avaient pas été sûrs de sa guérison.

— Il suffit qu'il en ait convaincu son psy. Une fois dehors, le démon de la pyromanie l'a repris et... bam ! il n'a pas pu résister !

— Enfin, il sait que s'il se fait prendre, c'est retour direct à la Wolf Academy, non ?

— Et si c'était ce qu'il voulait ? Regarde un peu autour de toi, Becca. Il doit avoir l'impression d'être au milieu de nulle part ici, sans rien à faire, et quel meilleur moyen de s'échapper ? Sauf que personne n'a pensé à un pyromane au début et qu'il a dû taper de plus en plus fort pour attirer l'attention. Il rêvait de sortir de ce pensionnat, ou établissement, je ne sais pas, et maintenant il rêve d'y retourner.

— Pourquoi rêverait-il d'une chose pareille ? C'est comme une prison.

— Peut-être qu'il a rencontré une fille là-bas qui était prête à faire ce qu'il voulait et qu'il veut la revoir.

Cette hypothèse n'était pas la plus vraisemblable. Il manquait une pièce au puzzle. Et tant que Becca ne l'aurait pas découverte, elle répugnait à dénoncer Aidan.

— Laisse-moi d'abord le temps de me renseigner sur ces Cultivateurs de la Broad Valley. Ensuite on décide, d'accord ?

— OK. Oh, oh… les ennuis arrivent.

Les ennuis, c'était Aidan en personne. Il rôdait dans le couloir, collé au mur, skate sous le bras. Il semblait se diriger vers la sortie à l'arrière du lycée, donnant sur le parc où s'était déclenché l'incendie le soir du concert de Triple Threat. D'un simple regard, Becca et Jenn se mirent d'accord et lui emboîtèrent le pas.

Aidan prit la direction de la forêt, qui s'étendait en pente douce au-delà des terrains de sport. Il traversa la piste d'athlétisme et disparut entièrement derrière un immense cèdre aux branches tombantes. Jenn et Becca se mirent à courir : au-delà de l'arbre se trouvait une aire de jeu pour enfants, avec un revêtement en copeaux de bois qui s'embraserait comme de rien si Aidan avait emporté le nécessaire. Quand elles atteignirent le cèdre, cependant, il n'était nulle part en vue.

— Impossible, où est-il…

— Vous me cherchez ? lança Aidan.

Faisant volte-face, elles remarquèrent qu'il se tenait près d'une sculpture inachevée, réalisée à la tronçonneuse dans la souche d'un pin d'Oregon. En parlant, il fixait Becca. Elle l'entendit penser : *faut faire pour lui régler son compte une bonne fois*. Autant dire que ce murmure lui glaça le sang. Toutefois, elle n'allait pas se laisser intimider par ce qui se passait dans la tête de ce type. Elle s'approcha de lui, imitée par Jenn.

— Qu'est-ce que tu fais ? lui demanda cette dernière.

Il l'étudia avec dédain. *Préfère les filles à l'évidence…*

Becca dut se retenir de lui rétorquer : « Quelle importance ? »

— Tu vas où, comme ça ? dit-elle plutôt.

— Pourquoi ça t'intéresse ?

Il posa les yeux sur sa poitrine, puis sur son visage. Pour une fois, ses murmures n'apprirent rien à Becca. Ceux de Jenn, en revanche, exprimaient clairement son avis sur la situation : *mettre ce porc au pied du mur*. Ce qu'elle fit d'ailleurs aussitôt :

— A cause de la Wolf Canyon Academy, Aidan. On connaît la raison de ta présence ici.

Ce qui suivit fut inattendu et, aux yeux de Becca, complètement déconnecté du reste. Aidan fut soudain remplacé, dans son champ de vision, par un 4 × 4 sur le bas-côté d'une autoroute très fréquentée. Des badauds l'encerclaient. Soudain, un pompier en tenue se détacha de la masse, puis un second avec un bébé dans les bras, suivi d'une femme en larmes et d'une fillette – de six ans peut-être ? –, pâle comme un linge et qui serrait une petite couverture bleue contre elle. Alors que la vision s'estompait, Becca perdit le contrôle de sa langue.

— Qu'est-il arrivé à ton petit frère, Aidan ? Tu l'as cramé, lui aussi ?

Jenn la considéra avec des yeux exorbités. Aidan la toisa, avant de répondre, donnant à chacun de ses mots le tranchant d'une lame :

— Beaucoup de gens font des « recherches », tu sais ? Tu n'es pas la seule à te servir d'Internet. Mais je vais te dire un truc, Becca. T'as que dalle sur moi.

Sur ce, il s'éloigna vers la forêt.

— Qu'est-ce qu'il raconte ? dit Jenn.

— Il cherche à nous baratiner, mentit Becca. A sa place, on ferait sans doute pareil.

Cette altercation avait appris une chose à Becca : Aidan la tenait autant qu'elle croyait le tenir.

Quand Derric téléphona, ce soir-là, elle pensa d'abord que Jenn lui avait parlé de leur rencontre avec Aidan.

— Becca, tu recommences.

Elle reconnut l'intonation qu'il adoptait lorsqu'il s'efforçait de contenir sa mauvaise humeur.

— Je recommence quoi ? répondit-elle avant d'ajouter : Ta période de punition est terminée ?

— J'ai le droit d'utiliser mon téléphone. Vingt minutes par soirée, parce que j'ai été un gentil garçon et que le psy m'adore. Il suffit que je me pointe à l'heure et que je l'embobine en lui racontant combien ma vie dans ce pays merveilleux me comble. Je me suis saoulé une fois, ça n'est pas la fin du monde quand même, docteur Prisedetête. Ça ne prouve rien.

Il répéta, en s'emportant :

— Ça ne prouve rien, bordel !

— C'est toujours pas la joie, on dirait ?

Elle aurait préféré qu'ils soient ensemble, elle aurait pu voir son visage. Là, elle devait se contenter de sa voix, et ça n'était jamais suffisant avec Derric.

— Ouais, en effet, c'est pas la joie, Becca. Et je te remercie d'ailleurs de tout faire pour que ce soit pire.

— Pardon ?

Elle avait pris l'appel dans la cuisine, prévenue par Ralph. Un tableau en liège était accroché au mur, juste au-dessus du téléphone. Elle y avait punaisé une photo de Derric et elle, prise cet été sur la plage de Double

Bluff, au milieu de morceaux de bois flotté. Derric était appuyé contre l'un d'eux, et elle contre lui. Il la tenait par la taille et avait le menton posé sur son épaule. Elle se rappelait à la perfection cette journée et la main de Derric sur sa hanche. « Je t'aime », lui avait-il glissé. Ce souvenir était si délicieux que, s'y abandonnant, elle n'entendit pas ce qu'il disait, jusqu'à ce qu'un mot retienne son attention. « Réjouissance. »

— Quoi ? Tu disais quoi, Derric ?

— La vache, Becca, tu n'écoutais pas, en plus ?

— J'ai été distraite.

— Super, merci. Tu pourrais faire un effort de concentration ?

Si son ton était bourru, elle percevait derrière une forme de crainte. Parfois, la colère était une solution de facilité. Au lieu de se formaliser, elle répondit :

— Je t'écoute maintenant. Que se passe-t-il ?

— Il se passe que… le révérend Wagner est venu me voir pour me dire comme c'était chouette, sympa et chrétien de ma part d'avoir mis ma copine en relation avec une correspondante ougandaise. Correspondante dont il m'a donné le nom, Réjouissance Nyombe. Et attends, le meilleur arrive, parce que le révérend m'a sorti tout ça devant mes parents, Becca. Qu'est-ce qui t'a pris, enfin ? Je te pose la question parce que, tu vois là, j'ai dû me rendre à une séance exceptionnelle avec docteur Prisedetête, ma mère et mon père. Et à quoi est-ce que j'ai eu droit ? Au fait que l'orphelinat avait fermé ses portes et que personne ne savait où se trouvaient les gamins. « Mais franchement, m'a dit ma mère, tu n'as aucune raison de t'en faire, Derric. Dès qu'on aura la moindre nouvelle au sujet de Réjouissance… Chéri, c'est ça qui te turlupinait tout ce temps ? »

— Oh, non, souffla Becca. Derric, je n'aurais jamais pensé que le révérend Wagner…

— Oui, très juste, Becca. Tu n'as pas pensé. Du coup, maintenant, en plus d'avoir à cacher que je flippe totalement à l'idée de ce qui a pu arriver à Réjouissance, je dois répondre à leurs questions incessantes. Ils ne s'expliquent pas pourquoi elle porte le même nom de famille que moi. « C'est quand même une drôle de coïncidence, Derric, vous n'auriez pas un lien de famille, dont tu n'aurais jamais parlé ? Est-ce pour cette raison que tu lui écrivais ? » Tout me ramène toujours à ces lettres, Becca. A la façon dont tu as foutu le bazar dans ma vie en…

— Je cherchais seulement à t'aider.

— Tu ne comprends donc pas ! Je n'ai pas besoin de ton aide ! Je ne veux pas de ton aide ! Combien de fois je vais devoir te le répéter ? Sauf que… quelle importance de toute façon, vu que je suis foutu.

— Foutu ?

— Tu t'imagines que ma mère va lâcher l'affaire ? Ma mère, la fouineuse professionnelle ?

— Mais c'est une bonne chose, Derric ! Si elle n'abandonne jamais, ça signifie qu'elle découvrira ce qui est arrivé à Réjouissance. C'est bien ce que tu veux, non ? Ou alors ton seul objectif est de sauvegarder l'image que tes parents ont de toi ? Au fond, on s'en balance de Réjouissance, la seule chose importante c'est que Derric puisse sauver la face, ce qui n'arrivera pas si maman et papa apprennent qu'il n'a jamais dit à personne que cette petite fille était sa sœur. On en est là ?

Il ne répondit rien. Le silence se prolongea et Becca sut qu'elle avait été trop loin. Elle sut aussi que, s'ils avaient été dans la même pièce, si elle avait pu voir son visage, entendre ses murmures et, avec un peu de chance, avoir une vision, elle se serait montrée bien plus prudente. Mais il avait rejeté la faute sur elle, et elle n'avait pu l'accepter, elle qui ne cherchait, depuis le début, qu'à…

Il jura, ce qu'il ne faisait jamais. Sa voix était grave, dure.

— Bien joué, Becca, ajouta-t-il avant de lui raccrocher au nez.

C'était la première fois.

39

Hayley se félicitait d'être tombée sur la cigarette électronique d'Isis, ce soir-là, dans la cabane. Si ses doigts n'avaient pas rencontré l'objet dans les plis du sac de couchage, elle n'aurait pas réussi à refréner leurs ardeurs à tous les deux. Ce qui n'avait pas été sans peine. Certes, sa raison lui soufflait que la présence de cet objet dans le lit n'était pas exactement un détail qu'elle pouvait ignorer. Mais son corps, lui, répliquait : quelle importance ?

Quand Parker lui retira son pull et son soutien-gorge, elle perdit encore un peu plus le contrôle de la situation. Ce qui n'aidait pas, c'est qu'elle en avait autant envie que lui. Pour ne rien arranger, il lui murmura :

— Je n'ai jamais ressenti ça, avant… Jamais…

Elle parvint néanmoins à se ressaisir, le temps de débiter très vite :

— Parker, je ne peux pas. Je ne prends pas la pilule et je n'ai pas de préservatifs.

Il s'assit sur le lit de camp et abandonna sa tête dans ses mains. Elle crut d'abord qu'elle l'avait refroidi, qu'il la prenait pour une allumeuse ou un truc dans le genre. Il dit pourtant :

— Tu as raison. Ta première fois ne peut pas avoir lieu ici, sur ce lit à deux balles.

Le corps de Hayley, toujours vibrant, la poussait à insister : « Où alors ? Et quand, quand, quand ? » Son esprit lui souffla toutefois qu'elle devait d'abord éclaircir deux ou trois points. Innocemment, elle sortit la cigarette électronique, coincée sous sa jambe.

— Mince, c'est quoi ce truc ? On dirait une cigarette sauf qu'elle est en… Regarde.

Elle la lui tendit. Elle se livrait une guerre intérieure : elle avait besoin de le percer à jour tout en craignant qu'il ne dise la vérité.

— Aucune idée, conclut-il en étudiant l'objet.

— Je crois qu'Isis a une cigarette de ce type, lâcha Hayley.

Du tac au tac, il répondit :

— Vraiment ?

Il promena un regard circonspect autour de lui, comme si Isis risquait de surgir de derrière le poêle.

— Parker… Isis et toi, vous êtes… ? Elle est venue ici ?

— Ça va pas ! Tu crois que j'aurais amené Isis, puis toi ensuite ? Elle n'a jamais mis les pieds ici. En tout cas, pas avec moi. Elle a très bien pu venir seule. Ce n'est pas comme si je fermais à clé…

Il plongea alors ses yeux au fond de ceux de Hayley avant de les laisser s'égarer sur les parties de son corps qu'il avait contribué à dénuder.

— Si tu pouvais ressentir ce que je ressens en te voyant, Hayley, tu aurais une certitude, c'est que je n'en ai rien à faire d'Isis Martin.

Il l'embrassa. Elle avait envie de ses baisers et même d'aller plus loin, mais il se montra plus raisonnable.

— Non, on ne peut pas, Hayley.

Il l'aida à se rhabiller. Elle empocha la cigarette électronique : il faudrait bien résoudre ce problème un jour ou l'autre.

L'occasion se présenta plus tôt que prévu. Hayley s'était garée près des courts de tennis, sur le parking du lycée, et, avant qu'elle ait eu le temps de réunir ses affaires éparpillées sur le plancher de la voiture, la portière du pick-up s'ouvrait sur Isis.

— J'ai cru que tu n'arriverais jamais ! dit-elle en grimpant sur le siège passager. Pourquoi es-tu aussi en retard ? Qu'est-ce qui se passe ? Pourquoi est-ce que ton téléphone ne te permet pas de recevoir des textos ?

Isis serrait un cahier contre elle, et Hayley crut qu'il contenait une explication à ce désespoir infini. Pourtant, loin de l'ouvrir, elle le pressa plus fort contre sa poitrine alors qu'elle rivait son regard sur Hayley.

— Brady a appelé. En arrivant au bahut pour son entraînement de natation, parce qu'il était hors de question qu'il me téléphone de chez lui. C'est pire que tout ! Il veut la bague !

Hayley était restée focalisée sur la cigarette électronique et elle ne comprit pas immédiatement de quoi son amie voulait parler.

— Tu ne la lui as pas envoyée tout de suite après l'avoir achetée ?

— Pas cette bague-là ! Celle de son père. Il a apparemment remarqué que Brad ne la portait pas et ça a dégénéré. « Pourquoi tu ne l'as pas ? Tu l'as perdue ? On ne peut pas te faire confiance ! » Bref, ils se sont engueulés et Brady veut la récupérer. Sauf que je suis sûre qu'il ment. Il veut la filer à cette pouffe de

Madison Ridgeway et je lui ai dit que je n'étais pas dupe. Il s'est énervé, et m'a demandé si je l'avais paumée, parce qu'il en a besoin maintenant, tout de suite ! Comme si le monde tournait autour de lui. Si je ne fais pas ce qu'il dit, il va rappliquer ici fissa.

— Mais c'est ce que tu veux, non ?

— Quoi ?

— Que Brady vienne ici.

— Il ne viendra pas, ne sois pas bête. Il veut simplement récupérer sa chevalière, et je ne l'ai plus, c'est tout le problème. Je l'ai cherchée partout.

— Je croyais que tu ne la quittais jamais…

— Au début, oui, parce que je suis débile. Mais je l'ai retirée quand Parker et moi… Oh, je ne me rappelle même plus quand je l'ai retirée.

Hayley sentit soudain un grand froid l'envahir.

— Quand Parker et toi, quoi ?

— Hein ?

— Tu n'as pas été au bout de ta phrase : tu l'as ôtée quand Parker et toi, quoi ?

— On s'en fout de ça, Hayley ! La vache, je ne te parle pas de Parker, là. Tu ne piges rien, ou quoi ? Brad veut sa chevalière. Si je ne la lui renvoie pas, il va…

Hayley sortit la cigarette électronique de son sac, qu'elle présenta dans sa paume ouverte à Isis.

— Tu peux m'expliquer ? Soit tu l'as oubliée là-bas, soit tu l'y as mise exprès.

Isis fixa l'objet avant de dévisager son amie.

— Où ça ?

— Tu sais très bien où, assena Hayley avec fermeté.

— J'en reviens pas ! s'écria Isis en s'emparant de la cigarette électronique. Je viens te voir pour te demander un conseil et tu ramènes tout à toi. Je nous croyais amies, Hayley ! Mais si tu manques de confiance au point de laisser un… un pauvre mec se mettre en nous… Il n'y a que ça qui t'intéresse ? Savoir si, oh là là, Isis l'a fait avec Parker ?

— Tu as été à la cabane ?

— Je t'ai dit qu'on s'en foutait ! Tu ne vois pas que Brady n'était pas censé donner cette bague, elle ne lui appartient même pas, puisqu'elle est à son père. Sauf qu'il me l'a offerte, et que je l'ai perdue. En quelle langue faut te le dire ? Si ça se trouve, mon abruti de frère l'a prise pour la vendre. Je ne pourrai jamais la rendre à Brady, et il refusera de se remettre avec moi. Pour couronner le tout, j'ai le plaisir d'apprendre que tu es tellement égoïste que je ne peux même pas compter sur ton aide. Et pourquoi ? Parce que je me tape Parker… Comme si on en avait quelque chose à faire ! Hé, pourquoi tu n'irais pas balancer au shérif que je suis l'auteur des incendies, tant qu'on y est ? Ouais, vas-y. Autant crever de toute façon, ma vie n'est qu'un tas d'emmerdes.

Elle sauta alors à terre et claqua la portière derrière elle.

40

Hayley crut que c'était la fin de son amitié avec Isis. Et elle était soulagée, en quelque sorte. Parker lui avait assuré qu'il ne s'était rien passé entre eux. Alors que les allusions d'Isis suggéraient tout autre chose. L'un d'eux mentait. Et Hayley savait qui elle avait envie de croire. Prendre ses distances avec Isis était donc une bonne chose.

Elle aurait cependant eu besoin de pouvoir s'ouvrir à quelqu'un, d'évoquer ses tourments. A une autre époque, elle aurait parlé à sa mère, mais celle-ci avait assez de soucis comme ça.

Le jour du dernier marché de l'année, les clients étaient plus nombreux que jamais à Bayview. Les arbres qui bordaient l'esplanade se déclinaient en rouges et orange vifs, baignés d'un soleil éclatant, entourés d'un air vivifiant et limpide. La brise légère qui agitait les fanions de couleur à l'entrée de l'enfilade d'étals diffusait les parfums de l'automne : cidre chaud et épicé, tartes à la citrouille, aux pommes et aux patates douces. Les maraîchers avaient apporté les derniers haricots et laitues, une variété époustouflante de courges et une quantité astronomique de pommes de terre. Les tisseuses et tricoteuses proposaient écharpes, bonnets et gants ; leurs affaires marchaient d'autant mieux que les températures baissaient. Au stand des Cartwright, Julie veillait à ce que ses clients s'inscrivent pour la livraison d'œufs frais durant tout l'hiver, ainsi qu'à celle des légumes racines, qu'ils continueraient à récolter tant que la terre n'aurait pas gelé.

Hayley était en train d'emballer un de ses colliers pour un touriste de Spokane quand elle aperçut Seth. Il tenait Gus en laisse, et le chien se montrait obéissant pour une fois. Il patientait tranquillement, assis aux pieds de son maître, pendant que celui-ci discutait avec un de ses collègues charpentiers. Dès que Seth fit mine de repartir, Gus se releva – à croire qu'il était habitué à répondre au doigt et à l'œil. Tous deux se dirigèrent vers l'étal des Cartwright. Seth salua Hayley d'un bref mouvement de tête et se mit à tirer sur sa boucle d'oreille, signe, elle le savait, de sa nervosité. Il l'aborda avec la question la plus banale de la terre :

— Salut, ça va ?

— Bien, et toi ?

— Bien.

Puis le silence s'installa. Ils regardèrent les gens autour d'eux, qui riaient, bavardaient, admiraient les produits et caressaient les chiens des autres. Une belle journée et une foule amicale… Soudain, Hayley eut le sentiment que Seth était le seul à qui elle pourrait faire part de ses doutes.

— La saison a été bonne ? s'enquit-il.

— On n'a pas à se plaindre. En même temps, maman fait des ménages trois jours par semaine et je vais devoir dégoter un bon job. Elle ne veut rien entendre, évidemment. Elle dit que le lycée est mon seul boulot…

— Elle a raison. Tu as préparé tes dossiers ?

— Je m'arrêterai après mon diplôme de fin de secondaire, Seth. Point barre.

— Hayl…

Elle secoua la tête, et un ange passa. Seth se mit à danser d'un pied sur l'autre. Expirant bruyamment, Gus frotta sa tête contre sa cuisse. Les deux amis reprirent la parole au même moment.

— Hé, fit-il, je n'aurais jamais dû te dire…

— Seth, j'ai quelque chose à te demander…

Ils éclatèrent de rire. Hayley pencha la tête sur le côté et considéra le jeune homme avec tendresse.

— Vas-y d'abord.

— Je n'aurais rien dû te dire au sujet de Parker. Tu avais raison. Je ne sais rien de ce mec de BC Django 21. Il vit à des centaines de kilomètres d'ici et, si ça se trouve, il est juste remonté parce que Parker est meilleur musicien que lui.

Elle acquiesça.

— Je me rends bien compte qu'il a un faible pour toi, poursuivit-il. Je voulais simplement t'inviter à être prudente.

Hayley sourit.

— Elle est douée, lança-t-elle sans préambule. Incroyablement douée, même.

Seth comprit sur-le-champ qu'elle faisait référence à la violoniste.

— Prynne va venir jouer pour les gars, dit-il. J'ai tellement envie d'elle. Enfin, je veux dire, dans le groupe.

— C'est son prénom ? Prynne ?

— Elle s'appelle Hester Prynne en réalité. Je crois qu'il s'agit d'une référence, je n'ai pas compris laquelle.

— C'est le nom de l'héroïne d'un roman, *La Lettre écarlate*. L'histoire d'une femme, membre d'une communauté puritaine, qui tombe enceinte après avoir couché avec un type. Du coup, elle est obligée de porter un énorme A rouge sur ses vêtements pour le reste de sa vie.

Seth haussa des sourcils interrogateurs.

— A pour adultère, précisa Hayley. Elle s'est rendue coupable de cette faute avec le pasteur et elle va en prison. A sa sortie, elle doit broder ce A sur ses habits.

— Duraille.

— Le puritanisme…

— Comment tu sais ça, toi ?

— Mon cours de littérature américaine.

— Tout s'explique ! Ses parents l'ont appelée comme ça, mais elle préfère Prynne tout court.

— Tu l'aimes bien, hein ?

Il lui jeta un bref coup d'œil.

— Vraiment bien, reconnut-il.

Hayley accueillit cette nouvelle avec joie : Seth était son ami, quels que fussent leurs différends. Il méritait de rencontrer une fille qui saurait mieux l'aimer qu'elle.

— A ton tour, maintenant, lâcha Seth.

L'espace d'une seconde, Hayley crut qu'il voulait dire que c'était à son tour de connaître l'amour, puis elle se rappela qu'ils s'étaient interrompus mutuellement.

— Eh bien voilà…

Elle jeta un regard alentour pour s'assurer que personne ne pourrait les entendre.

— Je crois que je sais qui est l'auteur des incendies, Seth. Seulement, je n'en suis pas certaine et je me demande quoi faire.

— Qui est-ce ?

— Je n'ai pas envie de répondre à cette question. Tu vois, je ne suis pas sûre de savoir pourquoi je suis tentée de parler de cette personne au shérif. Tu comprends ce que je veux dire ?

— Euh… pas vraiment.

— C'est une histoire perso. La raison pour laquelle je veux balancer ce nom est liée à une histoire perso. Comment expliquer ? Je dispose d'informations, et je me suis fâchée avec la personne qui me les a fournies. Du coup, je ne peux pas m'empêcher d'avoir l'impression que je cherche à lui causer des ennuis plutôt qu'à faire avancer l'enquête.

Il la dévisagea pendant qu'il réfléchissait à ce qu'elle venait de lui dire. Hayley sentit qu'elle rougissait. Il n'en fallut pas davantage à Seth.

— Parker, lâcha-t-il enfin.

— Quoi ?

— Il est mêlé à tout ça, je me trompe ?

— Non, ce n'est pas lui, l'auteur des incendies ! Comment peux-tu suggérer une chose pareille ? Tu viens de t'excuser pour l'avoir accusé sans preuve et tu recommences deux minutes plus tard, ce qui est totalement injuste, parce que…

— Hayl, chuchota-t-il d'un ton qui désamorça sa colère, je n'ai jamais dit que Parker avait un lien avec les incendies. C'est toi qui as tiré cette conclusion, toute seule. Ça devrait te faire réfléchir, non ?

Il baissa les yeux, parut vouloir ajouter quelque chose, mais se contenta de soupirer.

Plus tard cet après-midi-là, Hayley travaillait sur un devoir de littérature dans sa chambre. Elle était si absorbée par sa dissertation qu'elle n'entendit pas le coup à sa porte.

— Hayley ? hasarda alors une petite voix. Ta mère m'a dit que tu étais là, mais je n'ose pas ouvrir. Je suis désolée d'avoir été aussi nulle. Je peux entrer ?

Oh, non… Elle n'avait aucune envie de voir Isis.

— Hayley ?… d'accord, je m'en vais. Je voulais juste te dire que j'étais vraiment désolée.

Hayley quitta son bureau en pestant pour aller ouvrir. Isis était dans un état pitoyable. Elle tenait un petit cadeau emballé dans ses mains en coupe, ainsi qu'elle l'aurait fait avec un oisillon. Les larmes qui embuaient ses yeux commencèrent à rouler sur ses joues :

— Je voudrais que tu me pardonnes. Mais je comprendrais si tu ne pouvais pas. Je tiens à ce que tu saches que j'ai conscience d'avoir été horrible. Et j'ai aussi conscience que je n'ai personne comme toi dans ma vie. J'apprends plus en passant cinq minutes avec toi qu'avec n'importe qui d'autre. Ce qui ne m'empêche pas de m'en prendre à toi. Il me faut pas plus de trois minutes après t'avoir quittée pour me rendre compte que j'ai eu tort. Je ne sais pas comment te dire à quel point je m'en veux. Je comprendrais qu'on ne puisse plus être amies, mais je voulais t'offrir ça.

Hayley observa le paquet-cadeau. La lumière qui pénétrait par la fenêtre au bout du couloir faisait scintiller le papier. Hayley s'effaça pour laisser entrer Isis dans sa chambre.

— J'espère que tu l'accepteras. Quand je l'ai vu, j'ai su que c'était pour toi ! Tu veux bien l'ouvrir ?

Hayley prit le paquet et s'assit sur son fauteuil de bureau. Isis se percha sur un coin du lit. Hayley défit l'emballage avec précaution et découvrit le genre d'écrin carré qu'on trouve dans les bijouteries. A l'intérieur, un petit objet de porcelaine en forme de biscuit chinois, de ceux qui contiennent des messages. L'objet était d'ailleurs articulé et recelait une bandelette de papier. « Un de vos proches vous doit de sacrées excuses. » Elle reconnut l'écriture d'Isis, qui s'était appliquée. Relevant la tête, elle vit que celle-ci la dévisageait avec espoir, les lèvres tremblantes.

— J'ai recommencé à déconner… En plus, ma mère m'a dit un million de fois au moins que j'étais folle. Et mon père aussi. Ils me pardonnent toujours quand je me comporte… comme je l'ai fait avec toi, mais c'est sans doute parce qu'ils sont mes parents et qu'ils n'ont pas le choix.

Elle plaça ses mains entre ses deux cuisses et les comprima.

— Ce que j'essaie d'expliquer, enchaîna-t-elle, c'est que… Je sais que tu as le choix, tu peux me pardonner ou pas, et j'espère que tu vas répondre : « Je te pardonne, Isis, parce que je te connais, tu ne penses pas vraiment ce que tu dis, même si tu te laisses parfois déborder. »

Sur ce, la jeune fille se tut. Son repentir semblait si sincère…

— Il faut que tu arrêtes de t'en prendre à moi, lâcha Hayley. C'est ultra-blessant et…

Isis se jeta aux pieds de son amie pour l'étreindre par la taille.

— Je te jure. Je ne le ferai plus, plus jamais. Oh, merci !

Elle abandonna sa tête sur les genoux de Hayley, telle une suppliante comprenant enfin que le pardon n'était pas accordé à la légère et pourrait être refusé à l'avenir.

— Je dois t'avouer quelque chose, reprit Isis en levant un visage éclairé par le soulagement et la joie, je vais devenir folle sinon. Et je crois que tu pourras m'aider, du coup, si je déconne encore. Seulement, si je te le dis… Personne n'est au courant en dehors de ma famille, pas même grand-mère.

Hayley se pétrifia, concluant aussitôt à une grossesse. Brady étant le père, évidemment. Elle fut rapidement détrompée.

— On allait au lac Shasta tous les ans. Pour une semaine de camping. Je devais avoir huit ans quand c'est arrivé, Aidan sept, et Robbie… Deux mois peut-être ? Il était énervé parce que c'était l'heure de son biberon, et il était sur la banquette arrière avec nous. Dans un siège bébé, le genre pour les nourrissons, qui sont tournés dans l'autre sens. Maman a filé le biberon à Aidan, qui était censé le tenir pendant que Robbie mangeait, mais il a pas fait gaffe et… Ça avait l'air si simple, tout le monde sait nourrir un bébé. Sauf que…

Elle parut se débattre avec la suite de son récit et prit quelques secondes avant d'ajouter :

— Il s'est étouffé avec le lait, ou il l'a aspiré au lieu de le faire descendre dans son tube digestif. Papa s'est garé sur le bas-côté et il a essayé… maman aussi… puis les secours sont arrivés et ils ont essayé à leur tour… Sauf que personne n'a pu le sauver, et c'était la faute d'Aidan. Maman s'est mise à l'incendier au bord de la route, et… Tout à coup, elle s'est arrêtée, net. Elle n'en a plus jamais reparlé. Pas une fois. Ils l'ont fait incinérer. Ils ont fait incinérer Robbie, et il n'y a même pas eu d'enterrement, il n'a pas de tombe, c'est comme s'il n'avait jamais existé.

Hayley était pétrifiée. Cette histoire était si effroyable qu'elle pouvait ressentir toute la douleur qui en émanait, malgré la distance.

— Aidan a commencé à allumer des feux à cette époque, reprit Isis. Mes parents l'engueulaient, lui disaient qu'il n'était bon qu'à causer des ennuis et qu'il devait arrêter. Enfin, comment il aurait pu arrêter alors qu'ils lui interdisaient de parler de son sentiment de culpabilité ? C'est si facile, en théorie, de donner le biberon à un bébé. Sauf que tout est allé de travers et qu'ils ont décidé de ne plus rien dire, ni « on te pardonne, Aidan », ni « on aurait dû trouver un endroit pour s'arrêter, ç'aurait été plus raisonnable ». Le truc, c'est que les gens ont besoin de parler des malheurs dans leur vie, sinon ça les bouffe de l'intérieur et ils finissent par exploser.

Les mots manquaient à Hayley :

— Je suis…

Isis bascula sur ses talons.

— Ça explique sûrement pourquoi je ne suis pas toujours fréquentable. Mais je vais faire de gros efforts, parce que je ne veux pas mettre notre amitié en danger. Je sais que tu sors avec Parker maintenant, et ça ne me dérange pas du tout. Lui et moi… C'était uniquement lié à Brady. Je le savais, comme je savais que Parker n'était pas fait pour moi, et puis j'ai bien vu que, dès le début, tu lui plaisais. Je suis contente que vous soyez ensemble. Sincèrement, d'acc ?

— D'accord.

Alors qu'Isis se redressait pour la prendre dans ses bras, Hayley ajouta :

— Est-ce que vous avez… ? Parker et toi… ?

Isis chassa la question d'un revers de la main.

— Tu veux savoir si on a couché ensemble ? Hayley, c'est rien, tout ça. Une fois que tu auras sauté le pas, tu t'en rendras compte par toi-même. Il n'y a vraiment pas de quoi en faire tout un plat.

41

Seth était au téléphone, l'expression soucieuse.

— Je vois bien comment on peut oublier certains trucs, poursuivit Becca à l'autre bout du fil, style l'endroit où on a rangé la clé de sa voiture ou ce qu'on est venu chercher dans une pièce. Même une commission. Là, c'était différent, Seth. Il a carrément oublié qu'il avait pris le message. J'ai eu l'impression qu'il avait retrouvé ce morceau de papier dans sa poche et qu'il ne se souvenait absolument pas d'avoir écrit ces mots.

Seth avait garé sa voiture sur le parking de l'embarcadère pour Port Townsend. Il regardait le ferry approcher tout en réfléchissant à ce que son amie venait de lui apprendre.

— Grand-père vieillit, rien de plus, finit-il par répondre. Je ne pige pas pourquoi ça te fait autant flipper.

— Ça me fait flipper parce que ce message pourrait être important. Et tu sais très bien pourquoi.

— Ta mère ?

— Et si elle n'avait pas été jusqu'à Nelson ? Ça se trouve où, La Conner ? C'est apparemment dans la vallée de Skagit, tu connais ?

— Sur la côte du continent, juste au nord de l'île. Enfin, Beck, que ferait ta mère dans un endroit pareil ? Ça s'appelle comment, déjà ?

— Les Cultivateurs de la Broad Valley. Et je n'en sais rien, moi, peut-être qu'elle n'a pas eu besoin d'aller jusqu'au Canada. Peut-être qu'elle a… euh… crevé ? Peut-être… qu'elle souffre d'amnésie ? Pourquoi elle ne vient pas me chercher ?

— Beck…

— Je comprends que ça puisse paraître idiot, mais tu ne vois pas que…

Il ne voyait plus qu'une chose, ou une personne plutôt : Prynne. Le ferry approchait du quai et elle était parmi les passagers piétons, à l'avant, juste derrière la chaîne qui retenait les voitures. Il agita le bras, en vain bien sûr : n'étant jamais venue à Whidbey, Prynne ne savait pas où regarder. Il remarqua qu'elle ne portait pas son cache-œil. Bien que pas vraiment jolie, elle attirait l'attention avec ses cheveux emmêlés et sa longue jupe. Elle portait des santiags et une veste en jean délavé, ainsi que plusieurs chaînes qui scintillaient au soleil. Au fond, elle était comme lui, en décalage avec les autres, et il aimait ça.

— Seth !

Il se rendit compte que Becca avait parlé pendant tout ce temps.

— Laisse-moi passer un coup de fil, Beck, lâcha-t-il. Je tâterai le terrain, on verra bien. Si j'ai le moindre soupçon, on pourra toujours aller là-bas, à La Conner. On jettera un œil et si ta mère y est…

— Non ! Imagine que ce soit un piège ? Depuis que ces affiches sont placardées partout, j'ai le pressentiment que quelque chose va arriver. Que quelqu'un va découvrir qui est Laurel Armstrong, et qui je suis, moi. A cause de cette photo dans le journal… celle qui remonte à l'époque où j'avais une dizaine d'années.

— On ne te reconnaît pas.

— Aidan m'a vue étudier ce cliché. Et si c'était lui qui avait laissé le message à ton grand-père ? Il sait, en plus, que j'enquête sur lui…

Le ferry avait accosté et les passagers débarquaient déjà. Seth se dirigea à grandes enjambées dans leur direction.

— Il essaie peut-être simplement de te coller la frousse.

Seth fit signe à Prynne. La jeune fille souleva l'étui à violon qui se balançait au bout de ses doigts pour le saluer.

— Ecoute, Beck, dit-il dans le combiné, je dois filer. Je te le répète, on peut aller voir cet endroit si tu veux. Essaie de ne pas te rendre malade en attendant. Ce message pouvait très bien être destiné à grand-père ou à Parker.

Il raccrocha au moment où Prynne le rejoignait. Elle était si… si… unique qu'il eut envie de la prendre dans ses bras. Il était très heureux de la voir. Très, très heureux.

L'œil de verre était plus vrai que nature.

— Hé, ce truc a l'air… On ne voit pas qu'il est faux, observa Seth.

Il se sentit aussitôt ridicule. Prynne s'esclaffa.

— Tu t'attendais à quoi ? Un œil en plastique ? Tu veux que je le retire ?

Il brandit les deux mains avec emphase.

— Surtout pas ! Tu es très belle comme ça.

— Tu n'es pas fan du cache-œil, alors ? répliqua-t-elle d'un air taquin alors qu'ils se dirigeaient vers la Coccinelle.

— Ce n'est pas du tout ce que je sous-entendais. Le bandeau est classe. Je suis superfan, et qui ne le serait pas ? Surtout quand on découvre qu'il a une vraie raison d'être, si tu me suis.

Elle s'arrêta.

— Tu es nerveux ? lui demanda-t-elle sans détour. Il me semble que ce serait plutôt à moi de l'être. Qui est-ce qui va jouer devant tes potes ?

Seth retira son feutre, le fit passer d'une main à l'autre, puis le remit sur son crâne.

— Euh… ouais, je crois que je suis un peu nerveux. Je ne sais pas. J'ai l'impression d'avoir un genre de rancard. De… de marcher sur des braises.

— Oh, c'est cette bonne vieille tension fille-garçon. Il suffit qu'on s'embrasse. Je ne veux pas que tu t'imagines que j'ai des vues sur toi, parce que ce n'est pas le cas. Simplement, je sais d'expérience qu'il vaut mieux s'emballer pour passer à autre chose ensuite.

— La vache ! Tu es directe, toi.

— Eh ouais. A quoi bon tourner autour du pot ? Ça te dit, alors ?

— Je suis partant, oui.

Il effleura ses lèvres des siennes.

— Ah non, désolée. C'était très mignon et tout, mais il faut quelque chose de plus sérieux, de plus engagé, si tu vois où je veux en venir.

Il voyait très bien.

— Super, approuva-t-elle après leur véritable premier baiser. On est débarrassés maintenant, quel soulagement ! Bon, je retrouve où le reste de Triple Threat ?

— Pourquoi ? Tu veux aussi les embrasser ?

Elle éclata de rire, avant de passer son bras sous le sien.

— Peut-être, même si mon petit doigt n'a pas l'air de le penser.

CINQUIÈME PARTIE

La vallée de Skagit

42

Becca sentait que quelque chose se tramait. Qu'elle fonçait tout droit dans un mur, et que ce mur s'appelait Aidan Martin. Il semblait penser que l'attaque était la meilleure défense. Et une chose était sûre : il n'avait pas froid aux yeux.

Becca l'imaginait très bien mener son enquête. Elle se demanda quel mal il aurait à retrouver la piste d'une certaine Rebecca Dolores King de San Luis Obispo, en Californie ? A partir de là, il n'aurait pas beaucoup à tirer sur ce fil pour apprendre que la véritable Becca King avait été emportée par une leucémie à l'âge de quatorze ans. Et conclure sans trop de difficulté que son identité avait été usurpée par quelqu'un d'autre. Bien sûr, il lui faudrait fouiner un peu, mais y avait-il une seule information, aujourd'hui, qu'on ne pouvait pas dénicher avec de la persévérance et une connaissance même minime d'Internet ?

Alors voilà, d'un côté, toute cette histoire des Cultivateurs de la Broad Valley dans le comté de Skagit pouvait être une ruse d'Aidan pour voir combien de temps il réussirait à la faire tourner en bourrique. D'un autre côté, il pouvait aussi s'agir d'une réelle avancée pour elle, pour sa vie : un message de sa mère peut-être…

A moins, encore, que ce ne fût un piège de Jeff Corrie ? Les Cultivateurs de la Broad Valley pouvaient très bien avoir un lien avec lui plutôt qu'avec sa mère. Enfin, il pouvait s'agir tout simplement d'une erreur. Quoi qu'il en soit, elle devait s'assurer que cet endroit n'était pas synonyme de danger – que ce n'était pas, par exemple, là que Jeff Corrie se terrait. Impossible, cependant, de rappeler l'endroit pour demander : « Hé, au fait, un certain Jeff Corrie ne logerait pas chez vous ? » En revanche, elle pouvait tenter de localiser son ancien beau-père.

Becca se rendit à Langley pour effectuer cette recherche : elle n'utiliserait ni les ordinateurs de la bibliothèque ni ceux du foyer municipal, mais ceux du Hub, où elle n'avait jamais croisé Aidan.

Derric la conduisit en ville. Il était venu la trouver au lycée pour s'excuser. Elle savait qu'il se reprochait de lui avoir raccroché au nez. « Cette histoire avec le père Wagner m'a rendu dingue », s'était-il justifié en passant une main sur son crâne lisse, comme pour apaiser son esprit et ses murmures : *parce que si la fermeture a eu des conséquences dramatiques... je sais que c'est le cas, je le sais, et tout ce que j'avais à faire c'était dire qui elle... je le sais aussi.* « Becca, avait-il repris, j'aimerais juste… » Mais il n'avait pas été capable d'aller au bout de sa phrase.

Elle s'était contentée de lui prendre la main et de dire : « Je sais. » Oui, elle savait qu'il lui aurait suffi de dire ne serait-ce qu'à une personne que la toute petite fille parmi les orphelins recueillis dans la ruelle de Kampala était sa sœur pour que tout soit différent.

Ils se séparèrent devant le Hub, une salle municipale surtout fréquentée par des collégiens. Celle-ci se trouvait dans une petite rue de Langley, au sous-sol d'une église méthodiste – un bâtiment blanc doté d'un clocher. Il y avait des jeux pour les plus jeunes, un espace réservé aux devoirs et quelques ordinateurs en libre service. Une vieille dame serviable en survêtement fluo lui dit qu'elle pourrait se servir de l'un d'eux si elle était disposée à attendre son tour.

Elle dut patienter près d'une heure pour taper le nom de Jeff Corrie dans Google. Comme d'habitude, elle tomba sur une liste de vieux liens – son ex-beau-père était dans le collimateur de la justice depuis un moment. Becca constata rapidement, toutefois, qu'il y avait eu du neuf et que Jeff Corrie faisait encore les gros titres du journal de San Diego. Un article intitulé *Les déclarations de Corrie avérées* lui donna un coup au cœur.

Au moment de cliquer sur le lien, Becca sentit son imagination s'emballer : et si sa mère était rentrée à San Diego ? Et si elle avait décidé qu'une confrontation directe était la meilleure solution ?

Le sol se déroba sous ses pieds quand l'article apparut à l'écran. Car le papier portait sur l'associé de Jeff Corrie, Connor West. Qui était en parfaite santé !

Becca ne parvint pas tout de suite à comprendre ce qu'elle lisait. Les mots qui défilaient devant ses yeux ne faisaient pas sens. Sans parler de ce qu'ils impliquaient.

Connor West avait été découvert sur un bateau. A Acapulco. Il était actuellement en route pour la Californie – escorté par la police de San Diego avec l'accord des autorités mexicaines.

Becca fixait l'écran. Il devait s'agir d'une erreur. Ce ne pouvait pas être Connor West, mais quelqu'un qui lui ressemblait. Ou quelqu'un qui avait endossé son identité comme elle l'avait fait avec Becca King. Une fois à San Diego, les policiers le soumettraient à un test ADN ou ils vérifieraient ses empreintes digitales, et alors…

Elle racontait n'importe quoi, enfin ! Bien sûr qu'il s'agissait de Connor. Il n'avait pas un jumeau secret, prêt à surgir au moment opportun. Quelle idiote ! Quelle…

Becca eut du mal à respirer. Elle avait l'impression que la pièce tanguait sous ses pieds. Elle entendit des hurlements. Ils étaient dans sa tête, et ils tournaient en boucle : *tu t'es trompée tu t'es trompée tu t'es trompée tu t'es TROMPÉE.*

Pourtant elle était sûre du murmure qu'elle avait perçu ce jour-là dans la cuisine, à San Diego. Il était limpide et contenait les mots : *Connor West*, *mort* et… C'était bien cela, non ? Oui, bien sûr. Elle n'avait pas de doute. Sans compter que, ensuite, alors qu'il posait les yeux sur elle, Jeff avait eu ces pensées révélatrices : *elle a entendu…*

Mais quels étaient les mots exacts qu'il avait dits à propos de Connor ? Elle fouilla dans sa mémoire et ne parvint à en retrouver qu'un seul : *mort*. Puis Connor West avait disparu sans laisser de traces. N'était-ce pas la preuve qu'il avait été assassiné et qu'on s'était débarrassé de son corps ? En tout cas, sa mère l'avait cru, car Connor n'avait aucune raison de disparaître de la circulation. Voilà pourquoi elles avaient pris la fuite. Parce que Jeff était dangereux. Il s'était servi de la fille de son épouse pour détourner de l'argent, voler les économies de personnes âgées. Il faisait l'objet d'une enquête, c'était un menteur, un arnaqueur, un tueur.

Cette image venait pourtant de voler en éclats sous les yeux de Becca. Et elle ne pouvait pas revenir en arrière, défaire tout ce qui s'était produit depuis. Surtout, elle n'avait aucun moyen de prévenir sa mère.

43

Becca sortit en trombe du Hub. Elle traversa la rue, puis le parking, qui se terminait par une pelouse en pente, où sept des innombrables lapins de la ville faisaient des réserves pour l'hiver. Au sommet de cette déclivité, Cascade Street offrait une vue sur l'océan en contrebas et sur la chaîne de montagnes, en face. Becca se moquait du paysage toutefois. Il fallait qu'elle parle à quelqu'un, qu'elle se libère de son fardeau, qu'elle comprenne, qu'elle s'organise… qu'elle fasse quelque chose.

Elle fila au motel de la Falaise. Ce n'était pas loin, à quelques pâtés de maisons. Derric serait là-bas. Elle pourrait lui parler, lui demander son avis, il saurait la conseiller. Sauf que… Il n'était au courant ni pour les murmures, ni pour Jeff Corrie, ni pour la mère de Becca. Il ne savait rien. Debbie Grieder non plus, sa prétendue « tante Debbie », n'était pas dans la confidence. Seul Seth connaissait une partie de son histoire, mais il n'était pas là, et il n'y avait personne d'autre. Personne. Et que faisait-elle sur cette île, sans sa mère ? Elle repensa aux paroles de sagesse de sa défunte grand-mère, qui l'avait toujours aidée à surmonter les moments difficiles, elle qui possédait le même don et avait appris à le contrôler, à n'écouter les pensées des autres que lorsqu'elle le souhaitait, comme une radio qu'elle aurait allumée ou éteinte. Si seulement Becca en avait été capable aussi, elle aurait pu…

Elle se força à s'arrêter. Elle devait contenir cette avalanche de questions, soupeser les options. Elle avait bien consulté Internet, non ? Sa mère avait probablement dû faire de même au Canada. Sinon, comment se serait-elle tenue au courant de l'évolution de la situation ? Et Laurel avait cru qu'elles seraient en sécurité une fois que Jeff Corrie aurait été jugé et envoyé en prison. Cependant n'étaient-elles pas en sécurité dans l'état actuel des choses ? Bien sûr que si, et sa mère devait…

— Becca ! Hé, Becca ?

La jeune fille se retourna. Hayley Cartwright était au volant du pick-up familial et elle s'était garée le long du trottoir. Sa sœur était avec elle.

— Tu as l'air soucieuse, observa-t-elle avec un sourire. Je peux te déposer quelque part ?

— Oui, avec plaisir. Chez Diana Kinsale, ce serait possible ?

Peu après être montée dans la camionnette, Becca sortit son aide auditive, tant les pensées de Hayley et de Brooke emplissaient l'atmosphère. *A quoi bon puisqu'elle ne fera rien... on n'a jamais d'argent... tout le monde s'en ficherait si je mourais...* Ces derniers murmures étaient particulièrement glaçants. Becca ignorait à laquelle des deux sœurs ils appartenaient. Et encore : *il reste cette histoire de cigarette...*

je ne peux pas, je ne peux... si je l'interroge à nouveau... à qui je fais confiance ? Puis, résonnant avec la force d'une détonation : *prévenir la police mais est-ce que je peux vraiment faire une chose pareille ?* Dans d'autres circonstances, Becca se serait efforcée d'assembler les pièces du puzzle et de chercher à interpréter ce qu'elle entendait. Seulement là, elle n'était pas en état de le faire.

Le trajet n'était pas très long pour se rendre chez Diana, il fallait emprunter Sandy Point Road et sa succession de virages, puis tourner dans Clyde Street.

Les chiens se trouvaient dans leur enclos, à l'arrière de la maison, et ils aboyèrent à l'approche du pick-up. Oscar n'était pas parmi eux, il devait être à l'intérieur avec Diana, dont la camionnette était là. Avant d'aller sonner à la porte, Becca s'approcha des chiens pour leur donner à chacun une caresse sur la tête. Elle regretta d'être venue les mains vides. Elle leur chuchota des paroles apaisantes et ils se calmèrent, enfouissant leur truffe dans ses paumes.

Personne ne vint lui ouvrir quand elle sonna.

Becca tenta de regarder à travers le panneau de verre, le long du chambranle de la porte, et elle aperçut le sac à main de Diana, à son crochet habituel, ainsi que les chaussures qu'elle avait coutume de porter lorsqu'elle sortait.

Alors que Becca analysait la situation, Oscar arriva en trottinant depuis la véranda et lui adressa, à travers la vitre, un regard expressif. Il cherchait à lui transmettre un message. Un message qui n'avait rien de rassurant. L'inquiétude s'empara de la jeune fille. Elle tourna la poignée de la porte, qui n'était pas fermée à clé. Typique de Whidbey, songea-t-elle. Oscar l'accueillit en silence, contrairement à ses camarades, se pressant contre elle. Puis il la conduisit à la véranda. Diana était allongée sur une méridienne, un édredon remonté jusqu'au menton, le teint jaune et les yeux soulignés de cernes profonds. L'espace d'un instant terrible, Becca crut qu'elle était morte et poussa un cri. Diana souleva les paupières. Elle ne parut pas un seul instant surprise de sa présence chez elle.

— Becca, dit-elle simplement. Bonjour. Tu m'as surprise en pleine sieste.

Elle s'assit en grimaçant et se frotta le bas du dos.

— C'est le grand nettoyage d'automne et j'ai trop tiré sur la corde. Je m'enjoins toujours à y aller piano, à quoi bon tout faire en même temps ? Mais une fois que je suis lancée, je n'arrive plus à m'arrêter. Je ne suis vraiment pas maligne pour mon âge, conclut-elle avec un sourire.

Becca le lui rendit avec hésitation.

— Il s'est passé quelque chose, comprit Diana. Assieds-toi à côté de moi. Là… Tu trembles.

Elle prit Becca par les épaules, et la jeune fille se sentit aussitôt tranquillisée, revigorée. Elle autorisa ces sensations à prendre toute la place durant quelques instants, tandis que son regard se promenait alentour. Les plantes en pots se portaient à merveille. En revanche, le métier à tisser était recouvert d'une fine couche de poussière suggérant qu'il n'avait pas servi depuis des semaines. Cette poussière semblait assortie au teint cireux, aux yeux cernés et à l'épuisement général qui émanait de Diana. Ce ne fut pas la première fois que Becca regretta de ne pouvoir accéder à ses murmures.

— Il s'est passé quelque chose, répéta-t-elle.

A l'instar de Hayley, elle avait perçu le trouble de Becca. Le moment était venu de lui dire la vérité.

— C'est à cause de moi que nous avons quitté San Diego, madame Kinsale. J'ai entendu ses murmures… ses pensées, voyez-vous. J'étais dans la cuisine avec lui et ma mère, et il croyait que j'avais mon écouteur. Il avait fouillé dans ma chambre et lu mon journal, j'ai donc décidé que, puisqu'il ne respectait pas mon intimité, je pouvais bien entrer dans son esprit. Seulement, quand j'ai entendu ce qu'il pensait…

Becca sentit les larmes monter. Elle enchaîna à toute allure :

— Je l'aidais parce que ma mère lui avait expliqué que je pouvais plus ou moins entendre les pensées des gens ; d'ailleurs vous êtes la seule exception que je connaisse. Je ne peux vous entendre que si vous le décidez, mais vous le savez déjà, ça. Bref, j'apportais des sandwichs, des gâteaux et du café à son bureau, puis je lui répétais, de mon mieux, ce qu'il y avait dans la tête de ses clients. Il prétendait que son objectif était de leur conseiller les meilleurs investissements possibles, et je l'ai cru. Sauf qu'en réalité il prélevait une partie de leurs bénéfices. Lui et Connor West, son associé. Je n'en savais rien, et ma mère non plus. Sauf que maintenant je me demande : et s'il n'arnaquait pas vraiment sa clientèle ? Et si Connor était le seul coupable ? Au fond, c'est lui qui a disparu. Les murmures de Jeff évoquaient la mort de Connor, et comment aurait-il pu être au courant à moins de l'avoir tué et de s'être débarrassé de son corps ? Et s'il était capable d'assassiner son ami, qu'allait-il nous faire, à ma mère et à moi ? Parce qu'il savait très bien, voyez-vous, qu'il me suffisait de ne pas porter mon écouteur pour tout piger, et c'est ce qui est arrivé, en quelque sorte. Sauf que je ne pouvais rien dire à la police parce qu'elle ne m'aurait pas crue, et comment lui expliquer d'abord ? « J'entends les pensées des gens, enfin en partie » ? Je serais passée pour une folle ! J'en ai donc parlé à ma mère, et elle a décidé qu'on devait partir, qu'on devait se cacher le temps que la situation se tasse, que le corps de Connor soit retrouvé et que Jeff soit arrêté. Elle savait qu'il chercherait à nous suivre, et c'est pour cette raison qu'elle a voulu que je vienne ici, chez son amie Carol Quinn, qui est morte entre-temps ! Ma mère était déjà repartie quand je l'ai appris et je n'ai pas pu la joindre avec le portable qu'elle m'avait laissé, et puis le shérif l'a trouvé, et…

— Chut, Becca. Je comprends tout maintenant.

La jeune fille essuya ses larmes avec une manche, mais ne put s'arrêter de parler. Elle avait encore beaucoup à dire, et surtout le pire.

— J'ai fini par me rappeler les pensées exactes de Jeff en venant chez vous. *Aujourd'hui, les morts ne disparaissent jamais complètement.* Et lorsque j'ai vu que Connor West…

Elle ne pensait pas être capable d'aller jusqu'au bout de cette phrase, et dut se forcer :

— Madame Kinsale, il n'est pas mort ! C'est terrible, j'ai cru que Jeff voulait faire croire que Connor était encore en vie pour que personne ne l'accuse de meurtre. J'ai cru que Jeff voulait garder l'argent pour lui tout seul et qu'il serait libéré une fois que la police renoncerait à retrouver le corps de Connor. S'il parvenait à convaincre tout le monde que son ancien associé était le seul à avoir détourné des fonds… Et puisqu'il avait pu faire ça à son meilleur ami, que nous arriverait-il, à ma mère et à moi, quand il découvrirait que je savais tout ? Alors on s'est enfuies, et maintenant… Oh ! madame Kinsale, Connor est vivant, exactement comme l'affirmait Jeff depuis le début. Je l'ai vu dans le journal de San Diego. Il se planquait au Mexique. Quelqu'un l'a dénoncé, ou repéré ou je ne sais quoi, enfin ça n'a aucune importance ; la seule chose qui compte, c'est que je me suis plantée. Et à cause de moi, ma mère… ma mère…

Becca sanglotait tant qu'elle en hoquetait. Diana lui pressa les épaules avec plus de force.

— Calmons-nous une minute, tu veux. Ne dis plus rien.

— Mais je dois prévenir ma mère ! Si elle est au Canada… et elle n'est peut-être même pas arrivée jusque-là ! Je dois l'informer que Jeff n'a pas assassiné Connor. Elle pourra venir me chercher et on rentrera ensemble.

— Chut, respire.

Becca accepta de se taire. Sa respiration saccadée s'apaisa et la chaleur que lui communiquait Diana s'accrut au point qu'elle n'éprouva bientôt plus qu'un sentiment de paix. Diana finit par la lâcher et écarta, avec douceur, quelques mèches de son visage.

— Les choses s'accélèrent, Becca. As-tu lu le livre pour en savoir plus ? Les événements te poussent en avant. Ça a toujours été le cas, néanmoins leur rythme se précipite. Ce qui est une bonne chose. Suis-moi.

Diana sortit sur la terrasse. De là, on voyait une minuscule île, Hat Island, dans la passe de Saratoga, avec ses arbres qui dominaient une poignée d'habitations. Alors qu'elles contemplaient le paysage sans un mot, un aigle immense passa au-dessus de leurs têtes avant de se diriger vers l'eau. Ayant repéré une proie, il plongea, éclair blanc, puis remonta vers le ciel, un poisson dans ses serres.

Diana se tourna vers Becca.

— Dans ce monde, rien ne se produit par erreur. On peut avoir cette impression, mais il ne s'agit pas de cela.

— Je me suis trompée, insista Becca. Dans mon interprétation. Et ma mère m'a crue. C'est pour cette raison que nous avons fui San Diego.

— Si la raison de la fuite était erronée, la fuite en soi et ton séjour ici n'ont jamais constitué une erreur. Le pourquoi de tout ceci manque peut-être encore de sens à tes yeux, mais je te garantis qu'il finira par s'éclaircir si tu lui laisses le temps nécessaire.

— J'ai interrogé Parker au sujet de ma mère. Il vient de Nelson et je lui ai demandé s'il la connaissait. Ce qui n'est pas le cas. J'ai tellement peur qu'il lui soit arrivé quelque chose !

— Je pense, moi, que tu ne peux rien conclure.

— Mais c'est une toute petite ville. La famille de Parker possède un restaurant là-bas. Et il est très fréquenté. Pourquoi n'y serait-elle pas allée ? Elle a bien dû chercher un boulot. Il a dit…

— Tu es Becca King sans l'être, l'interrompit Diana. Pourquoi serait-elle… C'est cette Laurel Armstrong que j'ai vue un peu partout, je me trompe ? Sur des affiches, dans les journaux…

Voyant Becca hocher la tête, Diana poursuivit :

— Pourquoi serait-elle restée Laurel Armstrong à Nelson ? Et, surtout, pourquoi Parker la connaîtrait-il ? Je vis ici depuis trente ans, à un jet de pierre de

Langley, et je ne connais pas tout le monde. Une ville qui compte tout juste mille âmes. Qui peut prétendre connaître tout le monde ? Les gens vont et viennent. Et tu dois songer que ta mère ne s'est peut-être pas rendue à Nelson du tout. Elle a pu changer d'avis ou trouver un autre endroit, tout aussi sûr et plus proche, juste après avoir franchi les Cascades, peut-être. Elle a pu décider de rester aux Etats-Unis pour garder un œil sur toi. D'ailleurs, elle a dû suivre l'évolution de l'affaire Jeff Corrie dans la presse.

— Et je suis censée faire quoi, alors ? Rester les bras croisés ?

Diana sourit.

— Tu viens de répondre à ta propre question. Et à la grande interrogation existentielle.

Becca se sentit abattue. Elle ne supportait pas l'idée d'attendre, sans agir. Elle pressentait que Diana allait une fois de plus se transformer en Maître Yoda, ce qui la rendait dingue !

— Voici ce que je pense, Becca. Les révélations ont tendance à nous parvenir par le biais d'événements du quotidien. Aujourd'hui, tu as fait une découverte sur la nature des pensées de Jeff Corrie et sur l'analyse que tu en avais faite à l'époque. Je crois que tu dois t'en tenir à cela pour un temps. T'en tenir là et attendre.

— Mais attendre quoi ?

— L'accélération.

44

C’était la mise en pratique qui posait problème. Diana affirmait que l’on tirait un enseignement puis qu’on l’appliquait. Mais comment Becca était-elle censée procéder quand la moitié de son savoir provenait de murmures qui n’étaient pas fiables ? Qu’en était-il des visions qu’elle s’était mise à avoir récemment ? Elle ne pouvait sans doute pas davantage s’appuyer dessus. Pour la première fois de son existence, Becca avait l’impression qu’avec ce don qui n’en était pas un le cosmos lui jouait un terrible tour, destiné à ruiner sa vie et, potentiellement, celle des autres.

Ce qui venait de se passer avec Jeff Corrie et Connor West lui enseignait que tout murmure laissait une place au doute. Or elle n’avait pas l’intention de patienter le temps que la vérité tombe du ciel. Il ne lui restait donc qu’une seule solution : son instinct. Il avait intérêt à se montrer digne de confiance.

Seth et elle planifièrent une visite aux Cultivateurs de la Broad Valley. L’exploitation se trouvait près de La Conner, une ville au bord du chenal de Swinomish, qui se jetait dans la baie de Skagit. C’était un peu au nord de Whidbey, sur le continent, et juste à l'est d'une autre île, Fidalgo. Les deux îles étaient reliées entre elles, et au continent, par des ponts. L'un d'eux partait du nord de Whidbey, à environ quatre-vingts kilomètres de Langley.

Le jour dit, Becca attendait Seth le ventre noué, appréhendant ce qu'ils risquaient de découvrir à la plantation de tulipes. Elle avait préparé un pique-nique pour le déjeuner et faisait le guet devant la fenêtre du salon. Dehors, le grand-père de Seth était en train de ratisser les feuilles mortes et elle le surveillait. Il avait des gestes lents. Il multipliait les pauses et regardait souvent autour de lui, l'air de s'interroger sur ce qu'il devait faire ensuite. Puis il semblait retrouver la mémoire et recommençait à ratisser. A cette vitesse, il mettrait plusieurs jours à ramasser toutes les feuilles.

Becca vit soudain apparaître Gus, dévalant la pente depuis le parking. Ralph l'accueillit, prit la balle que le labrador serrait dans sa gueule et la lança en direction de la mare. Il paraissait dans son état normal à cet instant. Les mains sur les hanches, il observa le chien. Puis il rejeta en arrière son chapeau de jardinage à large bord et agita la main pour saluer Seth.

Becca s'assura que le repas de Ralph était bien en vue sur la table avant de réunir ses affaires et de sortir. Elle entendit aussitôt un murmure – il semblait être question d'un *œil de verre*, mais cela pouvait aussi très bien être un *coup d'œil éclair*. Elle ignorait de qui ces pensées émanaient et, de toute façon, elle ne s'y fiait plus. Surtout un charabia pareil. Non sans une certaine irritation, elle fixa son aide auditive à la ceinture de son jean et mit son écouteur.

Elle traversa la pelouse pour rejoindre Seth et Ralph,

en grande conversation. Gus fonçait dans sa direction, enchanté d'avoir une autre compagne de jeu. Elle s'arrêta le temps de lui lancer la balle. Lorsqu'elle atteignit le grand-père et son petit-fils, elle devina qu'il y avait de l'eau dans le gaz.

— Bon sang, Seth, quand quelqu'un fait trois choses en même temps, comme noter un message téléphonique alors que de la fumée s'échappe de l'âtre parce que le conduit ne s'est pas ouvert… Je crois qu'on peut lui pardonner de ne pas avoir tout noté.

— Ce n'est pas le problème, grand-père. Tu ne tricherais pas avec ta nourriture ? Cette histoire de cholestérol…

— Maintenant tu vas bien m'écouter, s'emporta Ralph. J'ai vécu jusqu'à plus de soixante-dix ans sans qu'une bande de satanés Darrow surveille le moindre de mes mouvements. Il faut que ça cesse !

Apercevant Becca, il ajouta :

— Tu as quelque chose à voir dans l'inquisition du jour, miss Becca ? J'aurais une Mata Hari sous mon toit ?

— Mata qui ?

— Enfer et damnation ! Mais qu'est-ce qu'on vous apprend à l'école ?

Il avait beau essayer de faire de l'humour, la peur se lisait dans ses yeux.

— OK, grand-père, tu marques un point. De toute façon, Becca et moi, on va à La Conner pour voir de quoi il retourne. Prête ? demanda-t-il à Becca avant d'appeler Gus.

— Vous êtes toqués, tous les deux. La personne qui m'a laissé ce message rappellera quand elle aura compris qu'il a été mal transmis. Pourquoi vous n'attendez pas ?

Parce qu'on ne peut pas se le permettre, songea Becca.

Seth, lui, haussa les épaules puis répliqua que c'était une belle journée pour prendre la voiture et que Becca n'avait pas encore vu la vallée de Skagit de toute façon. Ralph les chassa d'un ton grognon – « ah, les jeunes » –, avant de se remettre au travail. Alors qu'ils gravissaient le chemin du parking, Seth chuchota :

— Je ne sais pas, Beck. Je crois qu'il vieillit juste.

— Peut-être bien, seulement son écriture…

Elle posa son sac à dos. Elle avait gardé le message et le dénicha parmi ses affaires. Si quelqu'un pouvait mesurer la transformation de l'écriture de Ralph, c'était bien Seth. Et ce fut d'ailleurs le cas. Ses sourcils se froncèrent.

— Il prend bien sa tension ? s'inquiéta-t-il.

— Je lui sors le tensiomètre tous les matins, mais il lui arrive de me répondre qu'il le fera plus tard.

— Tu crois qu'il pourrait planquer des cochonneries quelque part ? Des chips, des sucreries ? Est-ce qu'il sort parfois manger un burger et des frites avec des amis ?

— Pas à ma connaissance. Seulement, il y a tellement d'endroits où il pourrait planquer de la bouffe… Je n'ai jamais été voir dans son atelier, ou dans l'abri de jardin.

Seth se remit en marche et n'ajouta pas un mot avant d'être derrière le volant. Gus, qui avait filé devant eux et était monté à l'arrière, pantelait entre Becca et lui.

— Ça m'embêterait vraiment de balancer grand-père

à mon père. Il va venir lui faire sa fête et, crois-moi, ça n'est pas dans ton intérêt.

— Il sait très bien que je le surveille. Ça ne lui plaît pas et je le comprends.

Seth enclencha la marche arrière.

— Peut-être qu'on monte en épingle un truc sans importance. C'est seulement un message. Et ça ne s'est produit qu'une fois. Il l'a dit lui-même, il était pressé.

Sauf que les murmures de Ralph avaient changé, eux aussi. On aurait dit une mer agitée, avec des mots isolés qui surgissaient sans prévenir. Becca était inquiète pour Ralph et se demandait si tout ça ne jouait pas un rôle dans l'accélération.

Le trajet jusqu'à La Conner était long. Seth les conduisit à la pointe nord de Whidbey, où l'eau s'engouffrait à toute allure dans la passe de Deception, puis dans le détroit de Juan de Fuca. Un pont à deux voies rejoignait Fidalgo Island. Comme c'était encore une belle journée ensoleillée, les touristes se bousculaient pour poser devant le pont, avec la myriade d'îles du détroit en arrière-plan.

Ils empruntèrent ensuite une nationale plus large pour atteindre le continent. Une immense vallée s'étendait à perte de vue, ponctuée ici ou là d'un taillis, d'une ferme ou d'une grange, mais pour l'essentiel divisée en champs réguliers, sur lesquels rien ne semblait pousser à cette époque de l'année. Seth expliqua à Becca que les plantations allaient commencer : c'était la région des tulipes, et, au printemps, elle éclaterait de millions de fleurs, ce qui lui donnerait un air hollandais.

Le jeune homme proposa de déjeuner avant de rendre visite aux Cultivateurs de la Broad Valley. Becca brûlait d'impatience d'atteindre le but de leur voyage. Cependant elle accepta : après tout, Seth lui rendait un fier service.

Ils traversèrent la ville. La Conner était située sur la rive d'un large chenal, face à l'une des nombreuses réserves indiennes de l'Etat. A la sortie se trouvait une zone forestière, et Seth s'y arrêta, près d'un pont orange vif. Gus s'élança gaiement vers l'eau. Seth avait envie de parler ; il lui confia qu'il avait rencontré une fille. Prynne. Une violoniste « hors pair ». Il essayait de la convaincre de rejoindre Triple Threat. Becca devina sans mal que Seth ne s'intéressait pas à Prynne uniquement pour ses talents de musicienne.

— C'est super ! s'écria-t-elle. Tu me la présentes quand ?

— Aucune idée.

Elle perçut néanmoins que son enthousiasme faisait plaisir à Seth. Il ajouta alors que Prynne portait un cache-œil lorsqu'elle jouait, parce qu'elle avait perdu un œil, petite, à cause d'un cancer. Le reste du temps, elle mettait un œil de verre.

Œil de verre, songea Becca. Ainsi, elle avait bien entendu. Pour la première fois depuis qu'elle avait découvert son erreur d'interprétation concernant Jeff Corrie, elle éprouva du soulagement.

Ils s'attardèrent au bord de l'eau pour lancer la balle à Gus – il avait besoin de se dépenser avant de remonter en voiture. Les Cultivateurs de la Broad Valley possédaient un site Internet ainsi qu'une page Facebook. Becca connaissait donc le nom de la route où ils se rendaient. Elle ignorait, en revanche, que celle-ci était si proche de l'autoroute. Autoroute qu'elles avaient, sa mère et elle, empruntée. Elle traversait la Californie du sud au nord, presque au centre de l'Etat, et faisait de même dans les Etats de l'Oregon et de Washington, avant d'atteindre la frontière avec le Canada. Quand Becca s'en rendit compte, l'excitation précipita les battements de son cœur. Elle voyait soudain à quelle logique les événements pouvaient répondre : après avoir déposé sa fille à Mukilteo – d'où partait le ferry de Whidbey –, Lauren avait repris l'autoroute en direction du nord. Gagnée par la fatigue, elle était sortie, ayant besoin de repos, de nourriture, d'aide pour réparer sa voiture ou de n'importe quoi d'autre, ce qui l'avait conduite à la plantation.

Grâce à la connexion Internet, elle avait suivi les événements. Elle savait que Connor West était vivant et en forme. Elle était remontée contre sa fille – et qui pouvait le lui reprocher ? –, qui avait mal interprété les murmures de Jeff. Au final, tout serait pardonné et elles seraient enfin réunies.

Gus dut percevoir sa fébrilité grandissante, car il se mit à gémir sur la banquette arrière. Seth lança un coup d'œil à Becca et lui sourit.

— Ça va ?

Elle répondit d'un hochement de tête. La plantation était gigantesque. Elle proposait, pendant la saison touristique, des activités aux visiteurs. Une immense arche marquait l'entrée de la propriété, et la route ne conduisait pas à une cour de ferme mais à un parking qui pouvait contenir une cinquantaine de véhicules au moins. La plus grande grange que Becca eût jamais vue occupait l'un des côtés de ce parking. Elle avait été récemment repeinte en blanc, et par son immense porte entrouverte s'échappait un air de rap. Face à cette grange se dressait une maison de ferme, également repeinte de frais et flanquée d'une très grande galerie.

Un érable à sucre lui offrait de l'ombre, flamboiement rouge et orange contrastant avec le ciel d'un azur pur.

Seth se gara près de la maison. Gus descendit avec eux et se mit à gambader partout. Il aboya dès qu'il repéra un poulailler. Il filait dans sa direction lorsqu'un dalmatien surgit de la galerie en jappant. Deux teckels lui emboîtaient le pas.

Les quatre chiens se livrèrent à un concert d'aboiements.

— Gus ! hurla Seth. Non ! Au pied !

Une cloche sonna alors avec insistance. Seth et Becca se retournèrent et découvrirent la femme qui semblait vouloir ramener le calme ainsi. Elle parvint à ses fins : ses trois chiens la rejoignirent, en silence. Gus, néanmoins, continuait à aboyer. Seth fondit sur lui et l'empoigna par le collier.

— Vilain chien ! Quand vas-tu obéir ?

Puis il ajouta, à l'intention de la maîtresse des lieux :

— Désolé, c'est une vraie andouille. Rassurez-vous, il n'aurait jamais attaqué vos petits gars.

Il inclina la tête en direction des autres chiens, plus particulièrement les teckels, qui surveillaient en grognant les intrus depuis les marches du perron.

La femme portait un tablier, et le lien passé autour de sa taille retenait un torchon. Ils l'avaient apparemment dérangée en pleine cuisine ; elle avait les mains blanches de farine.

— Je peux vous aider ?

Son ton était engageant. Becca retira son écouteur, à tout hasard. Elle entendit : *on n'est jamais trop prudent*, puis *il y en a de toutes sortes, comme dirait Jeff*. Ce murmure fit l'effet d'une décharge électrique à Becca, qui bondit en arrière.

— Seth, on ferait mieux d'y aller, lâcha-t-elle.

Il la considéra avec une surprise non dissimulée.

— Hein ? Quoi ? Il ne fera aucun problème, ne t'inquiète pas.

Il devait parler de Gus, et Becca, impuissante, ne put que le regarder s'approcher de la maison.

— Seth Darrow, se présenta-t-il. Et voici Becca King.

— Darla Vickland, répondit la femme, toujours aussi amène.

— Nous sommes désolés de vous déranger, d'autant que ça risque de vous paraître idiot, mais quelqu'un de chez vous a téléphoné à mon grand-père, à Whidbey. Il est incapable de se rappeler qui, ni de la raison de ce coup de fil. On a donc décidé de venir voir sur place.

Qu'est-ce que c'est que cette histoire… triple buse… Jeff va vouloir savoir… une sorte de mauvais tour…

— Voyons voir si j'ai bien compris, dit Darla sans cacher son trouble. Vous avez fait tout ce chemin depuis l'île de Whidbey à cause d'un message téléphonique ?

— Le truc, c'est que mon grand-père ne se souvenait plus à qui ce message était destiné. Il pouvait être pour lui, ou pour Becca, qui est ici, ou pour un autre type, Parker Natalia, sauf qu'il a oublié et comme c'est peut-être important, surtout pour Becca… Euh, mon explication doit vous sembler un peu confuse…

C'était de pire en pire. Ils avaient l'air de véritables abrutis.

— Est-ce que vous hébergez quelqu'un en ce moment ? lança Becca tout à trac. Une personne que vous auriez prise en pension ? Un homme ou une femme ? Quelqu'un qui se serait servi de votre téléphone sans vous prévenir ?

Darla changea d'expression.

— Oh, non… Je me demande si l'un de ces maudits gamins ne s'est pas amusé à jouer un tour. Pourquoi vous n'entreriez pas, tous les deux, le temps que j'aille chercher mon mari ?

Elle inclina la tête et sourit avant d'ajouter :

— Si ça ne vous embête pas d'enfermer votre chien dans la voiture… Je viens justement de sortir une tarte aux pommes du four. Laissez-moi le temps de prévenir Jeff.

Becca agrippa Seth par le bras.

— On doit partir…

Il ne l'écoutait pas, pourtant.

— Attends, il y a une tarte aux pommes. Comment résister ?

Et sans craindre un seul instant que cette femme puisse être une meurtrière sanguinaire ou une cannibale, il entraîna Gus vers la Coccinelle, bien décidé à se gaver de tarte.

Alors que Darla s'éloignait vers la grange, Becca souffla d'un ton féroce :

— On doit partir d'ici, Seth. C'est une impasse. Ou pire. Et je pencherais pour le pire. Elle a parlé d'un certain Jeff. Tu l'as bien entendue, non ?

Seth fit monter Gus à l'arrière avant de fureter dans la boîte à gants, à la recherche d'un biscuit. Le labrador se mit à le croquer joyeusement, sans bouger : on pouvait tout obtenir de lui avec des friandises. Remarquant la tête que Becca faisait, Seth lui chuchota :

— Détends-toi un peu ! Il n'y a pas qu'un seul Jeff sur terre.

— Non ! Je dois partir d'ici. Ou me cacher, au cas où. Et si c'était lui ? Elle a évoqué la possibilité d'un canular. Et s'il avait chargé un gamin d'appeler ? Jeff est bien du genre à convaincre n'importe quel gosse de…

— Trop tard, l'interrompit Seth en rivant son regard au-dessus d'elle. Il arrive… Alors, c'est ton beau-père ou pas ?

Becca n'avait plus le choix… Elle pivota lentement, plus consciente que jamais du gigantesque souk qu'elle avait créé. Ce serait vraiment le pompon si, en prime, elle se retrouvait maintenant nez à nez avec Jeff Corrie.

Sauf que… ce n'était pas lui. Un type au crâne chauve et luisant en forme de dôme, en jean et chemise de flanelle, venait à sa rencontre. Cinq enfants de tous âges le suivaient : ils riaient, plaisantaient, faisaient les zouaves. Le regard de Becca tomba sur une fille en particulier, dont la présence, ici, la laissa sans voix.

Elle était grande pour son âge, quatorze ans environ. Vêtue d'un jean, d'un tee-shirt et de bottes en caoutchouc, elle avait une casquette sur la tête, à l'effigie de l'équipe de baseball de Cleveland, les Indians. La visière cachait en partie son visage, ce qui n'empêcha pas Becca de la reconnaître sur-le-champ : sa peau possédait la même teinte, chocolat noir, que celle de son frère, et Becca aurait parié qu'elle avait le même sourire que lui.

— Réjouissance, murmura-t-elle alors que le sens du message téléphonique devenait soudain limpide.

45

Malgré les excuses d'Isis, malgré l'histoire terrible qu'elle lui avait confiée, au sujet de la mort de son petit frère, Hayley conservait un sentiment de malaise. Elle savait très bien pourquoi. C'était lié à Parker. Deux jours après la visite d'Isis à la ferme, Hayley se connecta donc à Internet sur l'ordinateur familial pour consulter la page Facebook de son amie. Celle-ci était – Hayley avait fini par le comprendre – la personne la moins discrète qui soit, et son histoire avec Parker y serait sans aucun doute exposée en technicolor.

Il ne lui fallut pas longtemps pour constater que la version d'Isis était conforme à la réalité et que Parker l'avait emmenée dans la cabane. Parmi le monceau de photos des deux tourtereaux, plusieurs y avaient été prises. On voyait Parker torse nu, assis sur le lit de camp où il avait embrassé Hayley si passionnément. Et une autre d'Isis et de lui, qui ne laissait guère de doute sur la nature de leurs activités. A ces photos-là s'ajoutaient celles de la fête à Maxwelton, puis d'autres dans un pub de Langley ou devant la voiture du Canadien.

Bien sûr, ces clichés étaient antérieurs au début de

l'histoire entre Hayley et Parker, mais ce n'était pas l'essentiel. L'essentiel, c'était l'avertissement dont Seth s'était fait le messager et ce qu'il révélait de Parker.

Bon, très bien, se dit-elle. Maintenant, elle était au courant. Peut-être qu'Isis se fichait que ce type soit synonyme d'ennuis et peut-être qu'elle postait ces photos uniquement pour rendre Brady jaloux. Quant à elle, elle ne s'en fichait pas. Elle accordait même beaucoup d'importance à sa première fois et elle ne sauterait pas le pas avec n'importe qui. Elle n'avait pas l'intention de se ridiculiser.

Comme un fait exprès, Parker appela ce soir-là, alors qu'il ne s'était pas manifesté depuis plusieurs jours.

— Salut, Hayley. Désolé de ne pas avoir donné de nouvelles. J'aurais dû appeler, j'attendais d'avoir ce…

— Je n'ai pas le temps de te parler, Parker, répondit-elle sèchement.

— Il y a un problème ? demanda-t-il. Ton père va bien ? Je n'ai pas arrêté de penser à toi, et chaque fois que je voulais t'appeler j'étais interrompu.

— J'ai des devoirs à faire.

— Ah, d'accord. Ça ne prendra pas plus d'une minute. Je me demandais juste si tu…

— Je suis débordée, Parker.

Sur ce, elle raccrocha. Elle avait conscience d'être injuste avec lui, mais elle n'avait aucune envie de se laisser embobiner par ses intonations enjôleuses.

Peu après, elle entendit la sonnette de la porte d'entrée. Trente secondes plus tard, Cassidy débarqua dans sa chambre.

— Il y a un garçon qui discute avec papa, dans le salon. Il est venu te voir.

Au même instant, Julie se postait au pied de l'escalier et criait :

— Hayley ? Parker a quelque chose pour toi.

Hayley repoussa son bureau des deux mains. Elle avait la nausée à la perspective de le voir. Seulement, elle n'avait pas le choix. Il l'attendait dans le salon.

Par chance, le reste de la famille Cartwright ne jugea pas utile d'assister à leur entrevue.

— J'étais à l'entrée du chemin quand je t'ai appelée, confessa-t-il avec un sourire penaud. J'ai bien compris que tu étais très occupée, seulement je voulais te donner ça.

C'était un CD, un enregistrement de BC Django 21. Hayley reconnut Parker parmi les musiciens photographiés en couverture.

— J'aimerais beaucoup qu'on l'écoute ensemble, mais puisque tu as à faire… Peut-être demain ?

Elle redressa la tête. Il parut percevoir sa lassitude, parce qu'il s'enquit, baissant la voix :

— Tout va bien ?

Elle hésita une seconde, puis :

— Suis-moi, d'accord ?

Elle l'emmena dehors, sur la galerie.

— Qu'est-ce qui ne va pas ? insista-t-il.

Il faisait plus froid qu'elle ne l'avait anticipé. Elle réprima un frisson et il eut l'élégance de retirer sa veste pour la lui donner. Etrangement, ce geste libéra tout ce qu'elle retenait.

— Je n'aime pas qu'on se serve de moi et je n'aime pas qu'on me mente. Je n'aime pas avoir à faire le tri dans ce qu'on me raconte pour démêler le vrai du faux.

Parker ouvrit la bouche et la referma, avant de lancer :

— De quoi veux-tu parler ?

— Du fait de se taper des nanas et de les larguer ensuite. Isis, pour être exacte.

Il perdit son regard en direction des champs noirs derrière la maison, puis le reporta sur elle.

— Quoi, Isis ?

Le délai de la réponse laissa penser à Hayley qu'il était en train de réfléchir à la meilleure tactique.

— Tu as couché avec Isis, dit-elle de but en blanc. Tu l'as emmenée dans la cabane, vous avez couché ensemble, sur ce lit de camp, et tu comptais faire pareil avec moi. Jusqu'à ce que tu découvres que j'étais vierge, alors maintenant…

Il brandit les deux mains.

— Hé ! Qu'est-ce qui se passe ?

— Tu le sais très bien. D'abord Isis, ensuite moi, et après je ne sais pas qui d'autre.

— Ecoute, je t'ai déjà expliqué pour Isis. Cette idiote m'a mis le grappin dessus et je te l'ai dit, elle se conduisait comme si… je ne sais pas… comme si on était en couple. Mais je ne l'ai jamais encouragée.

— Oh, s'il te plaît, Parker ! Tu l'as séduite. Et tu m'as séduite.

— Pas du tout ! Je t'ai dit qu'elle n'était pas venue dans la cabane quand tu m'as interrogé sur cette cigarette électronique. Et je t'ai dit qu'elle ne m'intéressait pas. Bordel, Hayley, c'est quoi le problème ? Je croyais que toi et moi…

— Moi aussi, je croyais… Sauf que tu racontes une version différente de la réalité.

— Quelle réalité ? Tu t'imagines quoi ? Que je te trompe avec Isis ? Pourquoi je ferais une chose pareille ?

— Tu veux dire que tu n'as pas couché avec Isis ? Dans la cabane ?

— Bien sûr que non.

— C'est ta version des faits ?

— Il n'y en a pas d'autre !

Si, il y en avait une autre, celle relatée par le compte Facebook d'Isis. Hayley n'en dit rien cependant. Elle se contenta de lui rendre son CD.

— Tu ne peux pas donner autant d'importance à ce truc, Hayley.

Isis l'attendait à la sortie de la salle de répétition.

— Ça n'est pas grave, je m'en fiche, se défendit Hayley.

Elle mentait. Elle avait cru qu'en disant adieu à Parker elle aurait un souci en moins, mais ça ne marchait pas. Que lui arrivait-il ? Etait-elle amoureuse de cette ordure ? Elle ne parvenait pas à se le sortir de la tête.

Les portes de l'auditorium étant closes, Isis l'entraîna vers les toilettes. Elle vérifia toutes les cabines : l'une d'elles était occupée et elle attendit en trépignant qu'elle se libère. Une fois seule avec Hayley, elle lui dit :

— Laisse-moi te raconter comment ça s'est passé.

— Je me fiche des détails. Tout ce qui importe, c'est qu'il a menti.

— Enfin, Hayley, tu aurait fait comme lui dans la même situation ! Il se pointe chez toi en espérant que votre histoire va aller de l'avant, et toi, tu lui parles de moi. Tu pensais qu'il répondrait quoi ? « Oh, bien sûr qu'on a couché ensemble, Isis et moi, mais ça n'est rien. » Tu aurais dit ça, à sa place ?

— J'espère que j'aurais été plus honnête que lui.

Tout en cherchant sa cigarette électronique dans son sac, Isis rétorqua :

— Je vais tout te raconter.

— Je ne veux pas savoir…

— Tant que tu ne sauras pas, tu continueras à te faire des films. On était dans la cabane. Je comprends pas pourquoi il prétend le contraire, il a sans doute paniqué quand tu m'as mentionnée. Bref, on était là-bas, et on a fumé de l'herbe. On était complètement défoncés, il m'a embrassée, et je l'ai embrassé, parce que s'il y a un truc pour lequel il est doué c'est bien ça. Bref, on n'a pas vraiment eu le temps de réfléchir… Enfin, qui prend le temps de réfléchir avec un mec aussi sexy ?

— Je ne veux pas savoir…

— Si, il le faut. On s'est donc déshabillés et ensuite… eh bien… on l'a fait comme des lapins, enfin tu vois l'idée. D'accord, j'ai pris mon pied, mais ça ne compte pas, parce que je voulais seulement me venger de Brady. Il passe la moitié de sa vie sur Facebook et je sais qu'il mate mon profil. Il a forcément vu ces photos avec Parker. Le fait est, Hayley, que ça ne signifiait rien, ni pour Parker ni pour moi. C'était juste du cul. Je te parie qu'il pensait à toi tout du long. Il est dingue de toi ; tu serais vraiment trop bête de le larguer juste parce qu'on a… Je te le répète, il n'y a jamais rien eu de sérieux entre Parker et moi. Juste une aventure d'un soir.

— Quand ? Quand t'a-t-il emmenée dans la cabane ?

Isis fouilla dans sa mémoire.

— Je lui ai proposé d'aller au pub. Celui de Second Street, à Langley ? C'était mon initiative, tu vois. Il ne m'a même pas invitée, Hayley. Après, on est allés à la cabane, et tu connais la suite. Et tu dois me croire, j'avais tout planifié.

— Comment ça ?

— Tu as très bien compris. J'avais besoin qu'il se passe quelque chose entre lui et moi pour pouvoir poster des photos sur Facebook. Je ne crois pas que Parker m'aurait… enfin tu vois quoi… sauté dessus. J'ai dû prendre les devants, en retirant mon haut. D'accord, il a accepté de jouer le jeu, on ne peut pas dire que j'ai été obligée de le violer. Mais c'est moi qui…

Hayley l'interrompit, elle ne voulait pas en entendre davantage. Ou plutôt si, mais sur un autre sujet.

— Et la bague ? demanda-t-elle.

— Quelle bague, de quoi…

Isis abandonna sa phrase en cours de route, le temps de donner un sens à la question de Hayley.

— Tu veux parler de la chevalière de Brady ?

— Tu la portais ce soir-là ? Tu l'as retirée ? Elle te gênait peut-être… A moins que ce soit lui qui te l'ait enlevée, Isis. Qu'est-il arrivé à la bague ?

La bouche d'Isis s'arrondit sous l'effet de la surprise. Elle secoua presque aussitôt la tête.

— Tu ne penses quand même pas que Parker l'a gardée ? Hayley ! Il est bien trop cool !

— Est-ce que tu avais ta bague en quittant la cabane ?

— Bien sûr. Je suppose, oui. Sans doute. Et en rentrant chez moi, j'ai pris une douche. Là, j'ai dû l'enlever, je ne la garde jamais sous l'eau… Si, je suis certaine que je l'avais.

— Comme ça ? lança Hayley, désignant la cigarette électronique dans sa main.

— Non, non, c'est impossible. Il n'a pas gardé la bague. Si je l'avais oubliée chez lui, pourquoi il ne me l'aurait pas rendue ?

Isis tira sur sa cigarette, le regard sombre, l'expression grave.

— Je n'aime pas l'idée qu'il ait pu mettre la main sur cette chevalière, chuchota-t-elle. Tu crois qu'il chercherait à attirer des ennuis à quelqu'un ?

— C'est un menteur, Isis. On le sait.

46

Si Becca avait appris quelque chose lors de sa première année à Whidbey Island, c'était qu'elle ne devait pas se jeter tête baissée dans l'action quand elle pensait avoir découvert quelque chose. Voilà pourquoi elle résolut de vérifier l'identité de la fille d'origine africaine aperçue à la plantation.

Elle ne dit rien à Seth. Même s'il savait que Derric avait une sœur, quelque part – il l'avait appris le jour où ce dernier était sorti du coma, un an plus tôt –, il ne connaissait pas toute l'histoire. Gardant ses conclusions pour elle, Becca réussit à embrouiller Jeff et Darla Vickland et à se tirer du mauvais pas dans lequel elle s'était fourrée : elle évoqua à nouveau le coup de fil inexpliqué à Ralph Darrow, et mentionna aussi un Jeff Corrie et une Laurel Armstrong. Ses hôtes étaient adorables, mais ils ne savaient rien de ces gens. Après une part de tarte aux pommes, Seth et Becca reprirent donc la route. Si lui n'était pas plus avancé qu'à l'aller, elle se sentait pénétrée par une lumière de plus en plus grande à mesure que les heures passaient. Elle n'oubliait pas qu'il lui restait à établir les faits avec certitude. Et le père Wagner lui paraissait le meilleur moyen d'y parvenir.

Une petite recherche téléphonique lui apprit que le révérend Wagner et sa femme tenaient aussi un hospice, Pinewood Sanctuary. Il était situé en face du terrain de camping de la paroisse, lequel surplombait un bras de mer protégé, Deer Lake. Le chemin conduisant à l'hospice s'enfonçait profondément dans la forêt. Les deux bâtiments qui le composaient avaient, eux, été érigés dans une prairie ensoleillée.

Becca s'y rendit à vélo. Le révérend Wagner était dehors, en train de construire un affût à la lisière du pré. Pas dans l'intention de chasser, s'empressa-t-il de préciser, mais d'observer et de photographier les biches et les faons qui venaient, à l'aube et au crépuscule, se nourrir sur le terrain. Le révérend transpirait abondamment, il n'avait pas l'air très doué pour la charpenterie.

— Je peux vous donner un coup de main ? offrit-elle.

Elle maintint une planche en place pendant qu'il plantait le clou. Ce dernier, toutefois, se replia d'un côté, et le révérend lâcha un juron, s'excusant aussitôt.

— Quel terrible exemple pour un homme de Dieu, je suis désolé !

Il arracha le clou et suggéra une pause.

— J'ai atteint le point du rendement décroissant, dit-il avec humour.

Il déposa la planche par terre et s'assit sur une chaise de camping. Il y en avait une seconde, qu'il tapota pour inviter Becca à le rejoindre.

— Je me demandais, révérend…, commença-t-elle. Avez-vous laissé un message à Ralph Darrow au sujet d'une plantation ? Les Cultivateurs de la Broad Valley ?

Il sortit un mouchoir de sa poche, retira sa casquette et s'épongea le front, la nuque et le crâne.

— Oui, en effet. Après notre discussion, je me suis rappelé qu'Espoir d'enfants possédait trois antennes dans la région, ici, à Friday Harbor et à La Conner. J'ai pensé que je pourrais obtenir des informations utiles auprès de l'une d'entre elles. J'ai décroché mon téléphone, et voilà.

— La fille que j'ai vue à la plantation… C'était donc bien Réjouissance ?

— Ah, tu es allée la voir, observa-t-il en hochant la tête. Elle a été adoptée à cinq ans. La famille… Tu as peut-être vu ses autres membres aussi ? Un couple qui a recueilli des enfants des quatre coins du monde. Des jeunes de toutes les origines, et les parents les plus adorables qui soient.

Jetant un coup d'œil à Becca, il répéta :

— Oui, adoptée à cinq ans. Et elle s'appelle Réjouissance Ayoka, d'ailleurs, pas Nyombe. Comme c'était la seule à porter ce prénom, j'ai pensé…

Il avait prononcé ces mots d'un air entendu, et Becca eut envie de rentrer sous terre : il avait, de toute évidence, repéré son mensonge. Non seulement elle avait attribué un mauvais patronyme à Réjouissance, mais elle avait aussi affirmé que celle-ci était sa correspondante en Afrique, ce qui était peu probable, étant donné qu'elle vivait à La Conner depuis des années.

— Je peux t'apporter mon aide, si tu en as besoin, Becca, reprit-il avec bonté. Ou tiens-tu encore à ce que cela reste entre nous ?

— Oh, s'il vous plaît, révérend ! Mince… je sais

que ça paraît bizarre. Mais pourriez-vous ne parler à personne de Réjouissance ? Ni de ma visite ?

Becca avait coincé ses mains entre ses genoux pour s'interdire d'agripper la chemise du vieil homme.

— C'est à propos de Derric Mathieson, je me trompe ? dit-il en soutenant son regard.

Elle ravala la boule dans sa gorge.

— Ce n'est rien de mal, simplement… Derric a des choses à régler et si vous dites quelque chose… Ou si je dis quelque chose… Je crois qu'il vaut mieux qu'il décide de la suite tout seul, si vous me suivez.

Il prit le temps de réfléchir un instant avant de hocher lentement la tête.

— Je crois, oui.

— Merci, révérend.

— Je t'en prie, Becca. Bien… Puis-je t'apporter mon aide dans un autre domaine ?

Si seulement, pensa la jeune fille. Il y avait beaucoup de domaines dans lesquels elle avait besoin de secours. Cependant le révérend Wagner ne pouvait rien pour retrouver sa mère.

Il étudiait avec attention les traits de Becca, semblant y voir défiler différentes émotions, malgré les efforts qu'elle faisait pour les dissimuler.

— Tu sais, lui dit-il, ce n'est pas un mal de s'appuyer sur les autres de temps à temps. Je suis bien placé pour savoir, ayant moi-même trois enfants, tous adultes aujourd'hui, que la plupart des jeunes préfèrent ne compter que sur eux. Pourtant il est bon, parfois, de s'en remettre à autrui.

Les paroles du révérend Wagner n'étaient pas tombées dans l'oreille d'une sourde. Malheureusement, il n'y avait pas grand monde qui puisse aider Becca en ce qui concernait Jeff Corrie. En revanche, une personne était en mesure de lui donner un coup de pouce par rapport à sa mère. Et c'était Parker.

Le soir de sa conversation avec le révérend, elle entreprit le Canadien pendant qu'ils faisaient la vaisselle. Elle veilla à parler tout bas et à laisser couler l'eau : Ralph était dans le salon et, même s'il s'affairait bruyamment près de la cheminée, arrangeant les bûches pour préparer une flambée, il risquait de les entendre.

— J'ai un service à te demander, dit-elle à Parker. Tu sais, ma cousine Laurel, à Nelson ?

Il était en train d'essuyer une assiette, l'air absent, comme si ses pensées étaient à des millions de kilomètres de là. Plusieurs murmures parvinrent à Becca : *à croire que je ne pense qu'à ça... c'est peut-être vrai mais bon... me suis carrément fait avoir en tout cas... bien joué, abruti... une autre idée brillante sauf qu'il n'y a plus d'issue sans...*

— Tu te souviens de ma cousine Laurel, à Nelson ? insista-t-elle.

Parker sortit de sa torpeur.

— Oui, je t'ai dit que je ne la connaissais pas.

— Je sais. Mais j'ai pensé à un truc, depuis. Vous avez bien un journal local, non ?

— Bien sûr.

Il déposa l'assiette qu'il venait d'essuyer sur les autres.

— J'aimerais publier une annonce.

— Pour ta cousine ?

— Il y aurait juste son nom, en très gros, et le numéro de téléphone de Seth.

Elle ne pouvait pas prendre le risque de donner

celui de Ralph, parce que si Laurel appelait et qu'elle tombait sur lui, il était capable de ne pas s'en souvenir. En plus, Becca lui avait menti sur Laurel Armstrong. Seth, en revanche, serait un intermédiaire fiable ; et le message qu'il aurait à transmettre serait court de toute façon. « Reviens à Whidbey. » A quoi Laurel répondrait : « Serai là la semaine prochaine. » Ou : « dans deux jours ». Ou mieux encore : « demain ». Dans tous les cas, elle viendrait et Becca pourrait alors lui parler de Connor West et de l'erreur qu'elle avait commise.

— Le truc, ajouta-t-elle, c'est que je ne peux pas passer l'annonce moi-même… J'ai l'argent, rassure-toi, je n'ai juste pas de carte de crédit ni de compte bancaire. Tu crois que tu pourrais contacter le journal et faire ça pour moi ? Je te rembourserais bien sûr !

Il avait beau hocher la tête, elle voyait bien qu'il n'écoutait pas vraiment. Tout comme elle voyait qu'il n'avait pas le moral. Elle pouvait presque sentir le poids de son cœur.

— Que se passe-t-il, Parker ?

— J'ai foiré.

— Quoi ?

— Tout.

Elle inspira profondément. Les murmures du Canadien se composaient d'un magma de paroles, sur lequel vint se greffer une vision fugitive mais néanmoins suffisamment nette : Isis retirant un pull, puis défaisant l'attache de son soutien-gorge, tandis qu'une main – celle de Parker ? – se refermait sur une chaîne dorée qui disparaissait au creux de sa poitrine généreuse et… plus rien. Becca regarda Parker, troublée. Cette vision lui avait laissé les joues brûlantes.

— Est-ce que…, bredouilla-t-elle. Tu veux… euh… parler d'Isis, peut-être ?

Au lieu de lui répondre directement, il lui posa une question :

— Hayley et toi, vous êtes amies, non ?

— On papote de temps en temps, et on déjeune généralement à la même table, mais c'est plus une amie de Seth. Comme moi, au fond.

Ces précisions ne parurent pas l'intéresser. Un seul élément avait retenu son attention : Hayley et Becca se fréquentaient.

— Tu pourrais lui transmettre un message de ma part ? Elle ne m'adresse plus la parole, et je la comprends parce que j'ai fait un truc franchement débile. Je n'avais pas pensé à ce foutu iPhone ni à Facebook, et ça me paraissait plus simple de nier…

Il avait l'air de se sentir si minable que Becca le prit en pitié. A ce qu'elle comprenait, il avait sauté le pas avec Isis et menti à Hayley.

— Tu es vraiment idiot, Parker.

— Isis s'est jetée sur moi, ce n'est pas comme si je voulais…

— Tu aurais pu dire non.

— Bon sang ! Pourquoi les filles sont aussi… Ecoute, je sais que j'ai foiré. Je ne m'attendais pas à être mis en accusation, c'est tout. Je suis allé chez Hayley pour lui filer un CD et avant que je comprenne ce qui se passait on s'est retrouvés à parler d'Isis. J'ai bien senti que Hayley était remontée et je n'ai pas su comment gérer la situation. J'ai eu tort. Je veux m'excuser et tout arranger entre elle et moi. Je te demande juste de lui remettre un message, pas de la convaincre…

Il fut interrompu par un coup sec à la porte d'entrée.

Le visiteur attendit à peine une seconde avant d'utiliser la sonnette.

— Crénom ! s'écria Ralph. J'arrive, j'arrive.

C'était Dave Mathieson. Après avoir salué le maître des lieux d'un signe de tête, le shérif se tourna vers la cuisine. Il aperçut Becca. Et Parker.

— Vous êtes bien Parker Natalia ? J'aimerais qu'on ait une discussion, tous les deux.

47

Parker suivit Dave Mathieson et ne repassa pas par la maison ce soir-là. Becca n'avait aucune idée de l'endroit où ils s'étaient rendus, mais la visite du shérif ne présageait rien de bon. Elle aurait sans doute dû s'inquiéter davantage, seulement elle était trop obnubilée par son message pour Laurel, et le Canadien était sa seule option.

Elle résolut toutefois d'accéder à sa requête concernant Hayley. La difficulté consistait à trouver un moment, dans la journée, où Isis n'était pas collée à ses basques. Becca ne vit qu'une seule option – quand Hayley tenait la réception, à l'entrée des services administratifs du lycée – et elle dut sécher un cours.

Hayley était particulièrement pâle. Presque exsangue. A l'approche de Becca, elle sortit le nez de ses bouquins et lui adressa un pauvre sourire.

— Tu travailles ? s'enquit Becca.

— Statistiques, répondit Hayley en montrant le graphique qu'elle était en train de dessiner. Et le téléphone bien sûr, ajouta-t-elle. Enfin, c'est plutôt calme de ce côté-là. Je serais presque tentée de faire une sieste.

Il faut que j'arrête avec ça... il est toujours là...

si maman refuse d'agir... un tel porc... impossible... Becca fronça les sourcils. Elle avait le sentiment que ses progrès dans la compréhension des murmures avaient été anéantis par sa découverte récente. Elle ne savait pas comment réapprendre à les maîtriser ou s'il fallait même s'y employer.

— Parker m'a demandé...

Non non non non.

Cette pensée-là ne laissait aucune place à l'ambiguïté.

— ... de te parler, conclut Becca.

— Eh bien, tu viens de le faire, considère donc que tu t'es acquittée de ta mission, répliqua Hayley, acide.

Becca ne savait plus où se mettre. Elle n'aimait pas jouer les entremetteuses, et elle aimait encore moins la raison pour laquelle Parker se retrouvait à lui demander de jouer ce rôle. Sauf que maintenant qu'elle avait commencé, autant aller jusqu'au bout. Rien de ce qu'elle dirait ne pourrait aggraver la situation, de toute façon.

— C'est juste qu'il se sent super-mal à cause de ce qui est arrivé et il m'a chargée de...

— Tu sais ce qui est arrivé ? lança Hayley en jetant à l'autre bout du bureau le crayon qu'elle tenait dans la main. Il t'a raconté ? Parce que s'il l'a fait et qu'il t'a ensuite demandé de venir me parler, je suis scandalisée, d'accord ?

— Il est conscient d'avoir déconné. Il veut juste que tu lui laisses une chance de s'expliquer.

— D'ajouter un autre bobard à la liste des précédents, tu veux dire. Je n'ai aucune envie de l'écouter. Et tu n'as pas répondu à ma question : tu sais ce qu'il a fait ?

Becca se sentit rougir.

— Isis, lâcha-t-elle.

— Exactement. Parker et Isis. Et ensuite il m'a baratinée. Je n'ai aucune tolérance pour les menteurs, Becca. Tu peux lui dire de ma part.

— Je crois qu'il veut s'excuser.

— Super. Il s'excuse. Tu n'as qu'à lui dire que je suis au courant et que ça ne change rien, que ça lui plaise ou non. Ecoute, toi, tu as Derric. Tu peux lui faire confiance. J'aspire à la même chose, à une relation avec un mec fiable. Parker ne l'est pas. C'est un menteur, dommage pour moi.

Becca le savait, on ne pouvait jamais être certain de rien.

— Hayley, les gens parfois… Ils font des trucs sans vraiment en avoir eu l'intention ou parce qu'ils n'avaient pas les idées très claires. Quand ça arrive…

— Quand quoi arrive ? lança une troisième voix.

Becca fit volte-face. Isis s'approchait du comptoir ; elle prit appui dessus, bras croisés.

— Qu'est-ce qui se passe ? lâcha-t-elle.

— Parker veut me parler, lui répondit Hayley. Il s'est servi de Becca comme messagère.

Isis lui jeta un coup d'œil, la jaugeant de son regard d'un bleu glacial. Becca s'attendait à ce qu'elle dissuade Hayley d'accepter et fut surprise de l'entendre dire :

— Il a raison. Tu devrais avoir une conversation avec lui. Tu sais bien que ce n'était rien, lui et moi. Où est-il ? demanda-t-elle à Becca. Dehors ?

— Avec le shérif, je crois.

— Quoi ? s'écria Isis.

— Le shérif est passé hier soir, il souhaitait lui

parler et ils sont partis ensemble. En général, Parker vient prendre son petit déjeuner à la maison, chez M. Darrow. Pas ce matin.

— Il est sans doute reparti au Canada, dit Hayley. Il a dû être expulsé.

— Ça m'étonnerait, rétorqua Becca, le shérif lui aurait précisé de prendre ses affaires.

Isis se tourna vers Hayley.

— Le shérif doit l'interroger à cause des incendies… Pour quoi d'autre sinon ?

La bague... mais quel rapport avec... qui a pu l'alerter à ce sujet de toute façon ?... il aura forcément contacté la police canadienne et s'il a découvert quelque chose... avait-il l'intention... il devait savoir que cette cigarette était... donc s'il a gardé la bague... des mensonges rien que des mensonges...

Les murmures émanaient des deux jeunes filles en immenses tourbillons nébuleux, qui firent perdre pied à Becca. Elle ne réussit à extraire de ce flot qu'une seule information, au sujet d'une bague appartenant à Isis ou Hayley et dont Parker aurait fait quelque chose. Quant au lien avec le reste de l'affaire, il restait à trouver.

48

Isis rejoignit Hayley à la banque alimentaire, cet après-midi-là. Les Cartwright connaissaient de tels problèmes financiers qu'ils n'avaient pas le choix… Et savoir qu'Isis était au courant rendit la chose encore plus cruelle. Celle-ci avait surgi de nulle part.

— Aidan a disparu, annonça-t-elle. Je comptais te le dire tout à l'heure, quand je suis venue à l'administration, mais il y avait cette fille… Becca…

Elle se mordillait la lèvre.

— Comment ça, disparu ? Quand ?

— Il est parti hier matin et depuis il n'est pas rentré. J'ai raconté à grand-mère qu'il était chez un pote, sauf qu'elle n'est pas débile. Je dois absolument le retrouver. Putain, Hayley, ça sent mauvais.

— Que se passe-t-il ?

Isis jeta un regard nerveux alentour, l'air de redouter des oreilles indiscrètes.

— Mes parents débarquent.

— Pourquoi ?

— Le shérif… Il a fini par découvrir l'histoire, c'était une question de temps. Il a enquêté sur tous ceux qui étaient à la fête. Y compris Aidan. Il a appris pour la Wolf Canyon Academy. Il a contacté mes parents, parce que les gens de la pension ne pouvaient pas lui dire pourquoi Aidan avait fait un séjour chez eux. Mes parents ont voulu connaître la raison de son appel, évidemment, et il leur a parlé des incendies criminels. Ils ont balisé. Ils ont pris leur téléphone pour me parler et je n'ai pas su quoi leur répondre à part qu'il y avait bien eu des feux mais qu'Aidan était innocent, j'étais prête à le jurer. Je lui ai dit qu'ils avaient appelé et qu'ils allaient venir dès que possible. Hayley, je lui ai dit ! J'ai ajouté qu'il aurait dû se présenter à la police de lui-même et tout déballer. Et maintenant il a disparu.

— Oh, Isis… Il a dû…

— Non. Il est guéri, je te dis. Il a juste peur qu'ils le renvoient là-bas. Mes parents.

— A Wolf Canyon ?

— Du coup, il s'est tiré.

Les yeux d'Isis luisaient de larmes.

— Je dois le retrouver, gémit-elle. Tu peux m'aider ? Il se cache quelque part. Si je ne lui parle pas rapidement, il risque… j'ai peur qu'il fasse une connerie…

— Il est parti à pied ?

— Il a pris un vélo. Un de ceux de grand-mère.

— Dans ce cas, il ne peut pas être très loin.

Hayley suggéra d'abord de regarder dans la chambre d'Aidan pour voir s'il n'avait pas laissé traîner un indice, et Isis se mit à paniquer. Hors de question ! Sa grand-mère ne s'absentait jamais et, si elle les voyait dans la chambre d'Aidan, elle poserait des questions. Or elle ne devait surtout pas le faire parce que sinon…

— Mais puisque ton frère a disparu et qu'il a des tendances à la pyromanie…

— Il est guéri ! insista Isis.

Elles commencèrent leurs recherches par Maxwelton Beach : Aidan s'était peut-être réfugié dans l'une des maisons vides. Ou dans une vieille cabane de pêcheur. Elles ressortirent malheureusement bredouilles de cette première investigation.

Swede Hill Road semblait l'étape logique suivante, puisqu'elle grimpait vers Scatchet Head, au sud, une immense falaise boisée et bordée de plages. Le temps qu'elles prennent la décision de s'y rendre, toutefois, la nuit était tombée et Hayley devait rentrer. Leurs recherches se poursuivraient le lendemain.

Si ça ne posait aucun problème à Isis de maintenir sa grand-mère dans l'ignorance, Hayley ne pouvait pas, pour sa part, se résoudre à garder le silence sur la disparition d'Aidan Martin, étant donné le danger qu'il représentait sans doute, pour lui-même ou pour les autres. Ce qui ne l'empêchait pas d'éprouver une culpabilité terrible à l'idée de donner son nom au shérif. Elle chercha donc un compromis. Le temps d'atteindre le feu tricolore de Bayview Corner, elle avait la solution. La caserne de pompiers était sur sa route.

Il n'y avait personne à l'accueil, et les bureaux qu'elle apercevait depuis l'entrée étaient vides. Elle s'apprêtait à rebrousser chemin quand elle entendit la voix du commandant Levitt. Elle le trouva à l'extrémité d'un couloir, devant un tableau en liège, auquel il punaisait des photos de lieux dévastés par les incendies.

Il était en ligne sur son téléphone portable, coincé entre son oreille et son épaule.

— Ouais… ouais… je l'ai consigné dans le dossier…

Dès qu'il aperçut Hayley, il abrégea sa conversation et raccrocha.

— Je peux t'aider, ma grande ?

La jeune fille sentit son courage vaciller.

— C'est… euh…, bredouilla-t-elle. J'ai des informations que…

Karl Levitt plissa les paupières.

— Suis-moi dans mon bureau. Tu es ?

Hayley déclina son identité. Elle s'empressa néanmoins d'ajouter :

— Vous croyez que… Pourriez-vous ne pas préciser au shérif que c'est moi qui vous ai parlé ? Vous voyez, je suis sur le point de vous répéter une confidence, et si on apprend que je l'ai fait… Est-ce que mon nom pourrait rester entre nous ?

Il lui indiqua le siège face à son bureau, et elle observa la pièce avec nervosité. Celle-ci, fonctionnelle, était en désordre, avec des tableaux d'affichage envahis de photos des divers endroits où un incendie s'était déclaré depuis l'été.

— Pourquoi tu ne me dirais pas ce qui t'amène ? suggéra-t-il avec douceur.

— Vous pouvez me promettre de… ?

— Non, malheureusement. Si c'est lié aux incendies, et je suppose que c'est le cas puisque tu es venue me trouver, il faut que tu saches que tout ça va se terminer devant un tribunal. Avec ce mort, l'affaire a pris une autre dimension. Je peux en revanche te proposer de ne pas divulguer ton nom avant un moment.

Comme Hayley ne desserrait pas les dents et se tordait les mains, il ajouta :

— La situation est très grave. Et je pense que tu ne serais pas là si tu n'en avais pas conscience.

— Oui, mais je ne me sens pas à l'aise à l'idée de…

— Dénoncer quelqu'un. Ça ne t'a pas empêchée de venir, pourtant. Parce que tu sais ce que tu as à faire.

Il avait raison. Hayley rassembla son courage et lui raconta tout ce qu'elle savait sur Aidan Martin, depuis la mort de son petit frère, encore bébé, aux incendies qu'il avait allumés à Palo Alto, puis à son séjour à la Wolf Canyon Academy et enfin à sa disparition récente, sans doute liée à l'arrivée prochaine de ses parents. En guise de conclusion, elle ajouta :

— D'après Isis, il a pris peur. Il pense que ses parents vont le forcer à retourner dans cette pension, dans l'Utah. Alors il a paniqué et c'est dans les situations de stress qu'il… qu'il allume des feux.

Karl Levitt hocha la tête. Il avait pris des notes.

— Vous allez… vous allez prévenir le shérif de sa disparition ? demanda-t-elle.

— Oh que oui. Et je vais même le faire tout de suite.

Il se leva pour la raccompagner à la porte, une main sur son épaule. Il lui donna une pression.

— Tu as fait ce qu'il fallait, lui dit-il avec bonté. Même si ce n'est pas ce que tu ressens en ce moment.

Hayley ne partit pas immédiatement. Après avoir patienté quelques secondes dans l'entrée de la caserne, elle se rapprocha, à pas de loup, du bureau du commandant. Après les habituelles mondanités – salut, comment va ta femme ? la saison de la chasse a bien débuté ? etc. –, elle l'entendit dire :

— Un des jeunes vient de passer me donner des informations, Dave.

Puis la conversation tourna autour d'Aidan. Isis

fut également mentionnée, ainsi que Nancy Howard, les parents du frère et de la sœur, la Wolf Canyon Academy, et le passé d'Aidan : le comment et le pourquoi de sa pyromanie. Le shérif semblait déjà au courant de tout cela. Karl Levitt ajouta alors une remarque qui pétrifia Hayley :

— Puisque cette bague trouvée sur place provenait de Palo Alto et que le môme de Davenport dit l'avoir offerte à cette fille, Isis… Il me semble qu'on ne peut plus parler de coïncidence à ce stade, Dave.

Il faisait nuit noire quand Hayley sortit de la caserne. La découverte de la chevalière lui semblait de très mauvais augure. Elle était en train de ressasser les conséquences possibles de ce rebondissement dans l'enquête lorsqu'elle arriva devant la ferme. Il n'y avait pas une seule lumière dans la maison.

Elle se demanda aussitôt où était Brooke. Sa sœur était censée préparer le dîner. Une fois de plus, elle n'en faisait qu'à sa tête. A croire qu'elle avait décidé de transformer la vie de tout le monde en enfer.

Hayley se précipita vers la porte de la cuisine et découvrit son père au pied de la volée de marches, silhouette recroquevillée dans l'obscurité.

— Papa ! s'écria-t-elle.

Elle remercia Dieu en silence en le voyant bouger. Elle le prit par le bras pour l'aider à se redresser mais renonça rapidement, car il poussa un cri de souffrance.

— Brooke ! s'époumona-t-elle. Cassie ! Brooke ! Brooke !

Elle s'engouffra dans la maison et gravit les marches deux à deux.

Allongée sur son lit, Brooke écoutait de la musique. De rage, Hayley lui arracha ses écouteurs.

— Papa est dehors ! Tu te rends compte ? Sale petite égoïste ! Qu'est-ce qui t'a pris, bon sang ? Lève-toi et suis-moi !

Brooke se mit à pleurer. Hayley réussit néanmoins à la faire sortir de sa chambre et récupéra une couverture au passage. Dans le salon, elle aperçut Cassidy, qui regardait *Cendrillon* en vidéo. Bien essayé, songea-t-elle avec amertume : Si la vie ressemblait à un conte de fées, ça se saurait…

Dehors, Bill avait réussi à basculer sur le flanc.

— Pourquoi tu es sorti ? lui cria Brooke. Pourquoi tu ne peux pas rester à l'intérieur ? Qu'est-ce qui ne tourne pas rond chez toi ?

— Tais-toi ! s'emporta Hayley tout en recouvrant son père avec la couverture. Il faut qu'on te… Je vais appeler une ambulance.

— Non, c'est juste mon bras. Je vais bien, les filles, c'est juste une petite chute. Si vous pouvez m'aider à me relever…

— Où est ton déambulateur ? lui demanda Brooke. Qu'est-ce que tu en as fait ? Pourquoi est-ce que tu ne te sers pas de ce déambulateur débile ?

Elle fondit en sanglots et Hayley dut se retenir de la frapper.

— Va chercher Cassidy, lui dit-elle. Montez dans le pick-up.

Devant la perplexité de sa sœur, elle ajouta :

— Obéis, Brooke.

— Pourquoi ? Qu'est-ce qu'on…

— On file à l'hosto. Bouge-toi !

49

Une routine s'était instaurée entre Seth et Prynne. Deux fois par semaine, ils se retrouvaient. Soit il se rendait à Port Townsend et elle l'attendait à la descente du ferry, soit elle venait à Whidbey et c'était lui qui l'accueillait sur le débarcadère. Le plus souvent, Prynne profitait de ses visites sur l'île pour répéter avec Triple Threat. Elle s'était intégrée dans le groupe sans le moindre heurt. Mais la chose que Seth aimait le plus en elle, c'était qu'elle le comprenait. Il ne s'était jamais autant senti autorisé à être lui-même.

Il en était arrivé à ce point de leur relation où il rêvait de la présenter au monde entier. Ce fut d'ailleurs pour cette raison, entre autres, qu'il l'emmena à la ferme des Cartwright. Il voulait que Hayley et elle se rencontrent. Il voulait partager la joie de cette certitude qu'il éprouvait dans son cœur : il était amoureux de Hester Prynne Haring.

— Il y a quelqu'un que j'aimerais te présenter, si tu es d'accord.

Voilà ce qu'il avait dit à Prynne pour lui expliquer où ils se rendaient lorsqu'il s'engagea sur Smugglers Cove Road, après l'avoir rejointe au ferry. La route traversait des bois et des champs cultivés, puis le parc national, qui s'étendait entre deux pointes du littoral, Lagoon Point et Bush Point, avec leurs vues dégagées sur le détroit d'Admiralty Inlet et, au-delà, sur la péninsule Olympique, aux monts enneigés.

Prynne l'observa avec curiosité, mais se contenta de répondre :

— J'aime bien rencontrer tes amis, ils sont chouettes. Ce qui en dit long sur toi.

Elle indiqua alors son cache-œil en souriant.

— Tu préfères que je sorte monsieur l'œil de verre ? Je l'ai sur moi.

— Non.

La suite du trajet se déroula dans un silence agréable. C'était une autre qualité de Prynne chère à Seth : elle appréciait autant de rester muette que de parler. Lorsque Seth mit son clignotant pour s'engager sur le chemin cahoteux, Prynne étudia les environs.

— Très belle propriété, nota-t-elle.

Les portes du poulailler étaient ouvertes, et Seth se gara à proximité. Hayley était seule, occupée à pelleter les fientes. Elle portait des bottes en caoutchouc et un immense sweat-shirt sur son jean. Ses lunettes avaient glissé à la pointe de son nez et son visage luisait de transpiration.

— Besoin d'un coup de main ? lança-t-il.

Elle redressa la tête.

— Un coup de main de Brooke serait le bienvenu, mais faut pas rêver.

— Tu as une autre pelle ?

— Non, non, Seth, c'est répugnant ici.

Elle s'approcha d'eux avant d'ajouter :

— Tu es Hester Prynne Haring. Très joli nom, sauf qu'on doit te demander où est le *A*.

— C'est pour ça que je me contente de Prynne. La blague finit par devenir lassante.

— Tu m'étonnes, compatit Hayley.

— On peut t'aider, insista Prynne, je t'assure.

— Ça, non, certainement pas. Je suis déjà surprise que vous supportiez l'odeur.

— Ben, c'est bio.

— Là-dessus, pas de doute.

Les deux filles éclatèrent de rire, et le sourire de Seth s'élargit. Hayley s'enquit de leurs projets. C'était une belle journée en dépit du froid de plus en plus mordant de la mi-automne, et elle en aurait volontiers profité si elle avait pu. Seth n'avait pas concocté de programme précis. « Traîner ensemble », voilà ce qui le résumait au mieux. « Et voir quelles occasions se présentent », avait ajouté Prynne.

— Tu as ton violon avec toi ? lui demanda Hayley. Parce que…

Elle fut interrompue par Parker, pénétrant avec fracas dans le poulailler. Son expression furieuse n'inspirait rien qui vaille ; Parker réussit pourtant à se maîtriser. Seth et Prynne lui dirent bonjour. Quant à Hayley, elle ne desserra pas les dents, son visage était de marbre.

— Je peux te parler ? lança Parker, avant d'ajouter avec un coup d'œil en direction de Seth : Seul ?

— On va y aller, alors, dit Prynne en prenant Seth par la main. Hayley, si tu passes à Langley aujourd'hui, tu nous trouveras sans doute au foyer municipal. On a prévu d'y jouer, pas vrai ?

— Euh… si, bafouilla Seth.

Alors qu'il se laissait entraîner vers la sortie, il entendit Parker dire :

— Il faut qu'on parle, toi et moi.

— Je ne crois pas, non, lui répondit Hayley.

Le juron de Parker n'échappa pas à Seth. Dès qu'ils furent dehors, il souffla à Prynne :

— Attends-moi ici, OK ?

Il lui indiqua la clôture en barbelés qui délimitait le champ près du poulailler.

— Tu es sûr ? J'ai l'impression qu'il voulait discuter d'un truc perso.

— Oui, c'est bien ce qui m'inquiète.

Dans le poulailler, l'ambiance était orageuse, en effet.

— Oh, je t'en prie, Parker ! La cigarette était au fond de ton sac de couchage ! Et tu devrais faire un tour sur sa page Facebook à l'occasion.

— Tout ça à cause de cette histoire ? Je commets une erreur avec une blonde complètement cinglée, qui s'est littéralement jetée sur moi, et c'est fini ?

— Ça n'a rien à voir avec ce qui s'est passé entre Isis et toi. C'est la faute de tes mensonges. Je me fiche de ce que tu as fait avec elle, Parker. Je me fiche de savoir où c'est arrivé, combien de fois ça a eu lieu, ou je ne sais quoi. Je n'aime pas les menteurs et je n'en veux pas dans ma vie.

— Du coup tu m'as balancé au shérif ? A cause de toi, j'ai dû l'accompagner jusqu'à Coupeville et…

— Je n'ai jamais parlé au shérif !

— C'est ça, Hayley. Qui l'a appelé, dans ce…

— Moi, lança Seth. Et je ne l'ai pas appelé. Je suis allé le voir.

Parker fit volte-face, les traits déformés par la colère.

— Qu'est-ce que…

— Ton arrivée sur l'île coïncidait plus ou moins avec le premier incendie, du coup… Hayley n'a rien fait de mal, à part peut-être s'attacher à toi alors qu'il aurait visiblement mieux valu qu'elle évite.

Parker toisa Seth, puis se tourna vers Hayley. Il secoua la tête.

— J'en reviens pas… Je me casse.

Il s'éloigna à grandes enjambées. Seth et Hayley échangèrent un regard. Elle avait les joues rouges. Elle abandonna sa tête sur le manche de la pelle, abattue. Seth ignorait comment l'aider.

— Ma vieille, Hayl, je suis désolé. J'ai réussi à tout faire foirer entre vous.

Elle secoua la tête sans la relever.

— Il a tout fait foirer tout seul.

D'une voix beaucoup plus basse, elle ajouta :

— Je suis tellement fatiguée…

Il s'approcha pour poser une main sur son épaule.

— Laisse-moi te donner un coup de main.

— Non, occupe-toi de Prynne.

Elle plongea ses yeux dans les siens :

— Merci de l'avoir amenée ici, Seth. Les choses se passent bien entre vous. Ne gâche pas tout.

Il acquiesça, même s'il se sentait lié à Hayley par une vieille fidélité qui ne disparaîtrait jamais entièrement. Il se fit le serment de contribuer, d'une façon ou d'une autre, à lui rendre l'existence plus facile.

Dehors, appuyée des deux mains sur un poteau de la clôture, Prynne se perdait dans la contemplation du champ en pente légère mais continue, qui laissait place ensuite à une immense forêt, au-delà de la mare.

— C'est vraiment un bel endroit, dit-elle à Seth

quand il la rejoignit. Comment se fait-il qu'ils ne l'exploitent pas davantage ? Des chevaux, des moutons, des vaches, des chèvres… Des cultures… Je suis sûre que tout pousserait hyper bien ici.

Il tenta de résumer la situation :

— Le père de Hayley est en très mauvaise santé, et le reste de la famille essaie de faire tourner la ferme… C'est difficile. La situation n'a pas cessé de se dégrader depuis deux ans, soupira-t-il. J'aimerais trouver le moyen de les aider.

Prynne étudiait le champ d'un air concentré. Soudain, elle lui demanda en le regardant par en dessous :

— C'est ton ex, je me trompe ?

Il ne répondit pas immédiatement, sentant monter le goût aigre de la peur. S'il n'avait pas pensé à mal en faisant ce détour par la ferme des Cartwright, il prenait soudain conscience de l'impression que cela pouvait donner.

— Ça fait un moment. Que c'est mon ex, je veux dire.

— Aucun problème, le rassura-t-elle. Je comprends que tu aies eu envie de me la présenter. Mais tu aurais dû m'en parler avant, d'acc ? Je n'aime pas avancer à l'aveuglette.

Avec un sourire, elle poursuivit :

— D'autant que de ce côté-là je suis bien servie.

Elle désigna son cache-œil en éclatant de rire. Seth la prit par les épaules et l'embrassa avec fougue.

Ils étaient sur la route de Langley quand ils aperçurent Brooke, à la sortie de Freeland. Elle était assise sur un énorme sac, au bord de la nationale. Un magasin de fournitures agricoles se trouvait à proximité, et il semblait évident qu'elle en sortait – ce qui n'expliquait pas pour autant sa présence sur le bas-côté.

Seth se gara.

— Qui est-ce ? s'enquit Prynne.

— La sœur de Hayley, répondit-il alors qu'il descendait déjà. Brooke ! Qu'est-ce que tu fabriques ici ? Tu attends ta mère ?

Brooke fit non de la tête. Elle paraissait encore plus déprimée que les dernières fois qu'il l'avait croisée.

— Je vais prendre le bus. J'ai du grain pour les poules.

— Pourquoi Hayley ne t'a pas accompagnée ? Elle est en train de bosser dans le poulailler, on vient de la voir.

— Elle est en pétard contre moi. Elle a dit qu'elle ne me conduirait plus nulle part. Elle ne veut pas me croire quand je lui dis que je ne savais pas. C'est pas comme si je faisais les choses exprès.

Seth jeta un coup d'œil interrogateur à Prynne. Celle-ci haussa les épaules. Elle en savait encore moins que lui.

— Allez, debout, Brooke ! On va te déposer.

— Hayley sera encore plus remontée contre moi.

Elle avait l'air si abattue que Seth lui tendit la main.

— Je n'accepterai pas un refus.

Il la fit se lever et lui donna une accolade. A sa surprise, elle fondit en larmes.

— Hé là ! Qu'y a-t-il ?

— P… pa… papa, sanglota-t-elle. Il s'est cassé le bras. Hayley dit que c'est parce que je n'ai pas été assez attentive. On a dû le conduire à l'hôpital et on n'a pas d'assurance et je ne…

Elle se mit à hoqueter.

— Bien sûr que tu ne pouvais pas deviner, la rassura Prynne en lui touchant le bras. Et je suis sûre que ta sœur le sait. Sous le coup de la colère, elle a dit la première chose qui lui passait par la tête.

— N… n… non. Elle me déteste, et c'est ma faute. Tout le monde est furax. Je fais de mon mieux pourtant. Elle est persuadée que je ne pense qu'à moi, mais c'est pas vrai, il y a juste que… quand je mange des trucs qui me sont interdits, c'est seulement pour… pour…

— Chut, Brooke, tout va bien, la consola Seth en ramassant le sac de grains. Viens avec nous.

Sur le chemin de la ferme, Brooke leur raconta toute l'histoire, en tout cas l'accident de Bill. Son récit était entrecoupé de sanglots. Quand Seth s'engagea sur le sentier, elle le supplia de s'arrêter et de la laisser terminer à pied. Il chercha à la convaincre que Hayley ne se formaliserait pas qu'il l'ait raccompagnée, mais Brooke insista tant qu'il céda. Même si le sac de grains lui semblait bien trop lourd pour elle.

Il la regarda s'éloigner. Il devait trouver un moyen d'aider les Cartwright… A mi-chemin, Brooke s'arrêta, déposa le sac pour s'asseoir dessus et se plia en deux.

— Elle pleure encore ? s'étonna-t-il.

— Je crois qu'elle a un vrai problème, lui répondit Prynne. Quelque chose de grave qu'elle ne veut pas avouer à sa famille.

50

Becca prit la décision de parler à Derric de sa sœur par souci de transparence. Il était en droit de connaître l'information qu'elle détenait.

Elle pensa d'abord le lui annoncer au téléphone, ce qui lui éviterait toute tentation d'écouter ses murmures, avant de s'aviser que c'était d'une lâcheté absolue. Elle attendit donc qu'ils se retrouvent plus ou moins seuls, mais elle voulait le voir dans un contexte neutre, qui ne donnerait pas à Derric l'impression qu'elle cherchait à le coincer.

Il y avait un moment de la journée qui répondait à ces critères : de bon matin, dans la salle de musculation du lycée. Derric s'y rendait notamment pour renforcer la jambe qu'il s'était gravement fracturée un an plus tôt.

Ce jour-là, un autre lycéen s'entraînait aussi, un joueur de foot qui soulevait de la fonte en écoutant son iPod et en grognant. Derric travaillait ses pectoraux sur un banc de musculation – sans parade, ce qui était stupide, songea Becca ; cependant elle n'avait pas l'intention de se disputer avec lui sur ce sujet.

Elle observa son visage et éprouva ce qu'elle

éprouvait toujours quand elle le voyait pour la première fois de la journée : une chaleur qui se répandait dans son corps entier. Et elle se demanda ce qu'elle avait fait pour le mériter. Sa grand-mère aurait parlé d'atomes crochus. Entre eux, le contact était passé dès le premier jour. Becca ne s'expliquait pas ce mystère.

— Bon boulot, lui dit-elle. Tu es content de tes progrès ? Et ta jambe ?

Il lui répondit d'un sourire.

— Comment tu as fait pour venir aussi tôt ?

— Vélo, bus, puis vélo.

— Tu aurais dû m'appeler. Je serais passé te prendre. On aurait même pu faire une pause en chemin, si tu vois où je veux en venir, ajouta-t-il avec un air malicieux. Cinq ou dix minutes. Ou même une heure.

— Ça n'est pas comme ça que tu récupéreras ta jambe.

Il replaça les poids sur les barres au-dessus de lui et s'assit. Puis il rétorqua :

— Peut-être pas ma jambe. Mais mes lèvres auraient fait de l'exercice.

Elle éclata de rire et s'assit à côté de lui. Il n'était pas question de tourner autour du pot.

— J'ai quelque chose à te dire, Derric, annonça-t-elle tout bas. J'ai trouvé Réjouissance. Elle est tout près d'ici, dans une plantation à La Conner. Elle vit là depuis des années. Depuis qu'elle a quatre ou cinq ans. Elle a été adoptée, exactement comme toi. A la seule différence que ses parents ont recueilli cinq ou six autres enfants. En tout cas, c'est bien elle. Je l'ai vue de mes propres yeux.

Le jeune homme était resté parfaitement immobile. Incapable de deviner ce qu'il ressentait, Becca fut tentée de retirer son écouteur. Elle resta pourtant fidèle au principe qu'elle s'était fixé, respectant le caractère privé des pensées de Derric.

— Comment…

Elle lui expliqua tout. Le message téléphonique dont Ralph ne gardait aucun souvenir et l'enquête qu'elle avait menée avec Seth pour découvrir à qui il était destiné. Elle ajouta qu'elle s'était même demandé s'il pouvait avoir un rapport avec les incendies sur l'île. Elle tut en revanche ses craintes à propos de Jeff Corrie. Il ne savait rien de toute cette histoire et du bazar qu'elle avait créé à San Diego.

— Quand Réjouissance est sortie de la grange avec les autres gamins, conclut-elle, j'ai tout de suite compris que c'était elle. On dirait toi en fille.

Derric restait silencieux. Elle songea que, peut-être, il se débattait pour contrôler sa colère. Ne s'immisçait-elle pas encore dans ses affaires ?

— Après l'avoir vue, reprit-elle malgré tout, je suis allée trouver le révérend Wagner.

L'expression de Derric changea à ces mots, sa mâchoire se crispa.

— Je ne lui ai pas dit grand-chose. Je voulais juste vérifier que c'était bien lui qui avait laissé le message à Ralph. Il me l'a confirmé.

Elle lui raconta comment le révérend avait retrouvé la trace de Réjouissance, grâce aux autres antennes américaines d'Espoir d'enfants.

— Je n'ai pas trop demandé de précisions parce qu'il me semblait que l'essentiel c'était que Réjouissance ait été adoptée il y a longtemps.

Derric ne réagissait toujours pas.

— Bref… je voulais juste te mettre au courant. Et

le révérend Wagner n'en parlera à personne. Je lui ai fait promettre. Le truc, c'est…

Derric lui jeta un regard chargé de sous-entendus. Il était persuadé – et comment le lui reprocher après les bourdes qu'elle avait accumulées – qu'elle allait se lancer dans un laïus afin de le convaincre de toutes les belles choses qu'il pourrait faire pour sa sœur.

— Je voulais te le dire pour que tu ne t'inquiètes plus. Maintenant tu sais où elle est, et tu sais qu'elle va bien.

Il hocha la tête, déglutit.

— Hé…, chuchota-t-elle.

Il leva alors son visage et elle fut bouleversée par son expression ainsi que par les larmes qui embuaient ses yeux.

— Je t'aime, Derric. Je suis là pour toi. A tout jamais.

Elle avait pris le numéro de téléphone de la plantation et l'adresse mail. Elle sentait néanmoins que ce n'était pas le moment de les lui donner. Il devait trouver son chemin tout seul, et il le ferait.

Becca était en train de préparer des spaghettis et des boulettes de viande pour le dîner. Ralph, lui, bricolait dans son atelier – il réparait la lampe qu'une amie lui avait confiée. Il s'agissait plus précisément d'une des nombreuses artistes de l'île, une souffleuse de verre qui en jetait avec sa peau noire et son bleu de travail. Elle avait débarqué un peu plus tôt dans la soirée et s'était écriée sur le perron de la maison : « Darrow ! J'ai besoin que tu jettes un œil à cette lampe. Ramène ta fraise ! J'ai marché dans du crottin avant de venir ici et je ne voudrais pas en mettre partout chez toi. »

Ralph avait grommelé : « Crois-moi sur parole, Becca, Kathy Broadvent a toujours fait dans la poésie… » Puis il était sorti pour se lancer dans une conversation animée et ponctuée de grands gestes.

Seth était alors arrivé. Il voulait parler à Parker et demanda à Becca si elle l'attendait pour dîner. « Sans doute », répondit-elle, avant de lui raconter que Dave Mathieson s'était présenté quelques jours plus tôt pour interroger Parker. Seth lui apprit que c'était à cause de lui. *J'ai peut-être bien fait, peut-être pas*, ajouta-t-il mentalement. Becca le dévisagea et il se sentit obligé de se justifier :

— Il est sur l'île depuis le premier incendie, et ça me semblait important. Même si mes intentions n'étaient pas aussi pures que ça… Enfin bref, Parker s'est imaginé que c'est Hayley qui l'avait balancé.

Arranger les choses... Prynne voudrait... L'évocation de la violoniste convainquit Becca d'utiliser son aide auditive.

— C'est à cause d'Isis, lui apprit-elle.

— Quoi, Isis ?

— Il croit que Hayley l'a balancé à cause d'Isis.

Elle lui brossa un tableau de la situation : Parker, Isis, la cabane, les mensonges. Le sexe.

— Parker et Isis l'ont fait ensemble, conclut-elle.

— Tu veux dire qu'il a couché avec Isis et menti à Hayley ?

— Il semblerait. Hayley a décidé que c'était terminé entre eux. Il m'a demandé de lui parler, dans l'espoir d'obtenir une seconde chance.

— La vache, c'est du sérieux. Je ne peux pas m'empêcher de penser que…

— Quoi ?

— De quels autres mensonges est-il capable, Beck ?

Comme pour répondre à cette question, Parker choisit ce moment pour faire son entrée. Il parut hésiter en avisant Seth. Ils s'affrontèrent du regard, et Becca remarqua que Seth fut le premier à se détourner.

— Salut, dit-elle à Parker. Tu as faim ? On a largement de quoi dîner ce soir, ajouta-t-elle d'un ton amical, l'invitant à prendre part à la discussion. J'ai fait une recette italienne, il faut juste me promettre de ne pas comparer avec le restaurant des Natalia.

— D'accord, se contenta-t-il de dire.

Un long silence gêné s'étira, pendant lequel on entendit gratter à la porte d'entrée – Seth était venu avec Gus. Parker alla lui ouvrir et le labrador se mit à bondir, visiblement imperméable aux tensions ambiantes. Seth finit par briser la glace.

— Ecoute, mec, je suis désolé que le shérif t'ait pris la tête. Je ne sais pas si tu mesures la gravité de la situation. Quelqu'un est responsable de la mort…

— Et ça ne peut évidemment pas être toi, l'interrompit Parker avec acidité.

— J'étais en ville lorsque deux des incendies ont éclaté, mais ça n'est pas la question. Cette histoire a cessé d'être une petite blague de rien du tout en août, le jour où un feu s'est déclaré à la fête foraine, et tu sais aussi bien que moi que tu campais dans ta voiture, juste à côté, depuis juillet. J'étais censé faire quoi ? Oublier ce que tu m'avais dit ?

— Alors quoi ? Ma présence là-bas fait forcément de moi un pyromane ?

Sa colère, perceptible, incita Becca à intervenir :

— Ils ont relevé les noms de tous ceux qui étaient

présents à la fête de Maxwelton Beach, Parker. Tout le monde est interrogé.

— Je n'ai pas cette impression, moi, répliqua-t-il. Mais quelle importance ?

Il s'assit à table et se mit à jouer avec les couverts, sans chercher à dissimuler sa contrariété.

— Tu as parlé à Hayley ?

— J'ai essayé, répondit-elle avec une grimace contrite.

— J'en étais sûr, soupira-t-il. Enfin, le shérif et moi, on est plus ou moins parvenus à une sorte d'accord. Je vais mettre les voiles.

— Tu as été lavé de tout soupçon, alors ? dit Seth. Bonne nouvelle.

L'expression qui se peignit sur les traits de Parker indiquait qu'il croyait autant en la sincérité de Seth qu'en la capacité pour un homme, exception faite du Christ, de marcher sur l'eau.

— Je n'ai jamais mis les pieds en Californie et ça a suffi, apparemment, à me disculper.

— En Californie ? s'étonna Becca. Quel rapport avec…

Elle s'interrompit d'elle-même, comprenant soudain le lien que le shérif avait pu établir. Elle se tourna vers la cuisinière pour remuer la sauce.

— En tout cas, j'ai été invité à quitter votre beau pays. Le shérif a demandé à voir mon passeport et constaté que j'avais plus ou moins abusé de votre hospitalité. Du coup…

Il les considéra tour à tour avant de reprendre :

— J'ai été enchanté de faire votre connaissance. A tous.

— Tu ne peux pas en vouloir à Hayley, objecta Seth.

— Si tu le dis. Elle ne veut rien entendre, de toute façon. J'ai essayé de la rappeler et elle est obsédée par une histoire de bague… A croire que j'ai fait une demande en mariage !

— Une bague ? répéta Becca, sur le qui-vive.

— Oui ! Est-ce que j'ai trouvé ou gardé une bague ? Une bague qu'Isis m'aurait donnée… Et où est-elle maintenant ? Qui l'a ? Bref…

D'un geste du bras, il signifia que le sujet ne l'intéressait pas.

— Ça a l'air important, observa Seth.

— Peut-être pour elle, rétorqua Parker. Mais pas pour moi.

SIXIÈME PARTIE

La plage de Maxwelton, *suite*

51

Il ne fallait pas être un génie pour déduire de tout ça qu'une bague jouait un rôle déterminant dans l'enquête. D'autant que Becca avait, à plusieurs reprises, surpris la mention d'un tel objet dans les murmures de Hayley et d'Isis.

Elle voulait en parler à Minus et Jenn. L'occasion se présenta lors d'un cours d'anglais, quand la prof demanda aux élèves de se répartir en petits groupes et de corriger mutuellement leurs dissertations portant sur la féminité dans *Macbeth*, de Shakespeare.

— Comme s'il y en avait dans cette pièce ! ricana Minus. Entre les sorcières et la louve écossaise, bonjour les modèles !

Il avait pourtant rendu, à son habitude, un devoir remarquable. Becca et Jenn conclurent qu'il était parfait, puis Becca baissa la voix et, tout en faisant mine de corriger la copie de Jenn :

— J'ai du nouveau pour l'enquête sur l'incendie. Un élément ne cesse de resurgir : une bague. Hayley, Isis, Parker… Ils ont tous un lien avec cette chevalière.

— Et si c'était la signature du pyromane ? lâcha

Minus. Comme un plastiqueur qui fabriquerait toujours sa bombe de la même façon.

Après avoir réfléchi quelques instants, il ajouta :

— Une chevalière, tu dis ? Le genre dont on se servait pour sceller les lettres ? Vous savez que les gens laissaient une empreinte dans la cire, révélant ainsi leur identité, non ?

Jenn le regarda de travers.

— Le pyromane laisserait sa signature ? Style le Z de Zorro ? Pourquoi ferait-il ça ?

— Pour être pris. Ils veulent toujours être pris.

— Si cette bague a bien un rapport avec les incendies, intervint Becca, est-ce qu'il ne pourrait pas plutôt s'agir d'un indice trouvé par les enquêteurs ? Une bague que le pyromane aurait perdue sans s'en rendre compte.

— Comment l'aurait-il perdue ? Elle était trop grande et aurait glissé de son doigt ? suggéra Jenn.

— Ou alors le coupable ne la portait pas, ajouta Becca.

— Je ne te suis pas.

— Il l'aurait abandonnée sur place. Volontairement. Il l'avait dans sa poche et l'aurait déposée sur les lieux du crime pour faire accuser quelqu'un d'autre.

— Super. Alors comment on identifie le propriétaire de la bague ?

— Je ne sais pas trop, avoua Becca. Mais je crois… je crois me rappeler…

Sauf qu'elle ne pouvait pas leur dire ce qu'elle avait vu dans les souvenirs de Parker. Une bague se trouvait peut-être au bout de la chaîne que portait Iris ce soir-là. En admettant que cette dernière l'ait oubliée dans la cabane, Parker avait pu la garder. Et dans ce cas… Elle répugnait à accuser le jeune Canadien. Cependant, l'idée que quelqu'un était mort lui faisait encore plus horreur…

— On doit s'assurer d'abord que la police a bien trouvé une bague sur les lieux de l'incendie.

— Super, approuva Jenn. Et après on fait quoi ?

— Nous ? Rien.

— Mais alors qui ?

— Derric.

52

Hayley devait mettre Isis au courant, pour la bague. Ce qui impliquait de lui avouer qu'elle avait parlé d'Aidan au chef des pompiers. Elle ne se sentait prête ni pour l'un ni pour l'autre, mais avait-elle le choix ? Les enjeux étaient trop importants.

Les deux jeunes filles se retrouvèrent dans la salle de musique pendant l'heure du déjeuner. Isis avait l'air inquiète, et ça se comprenait. La convocation en tête à tête l'avait forcément alertée.

Après lui avoir raconté qu'elle était allée voir Karl Levitt, Hayley s'empressa d'enchaîner et d'évoquer la conversation téléphonique qu'elle avait surprise entre le commandant des pompiers et le shérif.

— Elle était là, Isis. La chevalière de Brady était là.

— Où ça, là ?

— Dans les décombres de la cabane de pêcheur, après l'incendie. Le shérif a remonté sa trace jusqu'à Bradley.

— Comment ?

— Aucune idée. Elle porte le nom d'une université, non ? Et il y a des initiales à l'intérieur, je suppose ? Ça ne doit pas être très sorcier de remonter la piste de l'université jusqu'au graveur puis enfin à la personne à qui appartiennent les initiales.

— BAD3.

— Hein ?

— Bradley Anthony Davenport, troisième du nom, chuchota Isis. Brady, mon Brady, s'appelle Bradley aussi. Bradley Anthony Davenport le quatrième. Mais ça ne peut pas…

— Quoi ?

— Hayley, je n'arrive pas à me rappeler ce que j'ai fait de cette bague. La seule explication possible, ce serait que je l'aie oubliée à la cabane. Parker l'aurait trouvée, et comme il savait qu'elle m'appartenait, il se serait dit… Il ne voulait pas de moi, et je refusais de lui foutre la paix… Il n'a vu que cette solution pour se débarrasser de moi.

— Isis, tu sais très bien que ce n'est pas ce qui s'est passé. C'est Aidan qui a piqué cette bague et qui l'a laissée à la cabane de pêcheur quand il a allumé le feu pour faire croire que tu…

— Absolument pas ! Aidan est mon frère ! Mais maintenant c'est trop tard de toute façon. Le shérif a appelé grand-mère hier soir, et ensuite elle a contacté mes parents pour les interroger. Ils ont dû lui dire et elle s'est mise dans une colère noire lorsqu'elle a réalisé le risque qu'ils lui avaient fait courir à son insu avec… avec tous ses produits inflammables qu'il y a chez elle.

Fondant en larmes, Isis se mit à arpenter la salle, au désespoir. Hayley la fixait sans comprendre.

— Isis, je ne… Ta grand-mère a été mise au courant de quoi ?

— Des incendies. D'Aidan. Elle ne savait pas.

— Tu veux dire qu'elle ignorait qu'Aidan était un pyromane ? Comment c'est possible ? Son propre petit-fils !

— Les incidents ont eu lieu très loin d'ici. Ma mère ne lui en a pas parlé. Et Nancy ne s'intéresse pas à l'actualité de Palo Alto. Elle déteste la Californie.

— Mais elle ne s'est pas interrogée sur la raison du séjour de ton frère dans un pensionnat de l'Utah ?

— Ils l'ont imputé à la mort de Robbie. Et c'était lié. Aidan n'arrivait pas à faire le deuil, il n'a jamais réussi et… Ils ont peut-être ajouté qu'il se droguait, qu'il buvait ou autre chose, seulement ils n'ont jamais parlé des incendies. Tout ça est tellement stupide.

— Quoi ?

— Cette obsession du secret. Personne ne doit être au courant. Moi, je n'en peux plus, de surveiller Aidan, j'en ai ma claque, je veux rentrer à la maison.

Elle ne contrôlait plus ses sanglots, devenus amers, et semblait se diriger tout droit vers la crise de nerfs.

— C'est le seul frère qui me reste ! Je dois le retrouver, Hayley !

— Isis, tu dois aussi accepter qu'Aidan est le seul à…

— Non ! Tu vas m'écouter. Je devais avoir la bague sur moi ce soir-là. Je croyais l'avoir retirée avant, mais je me trompe sans doute. Je devais la porter à la fête et Parker et moi… On est descendus sur la plage, dans un coin, et les choses sont allées un peu plus loin qu'elles n'auraient dû… Je l'ai sans doute perdue à ce moment-là. Voilà ce qui s'est passé.

Son regard brillait.

— Parker en a profité pour la prendre ! poursuivit-elle. Il l'a gardée et il l'a déposée sur la scène du crime pour…

— Tu essaies de te convaincre d'une histoire invraisemblable, Isis, et tu le sais.

Hayley sentit ses yeux s'embuer de larmes.

— Les faits parlent d'eux-mêmes, reprit-elle. Je sais que tu veux qu'Aidan aille bien, mais ce n'est pas le cas, et il est sans doute en train de mijoter Dieu sait quoi à l'heure qu'il est. Personne ne sera en sécurité tant qu'on ignore où il est.

— Alors on doit le retrouver ! s'écria Isis avant de s'élancer hors de la pièce.

53

Becca rejoignit Derric au motel de la Falaise, où il avait son rendez-vous hebdomadaire avec Josh. Ils étaient dans le salon, derrière la réception, en train de construire avec application un tyrannosaure en Lego.

Josh, se montrant fort généreux, dit à Becca qu'elle pouvait lui emprunter Derric, bien sûr, mais pas pour plus de cinq minutes, car ils avaient une mission sérieuse à accomplir.

Après avoir ébouriffé le garçon avec tendresse, Derric suivit Becca dehors. Ils restèrent sous l'auvent, car il avait commencé à pleuvoir. L'hiver et ses promesses se rapprochaient à grands pas : des jours plus courts, plus froids et plus humides.

— On doit aller à Coupeville, annonça Becca.

— Pourquoi ça ?

— Les bureaux de ton père. Plus précisément le dossier sur l'enquête à Maxwelton Beach.

Derric l'entraîna à l'écart. Ils longèrent l'enfilade de chambres et s'éloignèrent au maximum de la réception.

— Crache le morceau, dit-il.

Becca partagea les informations dont elle disposait.

— Je n'arrête pas d'entendre parler de cette bague,

conclut-elle. Surtout dans les bouches d'Isis et de Hayley.

— Tu penses que l'une d'elles serait l'auteur des incendies ? Ce n'est pas vraiment le style de Hayley, Becca. Ce qui laisse Isis. Quel serait son mobile ?

— Je n'en sais rien. D'après Hayley, elle sort avec un mec canon à Palo Alto. Elle veut peut-être qu'Aidan soit renvoyé dans l'Utah pour pouvoir rentrer en Californie.

— Ou alors c'est Aidan qui met le feu pour se débarrasser d'elle et la faire enfermer.

— Ou bien c'est Parker, parce qu'il est sorti avec Isis et qu'il n'a pas trouvé d'autre solution pour qu'elle lui lâche les baskets. Le truc, c'est qu'on doit d'abord s'assurer que la police a bien mis la main sur une bague. Voilà pourquoi il faut qu'on aille à Coupeville.

— Je pourrais demander à mon père si…

— Il ne te dira rien tant que l'enquête n'est pas terminée. Voire jusqu'au procès, parce qu'il risque d'y en avoir un, non ? Il faut absolument qu'on accède au dossier, Derric. Je ne sais pas comment, mais on doit essayer. Est-ce que tu as une idée ?

— Oh, j'ai une bien meilleure proposition.

Josh les rejoignit alors et adopta la même pose que sa grand-mère lorsqu'elle était fâchée, poings sur les hanches.

— Hé ! On avait dit cinq minutes !

— J'arrive, mon pote ! Laisse-moi embrasser ma copine.

— Beurk ! Je ne veux pas voir ça !

Josh fila se réfugier à l'intérieur du motel. Derric se retourna vers Becca avec un sourire.

— Je vais appeler ma mère. On t'invite à dîner.

Papa se connecte toujours à son ordi après le repas. Il dit que ça l'aide à faire le point sur la journée. On trouvera bien le moyen de l'attirer en dehors de son bureau…

— Comment ça ? Avec un incendie ? ironisa-t-elle.

— Je vais réfléchir. Il faudra juste que tu te tiennes prête à te faufiler dans son bureau. Et là, tu consulteras le dossier. Histoire d'en avoir le cœur net. Mon plan fonctionnera, crois-moi. Il y a certaines choses auxquelles mon père ne résiste pas.

Une partie de dominos. Voilà quelle était la meilleure diversion. Derric veilla à rendre sa proposition irrésistible : une partie en cinq manches et son engagement, s'il perdait, à nettoyer de fond en comble l'une des deux voitures familiales. Dave se frotta les mains et s'écria :

— Oh, toi, tu sais me parler ! Préviens-moi quand tu auras tout installé !

Il disparut alors dans son bureau, ainsi que Derric l'avait prédit. « Pendant que maman et moi, on fait la vaisselle, avait-il expliqué à Becca, il en profite pour jeter un coup d'œil à ses dossiers. Il laissera l'ordi allumé, ce sera à toi de jouer. »

Derric et elle installèrent les dominos dans la pièce la plus éloignée du bureau de Dave, la véranda. Derric connaissait bien son père. Dave jouait pour gagner, comme son fils, et Rhonda n'était pas en reste. Chaque manche se déroula dans un concert de rires, de blagues, de cris et de débats houleux sur les règles du jeu. Et chaque manche était assez longue pour laisser amplement le temps à Becca de s'éclipser à l'autre bout de la maison. Elle déclara forfait à la troisième, prétextant son mauvais score.

— Je m'en sors comment, Derric ?

Il consulta la feuille sur laquelle il inscrivait les résultats avec une grimace.

— Hum, il faudrait créer une catégorie pour toi. Tu es franchement dans les choux.

— Bon, je vais plutôt vous observer alors, ça m'aidera peut-être à comprendre ce que je fais de traviole.

— A peu près tout, souligna Dave. Assieds-toi à côté de moi si tu veux apprendre du maître.

Becca ne se fit pas prier. La quatrième manche était bien entamée quand elle leur demanda de l'excuser, évoquant un besoin pressant. Ils étaient animés d'un tel esprit de compétition qu'elle ne s'inquiétait pas : elle aurait tout son temps pour consulter l'ordinateur de Dave.

Ainsi que Derric l'avait annoncé, l'ordinateur portable de son père se trouvait sur le bureau – le shérif ne s'en séparait jamais. Elle eut juste à sortir du mode veille et vit apparaître une longue liste de dossiers. L'un, fort heureusement, était intitulé Maxwelton Beach. Cependant, elle découvrit en l'ouvrant qu'il contenait une quantité astronomique de documents. Tous les entretiens avaient été enregistrés. Et il y avait aussi toutes les photographies des lieux. Aucune vignette ne portait un nom aussi limpide que « Preuves » ou « Indices ». Elle cliqua sur les photographies.

Il y en avait deux cent cinquante-quatre. Elle n'aurait jamais le temps de toutes les passer en revue.

— Zut de zut ! pesta-t-elle en examinant le plus rapidement possible les icônes.

— Hé ! Becky ! l'appela Dave Mathieson. Tu es

tombée dans la cuvette ou quoi ? J'ai une super-main, et si tu veux apprendre…

— Il te baratine, Becca, l'interrompit Derric. Prends ton temps, je vais le plumer.

Becca s'approcha de la porte du bureau et tendit l'oreille : la partie parut reprendre. Elle retourna à l'ordinateur.

— Tu ferais mieux d'aller voir, chéri, suggéra Rhonda. Elle est peut-être malade.

— C'est un coup monté ? s'enquit Dave. Je suis en train de vous battre à plate couture, alors…

— Ne sois pas bête. A toi, Derric, je vais voir si tout va bien.

Zut, zut, zut trois fois zut ! Becca entendit les pieds d'une chaise racler le sol. Puis Rhonda cria son nom. Derric retint sa mère sous un faux prétexte, mais Becca savait qu'elle n'avait plus qu'une poignée de secondes.

Elle fit défiler les vignettes, au désespoir, le regard rivé à l'écran. La panique allait bientôt la submerger. Le niveau sonore était monté dans la véranda et elle n'avait pas le temps de se demander comment Derric réussirait à détourner l'attention de ses parents, elle devait se concentrer pour…

Enfin ! Elle trouva ce qu'elle cherchait ! Une brouette retournée près d'un tas de bois, à quelques mètres de la cabane de pêcheur. La première photo la présentait dans son entier. La deuxième offrait un gros plan de ses brancards, qui se détachaient sur les morceaux de bois pourrissants. La troisième fournit à Becca une information encore plus précieuse : devant la roue de la brouette, une grosse chevalière d'homme. Le doute n'était pas permis.

Derric la raccompagna en voiture. Elle lui décrivit l'endroit précis où la bague avait été découverte.

— Elle était pour ainsi dire en pleine vue, Derric. Impossible de ne pas tomber dessus. Elle a forcément été placée là par quelqu'un.

— J'en sais rien, ma puce... Tu es sûre que c'était une bague d'homme ?

— J'ai eu l'impression... On aurait dit une chevalière d'université, très grosse.

— Ce qui n'implique pas que quelqu'un l'a mise là exprès, si ?

— Pas n'importe qui, Derric, c'est forcément Aidan ou Parker.

Il suivit le cheminement de sa pensée.

— Tu as bien dit qu'elle était près d'un tas de bois, hein ? Et d'une brouette ?

Becca répondit d'un hochement de tête.

— Dans ce cas pourquoi la personne qui l'aurait volontairement laissée là ne l'aurait pas déposée plus près de l'endroit où le feu a démarré ? A cette distance, sa présence peut signifier n'importe quoi...

— Tu veux en venir où ?

Elle ne lui laissa pas le temps de parler, répondant d'elle-même à sa propre question :

— Qu'une bague trouvée près d'une brouette ne prouve rien... Oui, tu as raison.

Elle se laissa aller contre le dossier du siège de voiture.

— On n'est pas plus avancés, en fait. A moins que...

La fameuse image venait de resurgir, celle de la main de Parker se refermant sur une chaîne, autour du cou d'Isis. Ce souvenir avait été si fugace que Becca aurait pu l'oublier.

— Derric, reprit-elle, et s'il y avait autre chose ?

— Comment ça ?

Ils remontaient East Harbor Road, le long de l'étendue d'eau en forme de talon, Holmes Harbor. Au bout de la route ils arriveraient à Freeland, où ils rejoindraient la nationale pour se rendre chez Ralph. S'il n'y avait pas beaucoup de circulation, la pluie tombait avec insistance.

— A l'endroit de l'incendie, dit-elle à Derric. Et s'il y avait aussi une chaîne ?

— Une chaîne ?

— Ça arrive. Je connais plein de gens qui portent des bagues en guise de pendentif. Il me semble d'ailleurs que c'est le cas d'Isis… Il suffit que la chaîne se casse…

— Et la bague tombe, conclut-il, comprenant enfin où elle voulait en venir.

— Oui. Et imagine que tu ne te sois même pas rendu compte que la chaîne s'est cassée tant tu es pressé…

— … de mettre le feu et de décamper.

— La chaîne pourrait rester coincée dans tes vêtements, et le pendentif, lui, surtout s'il est lourd…

— … peut tomber sans que la chaîne suive le même chemin.

— En tout cas, pas tout de suite. La chaîne a pu glisser bien après la chevalière. Et même à ce moment-là, celui, ou celle, qui la portait ne s'est sans doute aperçu de rien parce qu'il y avait des flics partout, que les gens hurlaient, que d'autres essayaient de s'enfuir…

— Ça implique que, s’il y a bien une chaîne, elle est soit sur une autre photo que celle de la bague…

— … soit toujours sur place.

— Non seulement tu es canon, mais en plus tu as un QI de génie, lança-t-il.

— On doit enquêter sur cette chaîne, Derric.

54

Ce fut Seth qui eut l'idée d'utiliser un détecteur de métaux. Pendant qu'il se chargeait d'en dénicher un, Becca mit Jenn et Minus au parfum : ils allaient chercher la chaîne qu'Isis portait le soir de la fête – Becca affirmait maintenant qu'elle l'avait vue avec. Fidèle à sa réputation, Minus établit en quelques minutes un quadrillage des lieux pour les passer efficacement au peigne fin.

Le détecteur de métaux le plus proche se trouvait dans la ville militaire de Oak Harbor, à la pointe nord de l'île, et Seth s'occupa d'aller le louer. Ils n'avaient pas beaucoup de temps avant la tombée de la nuit, et Minus leur donna à tous l'instruction d'apporter une lampe torche.

Ils laissèrent leurs voitures le long du terrain de base-ball de Dave Mackie Park, sur Maxwelton Road, et rejoignirent la plage. La scène du crime ayant déjà été soigneusement examinée par les enquêteurs, le coin n'était plus protégé par les bandes en plastique de la police, et ils purent se mettre au travail sans encombre.

Seth se servait du détecteur de métaux. Les autres respectaient le quadrillage défini par Minus, scrutant le sable centimètre carré par centimètre carré. Le détecteur était troublé par la quantité de déchets : boîtes de conserve, clous rouillés, outils à l'abandon, clés…

Puis ils gagnèrent la maison où ils avaient fait la fête, veillant bien à ce qu'il n'y ait pas de témoin de leur petite fouille. Mais il n'y avait aucun signe de vie dans les alentours, et ils purent donc se livrer à leurs recherches sans être dérangés par un voisin dont la suspicion aurait, à juste titre, été éveillée.

Ils se rassemblèrent pour faire le point et constatèrent avec déception que personne n'avait rien trouvé, à part des capsules de bouteilles de bière, le badge abîmé d'un parti politique pour une vieille élection, une lame de paire de ciseaux, deux boîtes de thon vides, trois ouvre-bouteilles et un autre badge – en meilleur état – célébrant le défilé du 4-Juillet à Maxwelton, l'un des temps forts du voisinage.

La météo avait changé. Le froid était mordant et la pluie menaçait. Recroquevillés sous leurs polaires ou leurs sweat-shirts à capuche, ils se blottirent les uns contre les autres.

— On n'est même pas sûrs qu'elle portait une chaîne, si ? lança Seth avant d'enfoncer son feutre sur ses oreilles pour se protéger du vent glacial.

— Moi, j'en suis sûre, mais je suis apparemment la seule, concéda Becca, avant d'ajouter : C'est le seul élément dont on dispose. Et ça ne m'étonne pas que vous n'ayez rien remarqué, parce qu'elle la cache sous ses vêtements…

— Si, je l'ai remarqué, confessa Minus. En tout cas au bahut.

— Précise ! le pressa Jenn.

— Elle a un goût pour… vous voyez, quoi… les

décolletés. Et cette chaîne disparaît entre ses deux… vous voyez, quoi.

Ignorant leurs éclats de rire, il poursuivit :

— Allez ! Ne faites pas les innocents. Je vous parie que si on se connectait à Facebook tout de suite…

— Oui, elle portait bien une chaîne, t'as raison, Minus, reconnut Derric avant de se tourner vers Becca. Désolé, je suis un mec, moi aussi.

Elle se contenta de lever les yeux au ciel.

— Bon alors, reprit Jenn, admettons que cette prétendue chaîne se soit cassée et qu'elle l'ait perdue, elle s'en serait rendu compte en rentrant chez elle, non ? A sa place, vous ne seriez pas revenus ici la chercher ?

— Pas si je ne savais pas où je l'avais perdue, riposta Becca.

Et pas si Parker avait mis la main dessus et l'avait gardée, songea-t-elle. Elle fut tirée de ses pensées par un claquement de doigts de Derric.

— On oublie un truc. La marche.

Becca comprit aussitôt où il voulait en venir.

— Oh, mon Dieu ! Tu as raison ! Le trajet jusqu'à l'église. Elle est à quoi ? Un kilomètre et demi d'ici ?

— Oui, Isis a très bien pu perdre la chaîne en chemin…, approuva Seth.

Ce fut grâce au détecteur de métaux que Seth trouva la chaîne. Ils s'étaient déployés sur la largeur de la route, qui, par chance, était assez étroite pour qu'à cinq ils puissent la couvrir entièrement. Les bas-côtés, envahis de mauvaises herbes et des dernières graminées estivales dépérissant à l'approche de l'hiver, constituaient la partie la plus délicate. Alors qu'ils progressaient pas après pas, le détecteur de métaux leur signalait, de temps à autre, la présence d'objets dignes d'intérêt. A une centaine de mètres du carrefour où se dressait l'église, l'appareil repéra enfin l'objet de leurs recherches.

La nuit était tombée et ils avaient allumé leurs lampes de poche. Dès que le détecteur émit son petit *bip*, Becca rejoignit Seth pour éclairer la zone en question, et ils virent la chaîne d'Isis luire dans une ornière.

— On l'a ! s'écria Becca.

— Ne la touche pas !

C'était Minus qui avait parlé. Il précisa :

— Il s'agit peut-être d'une preuve.

Ils se réunirent autour du bijou. Au terme d'une discussion de plusieurs minutes, ils décidèrent de prévenir le shérif, en espérant qu'il n'était pas à Coupeville, autrement dit à l'autre bout de l'île. Parce que, dans ce cas-là, leur attente, dans le froid et le noir, promettait d'être infernale.

Derric était en train d'appeler son père depuis son portable lorsque Minus eut une idée. Puisque Dave Mathieson n'arriverait pas immédiatement, Seth et Derric avaient le temps de retourner chercher leurs voitures au Dave Mackie Park, pendant que les autres « garderaient la preuve », selon ses propres termes. Comme ça, ils n'auraient pas à refaire tout le trajet une fois que le sort d'Isis serait scellé.

— Direct à la case prison, observa Jenn.

Dave Mathieson se trouvait à Green Bank Farm – un ensemble de bâtiments agricoles reconvertis et situés sur un terrain ayant été sauvé, des années plus tôt, des griffes des promoteurs immobiliers. Ce lieu de sociabilité accueillait un café qui vendait les meilleures tartes de l'île. Dave avait été en acheter une à la requête de Rhonda, mais il arrivait au plus vite « pour voir de quoi il retournait ».

Seth et Derric se mirent en route tandis que Minus, Jenn et Becca s'asseyaient sur le bas-côté. Leur attente allait durer une bonne demi-heure, et ils se blottirent les uns contre les autres pour se tenir chaud. Une fois que Derric et Seth seraient revenus avec les voitures, ils pourraient attendre à l'intérieur, au moins. Dans l'immédiat, ils devaient se contenter de leurs capuches et de la chaleur humaine.

Bien sûr, il commença à pleuvoir. Pas un de ces crachins typiques de l'île, mais une vraie averse. Jenn pesta, Becca grommela, et Minus passa un bras protecteur autour d'elles deux. Le vent se leva. Il faisait gémir les sapins qui grimpaient le long du flanc ouest de la route. Il emportait les feuilles des aulnes et des érables. Celles-ci, se gorgeant rapidement d'eau, formaient une couche glissante sur la chaussée, où les flaques de pluie allaient rendre les virages difficiles à négocier.

— Manquait plus que ça, râla Jenn.

— Hé, c'est romantique, souligna Minus. La nuit, le vent, la pluie, deux damoiselles en danger.

— Pitié, soupira-t-elle.

— Si je comprends bien, tu n'as pas envie de venir sur mes genoux pour te réchauffer.

— A peu près autant que de m'enfoncer un éplucheur…

— On a compris ! Tu es répugnante.

— Mon message est bien passé, alors.

Becca, qui avait utilisé son aide auditive pendant les recherches pour éviter d'être distraite par les murmures de ses amis, le rangea dans la poche de sa veste.

— Tu vois ? lança Minus. Tu as dégoûté Becca, aussi. Elle ne veut plus entendre les horreurs qui sortent de ta bouche.

En réalité, Becca avait décidé de mettre à profit ce moment pour s'entraîner. Elle n'aurait aucun mal à faire le tri dans les pensées accompagnant cette joute verbale.

Celles de Minus tournaient autour du sexe. Comment aurait-il pu en être autrement : c'était un mec de seize ans, après tout. Jenn, elle, était obnubilée par le foot et plus précisément par le capitaine de leur équipe, une élève de terminale, Cynthia Richardson. Les vestiaires, les douches, le corps de Cynthia… Becca jeta un coup d'œil à son amie dans le noir, ne discernant que son profil dans la faible lumière fournie par l'éclairage extérieur d'une maison voisine. Ainsi, Jenn pensait au sexe elle aussi, et redoutait le jour où elle devrait avouer la vérité à sa famille. Pour ne rien arranger, songea Becca, la mère de Jenn était ultra-religieuse.

La vie était décidément compliquée. Becca aurait voulu dire à son amie que tout finirait par s'arranger, parce que c'était en général le cas. Sauf que… elle ne pouvait rien affirmer malgré tout.

Des phares de voiture approchèrent. Tous trois se levèrent sous la pluie battante. Jenn rejoignit la chaussée et les deux autres l'imitèrent. Pour s'amuser, ils se répartirent sur sa largeur afin de former un barrage humain.

Ils ne tardèrent cependant pas à constater qu'il n'y avait qu'un seul véhicule. Et il ne s'agissait ni de la Coccinelle de Seth ni de la Forester de Derric, mais d'une Nissan. La conductrice n'eut d'autre choix que de ralentir et s'arrêter. Elle baissa sa vitre et la voix d'Isis s'éleva soudain.

— Hé ! Qu'est-ce que vous fabriquez ici, les amis ?

Si le ton était amical, elle les insultait en son for intérieur : *ils me saoulent ces petits cons...* Déstabilisée, Becca surprit d'autres murmures : *arriver... maman et papa ?... non je n'y retournerai pas... cet endroit.* Elle eut alors le pressentiment qu'Isis n'était pas seule dans la voiture. Aidan devait être avec elle, même s'il n'était pas visible.

— Pourquoi est-ce qu'Aidan se planque ? lâcha-t-elle soudain. Vous allez où ?

— Je te demande pardon ? répliqua Isis. Aidan n'est pas…

— Il est sur la banquette arrière ou dans le coffre, Isis, insista Becca.

— De toute façon, intervint Jenn, ça n'a plus d'importance. La partie est finie, miss bombasse. On a appelé le shérif, et tu vas bientôt passer sur le gril. Hé, Aidan ! Tu es là ? La partie de cache-cache est terminée. C'est ta sœur qui a mis le feu à la cabane, et elle s'est sans doute aussi chargée des autres. On le sait, elle le sait, et le shérif va bientôt le savoir parce qu'on a la preuve qui lui manquait.

Becca ne put retenir une grimace devant le flot de murmures qui l'assaillaient : Isis n'était pas la seule à insulter mentalement Jenn, Minus le faisait aussi. Elle se serait d'ailleurs volontiers jointe à ce concert d'invectives muettes si elle n'avait pas eu d'autres préoccupations plus urgentes. Isis fit rugir son moteur alors qu'Aidan apparaissait tout à coup sur le siège passager.

— C'est quoi, ce bordel ?

A cet instant, les phares de deux voitures approchèrent. Il devait s'agir enfin de Seth et Derric. Isis les vit dans son rétroviseur et enfonça à nouveau l'accélérateur :

— Merci de dégager la route, les nazes.

— Tu espères aller où ? la provoqua Jenn. On est sur une île, idiote. Et le shérif arrive.

— Poussez-vous de mon chemin, merde ! s'emporta Isis.

Aidan la considéra avec surprise.

— Tu m'avais juré que…

Au lieu de finir sa phrase, il descendit de voiture.

— Qu'est-ce qui se passe, Isis ? Toi… Alors que tout ce temps… maman et papa… et toi, tu attendais que…

Il abattit son poing sur le toit de la Nissan.

— Remonte, lui ordonna-t-elle.

— Ne l'écoute pas, intervint Minus.

— Ta gueule ! hurla-t-elle.

La pluie redoublait d'intensité. Seth et Derric se garèrent juste derrière Isis. Ce dernier sortit.

— Il y a un problème ? demanda-t-il.

— Le problème, c'est qu'Isis chercher à faire accuser son frère des incendies. Probablement pour qu'il soit renvoyé en prison ou en pension ou je ne sais où et qu'elle puisse rentrer à Palo Alto et concourir au titre de reine de sa promo, expliqua Jenn. Et elle n'a pas encore compris, parce qu'elle est complètement débile, que…

Isis avait enclenché une vitesse et donna un coup d'accélérateur. Minus empoigna Jenn et l'attira vers lui. Becca fit un bond sur le bas-côté. La voiture fila entre eux, tel un boulet de canon. Sans un mot, Derric courut à sa voiture.

Becca s'élança derrière lui. Seth, qui venait de descendre de sa Coccinelle, cria :

— Quelqu'un peut m'expliquer…

Il n'eut pas le temps d'aller au bout de sa phrase : Jenn et Minus prenaient d'assaut sa voiture en hurlant :

— Vite, vite, vite !

Hébété, Aidan resta planté sur le côté de la route, à la lisière des cônes lumineux projetés par les deux paires de phares.

— Vous ne pouvez pas…

Becca ne put entendre la suite de sa protestation : elle avait fermé sa portière. Derric démarra en trombe, suivi de près par la Coccinelle de Seth.

Isis fonçait sur Maxwelton Road. Elle traversa sans marquer d'arrêt l'intersection où se dressait, parmi les arbres, la vieille église en bois. Elle vira brusquement à gauche dans Sills Road. Sa voiture dérapa mais elle réussit à en reprendre le contrôle. Elle appuya sur le champignon et une gerbe d'eau jaillit dans son sillage.

— La vache, souffla Derric. Elle est complètement timbrée. Elle va où, là ?

Comme la plupart des routes de Whidbey, Sills n'était pas éclairée. Elle s'enfonçait au cœur de la forêt, faisant une cicatrice dans le paysage. Sous la pluie battante, les cèdres et les aulnes perdaient quantité de feuilles sur le bitume. Les sapins, quant à eux, étaient fouettés par de subites rafales de vent.

Avec les trombes d'eau, les phares de la Forester

se reflétaient sur le pare-brise. Devant eux ils distinguaient les feux arrière d'Isis, mais pas grand-chose d'autre.

— Becca, je suis en train de me dire que…

Il n'eut pas le temps d'aller au bout de son idée. La route s'incurvait et Isis n'avait pas ralenti. Elle glissa sur l'asphalte mouillé et donna un grand coup de volant pour rétablir sa trajectoire. La voiture fit un tête-à-queue, quitta la route à une vitesse faramineuse et percuta de plein fouet un poteau téléphonique avant de s'enflammer.

Derric freina de toutes ses forces. La Forester fit de l'aquaplaning. Becca sentit qu'il plaçait son bras droit devant elle pour la protéger. Il était assez bon conducteur pour savoir qu'il devait relâcher la pédale de frein. Seth klaxonnait comme un fou derrière. La Forester finit par s'immobiliser. Seth, Jenn et Minus étaient déjà hors de la Coccinelle et fonçaient vers la masse de métal en feu.

— Sortez-la ! cria Derric.

Des flammes remontaient le long du poteau et enveloppaient entièrement la voiture.

— Vous n'arriverez jamais jusqu'à elle ! hurla Minus. Reculez !

— Oh, mon Dieu ! s'écria Jenn en se tournant vers Becca.

Elle se prit le visage à deux mains.

Le crépitement du brasier envahissait l'atmosphère. Becca entendait aussi les murmures angoissés de ses amis terrifiés, qui reculaient, impuissants. D'une main tremblante, Derric composa le numéro des secours sur son portable.

55

Arrivé à la ferme des Cartwright, Seth patienta deux minutes dans sa Coccinelle. Il n'avait jamais été témoin d'un accident mortel auparavant. Le capitaine des pompiers leur avait dit qu'Isis avait très certainement été tuée sur le coup, au moment du choc avec le poteau téléphonique, et qu'elle ne s'était donc pas rendu compte qu'elle était prisonnière de sa voiture en feu. Une consolation bien maigre, somme toute.

Quoique les pompiers eussent mis moins de dix minutes à arriver, il leur avait semblé qu'une heure s'était écoulée. Les pompiers avaient éteint l'incendie. Le père de Derric les avait rejoints, ainsi qu'une ambulance. Pendant toute la durée des opérations, Seth n'avait cessé de se demander s'il aurait pu éviter ce drame.

Les *si* se bousculaient dans son crâne. Et s'ils ne s'étaient pas rendus à Maxwelton Beach pour chercher la chaîne. Et si Jenn, Minus, Becca ne s'étaient pas placés en travers de la route. Et s'ils avaient laissé la voie libre à Isis, sans s'inquiéter de l'endroit où elle allait. Et si Derric et lui ne l'avaient pas suivie…

A présent, il devait annoncer la nouvelle à Hayley.

Isis était son amie, et Seth mesurait combien il serait cruel qu'elle apprenne la nouvelle au lycée, le lendemain. Il fit donc l'effort d'ouvrir sa portière et se traîna jusqu'à la ferme. L'heure du dîner était passée depuis longtemps, cependant les lumières étaient encore allumées : la famille jouait au Cluedo dans le salon. Hayley ne participait pas – trop de devoirs –, mais elle descendit dès que sa mère l'appela.

Quand Seth demanda à lui parler en privé, elle ne cacha pas son inquiétude. Il avait dû être trahi par son ton.

— Qu'est-ce qui ne va pas ? Ton grand-père n'a pas eu d'ennuis, si ?

— Grand-père est en pleine forme. C'est autre chose.

D'un signe de la tête, il l'invita à le suivre dehors. Elle était secouée de frissons qui n'étaient sans doute pas dus qu'au froid. Lorsqu'ils atteignirent l'extrémité de la galerie, il lui annonça la nouvelle. Il lui donna tous les détails que Becca, Derric, Minus et Jenn lui avaient fournis. Et qu'un Aidan dévasté avait complétés en sanglotant. Seth ignorait ce que Hayley savait déjà et si Isis lui avait menti. Il commença donc par le séjour d'Aidan à la Wolf Canyon Academy. Lorsqu'elle lui dit qu'elle était déjà au courant, il passa à la bague. Hayley connaissait aussi son existence. Il lui expliqua alors comment Becca était parvenue à la conclusion qu'ils devaient chercher la chaîne sur laquelle se trouvait la chevalière, chaîne qui avait dû se casser pendant la soirée à Maxwelton Beach.

— On venait de mettre la main dessus quand Isis s'est pointée. Jenn l'a plus ou moins accusée, et Aidan est descendu de la voiture.

— Aidan était là ?
— Oui, pourquoi ?
— Parce que Isis m'avait dit qu'il avait disparu. Tu crois qu'en réalité il était là-bas, chez sa grand-mère ?
— Elle a peut-être voulu te faire croire qu'il avait fugué. Pour être sûre que tu sois de son côté. Parce que ça incriminait encore plus Aidan, non ? Le seul doute qui subsiste, c'est le mobile.
— Comment ça ? s'étonna Hayley en s'approchant de la rambarde, le regard perdu dans l'obscurité.
La lumière de la galerie n'éclairait plus que ses cheveux.
— Qu'est-ce qui a poussé Isis à agir ainsi. Bon sang, est-ce qu'elle… Elle le détestait à ce point ?
— Aidan ?
Hayley tourna vers Seth un visage aux traits tirés et las.
— Elle voulait surtout rentrer à Palo Alto, expliqua-t-elle. A cause de son frère, cette année s'annonçait comme un vrai désastre pour elle. Son mec a rompu. Ses parents l'ont forcée à venir ici pour s'assurer qu'il était bien guéri de sa pyromanie et elle n'avait qu'une envie, rentrer chez elle. Et quel meilleur moyen…
Hayley posa une main sur sa bouche. Seth se sentit mal pour elle. Pourtant, elle n'avait rien à se reprocher : elle n'était qu'une chic fille qui avait accepté l'amitié d'une nana qui, en réalité, ne connaissait pas la signification de ce mot.

Cet échange avec Hayley, sur le mensonge, convainquit Seth d'aller trouver Brooke. Dès le lendemain, il se rendit à Langley et la guetta à la sortie du collège, posté devant sa voiture.

Il était en compagnie de Gus. Elle sourit en apercevant le labrador.

— On est attendus quelque part, lui dit Seth. Monte.

Croyant que ce fameux rendez-vous concernait le chien, elle fut donc désagréablement surprise de voir Seth se garer sur le parking du centre médical de Langley, sur Second Street. Et encore plus lorsqu'il dit à son chien :

— Gus, tu ne bouges pas.

Elle l'accusa d'enlèvement.

— C'est ça, Brooke, j'ai décidé de changer de carrière. Suis-moi et ne me force pas à te porter, parce que, crois-moi, je suis prêt à le faire si besoin.

— Je ne veux pas…

— Je prends la responsabilité de ce rendez-vous et personne d'autre que nous deux ne sera au courant. A moins que cela soit nécessaire, compris ?

— Mais…

— Il n'y a pas de mais qui tienne.

Il la prit par les épaules et la serra contre lui.

— Je sais que tu as peur, Brooke. Je sais que tu ne veux pas causer d'ennuis chez toi. Fais-moi confiance, on va trouver une solution.

— Il n'y a pas de solution.

— Pour ça, si.

Seth avait prévenu le centre médical de leur visite, et Rhonda Mathieson les attendait.

— Te voilà ! dit-elle en avisant Brooke. Viens avec moi, jeune fille.

Seth en profita pour appeler Hayley. Elle commença par protester.

— Je paierai, l'interrompit Seth. Quelque chose cloche, c'est sûr. Son âge ne peut pas tout expliquer.

Brooke n'ose rien dire à cause de votre père, de vos ennuis d'argent et de votre absence d'assurance complémentaire et… bon sang, Hayl ! Tu sais tout ça ! Bref, Mme Mathieson va l'examiner. Si elle identifie un souci, vous pourrez en discuter tous ensemble et chercher une solution. Mais ça ne risque pas de s'améliorer si vous continuez à faire régner l'omerta chez vous.

Un long silence accueillit sa tirade. Suivi d'un sanglot étouffé.

— Tout ira bien, Hayl. Je la ramène à la ferme après.

Il ne pouvait être sûr que de sa seconde affirmation.

56

Hayley connaissait, bien sûr, l'expression « se décomposer ». Cependant, elle n'avait jamais vu personne le faire sous ses yeux avant ce coup de fil entre sa mère et Rhonda Mathieson.

Ce jour-là, elle était arrivée à la ferme avant le retour de Seth et Brooke du centre médical. Puis elle vit débarquer sa mère, et l'inquiétude la saisit. Elle ne savait pas comment aborder le sujet. Elle était encore en train de se triturer les méninges quand le téléphone sonna. Hayley décrocha puis tendit le combiné à sa mère, le ventre noué par une appréhension glaciale.

Et là, Julie se décomposa.

— Qu'y a-t-il ? lui demanda Hayley après qu'elle eut raccroché.

— Rhonda pense que Brooke a un ulcère à l'estomac. Elle va devoir passer des examens à l'hôpital et prendre rendez-vous avec un gastro… un gastro-je-ne-sais-pas-quoi.

Hayley se laissa tomber sur une chaise.

— Mais pourquoi n'a-t-elle pas…, chuchota-t-elle,

plus pour elle-même que pour sa mère. Pas étonnant qu'elle…

— Oui, pas étonnant, confirma Julie.

Rhonda raccompagna Brooke chez elle. Laquelle fila au premier dès qu'elle eut franchi le seuil de la ferme. Julie arriva aussitôt et prit Rhonda par les avant-bras, dans une sorte de semi-étreinte.

— Je ne sais pas quoi dire, souffla-t-elle.

Rhonda lui tapota la main.

— Et si on s'asseyait ? Bill est-il là, d'ailleurs ? Il souhaite peut-être se joindre…

— Je ne lui en ai pas encore parlé.

Julie désigna le sofa défraîchi dans le salon, avant d'ajouter :

— Tout est un peu compliqué en ce moment.

Hayley suivait la scène depuis la cuisine. Elle dut se retenir de hurler. « Un peu compliqué ? » Elle se contint suffisamment pour proposer à Rhonda la seule chose qu'ils avaient encore les moyens d'offrir, à savoir une tasse de thé, de café instantané ou un verre d'eau. Rhonda lui répondit avec un sourire qu'elle ne voulait rien et prit place sur le canapé. Elle attendit que Julie l'imite. Pour s'assurer que sa mère ne se déroberait pas, Hayley s'installa sur le fauteuil à bascule que son père ne pouvait plus utiliser.

Rhonda tapota le sofa, indiquant par là qu'elle voulait que Julie vienne à côté d'elle. Lorsque celle-ci se fut exécutée, elle leur exposa la situation. Pour commencer, Brooke étant très contrariée d'avoir été conduite contre son gré à ce rendez-vous, Rhonda avait préféré ne rien lui dire pour le moment. De toute façon, à ce stade, seuls des examens médicaux approfondis leur permettraient d'identifier la nature exacte du problème. Ses symptômes suggéraient un ulcère de l'estomac hémorragique. Une urgence médicale, donc.

— Si on n'intervient pas rapidement, expliqua Rhonda, il y a un risque de perforation de la paroi digestive. Et ensuite la nourriture non digérée et les sucs gastriques se répandent dans la cavité abdominale.

Elle posa la main sur son propre ventre, comme pour parfaire sa démonstration.

— Quand cela se produit, conclut-elle, le problème devient critique.

Julie se tordait les mains.

— Son comportement s'est modifié depuis plusieurs mois, mais j'étais persuadée que c'était à cause de son âge. Elle a treize ans, et vous savez combien les enfants peuvent devenir difficiles à l'adolescence… Elle n'arrêtait pas de manger, et j'ai cru…

Julie se racla la gorge. Parvint à ravaler ses larmes. Au bout d'un moment, elle reprit :

— Brooke n'a rien dit. Et moi, je l'ai complètement négligée.

Rhonda s'empressa de poser une main sur celle de Julie.

— Brooke ne voulait pas vous alarmer. Elle-même ne pouvait pas savoir, de toute façon. Je vous l'ai dit, on ne peut être sûr de rien sans examen. Ses troubles alimentaires suggèrent néanmoins… Avoir l'estomac plein devait la soulager.

— Quel genre d'examen ? s'enquit Hayley.

— Une fibroscopie. Ça permettra au chirurgien…

— Un chirurgien ?

La voix de Julie tremblait. Rhonda la prit par les épaules. Elle patienta quelques instants avant de fournir des détails : grâce à un tube en plastique, on introduirait une sonde dans l'estomac de Brooke ; et la sonde indiquerait s'il y avait bien un ulcère. Le chirurgien le soignerait à l'aide d'impulsions électriques, de chaleur ou d'agrafes. L'injection de colle biologique pourrait aussi minimiser le risque d'hémorragie future. Mais si les saignements persistaient malgré tout, une opération serait nécessaire. Devant l'expression horrifiée de Julie, Rhonda s'empressa d'ajouter :

— Je vous parle du dernier recours possible. Ce qu'il faut, maintenant, c'est agir. Je vais prendre rendez-vous pour demain. Elle pourrait aller aux urgences à Coupeville dès ce soir, mais on peut laisser passer la nuit si vous préférez.

— Hors de question !

C'était Brooke. Elle était descendue sans qu'elles s'en aperçoivent.

— Je n'irai pas, annonça-t-elle, livide.

— Ma grande, lui dit Rhonda, tu n'as pas le choix. Si nous ne…

— J'ai dit que je n'irais pas, et je n'irai pas.

Julie s'approcha.

— Tu aurais dû m'en parler, chérie. C'est dangereux, Brookie, je ne comprends pas pourquoi…

— On s'en fiche ! hurla-t-elle.

Julie se pétrifia sur place.

— Comment peux-tu dire une chose…

— Tu ne peux pas me forcer. Je n'irai pas !

Et elle s'enfuit en criant :

— Laissez-moi mourir !

Rhonda conserva le silence. Hayley sentit monter ses larmes. Maintenant, ça suffit, songea-t-elle.

— Madame Mathieson…

Hayley n'avait plus le choix. Rhonda la considéra d'un air intrigué mais ouvert : elle était toute disposée à l'écouter. Hayley espéra qu'elle serait prête à faire davantage.

— Mon père…, commença-t-elle.

— Tais-toi, intervint Julie.

— Mon père a une sclérose latérale amyotrophique, madame Mathieson. La maladie de Charcot. Il va mourir. Nous n'avons pas d'assurance. Et nous avons besoin d'aide.

Il n'y avait plus matière à discuter : les Cartwright devaient mettre de côté leur orgueil blessé. Rhonda expliqua qu'il y avait des solutions pour régler les frais d'hospitalisation. Enfin bon sang, s'emporta-t-elle, à supposer que le gouvernement refuse de voir qu'ils étaient sérieusement dans le besoin – ce qui était peu probable –, à Whidbey les gens s'étaient toujours serré les coudes ! Il y avait des collectes de fonds chaque semaine, sans oublier – « pour l'amour de Dieu ! » – l'organisme, vieux comme Mathusalem, qui aidait les personnes en difficulté à payer leurs soins médicaux. Il était temps de prendre les choses en main, et, que ça leur plaise ou non, d'affronter la réalité en face.

Quelques jours plus tard, Parker téléphona.

— Ne raccroche pas, s'empressa-t-il de dire en reconnaissant la voix de Hayley. J'ai juste un message pour Becca.

Elle faillit lui demander pourquoi il n'avait pas appelé chez Ralph Darrow, ou mieux, pourquoi il n'était pas descendu de sa cabane pour lui parler en personne, mais elle apprit qu'il était au Canada. Il était rentré à Nelson deux jours après l'accident mortel d'Isis.

— Le shérif m'a invité à partir, précisa-t-il. Je n'aurais pas dû dépasser autant la date de mon visa.

Parker avait déjà téléphoné, juste après la mort d'Isis, mais Hayley ne lui avait pas parlé. Elle avait été attirée par lui, oui. Et elle le serait certainement encore si elle le voyait. Cependant, elle n'avait aucune envie de se laisser troubler par le jeune homme dans l'immédiat. Voilà pourquoi elle ne l'avait pas rappelé.

A présent, elle était au pied du mur.

— Bien sûr, répondit-elle, je transmettrai le message.

C'était simple : il avait posé la question autour de lui – à ses amis, ses parents, aux anciens membres de son groupe –, et personne ne connaissait la cousine de Becca.

— Précise-lui que ça ne signifie rien. Elle pourrait très bien être à Nelson malgré tout. Ça a beau être un trou, c'est mille fois plus grand que Langley. Je peux continuer à me renseigner. Et je passerai l'annonce dans le journal, comme elle me l'a demandé. Tu peux lui dire, aussi ?

— Je le ferai.

Alors qu'elle allait prendre congé, il ajouta :

— Ecoute, Hayley, j'ai eu Seth. Il m'a tenu au courant, pour ta famille. Ton père, ta sœur, tout. Alors voilà, je veux juste te demander pardon. J'en ai rajouté au moment où tu étais dans une mauvaise passe ; ce n'était pas mon intention. Peut-être qu'un jour je pourrai… je ne sais pas trop. Peut-être qu'on pourra se revoir. Pas maintenant, bien sûr. Mais un jour.

— C'est bon, Parker. On a tous les deux été manipulés par Isis. Tu n'es pas responsable.

— De mes mensonges, si. J'aurais dû être honnête avec toi. J'ai paniqué, j'ai pensé que, si tu apprenais que j'étais d'abord sorti avec Isis, ça ferait tout foirer entre nous.

Hayley comprenait. Mais ça ne changeait rien au fait qu'elle n'était pas prête à vivre une histoire avec lui. Elle savait qu'il sèmerait le trouble dans son esprit et elle avait besoin d'avoir les idées claires.

— Je vais postuler dans plusieurs facs, dit-elle pour changer de sujet.

— Bonne idée.

Il paraissait sincère.

— Un endroit avec une bonne formation en sciences de l'environnement.

— Excellent. Tu décrocheras une place, j'en suis sûr.

Ce fut tout. Ils se quittèrent, sinon bons amis, du moins en ayant une meilleure compréhension l'un de l'autre. Et au fond, songea Hayley, la vie, c'était cela : apprendre qui l'on était et ce que l'on désirait, ainsi que tenter de saisir qui était l'autre… C'était déjà beaucoup.

57

Becca se répétait que Laurel avait très bien pu trouver un endroit aussi sûr que Nelson en route. Sauf que… sauf que sa mère n'avait pas choisi Nelson par hasard. Elle ne lui avait pas expliqué la raison de son choix, mais il y en avait une, et elle devait être là-bas. Simplement, elle n'était plus Laurel. Et si elle ne lisait pas la presse locale, comment pourrait-elle apprendre que sa fille cherchait à la contacter ?

Becca ne savait plus par quel bout prendre le problème. Elle poursuivit néanmoins son enquête sur Jeff Corrie : le retour de Connor West avait donné lieu à de nombreux papiers dans le journal de San Diego. Jeff Corrie « coopérait entièrement », d'après la presse, ce qui signifiait qu'il répondait aux questions de la police, du fisc, du FBI et de tous ceux qui s'intéressaient à sa société d'investissement. Maintenant que Connor avait été retrouvé, la situation avait changé du tout au tout. « Si vous comparez les styles de vie de ces deux hommes, arguait l'avocat de Jeff, vous n'aurez aucun mal à voir qui porte la plus grande part de responsabilité dans ce qui est arrivé chez Corrie West Investments. Mon client a cependant décidé de mettre en vente sa maison, ainsi que son appartement dans la station de sports d'hiver de Mammoth Mountain. Il s'est séparé de sa Porsche et a réuni tout son capital, actions et obligations, sur un compte en séquestre. Il est en effet résolu à faire réparation par tous les moyens possibles. »

La véritable intention de Jeff, songea Becca non sans cynisme, était d'éviter la prison. Mais l'essentiel, c'était qu'il allait être occupé à San Diego pour un moment.

Si l'enquête sur sa mère ne progressait pas, il y eut un domaine dans lequel les choses se débloquèrent. Derric annonça en effet à Becca qu'il était prêt à voir Réjouissance. Il avait été profondément secoué par la mort d'Isis, et choqué par ses tentatives pour faire accuser Aidan de crimes terribles. Becca crut comprendre que Derric avait mesuré l'importance de l'amour au sein d'une fratrie.

— Formidable, lui dit-elle.

Il voulut aussitôt tempérer ce qu'il perçut comme un excès d'enthousiasme :

— Je veux seulement la voir, pour le moment.

— Bien sûr, la voir.

Les coordonnées de la plantation étaient cachées dans son manuel de géométrie.

— Tiens, dit-elle en lui tendant le papier.

Elle se mordit la langue pour ne pas demander quand et comment il comptait mettre son projet à exécution.

Derric plongea alors son regard dans le sien, de cette façon qui lui était propre, et lui chuchota :

— Je n'ai pas besoin que tu me protèges, mais je veux que tu sois là.

Elle en éprouva un grand bonheur.

— Bien sûr. Tu n'auras qu'à me dire quand tu veux y aller.

— Samedi ?

Elle fut surprise qu'il propose une date aussi proche.

— Pas de problème. Je me libérerai.

Ce samedi-là, alors qu'ils approchaient de la plantation, Derric n'en menait pas large.

— J'ai envie de vomir, avoua-t-il.

Ils n'avaient pas appelé pour annoncer leur venue. Derric ne s'en sentait pas le courage. Il préférait prendre le risque de se casser le nez. Si Réjouissance était là, tant mieux. Sinon, ils reviendraient une autre fois.

La propriété avait été décorée en prévision de Thanksgiving, qui aurait lieu dans moins d'une semaine. La maison était parée de ses plus beaux atours automnaux. Des courges de toutes les formes et toutes les couleurs dévalaient les marches du perron. Sur la route, à l'entrée du chemin, un grand panneau indiquait : « Possibilité de commander des tartes. » Leur parfum embaumait l'atmosphère, accompagné de celui du cidre chaud, qui semblait émaner des arbres.

Comme la fois précédente, les chiens jaillirent de la maison. Ils furent bientôt suivis de Darla Vickland. Celle-ci reconnut Becca, même si elle avait oublié son nom.

— Bonjour, la demoiselle de Whidbey Island. Je t'ai vue arriver.

Elle observa Derric avec un mélange de curiosité amicale et de joie. Becca et lui étaient convenus qu'elle se chargerait des présentations.

— Becca King, rappela-t-elle à leur hôtesse. Je suis venue avec Seth Darrow et son chien la dernière fois.

— Gus, répondit Darla. Quelle honte… je me souviens de son nom et pas du tien.

Becca sourit.

— Difficile d'oublier un nom pareil ! Bref, lors de ma dernière visite, je n'ai pas pu m'empêcher de remarquer que tous vos enfants…

Elle s'interrompit, hésitant sur le terme à employer. Darla vola à son secours :

— Ils forment un beau mélange, non ? Chaque fois que nous allons à la messe, on nous prend pour une délégation de l'ONU ! Bon, j'ai le sentiment de savoir où tu veux en venir.

Se tournant vers Derric, elle lui demanda :

— Quel pays d'Afrique ?

— L'Ouganda, répondit-il avant de préciser : Kampala.

Elle écarquilla les yeux.

— Sans blague…

Derric poursuivit :

— Becca m'a dit qu'une de vos filles venait d'Afrique, elle aussi. J'imagine que ça va vous paraître bizarre, mais là où je vis, à Whidbey, surtout dans le sud de l'île… il n'y a pas beaucoup d'Africains.

— La population est presque entièrement blanche, confirma Becca. Du coup, quand j'ai vu votre fille…

— Vous voulez parler de Réjouissance. Elle vient aussi de Kampala. Nous l'avons adoptée grâce à notre paroisse.

— J'ai pensé que ça ferait plaisir à Derric de la rencontrer, poursuivit Becca.

Darla le considéra avec méfiance.

— Ma fille est trop jeune pour sortir avec un garçon. Elle n'a pas encore seize ans. Je sais, j'ai un côté vieux jeu, mais je préfère éviter les ennuis.

— Ce n'est pas du tout mon intention, s'empressa d'expliquer Derric. Becca et moi, on… on est ensemble.

— Depuis un an, précisa celle-ci.

Darla sourit.

— Dans ce cas, je peux vous présenter notre Réjouissance en toute tranquillité.

— Elle est là ? s'enquit Becca.

— Elle arrive justement. Il y avait visite groupée chez l'ophtalmo à La Conner, ce matin. Les voilà tous.

Derric et Becca se retournèrent. Une vieille camionnette brinquebalante venait d'entrer sur le parking. Elle s'arrêta dans un sursaut, et, alors que le moteur crachait ses poumons, la portière coulissa. Becca sentit que Derric lui prenait la main. Elle lui pressa les doigts. Les enfants Vickland descendirent, discutant et riant. Réjouissance portait un foulard sur la tête, noué à la façon d'un turban. Elle avait aussi ces lunettes de soleil en plastique bizarres que les ophtalmologues donnent à leurs patients après un fond d'œil. Ses frères et sœurs arboraient les mêmes. Ainsi que leur père. C'était d'ailleurs la source de leurs plaisanteries.

Réjouissance se plaça rapidement en retrait du groupe et fixa Becca et Derric. Enfin surtout Derric. Il ne la lâchait pas davantage du regard.

Becca l'entendit murmurer, si bas qu'elle seule put l'entendre :

— J'ai une sœur.

— Pas de doute.

Sur le chemin du retour, ils s'arrêtèrent à Coupeville. La petite ville de style victorien brillait de mille feux : les maisons colorées et les boutiques semblaient autant de paquets-cadeaux se détachant sur les eaux noires de Penn Cove, où proliféraient les huîtres et les moules qui valaient sa réputation à la ville. Il n'y avait plus personne dans les rues à cette heure de la journée. Comme Langley, Coupeville baissait le rideau peu après 17 heures. Les seules activités se déroulaient alors derrière les portes closes des bed and breakfasts, de son unique vieux bar, Toby's, et de ses restaurants.

Une jetée s'avançait dans la baie, et Derric se gara à côté. Ils marchèrent jusqu'à son extrémité, se déplaçant d'une flaque de lumière à une autre, tandis que des oiseaux s'installaient pour la nuit et qu'un vent glacial venu du large leur apportait l'odeur du sel. De l'autre côté de la baie, les lumières des habitations clignotaient. Un feu avait été allumé quelque part et ses effluves âcres emplissaient l'atmosphère.

Ils se dirigeaient vers le café au bout de la jetée. Aucun d'eux n'avait envie de rentrer. Becca avait laissé à Ralph un repas à réchauffer au micro-ondes, et Derric avait prévenu ses parents qu'il était avec sa copine. Ils avaient donc plusieurs heures devant eux.

Une fois remise de la surprise de voir quelqu'un qui, comme elle, était originaire d'Afrique, Réjouissance s'était précipitée vers Derric.

« Le garçon au saxophone ! s'était-elle écriée. Tu étais dans la fanfare. Tu avais un sourire jusqu'aux oreilles. On adorait te grimper dessus, Kianga et moi. Tu nous laissais faire. Comment tu t'appelles, déjà ?

— Derric. Je me souviens de toi aussi.

— Oh, mon Dieu ! C'est trop cool ! avait-elle lâché

avant de se tourner vers Becca : Tu étais là l'autre jour, avec un chien. Et un type avec des écarteurs d'oreilles.

— Je m'appelle Becca King. Quand je t'ai vue, j'ai pensé que Derric serait content de faire ta connaissance.

— Trop, trop cool ! Maman, tu étais au courant ?

— Non, ils viennent de débarquer, ma chérie.

— Eh bien, il faut fêter ça autour d'une tarte », était intervenu son mari.

L'un des enfants avait souligné :

« Papa veut toujours tout fêter autour d'une tarte. »

Tandis que sa remarque provoquait l'hilarité générale, Réjouissance avait pris Derric par le bras.

« La vache ! J'espère que Kianga débarquera aussi un jour. »

A présent, à l'extrémité de la jetée de Coupeville, Derric et Becca s'engouffraient dans le café. Ils commandèrent des hamburgers, des patates douces frites et des Coca. Lorsque la serveuse s'absenta pour aller chercher leurs boissons, Derric dévisagea longuement Becca.

— Je n'aurais jamais cru me sentir un jour aussi proche de quelqu'un, lui dit-il.

— Et c'est une bonne chose, non ?

— Oui. Et je voudrais que ça, ce qu'il y a entre nous, ne s'arrête jamais. Sauf que je déconne beaucoup, quand même.

— On peut dire qu'on déconne tous les deux à tour de rôle, tu ne crois pas ?

— Je ne veux plus de secrets entre nous, Becca. Pas après ce qui s'est passé aujourd'hui. Sans toi, sans tout ce que tu m'as poussé à faire, je n'aurais pas retrouvé Réjouissance. Grâce à toi, je sais enfin où elle est.

Il était si sincère. Et si tendre. Becca songea combien elle aimerait se livrer à lui de A à Z. Mais comment aurait-elle pu faire une chose pareille quand il aurait fallu commencer par évoquer les murmures, puis continuer par la plus grosse bêtise de sa vie, le tout sans avoir la moindre idée de la conclusion vers laquelle s'orientait son histoire ? Qu'allait-elle encore découvrir sur elle-même ? Elle entendait les pensées des gens depuis des années. Les visions, elles, étaient récentes. Et plus encore, l'accélération. Comment expliquer tout cela ?

— Les choses arrivent tout simplement, dit-elle. Tu ne crois pas ? Il faut juste être là, présent, je veux dire.

Derric hocha la tête. Il continuait à la fixer. Elle avait le sentiment qu'il accédait à son âme. Et pourtant, lui ne lisait pas dans la tête des gens.

— Je dois t'avouer quelque chose, dit-il. A propos de Courtney Baker. Tu te souviens l'an dernier, quand on s'est séparés ?

— Tu n'as pas besoin de me le dire, Derric.

Il resta silencieux, perdant son regard vers la fenêtre. Les lumières de la ville formaient un chapelet lumineux le long de la rue principale, à l'autre bout de la jetée. Il semblait rassembler son courage, et Becca fut tentée de lui dire de se taire. Il reprit pourtant :

— Je regrette juste que ça n'ait pas été avec toi. Ça aurait dû être toi, mais j'étais trop débile pour m'en rendre compte à l'époque.

— Ça finira par être moi.

Il reporta son attention sur elle.

— Quand ?

— Quand je n'aurai plus peur que ça change les choses entre nous, je suppose.

Elle repensa à sa mère, à ses nombreux beaux-pères, à l'incidence sur son existence de la passion de Laurel pour les hommes, de sa dépendance vis-à-vis d'eux.

— Parce que le sexe a cet effet, Derric, continua-t-elle. Il change les choses.

— Pas nécessairement.

— Arrête… Rien ne sera plus pareil et je veux que… C'est quelque chose d'important. En tout cas, je tiens à ce que ça le soit. Je n'ai pas envie d'un truc rapide sur la banquette arrière de ta caisse. Il faut qu'on ait conscience des conséquences. Qu'on prenne cette décision. Ensemble. Que je me fasse prescrire la pilule. Bref, qu'on agisse comme des adultes, prêts à passer à l'étape suivante.

Il réfléchit à ce qu'elle venait de dire. Un instant, Becca crut qu'il allait lui dire qu'il ne pouvait pas attendre : avait-elle la moindre idée de ce qu'un mec de dix-sept ans ressentait ? Ses propos furent tout autres, pourtant.

— On ne l'a fait qu'une fois avec Courtney. Après, je me suis senti… J'avais l'impression d'être vide. Rien n'avait été prévu. On sortait d'une réunion de son groupe de lecture biblique et je pensais qu'on parlerait enfin des raisons pour lesquelles on n'allait rien faire. Sauf que j'en avais envie malgré tout, et je suppose qu'elle aussi. Seulement ensuite… On s'est séparés quelques jours après. Elle a cru que c'était parce que j'étais parvenu à mes fins, alors que pas du tout.

A son propre étonnement, Becca ne fut pas trop blessée par ces mots. Elle hocha la tête. Mais garda le silence.

— En fait, reprit-il, je suppose que tu as raison. Ça change les choses.

Il lui décocha alors un de ses sourires irrésistibles – Réjouissance avait eu le même en découvrant le garçon au saxophone devant chez elle.

— Tu es vraiment maligne pour une fille, plaisanta-t-il. J'aimerais bien passer du temps avec toi, si tu es d'accord.

Elle n'avait pas la moindre objection.

Les lumières extérieures étaient toutes allumées quand Derric et Becca se garèrent sur le parking de Ralph. La maison, en revanche, était plongée dans le noir. Vu l'heure relativement avancée, le grand-père de Seth devait déjà être au lit. Après avoir échangé un baiser langoureux avec Derric, elle rentra.

Becca ne voulut pas prendre le risque de réveiller Ralph et n'alluma donc aucune lumière. Elle connaissait assez bien les lieux pour rejoindre sa chambre dans l'obscurité. De toute façon, les braises qui rougeoyaient encore dans la cheminée éclairaient faiblement le salon. Pourtant, elle se cogna dans le fauteuil de Ralph.

Il était assis dans un silence parfait. Elle poussa un cri de surprise avant de constater qu'il dormait. Son sommeil était si profond qu'elle ne l'avait pas réveillé. Elle ne voulait pas le laisser là toute la nuit, néanmoins, parce qu'elle savait qu'il aurait mal partout et serait d'une humeur de chien. Elle chercha à tâtons l'interrupteur de la lampe près de son fauteuil. Tout en posant une main sur son bras, elle l'appela. Lorsque la lumière l'éclaira, elle comprit tout de suite que quelque chose de grave s'était passé.

Il avait les paupières entrouvertes. Son visage, gris, s'était affaissé d'un côté et était figé en un rictus.

— Monsieur Darrow ? Ralph ?

Il ne répondit pas. Elle constata alors qu'il avait le téléphone sans fil dans la main. Il avait dîné près du feu, ainsi qu'en témoignait l'assiette vide posée par terre. Elle ne vit rien d'autre, ni livre, ni plateau d'échecs, ni magazine. Rien que le téléphone dans sa main, dont elle s'empara.

Le numéro inscrit à l'écran lui apprit qu'il avait voulu contacter les secours. Appeler à l'aide. Un cri lui échappa, puis elle passa le coup de fil qu'il n'avait pas réussi à mener à bien. Juste après, elle prévint Seth.

58

Seth sortit de l'hôpital et promena son regard alentour. Il aperçut Prynne sur un côté du parking, sous un érable à sucre. Elle se leva du banc à son approche. Il avait la gorge endolorie, meurtrie par tout ce qu'il avait retenu. Pleurer était la dernière chose qu'il voulait faire. Il se concentra donc sur Prynne.

— Tu n'as pas froid ? Pourquoi tu n'as pas attendu à l'intérieur ?

— Il y a une meilleure énergie ici. Et je voulais lui en transmettre un maximum. Que se passe-t-il ?

— Papa appelle tout le monde. Ma sœur, ma tante, tous mes grands-oncles. Les nièces, neveux, etc. Ils arrivent.

Prynne étudia ses traits.

— Il respirait encore, non ? Becca a dit qu'il respirait. Il avait les yeux ouverts. Elle a dit… Oh, Seth, je suis désolée. C'est une attaque, je me trompe ?

Il hocha la tête, puis s'assit sur le banc et riva son regard sur le bitume.

— Je ne veux pas qu'il meure.

Prynne se laissa tomber à côté de lui. Elle le prit par les épaules et l'embrassa sur la tempe.

— Il ne mourra pas. Qu'ont dit les médecins ?

— Que les prochaines vingt-quatre heures seront déterminantes. S'il survit, il… La vache, ça va le tuer d'aller en rééduc. Et… et s'il ne pouvait plus vivre chez lui ? Prynne, il habite là depuis plus de quarante ans. S'ils le forcent à partir, ça va le démoraliser complètement et… Il…

— Eh là, pas si vite. Tu ne crois pas que vous devriez aborder la situation heure par heure, plutôt ?

— Ouais, tu as raison.

Seth alla chercher sa sœur en fin de matinée, le lendemain. Elle avait réussi à prendre le premier vol en partance de San Jose. De Seattle, une navette l'avait conduite à Whidbey. Seth lui présenta Prynne, mais Sarah ne sembla pas comprendre qu'il s'agissait de sa petite amie. Son esprit était trop accaparé par l'état de Ralph.

— Grand-père tient le choc, lui apprit-il. Viens, on y va, tout le monde est à la maison.

Il voulait dire chez leurs parents. C'était plus grand que chez Ralph, et donc plus pratique pour accueillir la famille, d'autant que la tante de Seth et Sarah, Brenda, avait besoin de place pour laisser libre cours à ses sentiments. Elle hurlait en permanence, insistant pour que l'on prenne des « dispositions immédiates ». Les grands-oncles étaient aussi tous présents, les quatre frères de Ralph accompagnés de leurs épouses. La maison des parents de Seth arrivait tout juste à contenir tout ce monde.

Chacun avait son avis sur la suite des événements, mais Brenda insistait pour dire qu'en tant que « doyenne des enfants du malade », son opinion l'emportait sur celle des autres. Elle défendait avec véhémence une installation en résidence médicalisée. Il fallait vendre la propriété de Ralph pour lui permettre de continuer à mener une existence confortable.

« Tu as perdu la tête ! s'était emporté le père de Seth, soutenu par ses oncles. Il est trop tôt pour prendre une telle décision. »

Cet argument n'avait pas découragé Brenda, qui avait même évoqué la mise sous tutelle de Ralph. Le père de Seth ne s'était pas laissé davantage démonter, suggérant de voir ce que contenait le coffre de Ralph, à la banque de Freeland, auquel il avait accès – et pas Brenda. La colère de cette dernière avait grimpé d'un cran ; elle avait alors parlé d'avocats. Le père de Seth avait rétorqué qu'il avait toujours été impossible de discuter avec elle et quitté la pièce avec fracas.

Seth et Prynne étaient partis sur ces entrefaites pour aller chercher Sarah.

— Conduis-moi plutôt chez grand-père, lui demanda sa sœur quand il lui eut expliqué la situation.

Seth s'exécuta bien volontiers. En outre, il voulait voir Becca. Son amie aurait aimé l'accompagner à l'hôpital, la veille, mais Seth lui avait demandé de rester sur place pour garder Gus. Il ignorait combien de temps il passerait aux urgences.

A leur arrivée, le labrador fondit sur eux. Becca et Derric étaient assis dehors. La jeune fille avait une tête à ne pas avoir fermé l'œil depuis des jours. Elle ne s'était même pas changée et ses cheveux dépeignés formaient des épis sur son crâne.

— Comment va-t-il ? Que s'est-il…

Elle s'interrompit d'elle-même pour retirer l'écouteur

de son aide auditive dans un geste de frustration avant de réprimer un frisson et de le remettre.

— Rien de neuf. C'est sans doute positif, vu qu'il n'a pas…

— J'aurais dû être là, déplora Becca. C'était prévu ! Enfin, bien sûr, il savait qu'on allait à La Conner, avec Derric, et je lui avais laissé un dîner, d'ailleurs il l'a réchauffé et il l'a mangé parce que j'ai trouvé l'assiette vide, mais si j'avais été là…

— Tu aurais très bien pu être en train de bosser dans ta chambre, lui opposa Seth. Ou couchée. Ou assise dehors avec Derric. Evidemment, si tu avais été dans le salon avec lui, tu aurais pu saisir le téléphone et prévenir les secours. Enfin, franchement, quelle était la probabilité qu'une chose pareille arrive, Beck ? Tu n'as rien à te reprocher.

— Et maintenant ?

— Pour l'heure, répondit Seth, tout le monde se dispute. Mon père, ma tante, les frères de grand-père. Ils ne sont pas d'accord sur la suite des événements.

— Qu'est-ce qui va se passer alors ?

— Rien dans l'immédiat. Mon père ne laissera jamais tante Brenda vendre cet endroit et…

— Vendre ?

— C'est ce qu'elle veut.

— Mais personne ne peut encore dire comment l'état de Ralph va évoluer, souligna Derric.

— Et voilà pourquoi une guerre va déchirer le clan Darrow, annonça Sarah avec clairvoyance.

Seth tomba sur Hayley, cet après-midi-là. Prynne et lui sortaient de l'hôpital. Sarah, elle, était restée au chevet de son grand-père. Elle partageait la position de son frère : personne n'enverrait Ralph Darrow nulle part.

Seth crut d'abord que Hayley était venue voir ce dernier, avant de découvrir la véritable raison de sa présence : Brooke. Elle expliqua ce qui lui arrivait puis, après avoir jeté un coup d'œil à Prynne, elle ajouta :

— Merci, Seth. De l'avoir conduite au centre médical.

— Aucun problème. Vous avez tellement de choses à gérer… Comment aurais-tu pu deviner ce qui se tramait ?

Hayley ne parut guère soulagée.

— Si tu le dis.

Elle avait parlé d'une voix si faible que Prynne l'encouragea à développer, avec douceur :

— Il y a autre chose ?

Hayley souffla :

— Brooke savait que nous n'avions aucune assurance. D'après la mère de Derric, il y a un organisme sur l'île qui aide les gens à payer les frais médicaux, enfin, à ce stade, ça ne représente qu'une goutte d'eau… Il faudrait qu'on établisse un dossier pour toucher des allocations. Si seulement papa n'était pas aussi têtu : il refuse de faire reconnaître son invalidité… Comme si acquérir ce statut revenait à admettre… Vous voyez, quoi.

Seth aurait voulu lui proposer son aide, sauf qu'il ne pouvait rien pour elle, et il le savait. Le problème dépassait amplement l'ulcère de Brooke et la maladie de Bill : il y avait la ferme, aussi. Hayley annonça alors, comme si elle avait lu dans ses pensées :

— On va devoir vendre. Ça tuera mon père. Il tient cette exploitation de ses arrière-grands-parents. Sauf qu'on n'a pas le choix, on n'a plus d'argent. Je pensais qu'en renonçant à la fac…

— Tu n'as pas le droit, Hayley.

— … ça changerait quelque chose, mais je me trompais. La situation est trop grave.

Prynne posa une main réconfortante sur son bras.

— Je conseillais justement à Seth de prendre les problèmes heure par heure pour le moment.

— Le temps s'est accéléré pour nous, répondit Hayley.

Seth était censé déposer Prynne au ferry. Elle lui demanda cependant s'il accepterait de l'emmener à la ferme des Cartwright.

— Il y a une idée qui me turlupine, lui dit-elle. Je pense qu'il existe une solution. Pas facile, mais réaliste.

Elle voulut s'arrêter près du poulailler. Puis se dirigea vers le flanc est de celui-ci. Elle embrassa du regard les champs, en jachère depuis deux ans environ. Ils étaient envahis par les mauvaises herbes. Or elle pensait justement à de l'herbe, mais d'un autre genre…

— Rien ne pousse aussi bien que le cannabis.

Seth crut d'abord qu'elle avait perdu la boule. Les Cartwright n'allaient pas remonter la pente grâce à la culture du chanvre ! Prynne sourit devant son expression.

— C'est devenu légal, maintenant. Et la demande ne cesse de croître. Chaque jour, on découvre un nouvel usage pour la marijuana, Seth. Ça ne sera pas du gâteau parce qu'il faut installer des serres et impliquer les élus locaux, histoire de vérifier que tout est bien réglo. Ces détails mis à part, l'ensoleillement doit être incroyable ici. Je te parie qu'ils ont au moins douze heures de soleil pendant six ou huit mois de l'année. A mon avis, ils n'auront aucun mal à trouver des investisseurs… C'est la meilleure culture de rente que cet Etat puisse produire.

— Tu parles de cannabis, Prynne !

— Maintenant que ça n'a plus rien d'illégal ici, quelqu'un va se charger d'en cultiver de toute façon. Pourquoi ce ne serait pas les Cartwright ?

Il observa les champs. Il imaginait déjà les serres, qu'il pourrait même aider à construire. Prynne avait raison. Le cannabis était de plus en plus demandé pour ses vertus médicinales, et puisque l'on pouvait obtenir un accord officiel…

Il agrippa la jeune femme par les épaules et l'embrassa passionnément.

— Je crois que je n'ai jamais eu autant de chance que ce jour où je suis allé t'écouter jouer à Port Townsend, remarqua-t-il.

— Je suis bien d'accord, répondit-elle avant de se blottir dans ses bras et de lui rendre son baiser.

Composition et mise en pages
Nord Compo à Villeneuve-d'Ascq

Imprimé en France par

MAURY IMPRIMEUR
à Malesherbes (Loiret)
en octobre 2016

POCKET – 12, avenue d'Italie – 75627 Paris Cedex 13

N° d'impression : 212994
Dépôt légal : novembre 2016
S27093/01